HOG

TEMPO DO CORPO

Romance

KOTTER
EDITORIAL

Coordenação editorial: Sálvio Nienkötter
Editor-executivo: Daniel Osiecki
Editora-assistente: Franciele Cunico
Produção: Cristiane Nienkötter
Capa e Design editorial: Carlos Garcia Fernandes
Fotos das capas: Obras do autor
Preparação de originais e revisão: O Autor

Dados Internacionais de Catalogação na Publicação (CIP)
Angelica Ilacqua CRB-8/7057

Gomes, Homero
Tempo do corpo / Homero Gomes. -- Curitiba : Kotter Editorial, 2021.
440 p.

ISBN 978-65-89624-85-1

1. Ficção brasileira I. Título

CDD B869.3

21-3632

KOTTER EDITORIAL

Kotter Editorial Ltda.
Rua das Cerejeiras, 194
CEP: 82700-510 - Curitiba - PR
Tel. + 55(41) 3585-5161
www.kotter.com.br | contato@kotter.com.br

Feito o depósito legal
1ª Edição
2021

HOG

TEMPO DO CORPO

Romance

SUMÁRIO

O corpo começava a esfriar.

Tinha matado a esposa há alguns minutos. Pretendia pintar o corpo dela na posição e no estado em que estava. Os olhos abertos voltados para o teto. A tela pousada no meio da sala, esperando as primeiras pinceladas para a representação de um corpo que começava a esfriar.

Ele ainda segurava o instrumento usado. Era uma faca simples, sem dentes, utilizada pelo casal para cortar carne. Passara dias amolando o fio, pensando as ações futuras e suas consequências. Separou tubos e latas de tinta, diluentes, reforçou o velho cavalete, conferindo os pincéis, repondo os inúteis por novos ou aparando as cerdas deformadas. Enquanto isso, sua imaginação previa a execução de sua obra revolucionária. Não a de assassinar a esposa simplesmente, mas a de retratar o corpo dela após ter sido anulado.

Seria um gesto de dominação sobre a realidade imediata, um gesto grávido. Era mais que um objetivo, era a finalidade de uma vida, a realização maior de um corpo no corpo. A finalidade de outro, que serviria como modelo para a criação de uma obra-prima. A primeira obra. Sua primeira criação verdadeira e que seria fruto da violência que a arte impõe: extirpar da natureza a matéria bruta, transformando cada camada em visão amplificada do mundo.

Mas ainda não havia aprendido como concretizar a imagem. Erraria pelo caminho até encontrar a visão na própria força, pois vivia ainda o equívoco da representação. Não sabia o desvelar de essências, as camadas do objeto, as dimensões da realidade. Ignorava a falsidade das superfícies. Como artista, precisava desaprender a imitação.

Olhando o corpo da esposa possuído, sentia arrepios. Os cabelos da nuca eriçavam.

Vê-lo sem vida era o que desejava. Queria presenciar a anulação do corpo de Maria, que pintaria ao redor de uma poça de sangue, para poder estampar o momento na tela. Daquilo que a cena representava, dos símbolos e dos gestos que ultrapassavam a superfície fria e rala do objeto. Da alegoria estampada na agressão: a realidade do mundo corporificado em uma mulher que acabava de expirar, cessando seus movimentos, deixando de ser.

Para não perder aquela sensação de êxtase, rememorava a morte dezenas de vezes em sua mente. Eram imagens na opacidade do visto.

&

Era um menino gorducho e falante. Emílio quase não chorava, mesmo que a mãe o deixasse deitado por minutos no sofá da sala. Coralina gostava de ficar olhando pra ele. Conversavam. Paulo Soares sabia que aquilo era amor. Percebia que compreendiam um ao outro. Apenas olhares, às vezes.

Seus dedos se espremiam nessas lembranças. Paulo queria poder abraçá-los novamente, como fazia antes de tudo ser empurrado para a sarjeta.

As mãos grudadas sobre o peito. As solas dos pés presas ao chão. Não conseguia se mover em direção a eles. Da garganta não vibrava nenhuma nota. Um murmúrio sequer.

Som de batida. Nenhuma derrapagem. Nenhuma marca no chão, mostrando que o fim não fora percebido. Apenas o corpo preso às lâminas do veículo.

O filho adolescente não seria mais falante. Ficaria fechado em sua tristeza. Querendo a morte daquele que dirigira embriagado. Do desconhecido que havia matado sua mãe.

Senhor Paulo, pode entrar.

Sobre a mesa de aço, o corpo desfigurado daquela que lhe dera Emílio. Reconheceu a pulseira que havia dado a ela quando ainda trabalhavam juntos. Na equipe de investigação que ele comandava.

Tem o costume de presentear mulheres comprometidas, chefe?

Me chame de Paulo.

Ok, então.

Ele está preso, agora. Foi graças ao seu empenho e talento, Coralina, que ele está aqui na Dops. Ótimo trabalho.

Estou brincando. Gostei do mimo, Paulo.

Preso à cama, Emílio mergulhava em sua mudez. Não se comunicava com o pai por meio dos olhos. Em silêncio, os dois não pensavam mais em sobreviver. Apenas continuavam.

A janela do quarto aberta. A cama do filho arrumada. A cadeira caída perto do batente. No gramado em frente ao prédio, o adolescente feito morto. De pijamas, parecia finalmente dormir em paz após a morte súbita e trágica da mãe.

Maria

O movimento que fez para matar foi rápido, mas se a força aplicada tivesse sido maior, teria separado a cabeça do restante do corpo de Maria.

Antes, ela estava limpando o chão, esfregava o carpete com uma escovinha.

Não possuíam empregados domésticos para cuidarem do jardim, da limpeza da casa e das refeições do casal. Mas poderiam. Os empregados, quando precisavam deles, eram contratados por empreitada. Cortar a grama, plantar as mudas da estação, preparar refeições para datas especiais. A faxina, ela é quem gostava de fazer. Ficava irritada quando a tentavam convencer de que uma equipe terceirizada faria um serviço melhor do que uma pessoa sozinha após dias de trabalho.

De avental, lidando com a sujeira, sentia tranquilidade.

Percebia além da própria ação. Do ato concreto. Transcendia gestos.

Ajoelhada, representava a falsa assepsia que a sociedade transmitia. A farsa da calmaria em que se encontravam os seres diante da realidade. Subjugados, calejando as mãos, domavam micro-organismos. Superiores. Confiantes em sua potência.

Então, Juan Ribeiro imobilizou o corpo da esposa, colocando todo o seu peso sobre o peito. Não impediu o grito. Não precisou. O golpe foi desferido brutal e seco.

Um profundo corte no pescoço.

Maria Paes gorgolejou de início, rugiu levemente, depois expirou. O sangue começou a vazar rapidamente. Em pulsos fortes. Depois mais lentos. Até que não houvesse sangue para banhar veias e tecidos.

No meio da sala, o pulso cessou. Não o movimento. O sangue banhava as fibras sintéticas do carpete bege da sala de estar, que absorvia lentamente o líquido viscoso. Vermelho, ganhava um tom escuro. Oxidava rapidamente em contato com o ar quente da tarde.

Movimento contínuo e silencioso.

Gradual.

Depois do golpe e das golfadas de sangue, acarinhava a cabeça frouxa. Não era carinho. Não era remorso. Era uma espécie de pena. A pena de se compreender a inutilidade dos insetos, quando, como alimento, não podem ser usados.

Quase um asco.

Mas por meio do corpo da esposa, alimentaria sua arte. E o retroalimentaria com as camadas que faria desprender da tela. Mas não tinha essa consciência. Precisava processar todo o caminho, percorrer o trajeto e rever o chão no retorno, sem fôlego, lutando contra o desejo de parar, cair. Depois de tudo, recomeçaria para o bem da arte e do objeto.

Eles são o mesmo ser, unidos ao artista.

Não podia mover o corpo dali. Aquele corpo quase indecente, não fossem as vestimentas de trabalho. Bermuda e top surrados. Vinte um anos recentemente completados esfriando sobre o carpete.

Queria a realidade daquela posição. A crueza daquela cena.

A simulação dos fatos era importante para a constituição de sua verdade artística. Dessa verdade aplicada à tela previamente preparada.

Segurava a faca firmemente. O sangue banhando os dedos e a palma da mão. O cabo colado ao punho cerrado. A palma como ventosa.

Vou tomar uma ducha, disse para as unhas escurecidas.

Não poderia criar com a imundície incrustada em sua pele. Queria usar apenas o pincel, misturar tintas na paleta, representar sem que nada interferisse.

Pensava que aprisionaria a esposa morta em um plano rígido bidimensional. No fim, não apenas ela, a si mesmo encontraria ali.

As mãos são um caminho para as emanações do mundo, o entorno. Tudo é pensamento, o mundo é sua parcela de percepção física.

O mundo de Juan existe por meio de sua mão direita. E está doente.

O corpo de Maria não respira.

&

Um frio intenso percorreu o corpo de Paulo, que despertava com os sons do filho inválido no quarto ao lado.

Engasgava com saliva.

Caminhou rápido, limpando os olhos. Apoiou o filho da maneira mais adequada. Elevou a cama por meio de uma manivela, deixando o corpo retorcido do filho inclinado.

Confortável talvez.

Arrumou os cobertores. Secou a saliva que escorria pelo queixo e pescoço.

Daquele jeito, Emílio parecia olhar para o pai, que tentou dizer algo, mas o constrangimento e a tristeza ainda eram profundos. Fingiu que estava tudo bem e voltou para a cama.

(Pai, do que tem medo?)

&

A ducha quente foi demorada. Juan usufruiu de cada centímetro de tempo sem aborrecimentos nem pensamentos.

Queria ter uma banheira em casa, dizia para si.

Imaginou que tomava champanhe. Imaginou que vestia um hobby branco. Imaginou que fumava charuto. Imaginou que era um criminoso coberto de correntes douradas.

Correu o sabonete sobre as manchas avermelhadas. Fios de tinta rosa em direção ao ralo. Fechou a água quente e deixou sua pele respirando a umidade do boxe por uns instantes.

O banheiro avermelhado. No chão, marcas de pisadas.

A faca de aço inoxidável substituiria a escova de dentes da esposa. Ficaria ali como um troféu.

Pensou em queimar a roupa em um ritual, mas isso seria muito romântico. Seus primeiros cabelos brancos impediam a imaturidade juvenil.

Não. Seria ridículo e desnecessário, mesmo que não chamasse a atenção dos vizinhos, pensava.

Morar fora dos limites de Curitiba não significava abandono e isolamento completo. Os fantasmas caminhavam pela estrada levando toda luz da cidade gótica para as parcas florestas de araucárias ainda perdidas entre as ondulações do planalto. E de lá, de volta à cidade que não vive sem a neblina ferrosa da manhã e do sereno ao anoitecer. As casas eram bem afastadas umas das outras e escassas naquela região, mas ele preferiu não arriscar, mesmo entre as espessas folhagens que rodeavam a casa.

Saiu com as peças de roupa do banheiro, ainda sem ter certeza sobre o que faria. Não sentia medo. A apatia chegava até mesmo a impressioná-lo, poderia até se tornar um criminoso que acreditava não ser condenado ao remorso. Mas essa frieza era necessária naquele instante, caso contrário não conseguiria sequer manipular os tecidos embebidos de sangue pela casa.

Na lavanderia, ainda nu e molhado, pegou um balde, onde largou as peças. Numa das prateleiras que tinha diante de si, separou sabão e água sanitária. Levou todos esses itens novamente ao banheiro.

Colocou a roupa em um balde e o completou com água quente, saída do chuveiro, com um copo de sabão e uma tampa de água sanitária. Esperava que isso resolvesse.

Não vou me preocupar com banalidades.

Cobriu os ombros com uma toalha surrada. Secou-se rapidamente. Não se vestiu com outras roupas, permaneceria com a toalha, seu tecido acinzentado de sujeira, sua túnica, como se o momento fosse de extrema formalidade, no qual não se podia fugir ao protocolo.

Ajeitou os cabelos com as mãos, o desleixo o deixava satisfeito, leve, como uma criança que não possui preocupação com a aparência. Não precisava provar nada a ninguém, nem a si mesmo. A criação pode ter suas manias.

Então, saiu do banheiro para criar.

&

Embora Maria Paes Ribeiro aparentasse certo apego ao marido, não sentia, entretanto, uma ligação forte com sua descendência. O cordão umbilical como símile. Era frígida com a filha, Isabel, e raramente ficava com ela mais do que alguns minutos. Por isso, o casal achou que seria uma ótima solução deixá-la aos cuidados dos tios, que viviam em um rancho, onde ela passava o dia acompanhando os cuidados junto aos animais.

Assim como sua própria mãe, Dona Quitéria Paes, raramente visitava a filha.

Quitéria, depois que a filha teve que se casar por estar grávida de Bel, ligava para cobrar informações sobre o andamento dos negócios da família. Na ilusão dela, a filha tornara-se uma simples administradora de suas propriedades, mesmo jovem era a responsabilidade que assumira.

Numa das manhãs, quando o Sol nascia como uma mordida, nenhum dos três estava perto nem parou o que estava fazendo para ver o anel de fogo por trás dos negativos improvisados. Enquanto outros pais chegavam atrasados ao trabalho para fingirem que haviam conseguido ver com perfeição o raro eclipse solar, a família Ribeiro seguia com outras preocupações.

Juan exercitava os olhos em seu ateliê, desenhando a lápis alguns insetos que havia coletado no quintal. Forçava a precisão nos detalhes.

Maria, em um terninho com ombreiras, estava em seu escritório no Centro e analisava alguns relatórios de aplicações feitas no day after. Esperava ganhar muito naquele ano com a insistente inflação. Os negócios da família continuariam prosperando.

Enquanto isso, Isabel passeava em um dos currais do Rancho Navarra, onde passava grande parte do seu tempo. Coletava folhas, gravetos, flores e pedras pequenas para presentear a mãe que nunca vinha.

Maria não teria outro dia para olhar gráficos, conferir negócios, ajustar a contabilidade. Seus assistentes é que teriam que fazer isso no futuro.

Bel descobriria muitos anos depois o que realmente havia acontecido. Mas com os seus três anos, não entendia o jogo das distâncias, apenas experimentava sentimentos confusos, ensaiava impressões, que guardava em si, mas sem consciência.

Seu amor, por isso mesmo, ela direcionava aos animais e, se viesse a perdê-los por alguma razão, sofreria mais do que a perda dos pais, mas o tempo traria uma falta mais profunda, uma ferida causada pela ausência e suas causas.

Enquanto a filha seguia sozinha no rancho dos tios, os pais faziam seus planos. Sem que o outro fosse consultado. Mas sem atrito aparente, como se a negação e a oposição fizesse parte da própria essência do relacionamento.

Hoje eu quero uma pizza, disse Maria, enquanto soltava sua pasta sobre o sofá e o blazer sobre a mesa da sala. E, depois, uma taça de vinho.

Mas está cedo ainda, vamos tomar café primeiro. Comprei pão sovado e geleias.

Agora, preciso dar uma relaxada. Vou dar uma geral na casa, tomar um banho. Venha junto.

Depois do jornal.

Uma ducha é melhor.

Vou tomar meu café assistindo o Jornal Nacional.

Não gosto desses dois. Tudo parece muito perfeitinho, disse Maria, já no corredor. Não aturo esses ensebados.

Maldade sua.

Enquanto ela se afastava, na voz do âncora, uma notícia era transmitida e por alguns segundos chocou Juan.

Emoção, em Belo Horizonte, no julgamento dos irmãos Welton e Wilmar Gonçalves. Eles são acusados de matar o menino Ludovino Martins Filho há um ano e meio. O filho de um empresário da cidade de Porteirinha foi sequestrado e morto depois que a família pagou o resgate.

O julgamento terminou agora a pouco. Welton Gonçalves foi condenado a dezenove anos e meio de prisão por homicídio e ocultação de cadáver. O irmão dele, Wilmar Golçalves, pegou um ano e meio apenas por ocultação de cadáver.

Sem ouvir as chamadas para o próximo bloco, se levantou pensando no absurdo. Sentia sua mente violentada. Caminhando em direção à cozinha, falava com os móveis e eletrodomésticos.

Mas e a condenação por sequestro? Será que, novamente, a imprensa noticiou tudo pela metade? Não está certo pagar por parte. Por um pedaço apenas. Onde fica a honra nisso? Um absurdo. Assim, o ser permanece desintegrado e sua história fragmentada.

Saboreava sua xícara de café com leite e fatias de pão com geleias de damasco e de figos. Pensava sobre o mal. E limpava sua memória para que naquela noite sua obra fosse iniciada.

Horas depois, Maria estaria com a garganta cortada.

&

Paulo fatiara dois pães e os torrava no forno. Havia esquecido fora da sacola e eles haviam endurecido. Os engoliu com margarina e café amargo, enquanto assistia televisão. Com olhos ardidos acompanhava as primeiras notícias do dia e a reprise de outras ocorridas à noite.

Após a vinheta para o segundo bloco do Bom Dia Paraná, o âncora iniciava as notícias internacionais, dizendo que haviam se reunido no dia anterior, em Munique, os líderes dos sete países mais industrializados.

Imagens mostravam homens de terno e gravata, cercados pela imprensa e vinhos de ótimas safras. Sorridentes, líderes dos sete países mais ricos do mundo decidiam o futuro da Iugoslávia. Enquanto nela, franco-atiradores matavam senhoras idosas e opositores camuflados em construções abandonadas.

Líderes do G7, durante sua cúpula anual, não descartaram o uso de forças militares para conquistar seus objetivos humanitários. Mitterrand, presidente francês, comemorou a aceitação de sua proposta, feita durante a cúpula, que visa reunir uma conferência internacional sob o amparo da ONU para discutir o conflito que está em curso na Iugoslávia.

Sommeliers comemoravam o encontro.

Enquanto isso, Sarajevo seguia sitiada por sérvios, que não queriam mais a fragmentação étnica. Queriam e pensavam limpar o país daquilo cuja purulência já se havia infiltrado por todas as partes.

Com ódio, eles se defendem da sujeira impregnada na própria consciência.

Quando ditas na própria consciência, as palavras não parecem ter peso, mas quando faladas em voz alta, como Paulo fez, de si para si, tomam posse do corpo quando demonstram o peso de alguma verdade revelada.

Coralina havia pedido a ele para que dessem um tempo, sentia que não conseguia respirar. Que ele parecia um fantasma do passado, que o tempo precisava abrir, que as nuvens precisavam deixar o vento as levarem.

O que é que você quer dizer com isso?, perguntou Paulo, confuso.

Que o Brasil mudou, você também precisa mudar.

Que é que as Diretas tem a ver com a gente, Coralina? Pelo amor de Deus!

Como sempre, Paulo não entendia as imagens que Coralina utilizava para externar o que sentia.

Então, ela limitou-se a carregar suas roupas e partir para um hotel próximo ao trabalho.

Somente agora ele entendia o que estava acontecendo a ela, o que talvez nem ela tivesse consciência. Que não saberia explicar a ele, tão embrutecido e cinza que era.

Ela quis sair de mim, do passado que via em mim e que a cobria de sangue e dor. Por isso, saiu de casa.

Quando haviam discutido, Paulo sequer a deixara falar. Não a queria ouvir, pois não entenderia a necessidade de limpeza que ela estava empreendendo, mesmo que para isso ela ferisse a família para conseguir.

&

Os olhos.

Quitéria parecia esfaquear com as pupilas cada um que discordasse de suas palavras. Com os olhos vencia qualquer discussão. Não se constrangia de não ser ela a dona da casa, dos carros e de tudo o que não conseguia contabilizar.

Quando Vicente pediu que ela deixasse as babás em casa para que pudessem passear como uma família, somente ele, ela, a pequena Maria e a meia-irmã sempre afastada das brincadeiras e divertimentos da irmã, bastou apenas um olhar para que ele compreendesse tudo.

Quitéria acreditava que estarem assessorados pelos criados não os transformavam em algo diferente de uma família. Não precisaria dar de mamar ou limpar as fraudas, os refluxos, para que a respeitassem como mãe.

Cuidar do ninho e lamber filhotes é coisa de bicho, pensava.

Pensava que criara a primeira filha assim, mas arrependida da atenção que vira desperdiçada para nada.

Esta puxou o pai. Irresponsável e tagarela, reiterava ao novo marido e pai da pequena Maria, sempre que podia.

Durante o passeio, a criança que mal se equilibrava nas fraudas, corria entre as pernas das criadas, como assim eram chamadas. Não saberia pedir auxílio à mãe caso precisasse. Ao escorregar no gramado do Parque Barigüi, olhava para uma das mulheres vestidas de uniforme que a acompanhavam. Mas sabia que na hora de pedir algum doce, ou mais uma volta em um dos pedalinhos teria que chorar em direção àquela que sempre estava indiferente até que o homem sorridente e de bigodes a atendesse.

Vai logo, então, Vicente, mas não demore que eu estou pegando friagem.

Vem, Maria, vamos passear no lago. Você também quer vir?, perguntava para a irmã que se encolhia.

Uma neblina ainda se escorria pela superfície da lagoa. À distância, parecia um véu transpassado por embarcações em formato de cisnes.

Enquanto Vicente e a filha se acomodavam, Quitéria mandava que as empregadas fossem buscar uma das cadeiras de praia que estavam no carro. Não ficaria em pé, como uma louca à beira da lagoa recentemente criada pelo represamento das águas do rio Barigüi.

E você?, olhava para a filha quase adolescente. Se for ficar parada aí, fique no carro.

Sozinha. Presa aos seus pensamentos.

Quitéria não conseguiria pensar em algo mais aterrorizante. Uma pessoa prática, sem metafísica nem superstições, assim se via. Tudo deveria ser simples e calculável. Por isso, como percebia um desequilíbrio na equação daquela família por culpa de um pai amoroso demais, teria que tomar atitudes definitivas.

Com o braço esquerdo, Vicente segurava a filha enquanto pedalava. Ela apenas sorria, querendo dar pequenos gritinhos de alegria, mas o medo que a tomava impedia. Ao chegarem no meio da lagoa, deixaram o movimento continuar suave, enquanto um grupo de adolescentes passava ao lado, apostando um racha com pedalinhos. A algazarra foi tanta que Maria se assustou. Segurava forte o pai que tentava acalmá-la.

Calma, fadinha, é só barulho. Estão gritando só de brincadeira.

Meses depois, ela não teria mais quem a amparasse de barulhos, gritarias, nem das águas profundas. Vicente sofreria um acidente grave em casa e morreria horas depois, com o corpo moído diante da filha que nada compreendia e de uma enteada assustada, pois não queria ver uma pessoa morrer coberta de tubos e fios.

Obrigado por cuidar da minha mãe.

Segurava as mãos do padrasto, dizendo palavras a alguém que parecia dormir. Mas que deixou de respirar antes que ela terminasse de transmitir a última frase que a mãe ditava.

Nesse instante, Maria estava correndo das babás pelos corredores do hospital. Elas não conseguiam fazê-la parar, pernas ágeis mesmo pequenas, pulando degraus, desviando de cadeiras, funcionários e enfermeiros. Não podiam disciplinar, não podiam tocar, sequer falar. Então, corriam atrás dela para não perderem-na de vista.

Maria adorava brincar de pega-pega. Sempre vencia.

&

O corpo de Maria começava a soltar substância, vazava sem controle. Era a água negra da morte se desprendendo.

Juan encontrou manchas na pele, ao redor do corpo, como marcas de atrito com o chão. Mas essas hipóstases eram mínimas, pois quase todo o sangue havia saído pelo corte profundo.

A pele ganhava tonalidade de cera.

Os livores declaravam a mortalidade e o início do correr do tempo. Ele deveria iniciar sua criação o quanto antes, o corpo da esposa não esperaria pelo momento certo, pelo conforto e adequação à hora, pela disposição mental e física do artista.

O tempo corre contra o artista, não a seu favor. Se não houvesse urgência, minha obra seria esplendorosa, refletia em voz alta.

Falava para as janelas abertas que davam para o quintal, enquanto se acomodava diante do cavalete, com pincéis, espátulas, godês, diluentes, tubos e latas de tinta espalhados pelo chão da sala. Mas sentia o corpo vazio. Segurava a paleta, mas não conseguia misturar as cores, não vinha à mente nenhuma vontade para que o corpo pudesse ser registrado na tela.

A respiração pesava.

Vazio.

Os dedos tremulavam ao redor do pincel.

Esvaziado não do peso que saía das costas. Não o vazio do tédio. Não o vazio dos sem fé. Apenas um vazio que somente os que se doam sentem. O vazio de ser transplantado para o outro. Como se a realidade e sua crueza exposta no corpo caído no meio da sala transportasse para ela a essência dele.

&

Sabia que era a única de sua escola a continuar tendo aulas em casa, no contraturno, com professores particulares. No início, era apenas reforço para que nunca errasse nas contas, depois a matemática se tornou mais técnica, os desafios sempre envolviam problemas financeiros e diversidade de investimentos.

Por isso, Maria tentava convencer a mãe a deixá-la fazer outras coisas, quem sabe aprender algum instrumento musical ou fazer natação. Pensar em administrar fortunas não era bem a atividade esportiva que uma menina de pouco mais de dez anos almejava.

Eu vivo estudando, até sonho com números, mãe.

Sinal de que está dando certo, Quitéria martelava.

Mas eu nunca vou fazer nada diferente disso? Nada pra me divertir?, questionava.

Quem tem o que possuímos não pode dar lapso para o que não é importante. Você precisa aprender a se divertir com isso.

Eu só gosto quando posso jogar Banco Imobiliário.

No fim é isso, adquirir ativos e fazer que outros paguem para utilizá-los por um período.

Fazer o dinheiro trabalhar para você, eu sei, mãe. Mas estou querendo me divertir com outras coisas. As filhas das empregadas, por exemplo, usam mais a nossa piscina do que eu.

Se é esse o problema, eu as proíbo de usarem no verão a partir de agora.

Não, mãe, eu mesmo havia pedido pra senhora.

Então?

É que eu queria poder nadar um pouco às vezes ao invés de ficar analisando gráficos e o preço das commodities.

Vou pensar.

Quitéria não queria amolecer. Ela esperava que com o tempo a filha percebesse a oportunidade que escola nenhuma daria. Essa alfabetização para o comando, ela mesma precisou aprender como autodidata, depois de muito sofrimento e erros. O primeiro deles foi ter casado com o único economista socialista num raio de quilômetros. O segundo, contrair matrimônio com um milionário centralizador, que com a ajuda do destino, fraturou o pescoço na queda sofrida na escada da mansão da família no Vista Alegre.

Deixaria que os desejos da filha minguassem de inanição.

Não pretendia retomar o assunto e esperava que Maria se considerasse respondida.

Mas, após alguns meses, um último lampejo da alma e consciência se acendeu poucos minutos antes da chegada do professor de estatística à mansão Paes.

Quando é que vou começar natação, mãe?

Mas isso de novo, menina?

Você prometeu pensar.

Pensei e acho isso uma inutilidade. Você já faz educação física na escola duas vezes por semana. Pra que mais? Além disso, Maria, com esse frio, natação é uma péssima forma de se matar.

E tênis?

Já percebi. O que você quer é me contrariar, questionar o que estou dando a você.

Não, mãe, o que eu queria era sair um pouco e fazer alguma coisa diferente. Pode ser natação, tênis, qualquer coisa.

Vai ser é nada. E não tem conversa.

Ah, mãe.

Nem a nem bê.

Por favor.

Esse assunto morre hoje. E aqui. Você vai fazer o que eu mandar e vai estudar o que eu disser para você estudar. Está claro?

...

Eu não ouvi.

Sim, mãe.

Ótimo.

Como a maioria das pessoas, Quitéria sempre levava uma discussão, ou mesmo uma simples discordância, para o lado pessoal. Como alguém que tivesse aprendendo a pensar a pouco tempo, assumia suas ideias como princípios irretocáveis. Qualquer um que ousasse pensar diferente estaria ofendendo sua pessoa, sua honra, tudo o que ela era ou acreditava ser. Por isso, após a insistência da filha ter feito o estrago que fez em seu humor, se trancou no quarto e não saiu até estar relaxada para dormir.

Maria também iniciava seu sono.

Adormecia todas as manifestações da consciência. Sem nenhum desejo humano. Sem vontades além das que surgissem dos números expressos nos extratos bancários. Foi automatizando movimentos até que a mãe a considerasse pronta para começar a assumir o comando de certos empreendimentos construídos pelo pai.

Mas, ainda que obtusa, sua sede cresceria e afogaria a própria mãe que, sem autoridade, foi relegada ao papel coadjuvante.

Como havia previsto, a filha aprendeu a gostar dos negócios, de poder definir destinos. Só não imaginava que perderia o controle do próprio destino em função de Maria.

&

Desde o sete de setembro do ano anterior, Paulo passava pela invasão que era chamada de Ferrovila. Uma favela retangular, estreita, um cordão de barracos e casebres. Formada nas beiradas da linha férrea que atravessava a cidade quase ao meio.

A invasão levou à troca de farpas entre políticos rivais, acusações do lado do prefeito e vistas grossas do governador, Paulo ouvia o prefeito Lerner se referir à instalação das famílias na área como uma tentativa do governador Requião instituir uma guerra civil na cidade, utilizando-se de jagunços descamisados.

Eu acho graça nessa associação forçada.

Dentro do Passat, falava consigo mesmo, enquanto apenas o som dos pneus no asfalto era ouvido em resposta.

Farinha do mesmo saco. Muda a textura, a cor, talvez. Discurso de político é sempre a mesma coisa, a culpa pela desgraça e pela crise é sempre do outro. Ninguém é homem pra assumir o que faz. O que é ruim está fora, não dentro. A violência é culpa das favelas e dos pobres. A pobreza das pessoas é consequência das ações delas mesmas, que são preguiçosas, porque quem trabalha sempre tem. E essa cambada desviando verba pública, recebendo propina de empreiteiras, de empresa de transportes. Aí, quando os pobres resolvem tomar atitude, mesmo que drástica, seja manipulada ou não, para conquistar direitos que as leis garantem, mas que não são efetivadas, é guerra civil. É desrespeito à propriedade privada. Guerra civil é o que está rolando na Faixa de Gaza, com palestinos apedrejando e tacando o porrete nos militares de Israel. E tem lá suas razões também. Judeus foram chegando infiltrados, invadindo cada buraco, armando uma grande célula terrorista que depois se tornou Estado.

Ele via ali na Ferrovila, no sofrimento e na degradação, mais do que um problema social, que respingava na política. Via interesses econômicos em conflito. As pessoas no meio daquilo, sem perceber que estavam sendo usadas por grupos que detinham o chão de Curitiba, que manipulavam cada pá de cascalho na capital. Os terrenos todos da cidade, valiosos ou em valorização, estavam na mão de meia dúzia de mafiosos.

Pra ser cidadão em Curitiba tem que ter condições de pagar. E não é pouco, dizia Paulo, dentro do carro.

Ele tinha consciência de que a solução para aquele que chegava à cidade sem dinheiro era encontrar um canto seco no meio das valetas dos terrenos invadidos ou em outro dos milhares de locais escondidos dos cartões-postais. A imagem perfeita da capital ecológica não podia apodrecer.

Recortando a Rua Conselheiro Laurindo, relembrava de outra guerra civil, ocorrida há quase um século, e da frase revolucionária de outro Conselheiro: "A terra não tem dono, a terra é de todos". Os seguidores do Peregrino foram todos massacrados pelas forças da República, pois a terra não é de todos, mas daqueles que compreenderam o que ela significa. Que lhe dão a devida importância. Dinheiro. Sentido final da propriedade, porque ela mesma nada significa se não causar dominação de um sobre o outro. Usurpação. Consequência final, pois dinheiro sem usurpação não gera o prazer de sentir-se superior àquele que passa a sentir o ímpeto de obedecer a ordens.

E Curitiba tem seus donos, dizia Paulo para o retrovisor. Melhor estar ao lado deles que contra eles. Quem não quer ser apadrinhado por Don Ceccillo? Melhor isso do que estar morto. Os grandes estadistas das democracias modernas são aqueles que sabem equilibrar as necessidades dos pobres, dosando com sabedoria os seus sofrimentos, mantendo-se no poder para defender os interesses dos grandes usurpadores escondidos por trás das grandes corporações.

Pensava na importância que as pessoas jurídicas possuíam a despeito das dores das pessoas de carne e osso. Mas pensava nisso até chegar ao prédio do Matte Leão, empresa local de chá de erva-mate, a algumas quadras da antiga Delegacia de Ordem Política e Social, a Dops, o que o fez projetar cenas do tempo no para-brisa. Ficou nostálgico. Mas não das eras dos barões do mate, dos primeiros proprietários de Curitiba, mas de quando se sentia forte.

Saudade daquela época. Ao menos, a corrupção ficava restrita aos mais chegados. Não era tão generalizada. E, também, quase ninguém ficava sabendo das tramoias. Não dava pra sentir a lama esfriando o umbigo. Já era sistêmica, mas, agora, todos querem um pedaço do bolo da noiva, pois a maracutaia é de domínio público. Enquanto, aqui, empreiteiras e cupinchas enriquecem, mas nossos Don Ceccillos não usam bigodes nem são playboys.

Ao pensar na sua própria função, na atividade que desempenhava diariamente e diuturnamente, sem respiro, naquela que deveria sanar essas e outras purulências do Estado, desanimou.

E eu, agora, responsável apenas por enterrar suspeitas de desvio em pilhas de papéis embolorados. A máfia é a mesma, o que mudou foi só o sistema eleitoral. A democracia fede, porque não é democrática, vaticinou.

Encerrava a digressão, ligando o rádio na Ouro Verde, uma estação de músicas lentas, românticas e basicamente composta por hits americanos.

Uma das músicas da dupla Air Supply estava no refrão. Paulo acompanhou, assobiando a melodia aguda, sem prestar muita atenção à letra clichê e ao significado raso. Não importava. Queria ser embalado para deixar de pensar e de sentir o incômodo que o tinha invadido naquele trajeto até o trabalho.

I can wait forever if you will.
I know it's worth it all
to spend my life alone with you.

&

Diante do espelho da ampla sala de reuniões, Maria admirava-se vestida como uma mulher. O terninho era sóbrio, num tom creme que dava destaque ao batom e às unhas vermelhas. O cabelo com franja ainda não disfarçava a adolescente que começava a impor suas decisões aos gestores que, até aquele momento, tomavam conta dos rumos da sua herança.

O segredo é se aproveitar dos desejos, Maria.

E o que isso significa?

O brasileiro não é apaixonado por carros. Só diz que é. O que ele persegue diariamente é o sonho da casa-própria.

A conversa com Ivete, que administrava as locações residenciais, se iniciava com conceitos para, depois, utilizar exemplos genéricos. Assim, Maria conheceria a realidade do negócio que tinha em mãos para conseguir negociar com a realidade das pessoas.

Mas você não lida com opções de venda, nem com angariações para aquisição, Ivete.

Por isso mesmo. Todo mundo tem isso na cabeça. Por desejarem o próprio imóvel, não se incomodam tanto com as situações que encontram em nossos imóveis. Sempre vão pensar que não é pra sempre.

O aluguel tem essa vantagem, então. Todos acreditam que é temporário, pagam o que é exigido que se pague, não reclamam demais para não serem despejados.

Nem reclamam de menos, infelizmente. Inquilinos são uma dor de cabeça que nos mantém acordados, mas que incomoda todos os dias.

Como assim?

Ligam por qualquer besteira. Até quando o chuveiro queima. São como crianças mimadas, querem chamar atenção.

Pelo menos, chuveiros são coisas mais baratas que troca de carpete, por exemplo.

Isso sim, mas não dá pra amolecer, Maria. Começa sempre assim, com pequenos favores, insistentes, aparentemente bobos, mas que são como testes.

Querem testar nossa paciência? Pegar no pé, então.

Não é bem isso. Se atendermos à maioria dos pedidos, acreditam que conseguirão muitas outras coisas, por isso, mesmo que tenham direitos, é melhor fazer corpo mole ou ser casca grossa mesmo. Bater o pé. Dizer não. Uma hora ou outra o parafuso espana.

Você deve estar acostumada a colocar essas pessoas em seus lugares.

Com certeza. A frase que os meus funcionários mais escutam é "nem vem". É o meu mantra.

Obrigado pela dica.

Fico feliz por fazer parte do seu treinamento, digamos assim, já que daqui a pouco estará sentando definitivamente nesta cadeira, disse Ivete.

Ela olhava para o grande assento de couro marrom que há mais de dez anos não era utilizada durante as reuniões naquela sala.

Não seja por isso, falou Maria.

E sentou sem fazer cerimônia.

As duas riram, mas a filha de Vicente sabia da importância simbólica daquele gesto. Depois de acomodar-se, correspondendo ao sorriso de Ivete, chegou a desejar que a funcionária fosse buscar algo para ela apenas para ter um gostinho, mas pensou ser melhor ir devagar. Então, apenas mudou de assunto, apontando uma cadeira à sua direita para que Ivete de acomodasse.

Há quantos anos você trabalha na V.Paes?

Nossa, até já perdi as contas. Foi antes de seu pai se casar com Dona Quitéria. Uns meses antes. Então, deve fazer uns dezesseis anos. Sete com seu pai vivo, por que depois que ele, desculpe, foi indelicado da minha parte tocar nesse assunto.

Imagina. Não se preocupe. Eu era muito pequena. Não tenho muitas lembranças dele, infelizmente.

Mas tenho certeza que você o substituirá com muita competência. É como se ele estivesse de volta à empresa.

Espero deixar meu pai orgulhoso.

À noite, contando para sua mãe a respeito da conversa que tivera, fez questão de frisar a postura subordinada e bajuladora que percebeu em Ivete. Ainda se surpreendia com algumas atitudes, mas começava a entender as razões pelas quais as pessoas faziam isso mesmo diante de uma adolescente, moldada para comandar, mas ainda verde.

Tudo porque eles pensam que eu mando, mãe.

Mas você manda, Maria. Todas as propriedades, ativos, equipamentos, inclusive os funcionários da V.Paes são seus.

Se eu quiser demitir alguém, por qualquer razão, eu posso?, divertia-se.

Calma, juridicamente, você não pode assumir majoritariamente porque ainda é menor de idade.

Então só daqui três anos?

Na verdade, pelo testamento de seu pai, só após completar vinte e um. Você precisa estar emancipada.

&

Juan procurava explicações.

A esposa o sugara dia após dia. Gota a gota. Coletava de seu amor o que ela necessitava para viver. Matava o pó abaixo do pó. Mas sem consciência. Como agora, em silêncio e violência, nada sabe sobre o que é percebido. Continuava retirando a energia, a força vital do artista diante da tela.

Eu fui seu deus, sua divindade, sua encarnação do deslumbramento.

Por isso, necessitava se doar. Mas sem explicações, era o que ele sentia desde o início, mas não questionava, pois entendia que essa era a equação para que dois seres permanecessem unidos. Não eram apenas duas solidões que se emaranhavam, pois apenas uma delas era preenchida, enquanto uma se esvaziava a cada dia.

Nu, diante do corpo da esposa, ele perdia o vigor que pensava ter adquirido após cortar a garganta dela. Tal como o sangue que fora expelido pelo corte, sentia que sua disposição para criar se esvaía também. Não sentia motivação para construir.

Acreditava que, durante os anos que passaram juntos, tudo o que Maria precisou tirar de vida, tirou. Pois queria o amor, a presença, a boca, os ouvidos, a mente secando. Ele perdia sempre alguma parte de si quando ela, sua asceta, o procurava.

Haviam se conhecido por acaso e a idade de Maria não foi impedimento, pois ela o queria. Juan era sua maneira de dizer à mãe que se considerava emancipada.

O amor não é um mecanismo de trocas perfeitamente equilibrado, Juan pensava. Desse jogo, saí com jogadores a menos.

Refletia sobre o jogo após sua conclusão.

Ao redor de si, o mundo preenchia o éter, mas nele o peso do vácuo impedindo o revelar da realidade a poucos metros de suas tintas e pincéis. Tudo parecia opaco.

Embora percebesse que o que fizera não estivesse surtindo o efeito desejado. Ao menos, não de maneira imediata. Matar era inevitável.

Precisou matar sua asceta. Se não fizesse isso, não sobraria nada de si para que se lembrasse de quem era. Do que viera fazer sobre a face da terra. Do que seus desejos faziam povoando sua mente. Do fim de sua vida, para além das finalidades que se impunham no antro da sociedade. Precisou matar para recuperar a si mesmo. Sua memória. Fundamento da história. Pois sua impressão era que desapareceria cedo ou tarde, caso tudo permanecesse como estava. Matou sua esposa antes de se perder. Matou antes que perdesse a arte sufocada pelo outro. Pela boca do passado. Matou a sua realidade para descobrir imagens e sonhos.

Sentado diante da tela em branco, sentia um oco reverberar do estômago aos olhos. Sem matéria para forçar os dedos. Não conseguiria pintar sem que sua alma estivesse completa e sólida. E sentia como se ela não estivesse ali da forma densa como almejava.

Estava inacabada.

Mutilada.

Mas preciso tentar. Embora não seja uma questão de tentativa. Não tenho tempo para experimentos. Quando não há saída, o jeito é cavar fundo, com as unhas e os dentes.

Ficou de joelhos no tapete da sala, enquanto olhava os tubos de tinta espalhados no chão. Iniciaria o trabalho pelo preparo das áreas escuras da tela, mas não conseguia definir onde as sombras, onde o fundo mais escuro nem quais os tons de cinza a serem usados.

Estava cego para as trevas.

Decidiu, então, que começaria pela definição da luz. Inverteria sua busca.

Não. Também estava bloqueado para a luz e sua origem. Estava com a visão baça na superfície dos olhos.

Definiria a forma da composição, mas enquanto pensava equilíbrios sentia o interior de suas costelas se desequilibrarem. Uma dor aguda no fundo das costas parecia perfurá-lo.

Teria que se concentrar no preparo da base para o tom da pele, buscando a melhor representação do corpo de Maria. Pensava que assim já teria feito avanço naquele primeiro dia.

Com o godê de porcelana, misturou branco de titânio, amarelo ocre, amarelo e vermelho de cádmio, mas antes de alcançar o tom equilibrado para o tom da pele, acabou se perdendo entre os tubos e começou a colocar aleatoriamente outras porções de cores. Estava perdendo a consciência do que fazia. Perdia o controle das mãos, do próprio corpo, dos músculos e nervos.

A razão bêbada. Desordenada.

As cores se quebraram.

Precisaria de tranquilidade para o trabalho. Resolveu, então, que diluiria alguns tons de tinta com óleo de linhaça. Construiria mais horas. Para estar íntegro novamente, seria necessário todo o tempo do corpo. Do tempo dele se perdendo de suas estruturas, de seus constituintes básicos e capsulares.

Ficou em pé. Cambaleou até uma das janelas, limpando seu pulmão do forte odor da linhaça. Estava fraco. Como se os seus nervos rangessem, embora o corpo parecesse amortecido e gelatinoso. Não conseguiria, se continuasse assim, juntar seus próprios pedaços nas leves e frenéticas pinceladas que daria sobre a tela. Nem moldar as cores da tinta à óleo, pois ficava enjoado com o odor da terebintina das tintas, da linhaça dos diluentes e do pó nos móveis da casa.

Ficava enjoado com o odor do próprio trabalho.

Talvez eu devesse voltar aos estudos, esboços, exercícios de proporção, perspectiva, volume. Ainda pareço um aprendiz, mesmo depois de tantos anos.

Indignado, relembrava os potes de tinta guache que usava na escola primária.

Queria entender, por meio dos contornos que daria, o que sentia por ela. Pela arte. O que representavam como corpo unido. Qual a dialética obscura por trás daquela relação. Dos reflexos diante da íris um do outro.

Depois da intimidade, o ar é gasto e rançoso e, no espaço, ruídos subvertem o silêncio da pele. Ele tentava compreender se havia realidade no que viveu. Vivenciou. Viu. Se haveria razão ou desrazão na existência das coisas e dos sentimentos pelas coisas. Se o passado interferiria nas esferas, nas sucessões de planos. Se as dimensões se encontravam em algum ponto, se ele poderia encontrar esse ponto ínfimo e infinito em que tudo havia.

Relia Borges em si mesmo. Nos seus argumentos. A eternidade através do ponto imperceptível captado pela visão. No meio de seus olhos, a verdade. Desejava encontrar o conhecimento para além dos conceitos e teorizações. Encontrar o bem e o belo através dos dentes da verdade. Redescobrir a sua própria.

&

Poucos meses antes de conhecer Juan, a situação entre o seu modo de pensar com o de sua mãe estava a cada dia mais tensa. Não entravam em acordo. Pareciam pensar em estratégias sempre antagônicas.

Os gestores e consultores apenas se olhavam perdidos durantes as discussões.

A quem deveriam dar apoio era o que pensavam, trocando olhares.

A menina, que há poucos anos ainda assistia adaptações do Sítio do Pica-pau Amarelo, e Dona Paes, que legalmente era a tutora da filha e possuía o voto de minerva no que se referia aos bens e decisões do grupo, não facilitavam.

A inflação está galopante, não é hora de realizar tantas aquisições, Maria. O momento é de dividir os ovos e se proteger.

Aquela região ainda não foi descoberta.

Terreno em beira de BR é furada. E o bairro é residencial, o zoneamento apenas para construções de até seis andares.

Terra é terra, mãe, e não é em beira de BR.

Quase na favela.

Por isso, há muitos terrenos abaixo do valor de mercado.

O que pretende fazer lá? Repúblicas para estudantes da PUC?

Materiais de construção vão aumentar cada vez mais. Penso em adquirir e esperar. Quando a economia estabilizar, começamos essa nova etapa, construção de condomínios.

Economia estável? Quando? Olha, o Prado Velho era pra ser um bairro educacional, mas o projeto não vingou, o que te faz pensar que a sua ideia vai?

O desespero das pessoas. Quem está se livrando dos terrenos e casas é por que se endividou e precisa capitalizar. A gente já lucra na compra.

Muito sonhadora, você. Quer pensar em fazer dinheiro com endividados? Então, vamos pensar numa financeira.

Banco?

Quase. Banco de crédito. Manter correntista exige uma estrutura muito grande. E não é preciso retirarmos de algum investimento para realizar empréstimos. Dinheiro são números nos computadores. Penso em algo mais enxuto e dinâmico.

Você é doida mãe? Pensa no capital que precisaríamos para fazer o recolhimento compulsório no Banco Central. Sem falar no risco de inadimplência.

Trocavam farpas leves sem chegar a lugar algum, sem nem mesmo solicitarem a opinião dos funcionários presentes a quem pagavam bons salários, mas menores que a mesada de Maria aos dez anos.

Um cutucava a unha do dedão. Outro tentava pegar o açúcar do fundo do copinho descartável com a língua. Um apoiava a nuca no encosto da cadeira e fechava os olhos, torcendo para que a discussão permanecesse por muitos minutos. Outra pensava que o sistema bancário no Brasil era muito concentrado e que deveria reservar uma fatia do próprio salário do mês para quitar o empréstimo que fizera há alguns meses para trocar de carro. Uma tinha certeza que havia esquecido de deixar a água para o cachorro, por isso teria que almoçar em casa para verificar. Outro morria de tédio, pensando que, como sempre, daqui a alguns momentos, Quitéria bateria na mesa, falaria que tinha consciência de que os ativos financeiros estavam retidos na mão de meia dúzia de bancos, que ela não entraria nessa briga, apenas queria era sangrar o pobre mais do que Sarney já estava conseguindo, constatava que Maria não poderia se opor mais, pois conhecia muito bem aquele olhar, que dizia agora chega, me obedeça.

Mas o que Maria disse pouco antes de se retirar da sala deixou todos surpresos.

Ok, mãe. Faça como você bem entende, por enquanto. Mas não será sempre assim. Eu não vou esperar mais cinco anos para assumir o que é meu de direito.

&

Desde o incidente que transformara Emílio no prisioneiro de si mesmo, a primeira vez que tentou se comunicar com o exterior foi quando Paulo o deixou na sala, ouvindo música. Manteve na primeira estação de rádio que foi sintonizada.

Ao se virar para ir ao banheiro, um gemido grosso e fanho saiu da boca do filho. O corpo continuava retesado e imóvel, mas teve a certeza de que o som não fora involuntário. Respondia a algum estímulo. À música, talvez.

Está gostando da música? Essa te agrada, filho?

O silêncio se manteve, apenas os olhos traçando leves e irregulares movimentos do pai ao rádio e para outra localização que não foi de pronto identificada.

Essa música é boa mesmo, que bom que gostou, daqui a pouco podemos sair, talvez, para dar uma volta. Quem sabe depois você não tenta comer um prato inteiro de sopa de abóbora? Você tem comido cada vez menos, Emílio.

Antes mesmo de se virar e sair da sala, o filho grunhiu novamente. Paulo, assustado, se aproximou do filho, e percebeu o que ele estava tentando dizer. Pela primeira vez, sentiu que seu filho estava ali, mesmo que preso naquele corpo repuxado cada vez mais magro e frágil.

A música que tocava baixinho no rádio era uma das que a mãe costumava cantarolar quando estava alegre. Às vezes, ficava o dia inteiro martelando os ouvidos do pai e do filho com ela.

Você ainda lembra. Ainda lembra da música. Lembra da música que sua mãe gostava. Da música. Ela adorava essa música, não é? E você odiava.

E o rádio continuava entre uma estática e outra a transmitir.

E você não tem direito de calar a minha boca.
Afinal, me dói no peito uma dor que não é pouca.
Tem dó!

Deixa, deixa, deixa eu dizer o que penso dessa vida.
Preciso demais desabafar.

Eu tiro ela filho. Não precisa ficar irritado. Vou desligar o rádio. Nem sei por que sua mãe gostava tanto dessa Claudia. No fundo, acho que sua mãe era uma subversiva disfarçada. Mas agora o que isso importa? Sabia que, não sei se te contei essa, devo ter contado, mas talvez você não se lembre, é que fui chefe da sua mãe, e eu odiava quando ela me chamava assim, chefe, era a única mulher que eu deixava me chamar pelo meu primeiro nome, isso naquele tempo, quando tinha o "Cap. Soares" no cartão de identificação, no máximo deixava que me chamassem de Sr. Soares, porque alguns não sabiam que eu era um militar transferido para a Polícia de União.

Paulo sentia a voz mais alta que o normal. Como se o cômodo estivesse vazio, sem móveis ou pessoas.

Estou te enchendo com as coisas de quase vinte e cinco anos atrás, né? Pronto tirei a música.

Disse ele, caminhando com um dos braços esticados em direção ao aparelho de som. Sem virar, continuou a falar, pretendendo ter uma conversa com o filho.

Acho que sua mãe passou a ouvir essa música quando você ainda estava na barriga, coincidência isso, você veio e mudou muita coisa.

Voltou a olhar para o filho que prestava atenção à sua fala.

Foi bom, sua mãe passou a ouvir samba e eu pedi transferência da Dops, passei a ganhar melhor, mas o serviço era um porre, mais burocrático, e eu deixei de ser chamado de capitão. Eu gostava do som, não parecia mais como nos filmes do 007, mas eu não podia arriscar morrer, muito risco de acordar e descobrir que te enfiaram num carro cheio de explosivos. Não dá pra lutar contra terroristas com um bebê em casa. Mas estou te amolando com as minhas abobrinhas, vou te deixar descansando um pouco.

E virou o corpo sobre si mesmo, esperando que seu filho emitisse algum som, que pedisse para ele ficar e conversar mais. Queria que pudessem voltar a bater boca sobre política, assunto sobre o qual sempre discordavam. Sobre as macacadas que o presidente andava fazendo na Casa da Dinda.

(Ele bem que poderia colocar um dos meus K7. Demorou pra se tocar que eu odeio bossa nova e essas porcarias de MPB. Vontade de ouvir Ratos, Metallica, Sepultura, Dio, Motörhead, mas de que adianta? Já não posso fazer mais nada.)

Em sua cabeça, Emílio começou a cantar Stand up and shout, de Dio.

You're got desire
So let it out
You're got the power
Stand up and shout

Mas sequer conseguia controlar as gotas caídas no rosto. O ódio aquecendo as orelhas. Nada. Sem controle, sem poder, sem vigor nem força.

A música cantada por Claudia, Paulo lembrava, tinha a mesma idade de seu filho. Mas toda a música é atemporal. Etérea. É livre.

Mas seu filho, não.

&

Por isso, Direito Civil não é muito a minha praia. Me especializei naquilo que a V.Paes precisava. Eu tenho que conhecer bem o Direito Tributário, Comercial e Financeiro para defender os interesses da corporação, mas vamos lá, deixa eu ler esse testamento, concluía.

Dr. Macedo havia discursado para Maria sobre as várias áreas do direito.

Só preciso mesmo é de uma orientação mais profissional para ver se eu entendi direito o que eu acho que entendi.

O advogado da empresa era um homem baixo com voz grave. Sempre de porte altivo, não deixava transparecer insegurança. Por isso, quando disse não estar familiarizado com o direito das sucessões, não conseguiu fazer com que Maria acreditasse. Pois aparentava confiança disfarçada de humildade. Sua maneira de agir era zen, mas do mundo flutuante não desejava nada mais do que dinheiro e reconhecimento.

Iluminação, para homens práticos, apenas em moedas bem polidas.

Trinta seriam poucas.

Pelo que vejo é isso mesmo. Seu pai foi muito correto e generoso. Respeitou a menoridade civil, mantendo sua mãe como tutora e, por isso, ela responderá pela empresa, além disso confiou que você estaria preparada para assumir responsabilidades na empresa após os vinte e um anos e um dia. Claro que ele não tinha em mente a presidência, mas isso ele não tinha como prever antes do acidente.

Eu estou preparada hoje, não vou esperar cinco anos.

Se é que posso dizer alguma coisa, você é muito inexperiente para assumir tanta responsabilidade.

Tenho mais prática e conhecimento que muitos empresários brasileiros.

Não tenho dúvida disso, embora não seja muito difícil. Mas não há o que fazer. O jeito é esperar.

Não. Deve ter um jeito.

Mas é tempo perdido, é procurar chifre em cabeça de cavalo.

Então, procure o chifre.

Dr. Macedo se virou na cadeira e passou os olhos na estante que tinha instalado às suas costas. Muitos daqueles fólios eram decorativos, mas uma extensa prateleira guardava livros que além de bonitos podiam ser consultados, Dentre eles, havia um volume com textos comentando a lei 3.071 de 1916, o chamado Código Civil.

Revirou o livro de capa a capa. Olhou no índice, verificou os comentários, coçava o queixo e balançava a cabeça ora concordando ora negativando alguma possibilidade aventada.

Ficou vários minutos analisando o artigo 9º. Parecia ler e reler, como se tentasse decifrar uma charada.

É isso.

Isso o quê?

Ou sua mãe concede a cessação da incapacidade ou não vejo possibilidades viáveis aqui, senhorita Maria.

Quais as possibilidades?

A primeira, a de sua mãe, que também é sua tutora, realizar inscrição em registro público para este fim. Mas há um porém, como você tem menos de dezoito e seu pai é morto, apenas com sentença de juiz, e essas coisas são demoradas.

E minha mãe não aceitaria perder o poder.

Também acho.

E que outra opção eu tenho?

Tem, para o seu caso, a possibilidade de se estabelecer financeiramente. Por emprego público ou na iniciativa privada.

Autonomia financeira eu tenho.

Mas esses ganhos precisariam ser fruto de seu trabalho, independente de herança ou vínculo com esta empresa.

Eu teria que sair da V.Paes para conquistar a presidência dela?

Mais ou menos isso. E também não seria algo rápido, pois você teria de provar que consegue se sustentar. Isso não é pra qualquer um.

É ridículo. Mas são apenas essas as opções?

Há outras duas, mas, como disse, no seu caso, não há como.

Quais são elas?

Colação de grau superior.

Eu nem terminei o 2º grau.

Pois é.

E a outra?

O casamento.

&

Com os braços e pernas abertos sobre a cama, Juan cantarolava uma cantiga infantil. Embora não houvesse conseguido tocar o pincel na tela, ainda sentia que tudo estava se ordenando. O que planejara para o primeiro dia não fora executado, mas sua obra estava iniciada e não teria fim.

Como dizem, o mais difícil é o primeiro passo. Eu sei que o que pretendo criar começa não com a primeira pincelada, o toque das cerdas encharcadas na tela em branco, mas com o que foi iniciado meses atrás quando planejei matar Maria, deixá-la abandonada como minha modelo, com a escolha da faca, da imaginação percorrendo a sala, ensaiando o golpe no pescoço, dos contornos que as sombras projetavam no chão.

Olhando o teto, conversava consigo. Sabia que apenas ele entenderia, que talvez fosse o único que perdoasse seus atos.

Mas quem não perdoaria a violência diante dos resultados? Apenas os resultados importam. A poesia adoece diante das palavras emboloradas dos decretos-lei. Diante dos Atos Institucionais, não estão palavras, mas gestos. O gesto importa porque quer ser mais do que aparenta. Por isso, não interessa a intensidade do gesto. Importa que seja realizado.

Virava-se na cama a cada ideia de brotava. A cada palavra pronunciada no quarto, mesmo que sem interlocutor.

O pai do presidente é um exemplo disso. Seu gesto há quase trinta anos foi o de mostrar quem é que detinha o poder. Dentro do plenário, o senador Arnon disparou três tiros contra o seu adversário. Nenhum acertou. Não precisava. Morreu um suplente de um partido que depois seria extinto. Importa que a viúva passou dificuldades com os dois filhos pequenos? Não. Isso é desimportante diante da autoridade que deveria ser demonstrada. Hoje, mesmo morto, foi capaz de eleger um presidente da sua própria descendência. A violência não possui moral. Não pode ser graduada em níveis. É desimportante o número de vítimas, a forma como são mortas, e se ficarão mortas. A morte nada significa. Os corpos pouco importam.

Talvez essa forma de pensar fizesse Juan desejar a repulsa pela morte, e por suas infindáveis formas, mas nada sentia. Não possuía o fascínio que Charles Dickens havia demonstrado diante dos mortos que o extasiavam nos necrotérios. Nem com suas histórias.

O que interessa agora é aproveitar o tempo que tenho. Sei que nenhuma obra-prima é e deve ser concluída com pressa, por isso não terminarei de imediato, mas preciso avançar sempre para registrar o que vejo. Devo me apressar lentamente, não é isso que aconselham os manuais de gestão empresarial? Não importa o tempo que isso levará, mas será feito.

Tudo o que fizesse dali pra frente seria para que sua obra resultasse em algo perfeito, de conceitos limpos e claros, com a solidez conquistada e legitimada por si mesma.

Matei a pessoa que me amou. Mas necessitarei de outras ações para que a morte dela surta o efeito final desejado. Para que signifique para além do próprio gesto, mas isso eu já previra. Pois a revolução está viva e não retrocede. Não se disse que a revolução foi, mas que é e continuará, Juan sussurrava e sorria, acomodando-se nos edredons da cama.

De olhos fechados, estava satisfeito, pois não havia como voltar atrás. Dormiria leve aquela noite. O plano estava delineado com antecedência, a rota traçada. Obstáculos, apenas estimados, poderiam surgir, mas ele não se desviaria. Pequenas alterações no curso não o poderiam retirar do objetivo de caminhar o caminho. Há muito tempo planejara a sua obra, anos passou estudando, se preparando, meses planejando e se indagando a respeito das ações extremas que empreenderia. Então, firmava novamente seus propósitos para o bem do seu trabalho. Para o futuro da sua arte. Para a posteridade da obra que se iniciava. Só a ela e nada mais acima das superfícies.

Sem perceber caía num sono pesado, como se estivesse de olhos abertos, percebia o quarto na penumbra. O tom cinza-azulado penetrando nas retinas deixava os contornos líquidos. Tinha a impressão de poder tocar o teto com os cílios, os dedos tocando as paredes laterais.

Com o corpo roçando os lençóis viu-se flutuando pela janela do quarto, pairando sobre o gramado.

Misturadas às primeiras visões de um sonho, lembranças de outras mulheres em sua mente. De outros corpos. Recordações de outras ascetas. De passados, realidades e contextos diversos. De ações desesperadas de consolo. De pedidos. De súplicas. De risadas. De ações de afeto. De cheiros e sabores. Memórias guardadas na mente. Explodindo sem lógica, numa narrativa que ele não conseguia captar.

Sua alma repartida inúmeras vezes. Em pedaços de sofrimentos, tédio e nojo.

Cada pedaço recobria as folhas da grama que crescia. E crescendo tomavam o corpo e se enrolavam com firmeza e aspereza na pele. Sufocava sem que precisasse respirar. Das narinas saíam bolhas vermelhas de ar que, ao explodirem, formavam rostos. Eram demônios que ele criara no passado, faces cancerosas e disformes das mulheres que o amavam e o queriam todo para elas.

Retomarei cada pedaço, afirmava em voz alta sobre a cama, determinado, tentando se mover, mas sem conseguir mexer sequer os dedos de seus membros.

Posse.

Demorou a tomar consciência de que estava em um pesadelo. Apenas depois de ser mordido e devorado pelas bocas que se escancaravam dos rostos que giravam ao redor de seu corpo aprisionado, lembrou a cama. Enquanto ainda o mastigavam, foi sentindo a textura da cama, o toque do travesseiro em sua cabeça.

Acordou ainda vendo pedaços de sua carne flutuando diante dos olhos. Rostos se dissolvendo numa mancha circular acima do corpo.

Levantou devagar tentando entender o que ele mesmo queria dizer à sua razão. Que significados aqueles símbolos queriam traduzir.

Caminhou ao banheiro, ainda com os sentidos embotados, os pés amortecidos sem conseguirem sentir o piso abaixo dos calcanhares.

Era inevitável que precisaria voltar ao início para que o fim se decretasse.

Para que retomasse o que já doara anteriormente, para que seu mundo se reordenasse, anularia cada experiência amorosa do passado, reorquestrando percepções e arranjos das superfícies por meio do papel marcado de sentidos e sensações em cores.

Tomarei minha alma de volta, dizia, incisivamente diante do espelho.

A torneira aberta esperava que a cena terminasse.

Mulheres me amaram. Eu as acolhi. Dei prazer e entreguei um pouco do meu próprio ser. Dei uma porção da minha alma a cada uma.

Dizia isso, pois acreditava que precisava tomar de volta cada gota que vira sugada para que o amor existisse.

Para tomar de volta essas essências, apenas extirpando almas de corpos ainda quentes. E é o que farei. A possessão da arte revelada na violência sobre os materiais.

Deitando novamente, almejava um descanso que nunca tivera nos anos anteriores. À sua maneira, pretendia criar a metafísica da posse, a hermenêutica da violência.

&

Juan já estava perto da praça Rui Barbosa. Em seu ônibus, poucos lugares estavam ocupados, mas ele gostava de ir sobre o motor no fundo. Assim, tinha a visão toda do veículo e dos carros que se aproximavam. Fazia assim desde os tempos da faculdade, para a qual pegava a mesma linha diariamente.

Quando o cheiro de pipoca com bacon entrava no veículo era porque já estava perto do ponto de descida.

Passou pelos degraus arrumando os cabelos.

O gel começava a derreter com o suor, deixando os dedos grudentos, mas ele precisava estar bem apresentável. Não teria uma chance como aquela mais de uma vez na vida.

A chance de conhecer alguém que admirava seus objetivos.

De abandonar o mundo e se dedicar à arte.

De viver da pintura.

De pintura fundar seus dias.

E não mais vender seu talento aos interesses dos outros que sequer sabiam seu nome. Ou o cheiro que ele exalava quando estava muito calor.

Tinha certeza que Maria seria diferente.

Enquanto andava pelo calçamento irregular e oleoso, sentia ansiedade de se encontrar com ela e de saber o que dizer exatamente a alguém que vivia uma vida tão diferente da sua.

Outro universo de valores.

Como amenizar o choque do que eu acho normal com aquilo que ela pode acreditar ser normal?, refletia.

Batalha entre normalidades.

O sábado havia tirado muitas pessoas das casas. Com sacolas, pacotes, pastas ou com passos de quem precisava chegar a tempo de pegar alguma loja aberta, rostos inchados se olhavam, mas não se percebiam.

Quando chegou ao Cine Astor, ao lado da Boca Maldita, onde o movimento da rua de pedestres mais conhecida da capital era mais intenso, arrumou novamente o cabelo diante do vidro da bilheteria.

Não parava de mexer nele. E não percebia que do outro lado a caixa olhava para ele achando graça.

Estou acostumada com garotos ansiosos, esperando suas pretendentes. Mas esse daí já não é da primeira fervura, alfinetava. Homem é tudo bobo mesmo, murmurava sem que Juan a visse.

No reflexo do vidro, um Mercedez creme chegava.

O carro parava silenciosamente e o fazia sentir as bochechas aquecerem. A segunda vez que via o carro não guardava a mesma sensação da primeira. Sua determinação agora era mais forte, como se o seu futuro dependesse do filme que assistiriam juntos.

Quando percebeu que eram as bochechas que sentia quentes no rosto, pensou que poderia estar parecendo um retardado com as maçãs do rosto roseadas. Mas não ficou incomodado com isso, pois a visão de Maria saindo do carro de luxo com os cabelos arrumados em um coque cuidadoso, com as pernas encaixadas em uma calça pantalona lilás e com uma camisa branca o desconcertou. A expectativa que tinha a partir da Maria descabelada e suada de uma semana atrás fora superada e estava feliz que houvesse arriscado o convite. Mas não tanto pela beleza dela, mas por ela representar uma chance dele sair do limbo em que estava metido. Não conseguia dedicar tempo à sua arte, nem mesmo aos exercícios que deveria continuar praticando. Afundava-se cada vez mais na vida medíocre de vendedor, um vendedor de arte, sim, mas apenas um intermediário.

Quando se cumprimentaram, enquanto o motorista seguia pela Voluntários da Pátria, a caixa do Cine Astor não pôde deixar de soltar um gritinho de surpresa, pois ela esperava alguém diferente como companhia para ele. Agora entendia toda a afobação em que ele se encontrava minutos antes, ao tentar impedir que o gel se desfizesse e escorresse pelo rosto.

Só espero que você não tenha me convidado pensando em assistir Dirty Dance.

Não, não. Esse já saiu de cartaz.

Ainda bem, pois odeio esses filmes românticos. O que vamos ver?

Nascidos para Matar.

Kubrick? Ótimo!

Você gosta dos filmes dele?

Um é mais diferente que o outro. Não tem como não gostar.

Se esse for tão bom quanto os anteriores, claro. Principalmente, o daquele escritor que enlouquece.

O Iluminado.

Esse mesmo.

Gosto desse também, mas prefiro Barry Lyndon.

Esse eu não conheço.

Não é muito famoso, mas é genial. E a história é o que marca. Adora tramas de ascensão e queda.

Eu espero que entre nós isso não aconteça, gracejou.

Maria achou a cantada bobinha, mas daria tempo para que pudessem dar certo até que ela pudesse avaliar as possibilidades. Precisava, antes, conhecê-lo e o cinema seria apenas um quebra gelo. Depois, precisava arrancar a história dele, do que gostava, o que esperava do futuro, se o que ela possuía, juventude e riqueza, poderia dobrá-lo às suas vontades.

Precisava de um casamento para emancipar-se.

Até o dia em que Juan fora conversar com ela, após sua prática de cooper, não conseguira encontrar uma solução para as constantes interferências da mãe em suas decisões. A única opção era se resignar completamente às determinações dela e do pai morto que a havia amarrado em um testamento e às leis arcaicas de um país primitivo.

Então, vamos comprar os ingressos?

Eu comprei há uns dias. Podemos buscar umas pipocas.

O filme já vai começar?

Daqui uns vinte minutos. Temos tempo.

Que bom. Assim, a gente pode sentar e conversar um pouco.

Então? Além de ser uma das primeiras corredoras de rua de Curitiba, o que você faz? Isso e estudar, claro. No dia em que te conheci, você precisou sair rápido para não se atrasar para o trabalho.

Sim. Estou sendo preparada para assumir os negócios da família.

Sério?, a surpresa não pode ser contida.

Calma, mas não é nada de mais. Algumas crianças treinam balé ou judô desde pequenas, não é verdade?, inquiria.

Sim.

Então... Eu estou sendo treinada, por decisão da minha mãe, desde que meu pai faleceu quando eu tinha uns três ou quatro anos.

Tão nova assim?

Minha mãe diz que sim, desde essa idade, mas eu só lembro de estar cercada de gente diferente em casa e que raramente brincava.

Que horror. Desculpe, mas deve ter sido difícil, disse ele tentando parecer o máximo compungido.

Eu reclamava bastante, mas nos acostumamos a tudo. E foi ótimo, pois desde a adolescência venho acompanhando os gestores e analistas das empresas do meu pai.

Empresas? É mais de uma?

Sim. São vários negócios. E continuamos diversificando. Com a instabilidade da moeda não dá pra arriscar colocar tudo numa cesta só.

Maria repetia a fórmula da mãe sem se dar conta da influência que reproduzia mesmo pensando em fugir dela.

Incrível.

O quê?

Você. Assim. Falando desse jeito. Segura. Estou impressionado.

Mas deve ser uma chatice. Vamos falar de você. Eu praticamente mal sei o seu nome, Juan.

E é esse mesmo, pode rir. Juan Ribeiro.

Com o que você trabalha, Juan Ribeiro?

Eu trabalho em uma galeria de arte.

Que legal. Deve ser muito interessante ficar rodeado de obras artísticas.

Sim. Por isso, eu comecei a trabalhar lá. Sou formado em Artes Plásticas pela Embap.

Estou de queixo caído. Você é um artista, então? Um pintor?

É o meu objetivo. Minha obsessão. Mas passo tanto tempo na galeria, ultimamente, que mal consigo praticar, quem dirá criar alguma coisa.

E por que não se dedica a isso, apenas?

Os sonhos são como fogo, eu sei que essa imagem é simplória, mas resume bem, e toda fogueira para manter as chamas altas precisa de lenha, e na sociedade em que vivemos, neste país analfabeto, lenha é igual dinheiro. Não posso viver de ideias apenas, preciso pagar as contas.

Você precisaria de alguém que te apoiasse, concluiu Maria, já percebendo a oportunidade que tinha diante dela.

Sim. Mas hoje em dia não existem muitos desses mecenas.

E o que você pretende fazer?

Eu preciso criar a primeira. A grande obra que poderá abrir caminho para galerias, encomendas, exposições. Mas, mesmo que tivesse todo tempo do mundo, ainda não me considero pronto. Preciso pintar mais, exercitar as mãos para essa arte.

Maria via determinação, desespero e desejo intenso nos olhos e palavras de Juan e sabia que desses elementos saíam a combinação perfeita para a dominação.

Encontrava nele a sua saída. Estava animada, pois tinha certeza que, em pouco tempo, tudo poderia caminhar conforme suas passadas.

&

Joelson, desce mais um chope aí, pedia Miranda.

Em uma das mesas perto do balcão, ele aproveitava para limpar algumas das lentes que estavam na bolsa em seu colo. Mais do que instrumentos de trabalho, suas câmeras eram filhos pequenos e frágeis, fetos indefesos.

Não acredito que você me fez andar até aqui no Stuart. A gente podia fazer o esquenta lá no Palácio, comer um churrasquinho, depois era só descer a André de Barros e ancorar no Tropicaliente. Queria ver umas bundas hoje. Ou ir até o Bola 8, sempre dá umas damas pra fazer um aconchego.

Não, Gordo, hoje eu não estou nem um pouco a fim de luzes piscando e putanhagem, estou cansado pra cacete, quero só um copo pra molhar a goela.

A gente podia ir, então, lá no Dolores Nervosa. É novo.

Aquilo tá enchendo demais. Muita piazada, também. Gente fresca, cheia de onda.

Você tá do contra mesmo, hein, Miranda? Então, ficamos por aqui, fazer o quê. Quem sabe não vemos o Lerner de novo. Putz, aquele dia foi massa, os seguranças chegando, dando uma conferida pra ver se não tinha nenhum jaguara do governo, num deu nem cinco minutos o prefeito tava aí.

Aquele dia foi sinistro, mesmo. Os seguranças do homem dando uma geral, fiquei bolado achando que iria dar treta. Depois, ele vindo todo faceiro pra comer empada.

É engraçado esse povo. De uma hora pra outra, de amigo vira inimigo, e vice-versa.

Como se trocassem de camisa.

Não. É mais difícil trocar de camisa. A gente ainda respeita o estilo, a moda, os gostos pessoais.

Um dia desses, esses dois vão sair no beijo. Não vão respeitar nem o ambiente familiar do Stuart.

Político só respeita uma coisa, Miranda, o saldo das contas bancárias.

Eles cagam nas próprias palavras. É só ver o que Collor disse no começo e o que está fazendo agora, Gordo.

Mas já não era flor que se cheirasse. A gente só não sabia.

É. A Globo pintou ele de um jeito tão bonito... O defensor dos descamisados, o caçador de marajás.

Mas o homem tem aquilo roxo, isso conta muito.

Gordo ria, balançando a barriga, que batia na mesa de madeira.

De príncipe da corrupção a caçador de marajás. Aquele lá quer governar sozinho, agora.

Ele e o seu dobermann.

Que dobermann?

O PC Farias, ora, quem mais?

Sei não, aquele lá mais parece um mafioso. Versão brasileira do Pablo Escobar. Tanto é que o Renan Calheiros saiu correndo do governo por causa desse um aí. Não queria continuar. Foi um dos primeiros a sair do barco.

E saiu muita gente. E vai ter mais saindo. Nunca houve tanta sujeira em Brasília. Não vão conseguir segurar o Collor.

Na verdade, não querem mais ele lá. Acho que é por isso que está rolando toda essa movimentação. Se quisessem, mantinham, deixavam a gente sem saber de nada. Botavam uma novela bem chamativa, ridícula e exagerada, cheia de reviravolta, pra apagar a memória do povo.

No fim, você sabe, vai tudo virar samba-enredo, Miranda. Não vai dar em nada.

E nós investigando contrabando do Paraguai. Isso cansa, às vezes, Gordo, é ridículo. Presidente, desviando dinheiro e nós aqui prendendo hermano.

Mas colocaram ele lá já sabendo que a grana que usou na campanha vinha da secretaria da saúde de Alagoas. Era grana de remédio. De leito de hospital. Sabiam, mas preferiram ele ao operário de nove dedos.

Velhinho morrendo de infarto e criança no corredor por que o desgraçado precisava financiar campanha. Como é que a gente explica isso, Gordo?

Isso é Brasil.

Não, isso é democracia. Com o barbudo não seria diferente.

&

No Parque Barigüi, na semana anterior, após cruzar quatro vezes pela mesma garota, que acenava desinibida, resolveu puxar assunto quando a viu alongando para encerrar o treino. A conversa foi tranquila, apenas sobre treinos, equipamentos e a pouca quantidade de mulheres que praticavam cooper.

Estão querendo organizar a primeira corrida de rua feminina para o próximo ano.

Eu te ajudo a treinar.

Iria ser bom ter companhia pra não perder o pique.

Juan iria marcar o que poderia ser o primeiro treino deles juntos, mas ela o interrompeu dizendo que precisava ir, não deveria chegar atrasada ao trabalho.

O carro para o qual ela se dirigia e o motorista que aguardava todo paramentado eram informações visuais que não combinavam com a garota tranquila e bem resolvida que, para surpresa dele, havia falado em trabalho.

Maria, espere um pouco.

Sim?

Posso te ligar para marcarmos de sair qualquer hora dessas?

Maria não se sentiu confortável em passar o seu número de telefone para um cara que parecia mais velho que ela. Entretanto, pensou que seria uma boa oportunidade de provocar sua mãe, mostrando que ela estava saindo da direção que continuava a dar em sua vida.

&

Matou a esposa, limpou-se do sangue que lhe grudava os dedos, deitou na cama, refletiu e teve um início de noite que servira apenas para lhe tirar a paz. Por isso, quando tentou criar ficou frustrado.

Como fui afobado, dizia para si, levantando-se da cama. Não deveria ter insistido novamente em tão pouco tempo. É claro que nada sairia. Tenho que falar com uma das minhas primeiras fêmeas.

Ele considerava Virgínia uma das mais fiéis e submissas. Aquela a quem ensinou tudo.

Mas não se falavam há anos. Então, quando ligou para ela, iniciaram falando coisas banais, muitos clichês, usando convenções de início de diálogo. Amenidades apenas. Retomavam contato sem troca nem envolvimento.

Perguntou o que ela havia feito nos anos que passaram. Com o que trabalhava, se trabalhava. O que estudava, se estudava. Que lugares frequentava, se costumava sair à noite com os amigos ou se gostava de sair sozinha. E se estava casada, se namorava ou se mantinha um caso fixo.

A cada pergunta, um corte mais profundo.

Ela fez questão de relembrá-lo que havia sofrido bastante após eles desmancharem o namoro, que ficara com vários garotos do colégio pretendendo que ele sentisse ciúmes, mas que não havia dado certo.

Em parte não foi bom. Mas tomou gosto pela coisa e não conseguiu mais parar. Queria sempre ir mais longe. Havia descoberto uma fração dela que não imaginava existir, um lado escondido, do qual deixou de sentir vergonha.

Todos temos um lado negro, não é, disse ele, dando uma risadinha ao telefone.

Foi por isso que abri uma agência de turismo, justificava. Posso viajar pra onde quiser. Conhecer gente interessante de todos os lugares. Ir para locais que só havia sonhado. É bom fugir do frio e da chuva curitibanos, encontrar o Sol trincando sobre cabelos de homens de vários estilos, cheiros, línguas, profissões e temperamentos.

Chego até a te invejar, Virgínia.

É por causa desse estilo de vida, como se diz, que eu não quero me casar, nem pretendo fazer isso. Quero viver solta, mesmo que termine meus dias sozinha.

Algumas pessoas nasceram pra tios, Juan interrompia.

Sozinha, mas viajada. Melhor que isso. Rica e promíscua. Uma velha safada, disse rindo do epíteto imposto, como se ele a definisse desde os tempos escolares.

Contou, então, cada uma das histórias que viveu. Prestou um relatório erótico de suas aventuras. Não tomou atalhos, falando dos avanços amorosos que havia feito depois que ele a deixara. Contava detalhes. Não escondia números nem resultados. Foi nesse ponto, então, que a conversa começou a tomar o rumo que o interessava.

As aventuras que relatava, que relembrava, ao telefone a estavam deixando excitada. Começou, sem que percebesse, a falar pausadamente, depois em sussurros. Quando percebeu, suspirava com as lembranças.

Iniciou a narrativa como deve ser, aos poucos, mas intensamente, enlaçando o interlocutor com a tara dele, com o vício de ouvir, com a necessidade de querer saber mais. De criar junto um jogo de trocas.

Amplificado os mundos simbólicos que são próprios a cada um dos lados dessa relação.

Virgínia contou as histórias que viveu a dois, omitindo, vez ou outra, alguns detalhes estratégicos, depois revelou aventuras a três e, deixando escapar o orgulho que sentia de si, contou sobre as pequenas surubas, ansiosa para que ele quisesse saber mais, mesmo após jogar tudo, numa torrente, diante da ânsia que imaginava existir do outro lado da linha.

No fim, arfava e gemia disfarçadamente.

Se masturbava ao telefone.

Juan tentava parecer sinceramente surpreso. No fundo, nada daquilo o interessava. Fingia estar excitado, também. Queria que ela continuasse a contar suas façanhas, enquanto ele sorvia os resultados do que acreditava ser fruto de seus ensinamentos, enquanto a ouvia tremer abraçada ao telefone. Seu interesse não estava nas experiências que ela vivera, mas do passado dele nela. Do que ainda perceberia de seu na alma dela.

Então, ofegante, ela o convidou para um jantar em sua casa.

Virgínia

Virgínia era suave, mas as reações que causavam em Juan eram sempre violentas e incendiárias. Seus olhos claros, úmidos, contrastavam com os mamilos escuros que ela fazia questão de manter arrepiados sob a camisa branca de algodão.

Isso o deixava em constante tensão. Embora ele não tivesse consciência de seus próprios sofrimentos. Da carne em luta, se escondendo nas franjas de seu subconsciente.

Abaixo da serenidade dos movimentos, da frieza racional dos olhos, da fala amaciada em pontos exatos, compondo uma harmonia da sedução, ali estava um artista em batalha pela constituição definitiva de seu trabalho, que encontrava dúvidas a cada movimento, a cada tema e tom, labirintos criativos afloravam nas águas que pretendiam abraçá-lo como um Narciso. Pois vivia entorpecido de sua arte.

E da beleza de Virgínia, de labirintos em que ela também caminhava.

A casa de Virgínia Abage era um lugar aconchegante. Localizada no Jardim Social, bairro de elite, era decorada com despojo, unindo o passado e o presente, países diversos e povos exóticos, em grandes móveis ou pequenos bibelôs. Cada cômodo era um caldo insalubre de estilos, países e épocas. Cada peça da casa, entretanto, possuía uma história.

Lembranças. Não foram comprados em feiras, em mercados de pulgas.

Ou eram herança de família, representando a pessoa querida ou foram adquiridos durante alguma das viagens que havia feito.

Viagens são, atualmente, minha principal paixão.

Ela conseguira, de certa maneira, transferir a frustração da juventude, do relacionamento fracassado que possuíra com Juan, para a atividade de evadir-se. Sublimou o passado. Hoje, viajar era sua única companheira. Presença que podia ser sentida pelas fotos e pelos objetos que espalhava caoticamente pelos ambientes. Vivia sozinha na casa espaçosa que mandara projetar e construir com o rendimento que sua agência de turismo proporcionava, após derrubar uma antiga casa que sua família possuía e na qual crescera.

No hall de entrada, uma bancada que a anfitriã afirmou ter passado de avós para netas por quatro gerações. Acima dela um espelho sem moldura, apenas o vidro afixado na parede, onde havia uma inscrição de Pitágoras.

Tudo o que vemos é o invisível.

Os dois estavam sentados sobre um tatame japonês com fibras à mostra e recostados em almofadas com temas indianos, tomando vinho chileno enquanto se beijavam, depois de terem dividido uma pizza, metade calabresa metade chocolate branco. Não havia ordem, pitagórica ou de qualquer outra, naqueles arranjos.

Não pronunciavam palavra alguma, não relembravam passados nem comentavam o presente, se massageavam apenas, deixando o vinho suavizar a tensão mental, para relaxar o corpo e o espírito. Nenhuma reflexão era feita, apenas gestos.

Virgínia se negou a tirar a roupa.

Não se entregaria tão facilmente. Queria que ele começasse sozinho, olhando para ela. Ficaria deitada sobre as almofadas, como uma garota de revista. Enquanto ele se posicionava em uma cadeira desconfortável diante dela.

Ainda vestidos, ficaram apenas se olhando.

Ele estava um pouco deslocado, sem ação. Difícil entrar no jogo que ela instituía espalmando o meio das próprias pernas com a mão direita e fechando os olhos devagar, enquanto intensificava os movimentos, usando a outra para apertar os mamilos escondidos e acariciar os cabelos tingidos de loiro, que disfarçavam bem sua ascendência.

Seu nome e sua origem eram lembrados apenas quando visitava a mãe ou quando lia notícias recentes a respeito de possíveis parentes que eram suspeitas de matar um menino em um ritual de bruxaria.

De feiticeira, Virgínia Abage mantinha apenas o poder de sedução, que aplicava através das curvas de sua carne.

&

Foi na época de garoto que seu destino como artista começou a ser delimitado, embora não soubesse.

Não imaginava a responsabilidade que estava assumindo.

Para o ainda jovem Juan, nada parecia drástico ou repleto de desafios impossíveis. Tudo era aventura e descortinamento. A vida era repleta de descobertas que nunca envolveriam os outros. Um erro primário, mas desde o início viril e sincero.

Quando visitou, junto da mãe, a primeira exposição de arte, quando olhou pela primeira vez um quadro pessoalmente, quando, sob olhar opressor do guarda, invadiu a área de segurança e conseguiu tocar em um Van Gogh, quando sonhou com os quadros dos impressionistas, quando viveu e respirou arte, decidiu que seria artista. Não que houvesse algo naquelas imagens que lhe indicassem o caminho ou que lhe dissessem claramente alguma coisa. Acreditava, entretanto, que havia um significado por traz de todas aquelas cores, daquelas explosões de luzes.

Violência.

Fazendo uso de sua ingenuidade adolescente, ainda não sabia o que essa escolha significaria para o seu futuro ser. Nem mesmo sabia que espécie de artista seria, se músico, poeta ou pintor. Mas sentia que seria artista. Sabia que criaria com a mesma intensidade dos impressionistas do século anterior. Fascinaria as pessoas como também ficara fascinado durante a exposição.

Até parece que você gostou de verdade, meu filho, disse Estela, com afeto e surpresa. Mas ela não olhava nem acariciava os cabelos dele. Admirava uma das telas de Monet enquanto falava.

Estou gostando muito, respondeu ele.

Esse pintor, disse a mãe, apontando para a tela Camille em seu Leito de Morte, beirava os quarenta anos quando pintou este quadro, mas vivia na penúria com sua esposa e filhos. Era constantemente acossado por dívidas, mesmo assim não deixou de trabalhar. Pintava sempre, mas demorou muitos anos para fazer seu talento ser bem pago.

Essa é a esposa dele?

Foi a primeira. Estava muito doente, então Monet, que ficou surpreso com as cores que foram surgindo e desaparecendo do rosto dela, resolveu retratá-la assim. Parece uma santa, dessa forma.

Mas dá uma coisa estranha também. De saber que ela vai ficar ali, sofrendo pra sempre.

Há muito carinho nessas pinceladas, disse Estela, não pretendendo interferir na visão que o filho captava dos quadros expostos ali, mas não conseguindo deixar de expor o que sempre inferiu do traçado do pintor. Que quadro chamou mais a sua atenção, Juan?

Impressão – Sol Nascente, do Monet, também. Até anotei o nome. Parece que o Sol está cortado em pedaços.

Aquele ali?, perguntou a mãe, apontando para um em destaque no centro do amplo salão. Foi o quadro que deu nome a todo esse grupo de artistas, disse por fim. Os impressionistas.

Esse quadro é o mais violento de todos os que estão aqui, concluiu Juan. É o fim do mundo representado nele. Parece.

É a paixão do traço, complementou Estela, que se animava em ter com quem falar sobre artes plásticas. Muitos naquela época disseram que ele não havia acabado o quadro. Não entenderam o que o artista pretendeu. Isso é muito comum.

Tem que ter a mente aberta, né, mãe?

Esse quadro já tem cento e dez anos e ainda tem muita gente de cabeça fechada.

Sorrindo, os dois foram caminhando de mãos dadas entre quadros de Van Gogh, Renoir, Degas e Monet. Este último se tornou o preferido dos dois.

&

Deveria ser paciente e esperar a hora certa, embora isso não o deixasse confortável. Principalmente, tendo que ficar como que exposto diante de Virgínia.

Afixado em apenas um pensamento, martelava a necessidade de possuí-la integralmente, ela como matéria-prima, suporte e objeto de arte, pois achava que só assim poderia capturar sua essência novamente, resgatando para si a parcela da alma que havia entregado a ela.

Assim feito, poderia reiniciar o quadro de sua esposa. Sentia que somente assim conseguiria retornar ao trabalho. Para isso, precisava aceitar o jogo imposto, fingir ser um servo para poder escravizar no final.

Saberia esperar o momento certo para virar a sorte a seu favor.

Por isso, abriu o zíper de sua calça e começou a fazer o que ela havia ordenado.

Os olhos dela transpareciam a ansiedade que sentia pelo prazer que poderia vir depois. Mas respeitava as regras que ela própria havia imposto, mantendo o corpo deitado sobre o tatame. Apenas olhando e sendo olhada.

Ainda fingindo submissão, Juan pediu que abrisse a camisa que lhe dificultava a visão dos seios fartos. Ela obedeceu, sem perceber que ele começava a virar o jogo a seu favor.

Sorria satisfeito, vendo que ela obedecia e que os seios redondos não haviam mudado desde o tempo em que os desvelara da infância.

Poderia exigir, agora, o que quisesse, tal como fazia nos tempos de escola.

&

No armário da sala, porta-retratos organizados anos atrás pela mulher. Coralina escolhera, mandara revelar, pesquisara as molduras que acreditava serem as mais bonitas para ficarem juntas, arranjara foto por foto. Paulo e ela. Ela com os filhos. Emily e Emílio brincando na areia. Paulo segurando Emily. Paulo levantando o filho que gargalhava de medo e novidade.

Uma das molduras ele retirou de seu lugar, empunhava com cuidado, sentia que a imagem poderia se esfarelar nos seus dedos grossos.

Segurava Emily.

Não falava com ela desde que efetivamente retirou todos os pertences para o apartamento que ela adquirira depois de receber o adiantamento da herança.

Paulo era seu padrasto. A criara desde bebê. Gostavam um do outro, mas algo parecia ter se partido entre os dois após a morte de Coralina.

Emily. Poxa, Emily, sussurrava para a imagem da filha, desejando que ela quisesse finalmente ouvi-lo.

Sentia saudades dela. Coçava a orelha esquerda com força.

Naquele dia, não havia ligado. Resolveu tentar. Puxou o aparelho cinza para mais perto do corpo. Discou os números que sabia de cor. Ouviu os toques insistentes se dissiparem.

Pousou o dedo indicador no gancho.

Tentou novamente.

De olhos fechados, sentia um amortecimento. A superfície da pele insensível. Os toques hipnóticos invadindo a orelha.

Demorou até decidir. Pousou o telefone no gancho. Olhou a fotografia da filha que sorria para o fotógrafo que ele lembrava ser ele mesmo.

Tentou novamente.

Mais outra.

Até seu ombro começar a reclamar pela posição desconfortável do braço que segurava o fone.

Sentou no sofá.

Ainda segurava a foto de Emily quando acordou duas horas depois com o queixo pousado sobre o próprio peito. Uma dor lancinante no pescoço.

&

Após anos, parecia que nada havia acontecido de diferente, que o tempo não havia passado. Que o tempo permanecia congelado ou se transferido para aquele novo momento sobre o tatame.

A ânsia era a mesma.

Das festas com refrigerante de gengibre ou guaraná, batizados com rum ou conhaque, com canudinhos de maionese de batatas feitos pelas mães e muitos doces para satisfazer a larica. Dos beijos úmidos debaixo das escadas. Dos pequenos jogos eróticos e dos sêmens desperdiçados nas cuecas, sobre o chão ou sobre a pele.

Revia aqueles tempos em que não havia mais inocência. Tempo dos primeiros himens sangrados nas calcinhas de algodão. Dos meninos que ganhavam e perdiam apostas. Das meninas que contavam vitórias para as inimigas não declaradas.

Juan ganhou um bolão de sete meses quando conseguiu meter na Virgínia. Com o dinheiro arrecadado adquiriu seus primeiros pincéis e tubos de acrílica.

Garota difícil, lembrava.

Difícil de possuir diante da mente ainda bloqueada para os prazeres dos toques grosseiros dos garotos. Dos garotos safados como todas as garotas. Bloqueada pelas orientações da mãe, que não queria ver a filha com alguém que não fosse da mesquita. Insistência que vinha do pai, que tentava recuperar a tradição perdida. Tradição que ele mesmo não seguia, perdido nos caminhos da braguilha.

Isso tudo antes de sua mãe mandar o pai assumir os filhos que possuía com uma amante e ir viver com ela na periferia já que tinha tara por suburbanos. Naquela casa, ele não pisaria mais.

Com a liberdade da mãe, sem as tradições a serem seguidas, Virgínia também conquistou algumas regalias. Poderia namorar o garoto de sua vontade.

Aquele que você estiver amando e que te ame, minha filha, mas debaixo dos meus olhos.

Entretanto, Virgínia tinha vocação para o que era proibido.

Todos da escola haviam tentado, mas sem sucesso. Juan não queria entrar na aposta, não pensava no sexo como jogo de poder. Mas depois que sentiu a intimidade quente do beijo dela, não quis ficar só numas apalpadelas sem sal.

Falando dos olhos e dos cabelos cheirosos, conseguiu apertar as nádegas. Beijando o pescoço, fazia as pernas amolecerem e as mãos acabavam escorregando para dentro do uniforme escolar.

Andavam de mãos dadas na escola, isso a deixava confiante. Ele mantinha a calma e dosava a realização de seus desejos. Focava naquilo que ela queria, no sentarem abraçados na frente de todas as outras meninas, de elogiar o cheiro de seus cabelos, de afundar os dedos em sua nuca, beijando sua orelha.

Aos poucos, aumentava a extensão dos limites de prazer.

Quando ficava com ele, sentia calafrios no estômago, um quente no peito. Queria passar os dias assim, dias inteiros, a semana toda, a vida.

A primeira visita surpresa que ele fez a ela e sua mãe foi um risco, mas sabiamente contornável com bombons de chocolate. A mãe dela achou tão lindo o amor que os dois pareciam sentir um pelo outro que deixava a sala de visitas somente para eles.

Quando, após alguns meses de visitas e agrados à sogra, a mãe deixou o casal sozinho na casa para visitar umas amigas, sabia que havia chegado o momento para que suas vontades carnais começassem a ser satisfeitas.

Sem que ela impedisse, a beijava enquanto os dedos acariciavam a intimidade úmida e quente. O cheiro da nudez impregnando a casa.

Ensinou os primeiros socorros, entre outras manobras mais arriscadas, fazendo com que ela jogasse conforme as peças apresentadas por ele. De garota acanhada, se transformou em uma parceira sedenta e sem escrúpulos.

Juan não conheceu limites.

Mas Virgínia nunca os quis.

Para que chegasse a esse ponto de perfeição explícita, brutal e possessiva, imaginou o caminho como inventado unicamente por ele, para assim chegar a ela de maneira definitiva.

Primeiro possuiu o espírito da menina, depois o corpo da mulher.

Treinou a namoradinha para aquilo que o fazia explodir de prazer. Mas a entregou para o mundo. Não queria possuir o tempo dela. Ela o deveria possuir por conta própria. Depois disso, todos que haviam tentado provar de Virgínia, conseguiram ter sua dose de satisfação. Ela se transformou na companheira perfeita.

Ele não se arrependeu, sentia orgulho do que havia feito em pouco mais de um ano. Para ele, ela era prova do que um trabalho calmo e bem feito era capaz.

&

As têmporas pareciam pulsar, os olhos queimavam, mas as mãos frias ficavam umedecidas a cada palavra que a filha pronunciava. Como se fosse pega de surpresa no meio de um motim que lhe arrancava o leme das mãos, Quitéria tinha ganas de atacar a filha que acabara de anunciar o noivado com Juan.

Então, é isso, mãe. Foi um jantar só entre nós. Ele é muito reservado, não queríamos chamar atenção. Mas devo comunicar que, embora não tenhamos decidido a data temos certeza de que acontecerá até ano que vem. Não temos porque esperar.

Não tem por que esperar?, a mãe explodia. Você está louca? Você é ainda uma criança. Onde é que está com a cabeça? Em que mundo vive?

O mesmo que o seu, talvez. Ou não. Porque não vejo nada de mais. Não sou nada criança, embora você viva, constantemente, me desqualificando diante dos gestores da V.Paes. A única que está reagindo de maneira desequilibrada, ou doida, como queira, é você.

Pode me chamar do que quiser, mas eu sou a sua mãe e não aprovo este casamento. Esse safado que você está chamando de noivo é bem mais velho que você. Não é nenhum adolescente, o que seria mais adequado para alguém da sua idade.

Ele é mais velho sim. Mais de dez anos. E ainda bem, pois os meus colegas ainda pensam em Atari, festinha americana e casamento atrás da porta.

A culpa é minha. Você conviveu muito com a criadagem, com os empregados das empresas de seu pai. Você quer me condenar, tudo bem. Joga na minha cara tudo o que você pensa ou não pensa sobre mim, mas não destrua tudo o que construímos juntas.

Juntas?

Sim. Juntas, sim. Tudo o que temos é consequência de muito trabalho e dedicação. Você deveria ser a primeira a reconhecer isso.

Reconheço apenas que você tem muita imaginação, mãe. Tudo o que você diz possuirmos é do meu pai, você somente usufrui. Deveria ser grata.

Que injustiça. Sua filha ingrata. Como pode dizer isso de sua mãe? Depois de tudo. Depois do que fui obrigada a passar, depois do que precisei fazer, depois de amargar tanto sofrimento, depois de cuidar dos seus interesses, você tem coragem de dizer isso de mim?

Não me entenda mal, mas a decisão de casar é minha e, mesmo sendo minha mãe, mesmo não aprovando este casamento, ele vai acontecer.

Isso é o que vamos ver, desafiava.

Não quero que isso vire uma batalha, pois isso resultará apenas em desgaste para nós, mãe.

Batalha? Isso é desrespeito e irresponsabilidade. É traição.

Traição? Não seja dramática.

É, sim. Por tudo o que fiz por você. Isso o que você está querendo por meio do casamento, e não pense que já não percebi, é como uma facada pelas costas.

Credo, mãe. Você está vendo espíritos onde só há sombras.

Uma facada da própria filha, bradava enquanto subia a escadaria. A própria filha, uma traidora desleal.

Você pode não querer, mas esse casamento vai acontecer.

Maria encerrava, vendo a mãe se distanciar, pisando forte nos degraus de mármore rosa. Tinha certeza que os obstáculos que teria seriam obtusos, mas era capaz de qualquer coisa para conseguir o que queria.

Isso ela não puxou dos criados nem dos empregados da empresa, como Quitéria acreditava, mas da própria mãe.

&

Fique nua.

Virgínia retirou cada uma das peças como se fosse uma dançarina de boate, dançando no ritmo de alguma música imaginária, com os olhos cerrados, sussurrando alguma melodia. Acariciava os seios, arranhando-se até deixar marcas levemente avermelhadas, enquanto girava, mostrando as nádegas.

Ele quis saber o quanto ela estava excitada.

Então, ela provou que já era mestra no jogo o qual ele se apresentava como tutor. Abriu as pernas e se aproximou, sentando de leve e lentamente em cima dele, comprovando concretamente o quanto estava úmida.

Deitando-se novamente sobre o tatame, de pernas bem abertas, massageava a umidade de sua carne rosada, não se esquecendo dos seios e da visão que poderia proporcionar. De olhos fechados, sonhava mais dedos. Antecedia os movimentos futuros do jogo que jogavam.

Juan soube usufruir cada movimento e a umidade que ela havia estampado nele. Não tardando para que arrebentasse em silêncio.

&

A fralda suja pela primeira vez, quando se tem poucos dias de vida, são motivos de orgulho, alegria, alívio. Quando se tem quase 20 anos, restam apenas tristeza, pena e cansaço.

Esses momentos ocorriam com Emílio pelo menos duas vezes ao dia.

Paulo imaginava e conseguia, de alguma forma, perceber a humilhação que o filho sentia, mesmo sem expressar nada. Nenhum som. Nenhum movimento. Intuía a humilhação pelo exercício de empatia que procurava realizar e que qualquer ser humano evita executar, principalmente quando se trata de um outro que não se compreende ou daquilo que se renega, a imperfeição, a deficiência, a limitação.

O humano procura por modelos perfeitos.

Tão humilhante quanto ter suas nádegas limpas pelo pai é ser alimentado na boca por ele, assim, pensava Paulo.

Acreditava que a enfermeira sequer fosse levada em conta no que se referia à dignidade perdida.

Mesmo humilhado, parece preferir a mim. Nunca defeca nas fraldas quando a enfermeira está com ele, Paulo concluía.

Emílio foi dia após dia se contentando com pouco. Cada vez com menos, até não lhe restar nada.

Naquela manhã, Paulo acordava mais cansado e dolorido do que fora dormir. Suas noites não estavam consertando o dia pesado. Começava a ter sonhos que o acordavam a todo instante, imagens se misturavam aos desejos e angústias. Dormia tenso e com os olhos arranhando de desânimo, acordava com o corpo dolorido. Remédios não faziam efeito algum.

Nos primeiros dias culpava o colchão, mas sabia que a responsável era a própria mente, que não o deixava relaxar.

Tentava se lembrar de algumas posições de alongamento que aprendera nos anos que passara como militar, esticava-se com dificuldade e sono. Completava essas tentativas de relaxamento no chuveiro.

Não sabia, mas era nesse instante, quando ligava a torneira da ducha, que Emílio despertava. Muito mais tenso e dolorido que o pai.

Um pouco mais desperto, Paulo caminhava para o armário com o corpo molhado, achava que sentindo frio poderia acordar melhor. Lutava contra o sono usando a frente fria que insistia em subir da Argentina. Secava-se ligeiro e procurava uma roupa que pudesse molhar.

A primeira atividade da casa era o banho de Emílio na banheira especialmente instalada no banheiro da casa.

Chegava ao quarto do filho após preparar o banho dele e tomar uma xícara de café. Este ainda permanecia com os olhos cerrados, talvez imaginando que o pai ficasse mais animado se pensasse que o filho dormira bem, que não desejasse explodir sobre a cama todas as noites.

Paulo tocava-lhe o ombro, arrependido por interromper o sonho bom que idealizava para o filho. Imaginava-o andando com amigos, fazendo arruaça no calçadão da XV de Novembro, namorando no Cine Plaza, tocando uma guitarra imaginária ao ouvir suas bandas de rock.

Bastava um toque e Emílio descerrava os olhos, sempre vermelhos. Então, o pai começava a desabotoar o pijama.

Em poucos minutos, carregando com dificuldade o corpo rígido e pesado, chegava ao banheiro. Mergulhava metade do filho na água, mas permanecia segurando as costas, para evitar acidentes. Ensaboava com agilidade, mas nos primeiros dias, por vergonha e medo, demorava mais do que o necessário nessa atividade. Aproveitava, também, para massagear a pele do filho, queria evitar que escaras aparecessem na pele pela falta de circulação. Apavorava-se sempre que pensava no filho imóvel sobre a cama, imaginava a enfermeira esquecendo-se de movê-lo com frequência, mudando as posições em que ficava, fazendo com que úlceras horríveis surgissem na pele.

Tirar Emílio molhado era perigoso, pois Paulo não era forte o suficiente para dar firmeza e segurança com a pele escorregadia. Mas a dança era lenta, cuidadosa. Durante o dia, suas costas reclamarão do esforço empenhado.

Na cadeira colocada estrategicamente encostada à banheira, pousava o filho para secá-lo sem deixar umidade que gerasse micoses. A coceira de uma frieira incomoda mesmo sem ser vista. Escondida, aumenta seus efeitos quando não é possível tocá-la, quando o corpo não responde às necessidades mais banais.

Abandonando a toalha no chão, caminhou novamente até o quarto com Emílio no colo, colocando-o sobre a cama, e posicionando sob as nádegas um plástico. Estimulando o intestino do filho e segurando-lhe as pernas, instigava a evacuação.

Demorava algum tempo, mas a massa malcheirosa saía. Limpava cuidadosamente as partes íntimas do filho novamente, perguntando-se, por mais uma vez, porque nunca se lembrava de fazer essa manobra antes de dar banho.

Colocava a fralda. Depois levava as fezes até a lixeira que ficava na lavanderia.

Então, vestia o filho.

Era mais simples quando este ainda era um bebê, que movimentava braços e pernas sem parar. O corpo tenso dificultava o mais simples movimento. Então, por isso, colocava-o sentado, apoiando as costas dele sobre o próprio peito. Assim, parecia mais fácil. Era como se o filho estivesse ele mesmo voltando a se vestir sozinho, pois percebia a cabeça e as mãos movendo-se, como se pretendessem realizar as ações que o pai desenvolvia.

Depois que Emílio estava trocado, inclinava a cama, procurando o que ele achava ser a melhor posição.

Pouco depois, a enfermeira chegava.

Ele já evacuou e está trocado, Ângela.

Ok, Sr. Paulo, pelo menos com você ele consegue. Às vezes, percebo que evita até de urinar nas fraldas para que eu não tenha de trocá-las.

Acho que com o tempo ele se acostuma contigo. Daí será mais simples.

Percebeu alguma coisa diferente, alguma alteração no corpo ou nas reações dele?

Não. Por enquanto nada, o corpo sempre muito rígido, difícil de carregar assim. Espero que a fisioterapia ajude.

A qualidade de vida do acamado com sessões de fisio melhoram muito. Evita que tenha dores de cabeça, que essa rigidez aumente e que tenha dificuldades para defecar.

Por isso, minha preocupação diária dele estar sempre sendo movimentado. Morro de medo que ele tenha alguma trombose por causa disso. Ele pode morrer de repente com isso.

Eu movimento ele sempre, Sr. Paulo. Não se preocupe.

E, você sabe, sempre que precisar de alguém para carregá-lo ou movê-lo, caso tenha dificuldade, pode me chamar no trabalho.

Não precisa se preocupar com isso. Não é questão de força, é técnica.

Isso eu já estou percebendo. Às vezes, parece que ele está mais pesado, mas é só mudar o jeito de carregar até a banheira que alivia um pouco.

Aos poucos, o senhor vai pegando o jeito. Ele também precisa aprender.

Como assim?

Paulo e Ângela olharam, ao mesmo tempo, para Emílio. Este prestava atenção ao diálogo, pensando em como tudo havia se transformado em tão pouco tempo. Em como seria possível continuar vivendo preso daquela forma.

(Virei um cesto de frutas. Falam de mim, mas nunca comigo.)

Nós somos a extensão do corpo dele, Sr. Paulo. Ele precisa aprender que mesmo aparentemente imóvel, consegue movimentar as pessoas que estão ao seu lado e todas as coisas que estão ao seu redor.

É verdade, ele não está sozinho, Paulo assentia.

Queria acreditar naquilo tanto quanto desejava que o filho acreditasse. E que tudo se tornasse mais simples do que aparentava.

&

Juan voltava da cozinha com uma pequena faca de corte e com uma corda de varal, instrumentos com os quais pretendia criar, mas não sem antes falar firme para que Virgínia sentasse nua na cadeira onde ele havia ficado anteriormente.

Não coloque a roupa. Sente na cadeira e fique quieta, ordenava.

Mesmo surpresa, obedeceu. Queria participar do que estava acontecendo, embora ficasse receosa do jogo arquitetado. Pensou em perguntar a ele o que faria com a faca, mas preferiu ficar calada, apenas esperando, como fazia quando os dois eram namorados.

Ele, então, deitou a faca no tatame. Não pintaria no corpo e na pele dela ainda. Olhou para sua matéria-prima, que tentou retribuir com um sorriso sacana.

O sorriso saiu torto.

Desejava outra coisa. As delícias que provariam seriam de outra origem e natureza. Seriam direcionadas apenas a ele. Às transformações da matéria e da história na metafísica no corpo.

A arte é o desmanchar dos seres, transformados em metafísica. Por isso, a destruição do outro deve ser um deleite de explosão lenta e gradual do gozo interno do eu, Juan pensava consigo.

Por isso, planejava esperar e provar de cada detalhe. A criação o extasiava mais do que a obra pronta, queria sorver cada instante, portanto. Nada podia estragar esses momentos que não retornariam novamente, os momentos de concepção, planejamento, dos primeiros suores e dúvidas, dos primeiros traços, das primeiras pinceladas, dos tons ainda incertos sobre si mesmos, deitados sobre as fibras da tela. Esses momentos eram mais prazerosos que o abandono da criação à sua própria história, diante da arte e do tempo.

Demoraria naquele momento, portanto. Queria usufruir de cada incerteza e erro que surgissem.

Ficou girando ao redor dela até que ficasse tonta. Não que fosse sua intenção, apenas porque pensava sobre a matéria. Para que ela mesma mostrasse o que estava além, gerando arte.

Depois de alguns minutos, a cada volta que dava, um fino e claro tufo de cabelo era arrancado com um movimento seco. Os fios amarrados entre os dedos de Juan. As primeiras linhas de tinta em sua obra. Alguns filetes vermelhos escorriam pelo rosto e estancavam nos lábios. Como um cristo em outra espécie de paixão.

O resultado inicial está melhor do que eu pretendia, exultava. Está belo.

Insana e sem compreender ainda, ela tentava extrair algo novo e excitante daquilo. Mas a dor aguda lhe turvava o pensamento. Não encontrava razões na loucura estampada na sua dor. Entretanto, aceitava silenciosamente o que ele fazia. Irracionalmente muda, se esforçava por acolher o jogo estipulado.

Cada matéria possui um nível de resistência. E você, quase não tem nenhum, ele dizia com os olhos voltados para ela, porém distantes.

Depois de colocar o quarteto de cordas Imperador, de Haydn, para ecoar pelo ambiente, prendeu o cabelo dela em um rabo de cavalo apertado, arrancando pequenos berros, curtos e sem fôlego, em cada movimento brusco de seus dedos. Depois, amarrou um cinto sobre os olhos, para vendá-la, apertado firme para que ela não tentasse ver, para que, assim, não fizesse comentários a respeito do que visse.

A matéria não pode interferir. Nada pode interferir no processo criativo, repetia para si, ignorando os gemidos agudos.

A música começou suave, mas alta. Então, degustou o som, mexendo as mãos, como se regesse, as pernas, como se valsasse, às vezes balançando a cabeça.

Lembrava e reproduzia a alegria que a mãe exalava quando ouvia música.

&

Os primeiros traços juvenis davam a impressão nítida da impotência diante de uma força maior. Após demonstrar interesse pelas artes plásticas, a adolescência de Juan Ribeiro foi preenchida por diversos cursos de verão, por dezenas de encontros em ateliês e galerias, de conversas com artistas experientes.

Paixão nascida e amplificada pelo amor que sua mãe demonstrava pelas artes.

A angústia só fazia aumentar, entretanto.

Diferente da mãe.

Estela era sempre lúcida e com pensamentos claros e de profundidade, transparecia sempre, com equilíbrio a calma de um monge, a paixão quando falava das grandes artes, como ela mesma se referia à música erudita e às artes plásticas.

Ele, pelo contrário, tinha como motes constantes a ansiedade e o temor. Diante de um papel em branco ou numa tela preparada, apenas dúvidas e confusão.

Não conseguia ultrapassar a matéria diante de si, como se tentasse olhar através dela, mas sem esquecê-la. Fosse lápis, carvão ou pastel à óleo, fosse nanquim ou aquarela, ele não conseguia tirar esses elementos de sua própria cápsula, dançando com cada um deles diante daquilo que pretendia expressar.

Via apenas a substância. Erro do qual ainda era culpado.

Não conseguia ultrapassar a casca para chegar ao sumo que mataria a sua sede de arte, e da própria arte da insaciedade que tentava exprimir.

Nada como um vaso de gerânios vermelhos para começo de conversa, diria um dos seus professores.

Percebia com essa pequena planta a sua incapacidade de controlar os dedos e de exalar com precisão as diversas tonalidades e texturas de apenas uma cor. Diante da pequena tela preparada para o exercício, o vazo ao centro da sala tomava proporções gigantescas, dominava seu olhar, possuía seus sentidos, mas os dedos adolescentes não obedeciam.

Meus dedos parecem duros, gritava para si, assustando os demais participantes do curso.

Alguns idosos que pareciam pintar com desenvoltura e sem preocupações maiores, riam do jovem ansioso por dominar a técnica e os conceitos, com pressa demais para entender os caminhos do aprendizado.

Vai com calma, não lute contra o tempo, porque ele não está lutando contra você. Ele somente existe, diria o professor a um Juan que sonhava com a glória precoce, incapaz de qualquer espera.

O vaso de gerânios continuava sendo planta, sem consciência de si. Apenas era. Existia diante dos outros que ali estavam, simplesmente. Mas para Juan, aquela planta era a expressão do universo, tanto quanto ele era a expressão maior da sociedade. Pois já se considerava um artista.

&

Ao sair do prédio da Dops, pensando em atravessar a rua em direção à Sete de Setembro para ir ao restaurante em que alguns dos funcionários da delegacia almoçavam, ouviu uma forte derrapada e um baque forte atrás de si.

No meio da João Negrão, uma Kombi fora tombada por uma caminhonete Ford.

Paulo paralisou antes de concluir a travessia. Enquanto rostos apareciam nas janelas da rua e pessoas corriam para acudir o motorista que parecia desmaiado no Volks capotado, ele aparentava ter sumido do próprio corpo.

Amortecido, sentia a vista escurecer.

Quando sentiu que podia, sem que houvesse motivo aparente, desmaiar no meio da avenida, correu cambaleando em direção ao poste mais próximo, abraçando-o. Firmava os dedos na aspereza no concreto até conseguir sentar no meio-fio.

Tudo bem Cap. Soares?, perguntava um dos agentes.

Acompanhado por uma meia dúzia de colegas que saíam naquele instante para almoçar, surpreendeu-se tanto com o acidente quanto com a situação em que seu diretor se encontrava.

Está tudo bem. Acho que baixou a pressão. Quem manda não forrar o estômago no café da manhã, dizia Paulo.

Enquanto se levantava, dava alguma desculpa esfarrapada para o que nem ele havia compreendido direito.

Verdade, saco vazio não para em pé.

Em poucos minutos, o local estava tomado por curiosos, cada um se considerando a melhor testemunha ocular dos fatos.

A partir daquele dia, Paulo sempre passaria mal ao ver acidentes de trânsito.

Não como catarse, mas como profecia.

&

A música invadia os ares.

Ele cortava devagar pedaços da corda do varal. Com eles, amarrava os pés e as mãos de Virgínia, com cuidado, impossibilitando qualquer tipo de movimento.

Voltas e nós. Nós e mais voltas.

Ela sentiu que estava enlaçada, percebeu a ardências das amarras, mas não tentou gritar, embora sentisse o impulso. Tentava não pensar no que ele pudesse estar planejando. Sentia medo, mas a garganta seca e fria como um instrumento desafinado.

Foi tomada por um pavor que paralisava.

&

Juan foi obrigado pelo pai, o Maestro Ribeiro, que também fora professor de piano antes de alcançar relativo sucesso profissional, a aprender o instrumento antes de ser alfabetizado. Com quase cinco anos, já martelava as teclas timidamente, ensaiando pequenas peças infantis.

E o pai dava canetadas nos dedos do filho. O peso do metal frio sobre as juntas.

Piano. O instrumento mais completo. Percussão e cordas na mesma caixa de ressonância. Som de sinos, com timbre de canto de sereia, discursava para o filho.

Maestro Ribeiro pensava assim. Poetizava seu ofício para suportar os reveses constantes da profissão num país de ignorantes, como ele fazia questão de frizar.

Exigente, não aceitava menos do que aquilo que recebera quando estudou em um conservatório europeu como bolsista. Havia sofrido discriminação dos colegas e dos professores por ser estrangeiro e pela classe social de onde viera. Como se não tivesse direito de estar entre os melhores futuros instrumentistas do mundo da música erudita.

O sofrimento forma o caráter, o pai dizia sempre a ele.

Não se tornou o grande instrumentista que sonhara ser enquanto estudante, mas terminou conquistando o respeito dos colegas.

O problema é esse tal de rock que a juventude não para de ouvir. Péssima influência americana. Nisso que dá ter dado ouvidos ao blue e ao jazz. Getúlio estava com Hitler, depois virou a casaca. A partir daí, a cultura brasileira, que começava a ganhar identidade e força, se perdeu no ritmo acéfalo dos negros e nos meandros do mercado. Durante os anos de ouro da América. Mas foi o Brasil que venceu a Segunda Guerra.

Os exageros sempre foram comuns na vida do Maestro. Getulista fervoroso ele decidiu casar pouco depois do suicídio do estadista que admirava. Três anos depois, Juan nascia.

A música vai te transformar num homem, filho. Senta direito. Endireita as costas. Olha a posição dos dedos. Não deixe-os espalhados, Juan. Parece um espantalho. Seus dedos não são varetas. Curve-os, o piano exige vigor e carinho, força com precisão, suavidade com ordem.

A professora de piano ficava ao lado apenas guiando os dedos aqui e ali, escolhendo qual partitura a ser lida, como executar os exercícios de aquecimento, informando as escalas que seriam aprendidas e repetidas à exaustão na aula do dia. O pai supervisionava o filho e a professora para que a formação que recebia moldasse os nervos dele para o concertista que se tornaria. Para aquilo que ele mesmo não fora. Almejava para o filho o futuro que projetara para si, mas que vira desvanecer.

Se errasse ou demonstrasse desinteresse, cansaço ou desatenção, o filho levava canetadas nos dedos.

Era obrigado a pousar as mãos sobre as teclas do piano e recebia os golpes sem que pudesse chorar.

Não era permitida a autopiedade.

Os golpes eram invisíveis de tão rápidos.

Tentava paralisar a respiração e os movimentos do corpo, para se tornar como um boneco de massa, pois estes não sentem dor.

Mas ele sentia.

Principalmente, se a caneta acertasse alguma das unhas.

Se a aula transcorresse no mínimo aceitável para os padrões paternos, ele poderia brincar no parque que havia no condomínio. Caso contrário, era obrigado a ficar na sala, assistindo documentários sobre musicistas como Richter e Horowitz ou compositores como Liszt e Brahms.

Nessas ocasiões, mesmo sob o volume alto, conseguia ouvir seu pai castigando a professora no quarto. O pai sodomizava o passado corporificado na educadora do filho. Por isso, mudavam de instrutoras constantemente, conforme mudavam os desejos do pai por novas namoradas.

Mesmo tão novo, ele começava a perceber.

&

Chutou as costelas de Virgínia.

O chute veio de baixo para cima, com a ponta do sapato. Socavando o abdômen. Ele queria ter começado aos poucos, acertando o estômago, retirando o ar apenas por alguns instantes, mas acabou acertando a lateral direita do tórax, cravando o pé. Não fosse pela música alta, teria ouvido as costelas se partindo.

Ela abriu a boca, arqueando a cabeça para frente, mas nenhum grito saiu. Apenas a dor em vácuo. Não pela música que reverberava nas paredes, mas porque não conseguia emitir gemido algum. Seus lábios roxos tremiam e pareciam querer expressar algo ou apenas tentavam trazer o ar para dentro daquele corpo arrepiado de pavor.

Não entendeu porque o abdômen dela estava retraindo, como se nada houvesse por trás daquele umbigo. Ela inspirava com muita dificuldade, balançava a cabeça implorando, pedindo ajuda, sofrendo e suando de angústia.

Não havia mais nenhum sinal de prazer ou pavor. Apenas sofrimento extremo.

Uma de suas costelas deve ter se partido e lesionado o diafragma, Virgínia.

A partir daquele momento, ela tentava se libertar das cordas presas aos pés e às mãos. Queria acabar com tudo aquilo.

Virgínia gritou com dor, gritou um grito abafado pela falta de ar.

Mas, para Juan, criar era um jogo e esse jogo precisava ser completo. Abarcando, se preciso, o inesperado.

A improvisação diante da fisiologia do caos, do lance de dados.

Mas não entre dois derrotados. Apenas diante da tempestade formada por Caronte para expulsar os mortos sem ritual, sem julgamento, para o abismo seco e sem retorno. Nas margens, arrastam as vestes milhares de corpos frios e sem destino.

E ele queria isso. O caos e o inesperado. Infiltrados no plano que traçara, fluidos súbitos nas brechas do que havia planejado e do que visava.

O corpo dela viraria o berço da desordem. Retrato do caos. O vale em que a embarcação da humanidade seria perdida, ao mesmo tempo em que seria o refúgio dos ímpios. No fim, restariam apenas fiapos de matéria. Como uma criação em que pesasse a essência do mundo após ciclos sem fim de guerras e mortes de inocentes, de injustiças e sabedoria empacotadas para a coleta do caminhão de lixo.

Era a sua visão que transpassava o percebido. Na percepção, o olhar entre as eras.

Aspirava à destruição, a representação na carne como tinta fresca, revelando as frestas do mundo que enxergava, daquilo que se mostrava a ele. Como a madeira talhada. Muitas vezes com lentidão, com movimentos sorvidos feito respiração de moribundo. Em outras, com severidade e violência, com golpes extremos e rápidos, tal como a rebentação do mar nas rochas de uma falésia.

Queria a essência dela. Além disso. A essência dele que estava dentro dela desde os tempos de sua primeira juventude. Para ir além das aparências, do concreto e superficial do mundo. Do mundo periférico. Reavivando a própria história, memória e lembrança. Queria de volta tudo o que era seu. Dela, não restaria nada além da lembrança de um corpo no tempo.

Recolocou a música para tocar, selecionando o segundo movimento, mais calmo. Sublime. Um hino a ele mesmo. Como se fosse o próprio imperador Francisco I da Áustria. Aumentou o volume.

Remexeu nas coisas que havia trazido para a casa de Virgínia. Retirou uma fita adesiva e umas folhas de jornal para a preencher a boca, para impossibilitar qualquer tipo de comunicação.

Vedou a voz completamente.

Então, Virgínia vomitou.

Sufocava. Dos olhos, por trás da cinta, saíam lágrimas. Seu corpo amassado como um tubo de tinta após períodos intensos ou muito longos de trabalho. A tinta escorria de seu suporte.

Eu não teria imaginado nada melhor do que isso que está em minha frente, vibrava Juan. Isso ficará perfeito no desenho.

A visão da rua sob a chuva, entre as frestas da cortina, dava a ele uma sensação de tranquilidade. Não de paz. Como a de um corpo caindo entre prédios em direção ao asfalto.

Parou por alguns instantes, deixando algumas imagens correndo livres pela memória. Recordava os primeiros traços. Não os feitos para as aulas de educação artística na escola, nem os executados nos cursos de verão, mas aqueles que vinham de algum desejo não compreendido, nem refletido. Desenhos feitos sem preocupações, imersos em tranquilidade. Na representação simples de coisas corriqueiras e fúteis do mundo sensível.

Sem peso, recordava esse período inicial em que não havia preocupações teóricas, estéticas, herméticas. Nem paradoxos criativos. Nem complexos de inferioridade. Nem inveja entre iguais. Nem fetiche. Nem produtos pretensamente artísticos pendurados em paredes fúteis como nas lojas de perfumes. Como nos saguões de hotel. Ou acima de sofás nas salas de espera dos dentistas.

Naquele instante, olhando as gotas escorrendo sobre o vidro embaçado, retornava à tranquilidade. Redescobria o prazer de criar.

Não podia perder mais tempo. Deveria iniciar o fim que havia planejado para Virgínia, para essa parcela de matéria que sua arte necessitava, dessa ferramenta de percepção que estava diante dele. Estava em suas mãos o objeto que faria dele um ser mais completo daquele que via refletido nas gotas escorridas na janela.

Que volume darei a esse pedaço de madeira?, questionava, olhando o corpo enrugado sobre si mesmo apenas como matéria bruta a ser burilada.

A faca era seu pincel. A carne de Virgínia o suporte, mas dela tons e volumes novos brotavam com surpresa e descoberta. A técnica pouco importava, o improviso e o livre movimento da massa sobre a tela definiriam o que viria posteriormente.

O objeto, por ele mesmo, revelaria a história a ser contada.

Então, resolveu colocar um belo sorriso em Virgínia.

Cortou a fita adesiva onde estavam os lábios dela e retirou o jornal. Precisou segurar a respiração. A viscosidade do papel lhe causou circunvoluções no estômago.

O corte não foi longo. Mas os gritos dela o deixaram arrebatado. Ele degustava cada uma das reações musculares do rosto, cada fio de sangue que escorria pelo pescoço.

Para ele, a matéria estava sendo trabalhada para se tornar arte, violentada para que significasse para além da simples percepção natural. Pois, expulsa do natural, a função que assumia como artista era a de resgatar essa matéria, iluminando-a pela violência.

Arte é violência, refletia em voz alta. Devo expandir superfícies pela brutalidade.

Sua criação era viva, dela brotavam momentos expressivos que somente ele estava usufruindo. Degustava a dor nos pés retorcidos, na cabeça indecisa sobre um pescoço tenso.

A arte é narcísica. Narcótica. Eu sou narciso e se pudesse, morreria afogado no gozo desse abraço.

Em resposta aos comentários que ouvia, Virgínia gemia alguma frase incompreensível.

Ele jogou-se sobre as almofadas, permitindo-se a contemplação e a entrega diante da constituição de sua obra. Ficaria ali até que o corpo diante dele fosse amenizado e se entregasse a um estado letárgico e de semiconsciência.

Virgínia, você será um ótimo modelo vivo. É mais que isso.

O que erigiu na carne dela ele considerava como uma obra de arte que impossibilitava reprodução. E que estampava, no meio daquelas dores e ânsias de vida imensas, o prazer que ele sentia.

Sua obra era pura essência. Uma genealogia do vácuo.

Fica o rito mantido e o deus aprisionado no lugar de posse que cabe a ele, falava determinado, enquanto olhava o resultado sobre a cadeira. Essa obra não sairá daqui. Ficará reproduzida unicamente no seu próprio espaço. No espaço da morte.

O peito dele vibrava. Com fortes batimentos, que eram sentidos no pescoço e no estômago. A emoção extravasava pelos olhos.

&

De três até dez anos de prisão.

Você teria coragem?

Eu? Coragem? Você é que está querendo praticar um aborto. E aborto não é apenas um crime contra à vida é um crime contra a humanidade, que prevê anos de jaula. Está disposta a isso, mãe?

E você está disposta a manter essa gravidez? Você é muito nova. Isso vai estragar sua vida, além do seu corpo. Isso não te preocupa?

Na verdade, não.

O cinismo de Maria era frio demais para ser rebatido. Quitéria tentava achar alguma solução, alguma equação que pudesse convencer a filha de que, naquele instante, um filho não era uma boa escolha. Mas estava tendo dificuldade em encontrar as palavras certas.

Você estava se cuidando?

Sim, respondeu, sem transparecer a mentira.

Mas como isso foi acontecer?

Você sabe que pílula não é cem por cento.

Não usaram camisinha?, perguntou assustada.

Para quê? Eu era virgem e ele praticamente não fazia sexo há meses.

Não percebe o risco que correu? Podia estar com Aids.

Mas não peguei. Estou limpa e ele também.

Só pegou barriga e pelo jeito não vê problema nisso.

Filho não é problema.

Essas coisas tem que ser pensadas, planejadas, não é loteria.

Na verdade, é sim. Questão de probabilidade.

E você ainda acha graça.

Melhor do que pensar em infanticídio.

Não exagere. Nem é uma criança ainda. Não tem coração, nem cérebro e nem respira por conta própria. O corpo é teu, a escolha é sua.

Estamos com um problema de matemática aí.

Onde você vê matemática?

Você está vendo um, onde eu vejo dois. Eu posso até mandar no meu corpo, mas eu não posso mandar e desmandar neste outro que está se desenvolvendo rapidamente dentro do meu útero.

Eu conheço um ótimo médico. O feto não irá sofrer e você não correrá riscos. Nós pagamos o que ele pedir.

O aborto só é permitido em dois casos.

Ele pode fazer aqui em casa.

Não, mãe. Eu só aceitaria se eu tivesse sofrido estupro ou se minha vida estivesse em risco. Apenas nesses dois casos. Como não passei nem estou passando por nenhum desses problemas, deixarei a natureza seguir seu curso. Nesse caso, não tenho direito de intervir.

Pelo amor de Deus, como é que será sua vida?

Deus não tem nada a ver com isso. Quem abriu as pernas fui eu. Eu darei um jeito.

E que jeito será esse?

O primeiro, é marcar logo o casamento com Juan antes que a sociedade curitibana comece a falação.

E depois?

Um passo de cada vez, mãe. Respire fundo e comece a pensar em um local para a cerimônia.

Bem. Se você está certa disso. Se eu não posso convencê-la da burrada que está prestes a fazer, então vou verificar as datas no Clube Curitibano e no Graciosa Country Club.

Ainda bem que você não falou no Castelo do Batel. Acho brega demais.

&

Não era especialista em anatomia, mas esta era uma das aulas que mais o deixava realizado durante os anos em que passou na Embap.

As aulas que havia assistido o ajudaram a entender os volumes de um corpo, as posições em que este poderia ficar, como é ou como poderia ser a textura, a cor, o brilho da pele com muitos ou poucos músculos, com ou sem gordura em excesso, em dezenas de suportes diferentes.

Apenas isto. Anatomia como ferramenta humana para representar.

A anatomia aprendida era mais que ciência. Mas não alcançava o nível de arte. Faltava a densidade e o peso das mãos do próprio artista, da visão registrada por meio da percepção.

Juan ainda precisou de algum tempo, após concluir a faculdade, para adquirir sua própria expressão, em meio aos tons e cores, para que estivesse preparado para assumir uma criação como algo além do simples exercício estético.

Demorou para originar sua obra de arte, aquela que registraria seu gesto no mundo.

Mas ele sequer recordava o momento em que nascera nele a revelação de sua obra-prima. De como realizaria sua criação. Não saberia responder a si mesmo como surgiu a ideia de representar o corpo da esposa em um quadro e, caso fosse preciso, a de retornar e tomar sua essência de volta em cada uma das mulheres que já o haviam amado.

A ideia do gesto, entretanto, não saberia dizer como surgiu.

O que me despertou do sono?, perguntava-se não precisando nem exigindo que sua mente lhe respondesse. O que me acometeu durante todos esses últimos anos? De onde surgiu esse desejo e obsessão?

Lembrava apenas que num certo domingo, por estar nublado, frio e úmido, foi obrigado a trabalhar durante horas seguidas. Normalmente, o casal forçava o descanso, indo ao cinema, ao shopping, jantando em Santa Felicidade. Mas sua esposa não queria passear com aquele clima, ele também não fazia questão de sair, principalmente com os pés gelados como estavam. Então, permaneceu em seu ateliê, desenhando, primeiro com nanquim, os membros de diversos modelos imaginários, a partir de um boneco articulado que possuía. Simulava movimentos de dança, posições diversas, gestos de esportes específicos. Além disso, treinava o registro de partes anatômicas das quais tinha mais dificuldade como as orelhas e o nariz. Adestrava seus traços para desafios futuros.

Durante o dia foi alternando os materiais, de nanquim ao carvão, do carvão ao pastel a óleo. Pouco antes de escurecer já estava com pincéis realizando esses exercícios numa tela comprida que deixara sobre o chão.

Ao terminar, o quadro-rascunho parecia um Guernica, mas de um Pablo Picasso exuberante de cores e tons e caótico, menos surreal e mais expressionista. Vivaz como um Pollock, porém mais físico, mundano, humano e falho.

No outro dia, ao iniciar a semana, já se encontrava às voltas com a ideia de assassinar a esposa, abandoná-la no meio da sala com a pretensão de representá-la numa tela. A certeza de que aquela ideia era o fecundar de sua obra-prima, que já estava em gestação em sua mente e dedos, o fez ter alucinações auditivas durante toda aquela semana.

Toda vez que antevia seus atos, que pensava no seu gesto inaugural como artista, ouvia os primeiros compassos do movimento Maestoso do Concerto Nº 1 para piano, de Brahms. Acreditava que se tratasse de uma memória auditiva e que ela nada mais era do que uma reação da sua razão, apoiando seus planos para o futuro.

Não questionava o que era o certo ou o errado. O que era moral ou imoral. Nada importava para ele diante da possibilidade de transformar-se. De iluminar-se como uma substância do universo, sempre em movimento de criação e destruição.

Renovação. Pois toda obra de arte respira, é viva, pulsa, mesmo que para existir faça outra parcela do mundo minguar. A arte transforma o que é insignificante e depravado em infinito e perfeito, assim pensava.

Por isso, não se preocupava com questões éticas e morais. Não pesava suas ações, não media consequências. Visava ao resultado, somente.

A forma como via sua arte embotava a visão que deveria ter como ser humano.

Isso o tornava diferente da pessoa comum. Não pensava ser melhor nem pior, mas diferente. Seus gestos eram livres. Por isso, mais do que a mente, seus movimentos não encontrariam obstáculos. Nem adversários.

&

Coralina passara a sair todos os finais de semana depois que pediu a separação. Havia conhecido alguém e não queria iniciar uma nova história, mantendo o passado como estava.

Não usara essa palavra.

Separação.

Enquanto bebiam em enormes taças de vinho, a televisão do restaurante dava uma notícia que fazia Coralina arrepiar. Não de medo, asco, mas de uma sensação de pertencimento, mais do que o seu acompanhante poderia imaginar.

Esse pertencimento projetava na mente dela imagens de um passado que agora era cauterizado no cordão umbilical que insistia em se fixar na memória.

Juan acariciava seu antebraço, usufruindo do efeito, ignorando a causa.

Eles foram saudados por tiros de canhão e pelo Hino Nacional.

Ele não fazia ideia do que estava ocorrendo. Ignorava a história e queria que se apagasse de sua mente tudo o que turvasse o momento em que estavam. Não queria memórias nem sentimentos transbordados.

Queria aqueles olhos escondidos nas pupilas apenas para o seu instante e graça.

Não os queria olhando para o Sr. Diretas.

Declaro promulgada!
O documento da liberdade, da dignidade, da justiça social, do Brasil.
E Deus nos ajude, que isto se cumpra.

Dos antebraços, o arrepio passou para a nuca, pouco depois de Ulisses pronunciar a palavra Brasil. Resquícios da Copa de 70. Mas ela estava atenta à notícia, aos comentários do apresentador, aos urros e vivas, e aos juramentos feitos diante dos colegas e diante da civilização brasileira.

Um dos magarefes do país efetuava o seu juramento, amedrontado talvez por terríveis forças, com a mão direita levantada e tremulando como uma bandeira.

Sarney jurava e o casal solicitava a conta.

Já estamos aqui há muito tempo, disse Juan. Estou todo amortecido.

Os nervos entorpecidos pediam sensações mais físicas. Cambaleava até o caixa.

Arrumando os cabelos longos em frente ao espelho, Coralina talvez pensasse no marido, pois sabia a razão das bolsas roxas sob seus olhos, era infeliz e resistiu nesse estado por muito tempo. Buscava forças na filha que mostrava uma fibra que ela mesma não recordava de ter quando era estudante. Depositava seu conforto no filho crescido, que começava a apresentar as namoradas e a longa lista de amigos. Coralina se acostumou a ser chamada de tia por amor aos filhos, mas não queria se acostumar à frieza com que era tratada por aquele que escolheu como companheiro.

Sabia a solidão. Essa a acompanhou desde a juventude, mas não o desprezo. Desconhecia motivos para isso.

Ao lado do caixa, conversando com um dos garçons, Juan, rindo ou sério, pensativo ou comunicativo, transmitia uma suavidade da qual ela sentia falta. Precisava dele mais do que ele deveria saber.

Relacionavam-se sem que detalhes das vidas de cada um fossem revelados, não importavam essências nem segredos, pois se gostavam como superfícies e sentidos. Fingiam que se completavam mesmo que nada soubessem de ânsias e ausências.

Numa passeata das Diretas é que se olharam e se molharam pela primeira vez. No restaurante, ao invés de recordarem o tempo que estavam juntos, pelo que ocorrera durante a tarde daquele dia em Brasília, pelo que era noticiado, somente pensavam em aliviar seus nós na densidade que podiam encontrar nas amenidades da união.

Enlaçou o braço dele e se despediu dos funcionários do bar.

Sem que tivessem ouvido, uma chuva rápida havia encharcado a cidade, derrubado árvores e destelhado casas da periferia. Mas continuavam não percebendo nada do entorno. Cambaleando ébrios pela calçada, riam da sensação anestesiante no rosto e nos olhos, na raiz dos dentes e na ponta dos dedos.

Enquanto caminhavam, alguns moradores de rua procuravam cantos mais secos para dormir. O vento ainda bombeava forte, desarrumando cabelos e barracas improvisadas de papelão, jogando folhas nos carros estacionados e o frio sobre cobertores esfarelados.

Algum cruzado, senhor?, pedia um homem envelhecido pelas sarjetas, coberto por um plástico preto dos ombros aos joelhos.

Coralina se apertou ao vê-lo, encolhendo-se no abraço de Juan, que não percebeu a figura do homem parado na calçada.

Este continuou parado na guia, acompanhando o carro à distância. Não sabia mais o que sonhava, o que vivia. Era um fiapo que permanecia, mas sem saber ao certo o motivo. Sequer pensava na morte, pois todo desejo e vontade sobre a existência estavam dissolvidos nas irregularidades das calçadas de petit-pavé. Memórias distantes de uma família, vultos de uma senhora que podia ser a sua mãe, do seu nome que poderia ser Pedro, uma noiva, sons de brigas e festas de fim de ano no gramado extenso. Tudo em alguma cidade isolada. Com cheiro de bosques, estrada de chão e estrume. Uma casa demolida. Tudo um sonho refletido nos chuviscos que ainda caíam sobre o asfalto.

Escorregando para dentro do carro, o casal logo estava na estrada, em direção ao motel que frequentavam desde a primeira noite. Só não pediam o mesmo quarto porque gostavam de variar as suítes e os serviços que o estabelecimento oferecia. Cada quarto, um tema, acessórios, cores e cheiros diferentes. Uma noite tomavam espumante, noutra ficavam na água com gás e chocolates. Variavam na cama também, mas nunca traziam outras pessoas, embora pensassem secretamente nas possibilidades.

Os pneus chiavam sobre a pista molhada, ouviam rádio e conversavam sobre a última vez em que estiveram no motel. Pela primeira vez, haviam visto uma pequena fila se formar, de uns três carros. Receberam um prato com morangos e chocolate derretido como desculpa. Não se importavam de serem reconhecidos ou vistos por outros, mas agradeceram e se lambuzaram.

Vidro embaçado. Não vi o ciclista.

Foram estas as últimas frases de Juan antes de ficar desacordado sobre a maca da ambulância.

Depois do atropelamento, o carro ultrapassou o canteiro central da rodovia e se chocou lateralmente com a dianteira de um ônibus de viagens. A lateral direita do carro ficou sanfonada, os vidros se desmancharam e explodiram como pipocas em direção à pista.

A retirada do corpo de Coralina durou pouco mais de uma hora, a porta havia se colado ao corpo, ao rosto que não poderia mais ser contemplado, tocado, nem beijado pelos filhos. Na bolsa não havia documentos de identificação, apenas fotos e um crachá da empresa em que trabalhava e que a identificava como Coralina, apenas isso. Sem sobrenome, nem fotos de família. Apenas um nome e maquiagem para o rosto. Sem dinheiro, joias, nem aliança. Talvez sem uma história que fosse digna de sua essência, de seu eu.

Mas depois de algumas horas no IML, conseguiram identificar a mulher pela arcada dentária. Tiveram acesso a um documento com várias rasuras em caneta negra. O único nome que permanecia inalterado era Coralina. Identificava nominalmente o atual marido e do filho que tivera com ele. Fazia menção a uma filha, mas nada informava sobre o primeiro casamento, se é que havia um ex-marido. Nada sobre seus ascendentes. Sequer fazia referência ao sobrenome de solteira. Como se Coralina não existisse oficialmente, no tempo e na história.

O marido foi chamado.

Não identificaram o ciclista. O corpo ficou por alguns dias sem identificação, esperando que alguém se preocupasse, que se importasse.

Há muitos solitários nas ruas. Nem todos têm família para onde voltar depois de um dia de trabalho, dizia o legista-chefe aos residentes, enquanto retirava o baço para mostrar aos demais o que deve ser analisado neste órgão durante uma necropsia.

Poucos minutos após a batida, pessoas começaram a formar um círculo, conversando e tentando descobrir, pela marca e cor da bicicleta, quem poderia ser aquele sujeito e se morava na região. O corpo era apenas uma massa dolorosa de se ver, mas, a cada minuto, curiosos iam se acotovelando, enroscando os guarda-chuvas. Havia a necessidade de pertencer àquele horror, despersonalizando o ser retorcido sobre o asfalto para reencontrar sentido na própria miséria.

No velório e enterro de Coralina houve muito sofrimento. Mas poucos presentes.

A cerimônia e o enterro do ciclista sequer foram realizados.

&

Pegou um caderno de rascunho e uma caneta pena.

Primeiro, fez as linhas principais onde a luz incidiria. O contorno da cabeça. O detalhe do cinto. Parte do queixo e do nariz. O contorno superior dos braços. As curvas das mamas, ultrapassando o limite do tronco. As marcas das costelas. As mãos pousadas perto do ventre.

Elas se moviam, desequilibravam a composição.

Não vai parar quieta, Virgínia? Tudo bem, então, Juan dizia, fingindo que estava conformado.

As mãos de Virgínia se apertavam. Encrespavam. Ele precisou dedicar bastante tempo a elas, decidindo por uma composição adequada em que estivesse subentendido um movimento ríspido com nervos contraídos, esticados.

Deixou as mãos de lado, e seus detalhes, para se focar no contorno das coxas e pernas.

Os pés demandaram novo trabalho de detalhes. Vislumbrou os dois polos do sofrimento naqueles dois membros tão banais e corriqueiros.

Dois pontos de fetiche. Intensificou a importância deles, inserindo detalhes quase imperceptíveis, como o formato das unhas, o contorno das cutículas, o tamanho do desenho dado pela manicure.

Depois, deu atenção ao sangue que escorria do couro cabeludo, da boca, das mamas trêmulas, amplificando o trajeto que ele tomava. Alçando o sangue a representante material do horror imaterial de sua asceta.

Queria chegar ao desenho da boca e do grito impresso naquele rosto, mas resolveu deixar seu feitio por último, para saborear melhor o momento.

Então, deu volume à parte inferior do desenho. Aplicou, em movimentos precisos e rápidos, a quantidade desejada de nanquim para compor a sombra e a luz. Muita tinta na parte interna das pernas, pouca na parte mais externa e próxima ao ponto de luz escolhido.

Aproveitou para contornar o umbigo com certo carinho, mais pelo que ele representava do que por ela. A existência do piercing ali o incomodou, ele atrapalharia sua concentração e desmontaria toda a harmonia. Então, o arrancou da pele em que estava preso de modo seco, jogando o objeto brilhante sobre o tatame. Como se ele fosse um cisco, um defeito, uma irregularidade num pedaço de madeira.

O ventre retraído foi um desafio que deu muita satisfação a ele. Deliciava-se com os contornos inesperados que precisava fazer sob as costelas, mas preferiu não pesar a mão. Pretendia que houvesse harmonia entre o sangue escorrido, os cortes, as mãos crispadas e o ventre retraído.

Fez o contorno dos cabelos que ainda apareciam caídos nos ombros, mas de maneira breve e simples. Rapidamente e sem muitos detalhes, desenhou a cadeira, que não lhe exigiu mais do que uns cinco segundos, com movimentos ligeiros e traços precisos.

Abaixo, esboçou um pilar, a parte superior de uma coluna em estilo jônico. Um detalhe desnecessário, mas condizente com suas buscas de aprendiz. Embora se considerasse mestre, precisava sentir que pertencia a uma essência para além dele mesmo, para que ele fosse maior que o reflexo no espelho que o tentara iludir na entrada da residência.

Mas queria a boca. Não conseguiria se realizar completamente se não desenhasse aquele sorriso avermelhado e levemente torto. Contemplava o resultado como se houvesse alcançado a pincelada perfeita. Diante de si, estavam suas mãos marcando a matéria do mundo e a história da pintura. Teve certa dificuldade para encontrar o contorno mais adequado àqueles lábios lacerados. Precisou chegar bem perto e quase beber daquele beijo sanguinolento, respirar daquele ar enxofrado de quem está à beira da morte, mas que ainda resiste, mesmo à força.

E sentiu a umidade enferrujada escorrendo goela abaixo.

Deixaria a boca como estava, semiaberta, ofegante, curva na parte inferior, sem conseguir pronunciar som algum. Afastou-se e de cócoras iniciou os últimos traços do croqui, um pouco oscilante, indeciso, a ponta da pena a tremer sobre a folha. E foi tomado pela última faísca de êxtase, sem que isso interferisse na qualidade dos detalhes alcançados nas fendas da mucosa, no corte uniforme, levemente curvo, nos fios rubros, que ainda insistiam em pulsar e pingar do queixo, nos dentes escondidos em saliva vermelha de sangue e vômito.

Tudo em perfeita harmonia e ordem, em um caos reordenado organicamente.

Quando terminou, foi lavar o rosto lentamente. Mas não havia concluído seu trabalho. Sabia, no reflexo do espelho arredondado do banheiro, que precisava dar vida àquela criação.

Ele só conseguia pensar em uma maneira.

Ainda não possuía a criatividade dos anos, a inspiração do trabalho diário, a experiência do talento como base da potência. Era novo nesse ofício de resgatar essências. Até aquele momento, só havia assassinado uma mulher, sua esposa, que permanecia onde estava. No meio de sua sala de estar. Sobre o carpete manchado do sangue que oxidava.

Antes, havia estimado a quantidade de futuros domínios e anulações, apenas esperando. Planejar a criação e pensar o ato não constitui sentidos, não transcende imprevistos.

Imaginava apenas uma forma de possuir o passado que remodelara diante de si. De sugar parte daquela essência.

Exterminar aquele corpo atado.

Teria que cortar o pescoço como fizera com sua esposa. Mas não havia trazido a faca usada anteriormente. Ela era um troféu entre escovas na pia de seu banheiro. Aquele troféu não poderia ser ultrajado.

Não tem outro jeito. Usarei uma faca de cozinha mesmo, ele dizia.

Suas pálpebras mordiam o reflexo num fascínio, diante do espelho estilo rococó sujo de pasta dental do banheiro.

&

O que me incomoda não é a sua exoneração ou, melhor, a decisão de mudar de emprego. O onde não importa, Cora. Parece que, na verdade, você está fugindo do nosso passado. Só que o seu passado sou eu e eu sou, ao mesmo tempo, o seu presente. Por isso sua felicidade me incomoda. Tenho medo que daqui a pouco você se canse de nós também.

Paulo, mantendo a frieza costumeira, olhando para os filhos pequenos, virou de costas para Coralina que permanecia encostada no capô do Passat. Ele fingia prestar atenção aos filhos que andavam de bicicleta na pista, que todos os fins de semana rendia novos arranhões a serem exibidos na escola.

A distância que tomara da esposa não impedia a resposta dela. Ela não estava acanhada pelos outros pais que ali também acompanhavam os campeonatos de bicicross inventados pelos filhos. Mas estava cansada de se justificar, sem poder dizer tudo de uma vez. Do contrário, assumiria que estava fugindo, de certa forma, do passado, mas de um passado mais remoto do que ele imaginava. Ela fugia dela mesma, mas isso ele não entenderia, pois só enxergava a si mesmo.

Queria dizer a ele que a felicidade que estava sentindo era parte dele também, que o sucesso no trabalho era devido a ele, à existência dele e das crianças. Mas estava farta de apenas trocar uma e outra palavra nas sentenças e, mesmo assim, elas não serem registradas na mente fechada do marido.

Se você não quer entender, entendesse, dizia por fim.

Começava a cogitar a separação.

Pouco depois, os dois corriam para socorrer Emílio que havia caído logo depois de tentar saltar numa das rampas. A bicicleta, muito grande ainda para o seu tamanho, tomou outro rumo, jogando a criança de barriga no chão de terra batida.

O filho chorou até chegar ao carro e após a mãe limpar a terra dos arranhões, mas em pouco tempo já estava reconfortado com o copo que suco de morango, feito com leite, reservado sempre para o final do passeio no Parque Barigüi.

Quando Emily, de longe, viu que o irmão estava com o copo rosa nas mãos, soltou um enorme muxoxo e fechou a cara. Não se consolou até a hora de dormir. Não pudera quebrar seu último recorde de 20 voltas seguidas na pista, pois tiveram de voltar pra casa. E o irmão ainda fora premiado.

E aquele garoto de bonezinho jeans sempre me ultrapassava. Ele vai ver depois que eu treinar bastante.

Tenho certeza, filha, que você vai fazer esse piá comer poeira, mas agora relaxa e dorme. Amanhã, você tem aula cedo.

Paulo se despedia com um beijo na testa, sabendo que a filha iria remoer a disputa por mais uns dez minutos.

Depois que o ressonar no quarto dos filhos era uma certeza, os pais não se reuniam para um último drinque, uma conversa derradeira ou para um filme na televisão. Esses hábitos foram sendo abandonados aos poucos, mas a culpa cada um colocava no outro.

Viam no outro os próprios defeitos e limitações. Como reflexo.

Coralina, animada com o desafio de trabalhar na Celepar, pioneira empresa pública de tecnologia de informação, estudava no sofá da sala de estar. Paulo tentava encontrar na televisão alguma coisa que o fizesse dormir rapidamente na poltrona que havia sido de seu pai.

Com uma manta sobre as pernas, dormiria rápido, acordando horas depois, com a casa silenciosa, a esposa já no quarto, de banho tomado, parecendo dormir profundamente.

Restava a ele apenas arrastar o corpo dolorido para o seu lado da cama, abandonar os sapatos, as calças e a camisa no chão. E torcer para que a dor no pescoço sumisse no outro dia.

Coralina, fingindo que dormia, pensava se conseguiria aguentar por mais tempo aquela situação. Remoía o medo de que tudo mudasse de uma hora para outra. Ao mesmo tempo em que ansiava por mudanças imediatas e contundentes.

&

As primeiras telas que concluíra não saíam intactas do tripé, nem mesmo os colegas mais próximos sabiam das telas rasgadas com ódio e decepção. Desse ato de fúria pela renovação de arquétipos.

O estilete sempre pousado ao lado dos pincéis. Costume que manteve mesmo depois de estar com Maria Paes. Ela pensava ser este um costume típico dos gênios, motivo que achava suficiente para não questionar nem interferir quando ele destruía alguns trabalhos.

Medo do fracasso ao lado dos instrumentos do sonho. Quando não havia nada que a técnica adquirida pudesse fazer para salvar um trabalho equivocado, o estilete abria a tela ao meio. Movimento rápido e definitivo.

O novo surge pela fissura do ser anterior que se torna referência.

Amante das frases de efeito, Juan pensava criar uma nova filosofia estética quando verbalizava suas reflexões.

Somente depois de transcorrerem dias após essas explosões de fúria é que, recomposto, resgatava a tela abandonada em algum canto, picava cada um dos pedaços e fibras do tecido e jogava, um a um, numa lata com querosene, refletindo os erros para entender trajetos e escolhas.

Renovar modelos.

Nesse momento diante das chamas e do cheiro forte, agia sem desapontamento nem raiva. Apenas uma conversa de si para com seu outro que queimava.

Com o tempo, algumas telas puderam ganhar as paredes do ateliê e, depois, da casa. Maria gostava de vê-las ali, como pequenos ícones, símbolos de alguma divindade profana e antiga.

Mesmo assim, ele considerava cada uma delas como exercícios. Não dava título a esses trabalhos, nem os enviava a marchands. Esse processo desconhecia. Mas gostava de acompanhar seu próprio desenvolvimento, não por apego à criação em si, mas para aguçar a percepção sobre a própria história.

Sem nome nem intermediários. Não haveria apego à coisa. Cada tela seria apenas um registro. Sem público nem espectadores, a obra não precisava deles para existir.

Eu quero é que o público se dane.

Sempre dizia isso quando alguns conhecidos vinham visitar o casal ou quando, mesmo contrariado, era envolvido pela esposa em jantares de negócios.

Só importa a pintura. A criação em si, o desenvolver, milímetro a milímetro, das cores e texturas sobre a tela de algodão preparado.

Alguns desses colegas, querendo aumentar em conceito junto ao casal, elogiavam alguns dos trabalhos de modo exagerado e artificial e se ofereciam para comprar algumas das telas, mas essas propostas eram recepcionadas como ofensivas. Como se quisessem usurpar a liberdade dele. Impedir que caminhasse para onde quisesse. Sozinho. Sem que lhe viessem indicar caminhos que repudiava. Preferia o silêncio. Este era o melhor pagamento. O mutismo benévolo era mais bem quisto que o elogio explosivo e veemente.

Quando não havia saída, deixava Maria convencê-los, dando desculpas variadas. Que foram presentes dados a ela. Que, por serem tão poucos trabalhos, havia se apegado e que não conseguiria deixar que os levassem para longe da casa. Todos possuíam igual estima.

&

Poderia ter esperado o sangue arterial pulsar lentamente do profundo corte que conseguira impingir no pescoço de Virgínia. E pulsaria com força até que não houvesse mais sinal de vida naquele corpo mutilado. Mas ficou impaciente. Ela ainda estava presa a ele.

Ansiava ir para casa verificar se haveria avanço na pintura do corpo de sua esposa após o que acabara de fazer.

Poderia ter esperado. Não tardaria para o silêncio dos jatos extinguirem a força dos músculos. Mas não soube esperar. Sem controle, impaciente, em convulsão, perfurou dezenas de vezes o corpo amarrado à cadeira. Até que tudo ficasse coberto de vermelho e em silêncio. Inanimado como uma obra de arte.

O corpo de Virgínia sobre a cadeira era a expressão da violência e do sofrimento, mas além do compreensível.

&

Mecanicamente, desejou um bom dia ao filho, que estava sendo movido pela enfermeira. Pegou a maleta de couro marrom, que utilizava mais por formalidade do que pela necessidade de apresentar papéis realmente necessários ao trabalho.

Dentro da pasta do diretor, apenas assinaturas que não resolveriam nada. Atrasariam somente.

Bom trabalho, senhor Paulo.

Obrigado, Ângela, pra você também, respondeu Paulo, sem conseguir evitar olhar para o corpo pequeno da enfermeira.

Mocinha nova, bonita, quem sabe algo dentro do meu filho desperte. Em mim, falta pouco, pensava.

(Não se preocupe, não vou dar em cima dela, pai. Mas que dá um caldo, isso dá.)

No elevador, encontrou o casal de vizinhos, que se olharam e ao voltarem o olhar para ele não conseguiram evitar o rubor. Quando se trata de incidentes como o do filho de Paulo, não há o que dizer. Por isso, calaram-se, pois existem poucas palavras que realmente façam a diferença no dia de alguém. Principalmente, para aquele vizinho.

Paulo pensava que poderia dizer, na cara daqueles velhos, que não eram más pessoas por não conseguirem emitir um bom dia sequer, de perguntar como estava indo Emílio, se precisava de algo. Mas o que queria dizer a eles de modo seco era que seu filho estava entrevado numa cama, que quase não mexia os olhos. E, principalmente, que se eles ficassem em silêncio ou saíssem gritando feitos dois macacos, não faria a menor diferença. Ele não estava nem aí para a compaixão teatralizada de estranhos. Então, fingiu que procurava algo importante em sua maleta, liberando os vizinhos de qualquer diálogo vazio de sentido até que chegassem à portaria e estivessem livres de qualquer constrangimento.

O Passat estava com os vidros abertos. Havia se esquecido de levantar, novamente.

Não tenho feito nada por completo. Só espero não cometer tantos erros no trabalho. Depois de tantos anos, não posso terminar a carreira com o histórico manchado.

Ao pensar nessas últimas palavras não pode evitar pensar no passado, nas ações que começava a questionar, suas manchas eram enormes. Ainda sentia o cheiro dos corredores, quando relembrava os gritos. Os gritos, as súplicas. A maioria deles de gravações feitas em vários lugares. Repercutindo em todas as Dops do país. O eco pelos corredores úmidos, escondendo o sofrimento na penumbra.

Deixou de sentir orgulho pela pátria. Começava a sentir algo próximo ao arrependimento pelo sofrimento que havia causado. Mas era uma sensação horrível e inebriante ao mesmo tempo.

Besteira isso. Você fez o que tinha que ser feito, dizia para ele mesmo, dando a partida no carro. Fui instrumento, não tinha escolha. Fim da história.

Tentava se convencer, mas as memórias se misturavam. O que chegava à consciência vinha sem qualquer filtro ideológico. Impossível evitar.

Eu só cumpria ordens, não tive culpa pelas fraquezas, pelas desarticulações das organizações nacionais, do poder das instituições sendo perdidas, do medo do desconhecido. Não tive culpa. Só cumpria ordens.

Desviava das colunas do estacionamento do prédio com cuidado, mas depois de anos, já realizava esses movimentos ondulantes, serpenteando por entre colunas, sem perigo de acidentes. Automaticamente.

Eles precisavam de informações, eu precisava apresentar resultados. Obedecia porque aprendi a obedecer. Não podia questionar, tinha medo do desconhecido, também. Fui instrumento. Mas não tive culpa. Só fazia o que era mandado fazer. Não sentia prazer nisso, não desejava por isso. Não tinha escolha. Agora, o passado que fique no passado.

Mas ainda pensava nisso quando entrava em sua sala. As mãos tremendo ao serem pousadas na escrivaninha.

Será que não sentia prazer, mesmo? Um café. Preciso de um café urgente.

&

Trocou a roupa manchada com borrifos de sangue por outra que trouxera. Lavou o rosto novamente, os braços e as mãos. Mas não tentou encobrir nada do que fizera ali. Manteria o espaço como estava, a composição estava adequada a seus olhos.

Olhou uma última vez sua criação sobre a cadeira.

Analisou o croqui tão cuidadosamente elaborado. Serenamente sentido. Tranquilamente criado. Arrancou a folha do bloco de rascunhos e o pousou sobre o corpo.

Virgínia estava embebida em morte.

Agora, deveria apenas seguir normalmente até sua casa. Se afastar da movimentação e dos prédios, seguir o som dos sapos, das cigarras, das corujas, dos gaviões. Tomar um copo de vinho branco e concentrar-se no quadro, não desviar o olhar, não se apressar, deixar de lado todo o pensamento e preocupação.

Apressar-se lentamente.

Estou mais completo agora, dizia aliviado.

Pensava que estaria mais completo a cada passado revisitado. A cada memória retomada. A cada vítima.

&

A fumaça da cigarrilha de Paulo misturada à do cigarro de Pedro, conhecido como Gordo, começava a pairar pouco abaixo da lâmpada da copa. Sentados, esperavam o barulho da água da cafeteira cessar para que pudessem se servir.

Névoa e borbulhamentos. Silêncio incômodo em olhos ardidos de sono e remela.

Miranda e Gordo sempre cumpriam essa via sacra. Paulo, pelo contrário, raramente aparecia na copa para confraternizar com seus subalternos. Não é que fugia de ser visto, mas porque se acostumara a ir direto para sua sala, abrir os jornais, enquanto o café esfriava diante dele, soltando um vapor que dedilhava as folhas do periódico. Raramente o diretor vinha fazer seu próprio café, normalmente enviava a secretária, que o fazia da forma tradicional. Fervia a água e coava com filtro de pano. Depois, pousava a térmica sobre a cômoda que ficava ao lado da mesa dele.

Chique esse chefe, fumando cigarrilha.

Pois é, Miranda. Eu aqui com esses meus mata-cavalo e o Sr. Paulo com coisa fina. E que cheiro bom, dizia Gordo, fechando os olhos enquanto fungava o ar.

Os dois conversavam, olhando o patrão, mas como se ele não estivesse ali, embora usassem essa estratégia para tentar quebrar o silêncio com esses comentários.

No mesmo instante, outros agentes entravam na copa. Falando alto e gargalhando.

Embora o formato dela fosse um L, com os ambientes divididos em mesa com armários, num deles, e arremedo de cozinha com geladeira, fogão e pia, noutro, não era possível isolar assuntos e conversas.

Normalmente, quem entrasse ali, ou se calava ou contribuía com o assunto em pauta. Mas, naquele momento, ao perceberem que o próprio diretor estava ali, os recém-chegados limitaram-se a diminuir o volume, cumprimentar o chefe até calarem-se por completo.

Sai muito caro um maço desses aí, Sr. Paulo?, perguntou Miranda, pegando uma xícara do armário.

É bem mais caro do que um LM vermelho, se você quer mesmo saber, disse Paulo, apontando para o maço de Gordo. Acho que umas quatro vezes o valor, mas pra mim compensa porque não fumo muito. Então, aproveito para fumar melhor.

Quantas dessas cigarrilhas o senhor fuma por dia, Sr. Paulo?, perguntou Gordo.

Olha, Pedro, normalmente umas duas. Uma é esta, logo que chego ao trabalho. A outra, eu fumo quando a casa está silenciosa e eu pronto para dormir. Mas a casa tem sido muito silenciosa ultimamente, então.

Mas Paulo não completou a frase. Os funcionários ainda ficaram esperando. Depois, eles mesmos completaram a informação necessária para que pudessem se servir com uma xícara de café, sem perceber as razões da falta de informação, da ausência diante dos olhos.

Paulo estava com Emílio. Pensava nele.

Secava o fio de baba que escorria do canto da boca. Agredido pelos nervos retorcidos, os músculos duros, os olhos fixados no teto. Aos poucos o pai foi percebendo os sinais de que sua presença não era necessária, dos momentos que o filho não o queria por perto. Assim, como o incômodo que os funcionários sentiam diante do patrão, que se servia de café, após colocar três colheres de açúcar na xícara.

Para fingir que tudo continuava normal naquele ambiente, Gordo perguntou a Miranda se este vira o Japonês chegar.

Hoje, ele precisou deixar o carro no mecânico.

Aquele fuscão dele é lindo.

Pretinho e sem nenhum risco.

Vive encerado.

É. Ele alisa aquele capô mais do que se esfrega no banho.

Mas o que é que deu no carango?

Nada. Foi só fazer alinhamento. Ou balanceamento. Um desses dois, sei lá. Nunca sei direito pra que serve cada uma dessas coisas.

É simples, respondia Gordo, sem perceber que Paulo saía da sala disfarçadamente, desejando aos mais próximos um bom dia de trabalho. O alinhamento mantém o ângulo das rodas na posição correta, evita que os pneus gastem mais rápido. Quando o carro tá puxando pra um lado é porque precisa alinhar.

O meu vibra sempre que eu passo de 90. Vai precisar alinhar, então?

Não, meu filho, nesse caso você precisa fazer é o balanceamento na charanga.

&

Acendeu todas as luzes da casa, iluminando o corpo largado no chão, que estava mais pálido e flácido. Não se aproximou dele. Não por medo.

Ele se preocupava apenas em não se ligar pessoalmente àquele objeto.

Segurou a paleta na mão esquerda. Selecionou os tubos de tinta à óleo novamente, mas antes de preparar os tons que usaria como base para o corpo que empalidecera ainda mais após um dia, Juan resolveu diluir mais outros tons de tinta em óleo de linhaça.

Um bom trabalho não se faz com pressa, não em curto prazo. É trabalho de tempo, pensava.

Retirou de sobre a tela o pano que a protegia da poeira e dos insetos, traçou a lápis de carvão um esboço do corpo caído e pincelou o tom da base de fundo. Depois, iniciava as primeiras pinceladas para a base da pele.

O objeto morto banhava sua íris de surpresa. O que o pincel injetara na tela não respeitava o tempo do corpo. Este se modificava a cada instante, destruía-se nas horas.

Se modificava desde o seu momento primordial.

Percebia que o tom escolhido já não era o que vira no dia anterior, e que ainda estava fixado em sua mente. Não era o tom daquilo que estava no chão. Estava preso à mimese da pele, na ausência de circulação do sangue, da acidez do corpo impossibilitando a vida.

Aproximou-se, então, do corpo sobre o carpete e sentiu o frio e a cor da pele.

Parecia uma boneca.

Embora uma tonalidade clara estivesse em quase toda a superfície da pele, os livores ainda estavam presentes. Além desses, uma mancha esverdeada, de um tom sujo, havia surgido no abdômen, próximo à bacia.

Havia movimento no corpo morto.

Os olhos estavam opacos, não demonstravam mais a imagem de que um dia haviam enxergado e, perdidos, se despediam. Manchas avermelhadas surgiam nos brancos dos olhos, dando um aspecto grotesco ao olhar daquela que havia convivido com ele, que, como Juan acreditava, devotara a ele um amor como vácuo, que dele transplantava diariamente a força para continuar caminhando.

Havia horror. Horror no olhar daquilo que via sem perceber.

Resolveu, então, que precisaria retrabalhar a cada instante a imagem que ia se formando, acompanhar cada modificação, sem antever nem saber futuros.

Após essa resolução, tentou definir o novo tom para a pele.

Olhou os tubos com um ar perdido. Parecia ébrio, de um cansaço mental profundo.

Então, cobriu novamente a tela.

Na cama, após avançar nas horas sem conseguir dormir, com os olhos ardidos de madrugada, pensava na possessão dos seus passados, no desvelar das suas ascetas, no domínio do ontem para que pudesse constituir sua obra de arte definitivamente. Deitando de lado, como um feto, revisitava alguns dos amores que tivera. Nem todos foram escolhidos para que se tornassem símbolo de posse. Mas, dentre os que premeditara dominar, havia um, de seus tempos de escola, que era especial de certa forma.

Não seria difícil encontrar Marguerite, pois a rotina dela era simples, como havia confirmado antes do assassinato da esposa. Bastava descobrir em que botequim ela estava passando suas horas.

MARGUERITE

Marguerite era alcoólatra.

Mas Juan sabia que nem sempre fora assim. Antes de entrar, a viu rodopiando entre as mesas do pardieiro em que haviam marcado o encontro.

No reboco das paredes do lado de fora, cartazes com mulheres em decotes provocantes, apenas as mãos e braços tampando a visão. Mas os fregueses pareciam não se importar com aquelas imagens. Decorativas, eram como manchas segurando copos de bebidas.

Alguns dormiam, outros gritavam ao defenderem alguma ideia sem lógica a respeito do jogo ocorrido poucos dias antes, ou sobre algum caso político manipulável pela mente embebida de ignorância, pela falta de informação, de educação, excesso de programas de auditório e álcool.

Muito álcool, amendoim e frituras.

Era cedo. Havia anoitecido há pouco tempo na Vila Trindade. Um ventre podre se abria, espalhando a desgraça em silêncio. Algumas crianças ainda brincavam na rua, inventando um futebol com bola de papel enrolado em fita adesiva, arranhando os pés na rua de chão batido. Estudantes de supletivos saíam de suas casas, ainda gritando com seus pais, justificando um possível atraso pela louça que foram obrigados a retirar ou com promessas de que iriam para a aula e não para a praça fazer arruaça.

Um dia a polícia te pega usando essas porcarias, viu? Venha direto pra casa!, algumas mães gritavam.

Muitas se conformavam com o futuro miserável que os filhos teriam. Gritavam por costume, não mais por vontade de dobrar os filhos às suas vontades. Outras, não desistiam, levavam seus filhos até o terminal, davam conselhos, amedrontadas pela sombra de algum marginal que frequentasse o período noturno das aulas.

Juan poderia ficar ali por horas, em silêncio. Observando apenas, usufruindo daquele universo desconhecido.

Mas os bêbados são uma espécie extrovertida, comunicativa, principalmente em início de noite. Com exceção do careca que dormia de boca aberta em um dos cantos do bar, queriam puxar assunto. Solicitavam a concordância em determinado tema. Ele assentia com a cabeça e era o que bastava para que se tornasse amigo de infância de todos ali. Amigo de anos, morador da Vila.

Enquanto distraía os seus novos amigos, mostrando o esmalte dos dentes, olhava para Marguerite, que ainda não havia percebido sua presença ali. Perguntava de si para si o que poderia ter acontecido com aquela menina bonita que havia namorado.

&

Marguerite não chamou a atenção dele logo que a conheceu. Seus amigos é que insistiam para que aproveitasse e que se lambuzasse com ela, pois diziam que ela estava apaixonada. Na mente juvenil daqueles meninos, o amor e a paixão eram pontos fracos que serviam para que os espertos subissem e montassem na cela disponível.

Ele não conhecia o perigo disso, então resolveu experimentar. Mas, antes, como método preventivo, deixou claro para ela, desde a primeira vez, que ficaria com ela durante aquela semana. Apenas isso, que depois estava pretendendo outras coisas.

Mas você gosta de alguém?, ela perguntava, envergonhada.

Nada disso, mas sei que muitas da escola estão a fim. Então, não quero que você me empate, ok? Estou a fim de ficar com você nesta semana, mas na próxima estou fora. Então, não me venha com essa de namoro. E, também, nada de regular mixaria, tá? Quem gosta de mim aqui é você.

Conseguiu o que queria logo na primeira hora. Escondidos atrás dos equipamentos de ginástica, na quadra de esporte da escola.

Poderia ter dividido a informação, do que considerava uma vitória, com os colegas pouco depois, mas não. O que fizeram e deixaram de fazer era apenas da conta dele. Dele apenas. Nem mesmo Marguerite teria o direito de sair espalhando.

E ela queria falar. Não para contar vantagem, mas para dividir com alguém. Sentia que explodiria se não soltasse a felicidade que apertava do seu umbigo até a região sobre o estômago. Mas não queria chatear Juan. Caso ele descobrisse, nunca mais olharia para ela. Tinha certeza. Então, se abriu para uma de suas agendas. Ela preferia não chamar de diário, pois não seguia religiosamente os registros daquilo que fazia.

Colava fotos dos astros da novela, frases bonitas e românticas, desenhos, desejos e confissões. Como foi o caso daquele acontecimento, a da sua primeira vez na quadra da escola.

Durante a semana, testaram vários lugares. Ela adorou quando foram ao banheiro masculino. Teve ali o seu primeiro orgasmo. Ou o que acreditou ser um.

A imaginação explode além do corpo.

Por isso, depois que a semana acabou e mesmo ele tendo falado claramente que havia acabado, ela continuava ao seu lado, insistindo, sorrindo, pressionando, mordendo lábios e cílios. Implorava em silêncio.

&

Mal cabia na banqueta em que estava sentada. Inchada, virava cachaça melhor que muitos ali. Ele estava em choque com a mudança.

O corpo flácido vazava onde faltava roupa. Uma calcinha bege se acumulava acima da calça jeans. A camiseta curta, esticada, deixava à mostra as dobras penduradas por cima da calça.

Com certeza está feliz pelo nosso encontro, mas ela parece que não está muito preocupada com seu visual, pensava Juan.

Os cabelos presos em um rabo-de-cavalo pareciam oleosos demais para quem deveria ter tomado um banho. Aparentava estar naquele lugar há várias horas. Provavelmente, passou o dia inteiro no botequim.

Entretanto, tentando anular qualquer pensamento e repulsa, sabia da importância de seus objetivos. Não importava o que ela parecia e como se trajava, precisava resgatar a parte dele que permanecia naquele corpo.

Como é que vai, Marguerite?

Tudo bem?, ela perguntou, visivelmente surpresa a ponto de engasgar com o martelinho que acabara de virar. Daqui um abraço, disse ela, sorridente.

Ele teve que conter a ojeriza do corpo. Dos dedos afundando nas dobras da roupa. Do cheiro de desodorante. Do bafo adocicado.

Desce mais uma cerveja e duas pingas. Você gosta de cachaça, né?

Não, prefiro vinho. Mas, hoje, fico na cerveja pra te acompanhar.

Azar o seu.

Vou deixar passar.

Não queria sair dali entorpecido. Senão, seu corpo seria incapaz de cometer qualquer um dos atos que estava planejando, mas não seria possível fazer sem que o álcool auxiliasse. Ela não era mais desejável, mas era necessária para que ele resgatasse a si mesmo da possessão dela.

Os dois foram sentar em uma mesa nos fundos do pequeno botequim. As cadeiras de palha trançada o faziam ter comichões nas nádegas.

Ficaram uns segundos sem que assunto algum viesse à mesa. Quando as bebidas chegaram, ela resolveu perguntar por que, depois de tantos anos, ele havia resolvido entrar em contato.

Já não nos falamos desde...

Ele afirmava iniciando uma frase que, esperava, geraria uma resposta dela. Mas precisou esperar, enquanto ela secava um copo com cerveja.

Não nos falamos desde o dia em que recebi de você um definitivo pé na bunda.

Ele fingiu constrangimento e aproveitou para pedir desculpas pelo adolescente que foi. Disse que era coisa de moleque que não sabia tratar uma mulher como se deve.

Marguerite ficou em silêncio.

Juan parecia perceber nos olhos dela, avermelhados e amarelos, que começava a relembrar todo o sofrimento que teve depois que ele a dispensou.

&

Quando a filha, calma e friamente, disse que queria a parte dela da herança, Paulo sentiu-se morto. Como uma parede em que todos passam as mãos, penduram quadros, tapam com móveis. Era menos do que uma coisa, menos do que um utensílio. Não teve coragem de contrariar as razões da filha, pois acreditava que a morte da mãe a estava levando a tomar essa decisão.

Antes que você pergunte o porquê, eu já digo. Pretendo morar sozinha pra cuidar da minha vida, dos meus estudos. No fim, é tudo muito simples.

Mas você não precisa ir embora daqui, filha. Esse apartamento também é seu.

Quero comprar um só pra mim, e que não seja tão longe da faculdade.

Naquele instante, Paulo percebeu como estava distante de tudo, de sua filha principalmente. Não saberia dizer as causas, mas sabia que não era por ela ser de criação. Ele não saberia afirmar, com certeza, se já haviam conversado a esse respeito ou não. Sempre pretendeu manter a máscara de pai, casado e com dois filhos, um casal. Emily e Emílio. Cara de um focinho de outro. Nunca havia tocado no assunto dela ser sua afilhada. Mas começava a ter receio sobre o que Coralina havia dito à filha, que estava tão fria diante dele.

A gente precisa ficar juntos, principalmente depois do que aconteceu. Quanto mais longe um do outro pior vai ser, disse Paulo.

Ele tentando fazer a filha lembrar-se que a tragédia que ocorrera ainda estava pingando sobre eles.

Eu acho que não. Quanto mais perto, mais lembranças. E a faculdade não pode ser uma preocupação a mais na minha vida, principalmente agora no começo. Se eu começar errado, termino errado.

Você está fugindo da realidade, Emily, disse o pai.

Não. Estou é tentando entender o que é real.

&

Vai ser de branco, menina. Quer que a sociedade fique comentando sobre você mais do que falarão?, frisava Quitéria.

Não acho correto isso. Por que não um tom de creme?

Daria no mesmo que entrar vestindo vermelho. O fuxico começaria na mesma hora.

A barriga ainda não dá pra notar.

Mas quando chegar o dia, provavelmente você já terá uma barriga bem evidente.

Vai precisar ajustar antes da cerimônia.

Sim. É só voltar aqui que eles fazem.

Quitéria se preocupava demais com as aparências. Não poderia realizar a grande união de famílias que começava a planejar para a filha. O casamento como negócio não fora possível. A filha tinha outros planos, dos quais apenas desconfiava. Ao menos, a cerimônia teria pompa e seria registrada para revistas de noivas e colunas sociais, grandes arranjos de flores e tecidos com as iniciais dos noivos bordados, uma orquestra de câmara para acompanhar todos os momentos do rito, tudo organizado e cronometrado como uma impecável ópera. A cerimônia ocorreria no salão da sede do Graciosa Country Club e a recepção na casa de festas. O serviço seria imaculado, o menu, inesquecível. Do planejamento da festa, Quitéria não quis se envolver, pois havia planejado sair após a primeira valsa, portanto que ficasse a cargo da filha a escolha da banda. Essa seria a única liberdade de escolha dada à noiva.

Maria via essas ações da mãe como os últimos estertores do poder que ainda detinha, por isso resolveu não questionar muitas das escolhas feitas, mesmo discordando de muitas. Entretanto, quando foi tirar medidas para a realização dos ajustes, a barriga formando uma pequena saliência tendo o umbigo por cume, talvez por estar sozinha e ansiosa com o futuro, resolveu que o vestido branco, encrustado de pérolas em fios de ouro, não deveria bloquear a visão do ser que se desenvolvia em seu útero. Solicitou, então, que o desenho frontal fosse modificado dando a visão da barriga que era medida por uma das muitas costureiras.

Você é muito corajosa, afirmou outra funcionária.

Não vejo nada demais. Ridículo seria querer esconder, explicava Maria.

A costureira chefe quis contra-argumentar, preocupada com a reação da mãe da noiva. Pedia que ela viesse com Quitéria para decidirem o que fazer.

Minha mãe só verá o vestido no dia. A escolha sou eu que faço.

Mas terei problemas com sua mãe, preocupava-se.

Você terá comigo se não fizer, ameaçava. Minha mãe não apitará mais nada daqui pra frente.

Como quiser.

Se pudesse causar mais incômodo à mãe do que expor a barriga na cerimônia de seu casamento com Juan, Maria teria escolhido entrar na igreja ao som de alguma marcha fúnebre. Mas ter entrado sozinha segurando a foto do pai falecido já foi considerado tétrico demais pela maioria dos convidados.

&

Marguerite aprendeu o que era encher a cara com as garrafas que seu pai escondia na garagem. Teve o seu primeiro porre nas horas seguintes à rejeição de Juan.

Dá um tempo, cara, você não entende que não quero mais saber de você? Já estão pensando que a gente está namorando. E eu não quero nada disso.

Namorando? Isso é o que mais queria, Juan. Você não consegue nos imaginar assim? Eu serei a melhor namorada que você pode imaginar. Faço tudo pra dar certo.

Há mais de um mês, ela não saía do lado dele. Mal ele sentava para conferir seus materiais da escola, as atividades que deveria realizar ou apenas para papear com algum colega e ela vinha puxar conversa, esperando que com o tempo ele pudesse ter mudado em relação a ela. Que sua decisão original mudasse.

Embora tivesse avisado que não duraria, que não viraria namoro o relacionamento deles, ela nutria uma expectativa de que se fizesse tudo o que ele queria, tudo o que pedisse e até mais do que esperasse, quem sabe, ele não resolvesse continuar com ela. Quem sabe não aprendesse a gostar um pouco dela. Ou até a amá-la como ela o amava. Era doloroso pensar nele, mas ela não queria abandonar esse sentimento.

Adorava pensar que andavam de mãos dadas pelos corredores da escola para que todo mundo visse.

Eu nunca deveria ter ouvido os nossos amigos, nunca deveria ter ficado com você. Se arrependimento matasse, eu já tava podre. Você me dá raiva. Larga do meu pé, ele falava pausadamente.

Disse cada uma das palavras com frieza, com uma opacidade que a feriu profundamente. Principalmente, por ter dito isso em frente à escola, na hora da saída, ao lado das meninas da sala dela, entre sorrisos e queixos caídos de pasmo.

Por isso, descarregou todo o ressentimento, a humilhação e os hormônios numa carta que Juan rasgou logo após receber.

Marguerite misturava sidra com whisky, vinho, conhaque e vodca sem saber o que mais colocar dentro do copo e sobre a carta para matar a angústia que apertava seu estômago.

Expeliu por sobre o vaso sanitário toda a raiva, em pedaços de carne, grãos, espuma e bile.

Quando seus pais chegaram, o cheiro do álcool estava espalhado pelos cômodos da casa. A mãe gritava, o pai, culpado, tentava repreender, sem perceber que a filha estava a alguns passos do coma alcoólico.

Dos acontecimentos seguintes, ela só tomou conhecimento pela boca da mãe. Do hospital procurado às pressas, da noite no pronto-socorro, da vergonha ao avisar parentes, dos vômitos em jalecos, do soro, das visitas da família surpreendida durante uma longa madrugada.

&

Ali, diante de Juan, após muitos ml de cerveja e cachaça pura ou em infusão de raízes, ela não parecia transtornada nem ressentida.

Apenas a consciência amortecida pelo álcool.

Levantando a cabeça de seus pensamentos, ela olhou-o e ficou feliz por relembrar as coisas boas e as más que também podem ser boas, pois são lembranças de uma paixão adolescente, a primeira, a mais intensa. Preferia pensar assim. Toda paixão guarda algo doentio, ficando latente, esperando o momento para se espalhar pelo organismo novamente. Por isso, não estava com raiva dele, não pretendia a desforra agora que se reencontravam. Gostou de ter sido procurada por ele.

Essa reação fazia Juan pensar que ela ainda arrotava pequenas ilusões em relação a ele.

Como é que você conseguiu me encontrar nesse fim de mundo?, ela perguntou a ele, por fim, quebrando o silêncio.

Bem, é que eu guardo alguns telefones da época de escola. Muitos nomes e rostos eu já esqueci. Mas faria tudo para me encontrar com você de novo, disse suave, mentindo.

Depois dessa última frase, o ventre dela começou a apertar, doer, uma pontinha aguda pressionou a região logo acima da púbis. A acidez subiu pela garganta e esquentou as bochechas. Quando ele apertou de leve o joelho dela, a vontade de urinar veio intensa.

Tenho que mijar.

Então, levantou tropeçando nos calcanhares. Apoiada nos ombros dos outros fregueses do bar. Com dificuldade, conseguiu chegar à porta de compensado que dava para o sanitário.

Sem preocupação com a assepsia do local, escorregou as calças até o chão úmido e sentou no vaso sem a proteção de um acento decente e limpo. O jato veio unido a uma diarreia súbita, mas ela não se preocupou com o barulho que estava fazendo. Do que saía escandalosamente. Das mãos na porta e dos gemidos pela cólica que sentia.

Todos estavam atentos aos seus próprios copos e às últimas notícias que o televisor, localizado acima de dezenas de garrafas coloridas, transmitia repetidamente por meio de plantões especiais.

&

O escritório cheirava a fumaça de cigarros e mofo. A luz da tarde incidia sobre a estante. Pastas de papéis, formulários e livros retorcidos pelo desleixo. O telefone tocava, mas ninguém ali para atender.

O som de passos no corredor aumentava.

Paulo Soares entrava na sala concentrado na leitura de uma folha de papel. Estava mais tranquilo, anestesiado pelo trabalho. À sua frente, a secretária, que se escondia por trás de uma densa franja, esperava uma oportunidade para falar.

Senhor?

Só um instante, Mirela. Estou com um pepino aqui. A minha cafeteira já está com café novo? O que tomei a pouco estava com gosto de requentado.

Acabaram de passar outra térmica. Estavam ligando para o senhor.

Calma, Mirela, já conversamos, deixa eu tentar terminar de ler esta circular. É importante.

Sim, senhor.

Porcaria. Bem, é isso, sobrou novamente pra nós. Mas diga, quem estava ligando pra mim?

Então, senhor, eu, quando cheguei imaginava que o senhor estava aqui e, sabe, acabei transferindo a ligação pra sua sala. Depois, vi o senhor vindo pelo corredor, mas a ligação encerrou antes que eu conseguisse transferi-la de volta.

Ok, tudo bem. A pessoa que ligue novamente.

Mas é que era o Secretário, senhor.

Então, até já sei o que é. Obrigado, Mirela.

Não é o Secretário aqui do estado, não, Sr. Paulo. É o Secretário lá do Comitê... de Brasília.

Pensativo, fechou a porta devagar. Serviu-se de café, mas deixou o copo sobre a mesa de cerejeira.

Os dois crimes envolvem a mesma família?, perguntava-se, Paulo.

A folha com o timbre do Comitê de Justiça e Ordem balançava em sua mão direita. Com a esquerda coçava a orelha esquerda com força.

Solicitou que a secretária convocasse alguns agentes para uma reunião. Um a um, cada um dos que Paulo mais confiava foi listado a lápis em um papel.

&

O apresentador de um programa policial relatava que um assassinato cruel acabara de ocorrer.

Um crime bárbaro, com requintes de crueldade, ocorreu ontem em um bairro nobre da capital. Mas nenhum vizinho da vítima...

Juan, que estava se aproximando do balcão para ouvir melhor os detalhes que o apresentador cuspia, deu com Marguerite voltando do banheiro aliviada e curiosa para saber o que todos estavam tentando olhar no meio do palavreado recheado de clichês que noticiava o assassinato de Virgínia.

Venha, vamos sentar.

O que está rolando?

Nada. Preciso falar contigo.

Ele tentava não pensar no cheiro que começava a exalar das calças dela e na aparência gasta que possuía.

Vamos ouvir o que o delegado que está acompanhando o caso, tem a nos dizer.

A tela se dividiu, mostrando um homem com fones de ouvido diante de um microfone, aparentando desconforto com o aparato.

Boa noite, o que a polícia já conseguiu apurar nessas horas em que esteve no local?

Marguerite aparentava anos sem beleza. Pele manchada pelo sol e pelo excesso de cigarro. Voz grossa. Mãos secas e ásperas. Barriga inchada pelo álcool.

A vítima provavelmente conhecia a pessoa que a matou, pois não há sinais de arrombamento na residência. Os dois tiveram relações sexuais, mas não há, por enquanto, como termos certeza se em algum momento foi consensual. Tudo parece indicar que o assassino a estuprou antes de matar a jovem. Além disso, a vítima foi amarrada em uma cadeira e brutalmente torturada.

O apresentador interrompeu.

É um maníaco, então?

O delegado retomou, concordando.

O criminoso é um maníaco sádico, sim, e muito perigoso, pois não apenas matou covardemente essa mulher como também a espancou cruelmente.

Não era só a barriga de Marguerite que aparentava inchaço. O corpo todo inchava, devido à quantidade de álcool que ela parecia ingerir diariamente.

O apresentador continuava falando no televisor, enquanto Juan tentava tirar a atenção de Marguerite do acontecimento, enquanto, ao mesmo tempo, sentia o desejo de ouvir falarem dele.

O ímpeto de se ver de fora era irresistível.

Mas nenhum vizinho ouviu nada? Pelo amor de Deus, o maníaco entra na casa dela, estupra, amarra na cadeira, tortura e ninguém ouve gritos?

Não deveria desviar sua atenção. Principalmente agora que o nome e a foto de Virgínia estavam sendo divulgados na televisão.

A aparência de Marguerite conflitava com todos os ímpetos e sentidos. Juan preferia pensar que os rissoles, os pastéis e as coxinhas do boteco é que haviam causado tanto estrago nela.

É o cúmulo do cinismo, isso sim. Brincalhão esse assassino. Provocando a polícia e a decência da família da vítima, desenhando num papel toda a barbaridade que fez com a jovem. Um absurdo isso.

Mais rápido que a informação e a curiosidade alcoólica de Marguerite, segurou as mãos dela. Pretendia se insinuar, mas o diálogo que surgiu não foi bem o que havia planejado. A necessidade de a distrair da notícia do assassinato que ele havia cometido há poucas horas e o ambiente em que estavam turvou os pensamentos.

Sentiu que era difícil calcular sem instrumentação adequada.

Me falaram que você frequenta diariamente esse barzinho.

Sempre.

Como é que você suporta esse cheiro de fritura impregnada no ar?

Só com pinga, claro. Não tem jeito.

Está bebendo desde que horas?

Veio me dar sermão, é?

Não.

Que pena. Tenho tara por pastor.

Acreditava que não precisaria fazer muito esforço, pois havia inferido pelo tom da voz dela ao telefone que, na hora em que ligou, Marguerite retomava a fidelidade da asceta que nunca deixara de ser.

Agora, basta silenciar a voz para resgatar parte do que tomou por me amar, pensava, olhando o vermelho dos olhos ébrios.

&

Na sala de reuniões, um grupo heterogêneo e sonolento se acomodava em cadeiras de courino brilhoso e moles demais. Todos estavam munidos de cafezinhos e bolachas água e sal.

Exceto o diretor Paulo Soares, que, sem deixar que o momento de silêncio fosse interrompido por alguma piada ou comentários a respeito do presidente e de suas extravagâncias, iniciou a reunião sem meias palavras nem assoprar antes de morder.

Nesta semana, recebemos a solicitação do Comitê de Justiça e Ordem para analisarmos dois locais de crime e montarmos um dossiê. A intenção é verificar se há relação entre os dois. Uma das vítimas é da família de um ex-prefeito da cidade de Guaratuba. Talvez, essa outra seja também.

A gente já tem pouco trabalho pra fazer, né, Paulo?, interrompeu um velho conhecido do diretor, com o consentimento de todo o grupo.

Eu sei, Teófilo. Mas vocês já sabem que não temos escapatória. Nesse caso, vamos precisar suspender os trabalhos que cada um estava desenvolvendo e nos dedicar a isso.

Por quanto tempo?, perguntou Dulce, seca como sempre.

Não será por mais do que uma ou, talvez, duas semanas.

E do que se trata? Tem alguma coisa a ver com as suspeitas que estão recaindo sobre o homem do planalto?, comentou Miranda, com cinismo.

Esse comentário colocou fogo nas conversas paralelas. O Japonês se virou para a Dulce e tentou fazer piada. Enquanto isso, Gordo ria solto ao lembrar dos boatos levantados sobre as imposturas do estadista pelo próprio irmão numa revista de grande circulação. Mas Fátima, com cara de tédio, girava o resto de café que estava em seu copo.

Antes que a gente perca o foco dessa reunião e comece a discutir a cor da moto do presidente, os penteados da primeira-dama, o Esquema PC, a CPI, o irmão traíra e o pai Coronel, adianto que são casos de assassinatos e que, talvez, envolvam uma só família. Uma família influente. Sabem como é.

Se fossem pés rapados, nós poderíamos até pegar uma praia, disse Teófilo, irônico.

Descamisados, o presidente diria, concluiu Gordo, fazendo pilhéria.

O diretor levantou para pegar mais uma xícara de café e rapidamente começou a atualizar o grupo sobre os acontecimentos, contextualizando-os a respeito da última vítima.

O nome da vítima é Virgínia Abage, empresária e de uma família tradicional. O assassinato ocorreu no início deste mês. A ascendência é síria. Ao que me parece tinha posses. Morava numa casa grande, em bairro nobre, porém sozinha. Foi encontrada pela empregada, aparentemente poucas horas depois do crime ocorrer. Não há sinais de arrombamento, mas a morte apresentou extrema violência. Isso é o que está no BO da PM. Entretanto, a Civil desconfiou de uma possível relação desta morte com a que ocorreu em Guaratuba no mês de abril.

Em abril? Esse é o caso do menino morto no tal ritual de magia negra?, questionou Fátima. Isso daí é com a Divisão de Homicídios da Polícia Civil, Sr. Paulo.

É esse caso mesmo. Mas as investigações iniciais não foram conclusivas, e em virtude do sobrenome ser o mesmo, do menino ser de família rival dos Abage, na política, o Comitê de Justiça e Ordem solicitou nossa intervenção para apurar se esses crimes envolvem algum grupo de crime organizado da cidade, se foi retaliação política, ou se foi mais um dos casos de tráfico de órgãos que têm vitimado crianças. Os dois crimes terem um modus ritualístico de realização poderia apenas indicar intenção de mascaramento ou algo assim. Mas, também, esse último crime pode ter ocorrido como vingança ao do menino assassinado em Guaratuba. Precisamos, então, apurar com base nessa desconfiança do Comitê.

Marmelada na hora da morte, então?, reclamava Dulce, irônica.

A questão é que nós fomos chamados para dar parecer a respeito, gente, e não tem contra-argumento.

E o que faremos? Que local devemos olhar primeiro? Podemos separar a equipe pra agilizarmos o processo?, perguntou Miranda, que era o fotógrafo principal da equipe de investigação.

Não, Miranda. Convoquei apenas vocês dentre os agentes para que cada um possa olhar de um ângulo específico cada um dos crimes. Com as especialidades que temos representadas nesta sala eu espero concluir rapidamente esse trabalho, apresentando um parecer minimamente conclusivo ao Comitê, deixando a investigação, propriamente dita, para a Civil.

E deixar o excelentíssimo Secretário com o Ibope em alta, disse jocosamente, Teófilo, abrindo os braços como se dissesse algo solene.

Bem, então, a primeira coisa que vamos fazer é olharmos a casa da última vítima. Depois, damos uma olhada no corpo que ainda está no IML.

Embora não seja mais fresco, interrompeu Teófilo, fazendo troça.

E, logo depois, viajamos para Guaratuba. A todo o momento estaremos acompanhados pelos responsáveis por cada caso, que nos auxiliarão na análise do crime ocorrido em Curitiba e, também, do local em que foi encontrado o corpo do menino em Guaratuba e, também, do suposto local em que ocorreu o ritual.

Fechado, assentiu Gordo.

Preparem todos os equipamentos necessários e deixem separados. Depois disso, estão liberados. Por hoje é isso, tentem descansar bem neste fim de semana porque depois já era. Começamos segunda bem cedo. E já venham de café tomado.

Enquanto todos saíam, Paulo sentia o corpo ficar amortecido, como se estivesse entrando em uma banheira de gelo. Pegou mais café, mas o tomou amargo. Sentou numa das cadeiras e ficou esperando a sensação incômoda passar. O coro cabeludo se eriçou, os olhos embaciados fixaram o olhar no quadro decorativo numa das paredes. Não conseguia definir as cores, como se estivesse perdendo a sensibilidade das coisas.

Temia sucumbir ao próprio corpo, mas interpretava as sensações que sentia com frequência como inerentes à luta que empreendia todos os dias. Em casa. Dentro de sua mente. E diante do mundo refletido nos olhos de Emílio.

Com a mão coçava freneticamente a orelha esquerda.

&

Quando Juan ofereceu o braço, enquanto andavam na rua irregular, tinha certeza que Marguerite se imaginava novamente como uma menina. Tal como na escola. Procurava não pensar nas mãos grossas, nas manchas pelo corpo, nas dobras e no corpo intoxicado.

Ele, por estar ao lado, fazia dela alguém que não era, ou que fora. Uma menina inocente e que não sentia vergonha de si.

O calor do braço dele a acalmava, mas ela disfarçava o estranhamento que sentia. Entretanto, o que mais a preocupava era tropeçar nas próprias canelas grossas, caindo sobre ele no meio da calçada.

Martirizar o corpo como Marguerite fazia repetidamente, por meio de substâncias tóxicas, era incompreensível para ele. Tal como enfiar objetos em orifícios do corpo pelo prazer de sentir dor, de ver o próprio sangue escorrer do corpo. Mesmo com pretensões artísticas, pois não era arte o que percebia, mas o prazeroso sofrimento autoimposto. Incompreensível ver o desenho da morte sobre a vida para sentir prazer apenas pelo prazer. Não havia fundamento.

E, pelo contrário, depositava sua esperança na arte. Nela podia sentir prazer, porque era prazer mental buscando o que fosse sem ferir os olhos à lâmina, sem precisar corporificar a realidade da dor nos tecidos do próprio corpo.

Pois ele era o deus de seu próprio culto. Elas, suas ascetas.

Zelava pelo seu corpo porque por ele a arte perpassava em direção ao mundo, alcançando significações além das estéticas, além dos gestos, mas com eles emaranhados.

Nas pontas dos dedos a concretude da criação.

&

Paulo não compreendia. Ainda se enganava, tentando dizer a si mesmo que fora um acidente. A janela aberta, um tropeção.

Tapetes são assassinos disfarçados, dizia para si.

O que foi ocorrendo a Emílio depois da morte trágica da mãe era misterioso. Como se a sua mente não registrasse as ações do garoto como verdade.

Emílio começou a se torturar. Iniciou com ações aparentemente sem importância, sem gravidade, mas as automutilações foram se agravando.

Ansiando sofrer, Emílio torturou a todos.

Quero esquecer, mas não consigo deixar de pensar no que ele fazia a si mesmo, no que sentia ou buscava sentir ao mastigar a própria carne.

Não compreendia esse abandono de si, além da tortura que se concentra num ponto, sendo origem e fim, mas se irradiando para o pai, a irmã e a sociedade. Sabia, entretanto, que, entre camadas e em graus diversos, todos cometiam automutilações da mesma maneira que seu filho. Que por alguma razão pretendia sofrer.

Era o caso da própria irmã.

Quando pensava em tortura, não precisava lembrar de seu passado na Dops, acreditava que para ilustrar seus pensamentos bastava essa memória da irmã professora.

Não conseguia acreditar no discurso que colocava o magistério na esfera da missão. Pensava que isso era falação de político para enrolar a classe, que vez ou outra reclamava direitos.

Mas tudo começou a ficar mais intenso com a constituinte. Faltava pouco para muitos dos direitos reclamados fossem expressos, preto no branco.

Os professores não são mártires, são é burros, dizia para a irmã Elvira. Como pode continuar numa carreira tão mal remunerada, sem plano de carreira nem piso, sendo corroídos pela desvalorização da moeda, da moral diante da sociedade e dos adolescentes enfastiados diante do quadro. Haja paciência.

Dava mais um dos seus sermões de irmão mais velho quando a encontrou no hospital, na manhã seguinte ao dia 30 de agosto de 88. Ele lembrava bem da data, porque precisou anotar em sua agenda uma quantidade considerável de remédios, além de ataduras e algodão, que levaria para sua irmã.

Ela ficara ferida numa passeata em que professores exigiam melhores condições de trabalho. Na memória, os gritos de guerra.

Professorado unido... jamais será vencido.

Onde já se viu... ditadura civil.

Na pele, as feridas de um massacre.

No final da manifestação, a polícia partiu pra cima. Cassetetes, cavalos, bombas. Um dos cavalos, assustado com as explosões no meio do povaréu, levantou as patas e partiu a canela da irmã ao meio. Além da fratura, ganhara alguns pontos na perna, uma torção no cotovelo, algumas escoriações e uma foto nos jornais.

Você gosta de sofrer, Elvira. Por que não vai fazer outra coisa da vida?

Essa pergunta gerou uma das últimas discussões entre os dois e acabou aflorando rixas antigas da época de criança, quando disputavam a atenção da mãe distante.

&

Queria Marguerite em um lugar isolado, quieto. Se não precisassem andar muito seria melhor. Os nervos estavam úmidos. Pediu que ela o guiasse para um lugar sossegado para ficarem juntos sem que ninguém os incomodasse.

Ela começava a ficar curiosa em rememorar o passado.

Juan o queria tomar de volta. Não queria que nenhum sentimento atrapalhasse o correr dos passos. Não foi difícil calcular o tom da fala, o tema da conversa, o andar das pernas até o assassinato que pretendia cometer.

O trajeto irregular jogava-a ainda mais para perto dele. Mesmo com o volume do corpo engordurado, ele se manteve centrado em seu objetivo. Grudava o seu corpo ao dela como se os dois fossem duas partículas de óleo em uma poça de nódoa.

Conversavam baixo. Ele não queria que fossem ouvidos por ninguém. Não queria seu nome sendo comentado pela Vila depois de ir embora.

Suas mãos são grossas, disse ele tentando parecer natural.

Por alguns instantes, ela não soube o que dizer. O momento voltava para a vida concreta.

É que trabalho na construção civil. Faço instalação hidráulica.

Apertando ainda mais as mãos dela de encontro ao braço dele, ficou pensativo sobre a falta de feminilidade e sobre o esforço que ele estava fazendo para recuperar parte do que lhe fora tirado no passado.

Valeria a pena somente se conseguisse avançar com sua obra. Saberia apenas se continuasse a encenação.

Isso prova como você é uma mulher forte. Não é qualquer homem que merece alguém como você.

Marguerite sorriu apertando o nó entre os braços. Queria saber mais dele, ao mesmo tempo em que ficava feliz em se abrir. Começava a entregar as suas fraquezas sem pensar no perigo que corria.

Mas e você? O que faz pra pagar suas contas?

Sou pintor.

Também trabalha na construção civil?

Faço arte, não paredes.

Ficou aborrecido com aquela comparação. Sentiu como se a sua arte fosse rebaixada ao ordinário, ao grotesco, embora buscasse a beleza nesse material. Não via utilidade concreta para o que criava, por isso colocava a sua obra acima de outras obras da humanidade.

A sua arte não era descartável.

Sua petulância juvenil ultrapassava a própria obra, mesmo sentindo que faltava algo para que conseguisse completar o seu quadro revolucionário, não se considerava o responsável pela lacuna. Os outros é que deveriam ser responsabilizados e usados para que ele alcançasse a grande obra que se considerava capaz de construir.

Um pintor de paredes não se preocupa com a beleza que o preocupava. Para ele, um pintor de paredes possuía os olhos secos, os sentidos embotados e a alma embrutecida pelas necessidades mais imediatas e superficiais.

Espere um instante, Marguerite, podemos sentar aqui? É seguro? É que eu preciso anotar algo de que preciso para casa. Preciso comprar o quanto antes, sabe? Se não anotar, acabo esquecendo.

Tudo bem, é seguro, sim. Mas só cuidado onde senta. Aqui é bem diferente do resto da cidade, dos bairros nobres. A Vila Trindade parece que nunca será tratada conforme deveria.

Enquanto ela falava, ele, que já não escutava mais nada, tentava fixar a frase na mente antes que fosse perdida.

Tem com o que escrever?, ela perguntava.

Antes que pudesse receber uma resposta, ele retirou seu bloco de anotações do bolso e com uma pequena esferográfica anotou um pensamento que foi suscitado pelo comentário de Marguerite.

A arte é profunda como uma facada que eviscera e prolongada como matar por asfixia.

Enquanto ele pensava em analogias estéticas, ela continuou falando de seu trabalho, dos homens que trabalhavam junto dela, das dificuldades enfrentadas para que fosse respeitada no meio.

Ele apenas assentia com a cabeça e a olhava, deixando o corpo seguindo seu caminho.

Deixava que ela falasse, que lhe entregasse os dados, fatos, histórias, sentimentos e fraquezas, para que isso compusesse um esboço completo de suas memórias. Para que o próprio passado fosse recuperado pela experiência estética da reflexão sobre o belo, o grotesco, o feio, o caótico, ou o homogêneo e organizado. Da efetivação da arte como se utilizasse os materiais da maneira apropriada, em cores e texturas, com luz e sombras, tons e formas devidamente empregadas.

&

Numa passagem de ano em que tudo parecia não estar dando certo, Juan recebeu o convite de Coralina para que ele ceasse com ela e sua filha, que acabara de entrar na faculdade.

Os dois estavam se encontrando discretamente há meses.

Ela havia dito que preferia permanecer em Curitiba para o réveillon. Cidade onde não poderia ser arrastada pelo agito das festas familiares, pelos churrascos longos e regados a muita bebida. Pelos pulos nas ondas do mar, pelos fogos e barulhos.

Coralina queria comemorar a chegada do novo ano, descansando. Preferia fazer isso junto aos dois filhos, mas não houve acordo com Paulo. Ele não aceitava a distância imposta por ela. Queria que a família se reunisse mesmo que o desconforto fosse o tempero do peru.

Mas ela foi firme e conseguiu o apoio da filha, que aceitou fazer a passagem com a mãe. O filho ficou perdido no meio das discussões e aceitou calado permanecer onde estava, na verdade não queria estar em lugar algum.

As duas decidiram, então, que aquela data seria para comemorar as vitórias de Emily. Sua entrada na universidade. De outro ciclo se iniciando na vida delas. Por isso, não resistiu e acabou chamando seu amante para compartilhar do momento.

Juan sentia prazer e felicidade junto a elas. Emily era discreta e silenciosa, mas sempre com olhos atentos.

Sobre a mesa, uma ave assada por Coralina, vinho e uma sobremesa comprada.

A simplicidade buscada para que houvesse a possibilidade de diálogo entre o casal que ainda se descobria. Longe, alguns fogos e uma leve algazarra nas ruas se destacaram diante de todas as outras recordações dele.

Estava casado com Maria, mas não havia encontrado a quietude para criar. Toda a expectativa se frustrou. Se houvesse paz, ela seria algo como aquilo que sentiu na madrugada do dia primeiro, deitado ao lado de Coralina, em um lugar em que não se sentia estranho, mesmo diante da mobília improvisada. Em um lar que estava pronto ao olhar e ao pertencimento.

&

Caminhavam tortuosamente pelo calçamento irregular.

Chegaram a um pequeno motel, um muquifo usado por casais formados durante as noites de bebedeira nos botequins e esquinas. Mas o aspecto do local desagradou Juan, não pela aparência. Seu estado desleixado agradava ao artista, os diversos tons de tinta e musgo da fachada pareciam uma tela de Turner, mas não estava preparado para agir tão abertamente, ou em um local em que poderia ser descoberto. Precisava de clausura para a criação.

Precisava proteger a si mesmo. Só assim a obra que pretendia concluir seria alcançada. Além disso, não estava disposto a gastar dinheiro com aquela mulher.

Viu, então, uma pequena ruela ao lado do motel, provavelmente usada como estacionamento em horários de pico, talvez até como drive-in, na tentativa dos casais de substituírem as camas indisponíveis no local.

Não havia ninguém ali. O início de noite ainda mantinha os casais em negociações padronizadas, em jogos de olhares, sorrisos e mentiras.

Era um beco sujo, barrento e sem iluminação, com um e outro paralelepípedo frouxo a cada fileira, soltando lama pelas junções e formando poças.

Ao lado de uma grande lixeira, parou diante de Marguerite dizendo com os olhos o que pretendia dela.

&

Havia na ampla residência um desfile de fardas e patentes, mas o pequeno garoto, não parecia se importar com uniformes naquele dia. Normalmente, solicitava a presença do pai para brincadeiras de guerra, mas as atenções dos homens na casa não estavam voltadas para as brincadeiras inventadas por um menino de oito anos, apenas para conversas, drinques e charutos distribuídos em favor do nascimento da menina da família Soares.

Dentre alguns dos presentes, generais e oficiais. Para saudar o nascimento de Elvira, ninguém abaixo de tenente do exército.

Embora o período em que o país se encontrava estivesse conturbado, ainda conseguiam rir de anedotas políticas. Em prol da unidade nacional, todas as bandeiras estaduais haviam sido queimadas há poucas semanas. Este era o rito final de um Getúlio Vargas autoritário que almejava mais do que a consolidação simbólica do seu regime, mas o controle dos estados, que passariam a ser apenas desenhos em mapas escolares.

Mas isso não preocupava o patriarca, pois ele se firmava na história da família. Os Soares eram respeitados não apenas pela importância que o coronel detinha dentro do Exército, mas pela tradição familiar de gerar militares comprometidos com o projeto de nação e com a soberania nacional. Por isso, era natural esperar que seu primogênito, em alguns anos, galgasse o mesmo caminho.

Servir à nação por meio de seu exército não era a única tradição da família, outra delas era chamar os primogênitos pelo mesmo nome. Paulo. Costume iniciado no período imperial com o alferes Paulo Soares que, se estivesse vivo não fosse por um ferimento mal curado que adquirira durante sua participação na Guerra do Paraguai, seria bisavô dos irmãos Elvira e Paulo, que ainda era chamado por "Linho". O avô galgou mais e chegou a mestre de campo, pouco depois da Proclamação da República, patente que fora substituída pela de coronel após a reforma das forças armadas. Esse fato enchia o coronel Soares de orgulho e humildade. Até aquele momento, as maiores patentes alcançadas na família eram a dele próprio e a do pai, que estava num canto da sala de estar, dormindo numa poltrona. Fardado, mas cansado, embora ainda lúcido.

Secretamente, o coronel Soares sonhava com o generalato e se imaginava com a insígnia, por isso, apoiava as ações de Vargas e o Estado Novo, o que seu pai reprovava, republicado fervoroso que era.

Se for preciso, mudo-me para o Rio de Janeiro, mesmo com filha pequena. Não pretendo estagnar, quero mostrar que posso mais do que comandar um regimento. Quero uma brigada, dizia o coronel a um de seus colegas oficiais, pouco antes de pegar um de seus discos de 78 rotações e colocar toca-discos.

Coronel Soares sentia-se como um artista de Hollywood quando colocava seus reis do swing para tocar no aparelho adquirido após longo tempo de economias. Importado de Chicago, o seu E. H. Scott era destaque dentre os móveis da casa e a curiosidade das visitas, pois, além de grande, possuía um acabamento elegante. Mas Benny Goodman e Duke Ellington tinham mais destaque em seu imaginário do que os seus sonhos de grandeza, mas o coronel não seria capaz de assumir sua paixão publicamente, muito menos de sair dançando ao som da voz de Billie Holiday acompanhada por Lester Young. Nunca puxara a esposa para dançar, o máximo que conseguia mexer em seu corpo era a ponta dos dedos da mão e um dos pés.

Quando Sophisticated Lady começou a soar pelo ambiente, Linho percebeu que era a deixa para fugir dali, pois odiava o chiado da agulha que combatia com o som das big bands que o pai amava mais do que a própria farda.

O som do saxofone, trompete, clarinete, trombone, piano, contrabaixo saía agudo das caixas de som, mas como o coronel Soares nunca ouvira um desses conjuntos ao vivo, somente pelo seu rádio Douglas, nada saberia dizer a respeito da baixa qualidade das gravações que importava da Argentina. O antigo rádio, que agora era mantido no quarto do casal, era ligado apenas às sete da noite para que fosse ouvido o programa Hora do Brasil. Assim, o coronel ficava informado a respeito das realizações do Estado Novo, pelo menos sobre aquilo que o governo queria relatar à população.

Quando chegou ao andar superior, Linho ouviu a conversa das mulheres num dos quartos contíguos àquele que seria de sua irmã. Olhou dentro. Ninguém além da bebê. Como ainda não havia chegado perto dela, resolveu se aproximar, mas sentia uma sensação estranha. Pisava devagar no piso não com medo de acordá-la, mas de que as paredes caíssem sobre eles.

Quando entrou, percebeu que a menina estava acordada, mexia-se dentro da manta que se enrolava nela. Formando um charutinho, estava imobilizada, os pés cativos, ainda fracos para se libertarem, as mãos grudadas ao próprio corpo. Ela reclamava do incômodo.

O berço estava coberto por um mosquiteiro rendado, mas que não impedia a irmã de ser vista por ele. Paulo continuou parado ao lado, sem saber o que fazer, se deveria fazer alguma coisa. No fundo não sentiu vontade de resolver qualquer problema que fosse. Não por ainda possuir oito anos e não saber reconhecer as necessidades de uma criança do tamanho da irmã, mas por sentir que ela estava invadindo a casa, a vida da família, se intrometendo no meio das coisas que ele queria fazer.

Mas não queria que ela começasse a vida achando que ele a odiava, por isso, começou a balançar o berço, esperando que o movimento a distraísse.

Somente a assustou.

O choro veio fraco ainda, mas agudo. Ouve silencio no quarto ao lado, e o som dos bicos dos saltos batendo no piso foi se aproximando.

O que é que você está fazendo com ela, Linho?

Uma das senhoras perguntava ríspida, parecendo mais séria com o chapéu que ostentava na cabeça.

Nada. Só estou vendo ela, disse assustado.

Sai daqui assombração, não está vendo que assustou Elvira? Agora, sua mãe vai ter trabalho para fazê-la dormir novamente.

Uma de suas tias foi tocando ele para fora do quarto, empurrando-o pelo ombro.

Do corredor, ouvia a movimentação no quarto e a porta sendo fechada atrás de si.

O coração doído e o choro na garganta explodiram nas pernas. Paulo saiu correndo pela escada, mal sentia os degraus encostando-se às solas dos sapatos. Atravessou os convidados que bebericavam ainda um líquido que para o garoto parecia chá mate. Ganhou a rua, correu até que a barriga doesse mais do que raiva e a tristeza que sentia. Só parou quando percebeu que estava perdido.

&

Juan gostava de ver a mulher fazendo as unhas dos pés.

Quando ela erguia as coxas para cortar as cutículas, limpando o esmalte gasto, acertando o contorno das unhas, pintando com cores quentes os pequenos objetos, os olhos atentos dele não se desviavam e acompanhavam cada um dos movimentos daquele ritual silencioso.

Como se ali estivesse acontecendo um culto. Como se aquela liturgia exaltasse a beleza para além da própria presença feminina de Maria Paes.

Ele ampliava o canto de louvor, resultando em incenso para cada uma das falanges dos dedos da esposa.

Ela achava divertido toda essa dedicação do marido, ao simples ato de cuidar dos pés.

Fetiche.

No início do casamento, essa obsessão podia ser aproveitada para trazer mais finais de semana divertidos, principalmente nos dias em que a chuva corria farta atrás das janelas, enquanto a cidade arfava com seus motores e luzes, enquanto outros ainda procuravam com quem interagir no frio de Curitiba.

Nesses dias, quando podia, fazia as unhas na frente dele e tentavam se amar noite adentro. Mas, depois, desistiu de constantemente refazer as unhas para conseguir mais noites frustrantes, então deixou de fazê-las em casa. Passou a utilizar os pedicures compromissados apenas com o serviço de lixa, corte, pintura de seus pés pequenos.

Estava cansada.

Ele não lamentava a atitude. Aproveitava para ficar mais focado em si. Era conveniente que não se desgastasse mais do que o necessário para, assim, suprir suas reais necessidades.

A necessidade de rituais passou a encontrar somente na construção de sua arte.

&

Fazia barulho demais.

Sua boca escorregava, acumulando cuspe no canto dos lábios. Um fio de baba escorria pelo queixo. Sua língua era grossa e seca. A garganta não gemia, soltava soluços roucos. Os dentes irregulares arranhavam.

Ele precisou, por isso, se desligar do beco. Relembrar os motivos de estar ali. Do corpo a esperar o registro no quadro. A textura das tintas. A mistura. Os volumes. O toque dos pincéis na tela. A firmeza das espátulas na suave pressão dos dedos. Relembrava aromas. Cores. Sensações da arte.

Conseguiu manter-se distraído por alguns minutos, enquanto ela mantinha os movimentos pendulares.

Marguerite sentia em sua boca a expansão. Estava satisfeita. Envolvida em um entorpecimento maior que o seu ventre inchado pudesse compreender, via as mãos de dele se aproximando de seu rosto. Acreditava que receberia carinho em retribuição ou que ele a guiaria a partir daquele instante.

Ele agarrou sua cabeça com firmeza.

A explosão dele veio quando jogou a cabeça de Marguerite contra a parede. O prazer que sentiu não foi físico. Sentiu prazer por ter realizado uma redução estética. Da obra artística até sua essência.

Apenas com a cessação dos corpos.

Como um mantra, repetia esse corolário, evitando qualquer empatia com a pessoa ou outra forma de humanismo. Convencia-se de que só apenas dessa forma podia retomar a completude da possibilidade artística de seus atos.

&

Isabel corria atrás do labrador, enquanto seus tios a observavam da varanda. Comiam bolinhos de chuva com chá de hortelã.

O líquido estava tão quente que havia queimado a língua de Alonzo.

Desgraça, porque não avisou que estava pelando? Agora, vou ficar com bolha no céu da boca.

E precisava avisar? Olha só o vapor saindo da caneca. É claro que estava quente, pelo amor de Deus!, dizia Consuelo.

Enquanto respondia de maneira seca ao comentário do marido, pousava a sua caneca numa pequena mesa de vime que acompanhava as cadeiras que ficavam na varanda da casa.

Ao som das risadas e dos gritos da criança, os dois olhavam a extensão da fazenda. Os limites da propriedade, demarcados por uma cerca invisível de onde estavam, localizavam-se pouco antes do horizonte.

O Rancho Navarra, como eles chamavam os hectares de chão cobertos de árvores nativas, não era uma grande produtora de leite. Possuíam algumas vacas, mas elas serviam apenas para alguns galões diários. E, também, porcos, que começavam a dar lucro e galinhas das quais vendiam os ovos. Mas o que os tios sonhavam era transformar o local num hotel fazenda. O primeiro dos Campos Gerais. Sabiam até onde construiriam cada setor. Apartamentos. Haras. Restaurante. Quiosques. Lagos.

O sonho distante. Ruminavam a ideia de que fosse melhor negócio derrubar parte das araucárias para cultivar grãos. Isso é o que daria lucro de verdade. Mas a possibilidade de ver Isabel crescer já os deixava felizes. Faziam de tudo para que ela não sentisse a ausência dos pais.

Que dó dessa menina, Alonzo.

Ela só tem três anos, Sra. Consuelo Flores, não precisa fazer drama, disse irônico. Ela nada sabe do que se passa.

Não é bem assim. Acho que ela percebe. Impossível que ela não sinta que os pais a largaram aqui, que não visitam e nem ligam pra saber como está.

Ah, ela nem sabe o que é telefone. Veja, olha só ela correndo com o Perón, é muito bonito ver a alegria dela. Ela é feliz aqui.

Verdade. Nunca chora, nunca reclama. Birra, só às vezes porque não gosta de milho nem de tomate. Mas tem que comer, isso não tem escolha.

Mas se você quiser, podemos ligar depois para os pais dela e ver se querem conversar um pouco com a menina. Tudo bem?

Vai que ela cresce e acaba achando que os pais dela somos nós dois?

Mas nós é que somos os pais dela. Quem é que cuida dessa pequena?

Enquanto os tios conversavam, a menina caía no gramado, rolava com o corpo desprotegido. Demorou a se levantar. Não gritou nem reclamou. Apenas as bochechas vermelhas de tanto brincar ficaram úmidas. Correu em direção à tia, que rapidamente a envolveu num abraço. O rosto estava ralado, na testa um arranhão que ainda incomodaria na hora de dormir.

Chorava em silêncio.

Enquanto era consolada, Alonzo correu buscar iodo e algodão.

Mas isso arde, tio?, perguntou amedrontada com os utensílios nas mãos do tio.

Vai arder um pouco só, Bel. Mas precisa arder um pouquinho porque senão não sara.

Coloca pouco, então, tá?

Ela quase não reclamou, mas havia ardido muito. Só não gritou na hora porque não quis parecer malcriada.

Consuelo a colocava na poltrona e buscava para ela um copo de suco para que descansasse do susto. Tomou um pouco e logo estava correndo novamente. Perón atrás.

Melhor a gente ligar pros pais.

Não foi nada isso, flor, só um arranhão de nada.

Não é isso, Alonzo, é que quando o corpo machuca, outras dores resolvem aparecer. Ela pode estar com saudades da família, só não quer dizer.

Tá certo.

Vou ligar e ver se estão. Depois, chamamos a Bel dizendo que os pais ligaram pra ela e que querem falar.

Fingir que a iniciativa foi deles e não da gente?

Isso.

Consuelo andou até a cozinha e numa das gavetas pegou um caderno escolar surrado onde eram guardados os telefones mais importantes. Caminhou até o corredor e tirou o fone do gancho. Discou o mesmo número umas quatro vezes. Deixou tocar até cair a ligação.

Desistiu.

Bel estava na porta do estábulo imitando as vacas, tentando em vão iniciar uma conversa.

Com o canivete, Alonzo começou a cortar as unhas dos pés. Meticulosamente. Quando a mulher voltou pouco depois, imaginava que Maria e Juan não haviam atendido.

Espero que Bel não puxe a esse povo. Os Ribeiro são muito diferentes dos Navarra. Coisa mais esquisita, Alonzo falava indignado, pensando que Consuelo concordaria.

Consuelo complementaria o comentário, fazendo alusão à avó da menina, com quem não se dava e que sempre criticava. Entretanto, preferiu não citar a cunhada Quitéria. Embora Alonzo não tivesse uma relação muito afetuosa com a irmã, ela sentiu que deveria respeitar o sentido da palavra família.

&

Nos finais de semana, Ângela vinha apenas aos sábados no período da tarde. Por isso, os domingos como aquele eram de responsabilidade exclusiva de Paulo. No início, ele sofria com dores terríveis que impossibilitavam o sono, estragando a segunda-feira. Com o passar dos dias, as dores foram dando lugar ao cansaço que já o acompanhava.

Com músculos cansados um sessentão precisa estar acostumado. Tem que aceitar, não tem jeito, Emílio.

Paulo comentava com o filho, tentando fazer graça enquanto se alongava. Os braços em direção ao teto. A contagem apressada dos segundos para que a posição incômoda desse lugar às almofadas do sofá.

Emílio estava colocado numa cadeira de rodas com encosto para a cabeça. Apenas acompanhava com os olhos, este era o único alongamento que começava a realizar sozinho.

(Vê se não vai partir ao meio, velho.)

O cheiro da casa estava doce. Numa das bocas do fogão, o pai acabara de ferver chá mate. O dia estava frio e úmido, uma garoa caía sobre o vidro das janelas deixando a paisagem distorcida.

Vou lá pegar uma caneca de chá pra mim e já volto. Se você quiser, te dou uma quando esfriar.

(Queria mesmo era uma cerveja. Será que rola?)

Emílio não estava entendendo porque o pai estava tão comunicativo, teria que esperar para ver que assunto o pai iria comentar. Pelo menos, não o estava encarando com a cara de assustado que fazia antes.

Tirando esse frio, estou animado, dizia Paulo logo que voltava para a sala. Não é bem animado, estou é achando graça de umas coisas que comecei a lembrar. Coisas que eu nem sabia que estavam guardadas em mim. Na verdade, começou com uma memória recente. Não sei se você lembra aquele réveillon que passamos juntos. Eu achava que tinha sido o pior encontro familiar da história da nossa família, se é que dá pra chamar aquilo de evento.

(Nem foi uma janta de verdade, pai, não seja tão generoso com você.)

Evento não foi. Não foi mesmo. Aquele pernil que eu assei tava uma porcaria, é verdade. Assou direitinho, pena é que esqueci de temperar. No fim, precisei forçar você a comer aquele sabão. Mas o arroz com amêndoas e passas estava bom, acho que me preocupei tanto com a panela que esqueci o forno. Deu no que deu.

(Eu sempre odiei passas. E não começou naquele dia. Pena é que você não lembrou, mas desconfio que nunca soube. Nunca falava com a gente.)

Mas foi difícil engolir até o sorvete que comprei pra sobremesa. Estranha a decisão de sua mãe de passar o réveillon daquele jeito. Mas não vou ficar, agora, querendo botar culpa nela, longe de mim. Isso não se deve fazer, fere a lembrança que a gente tem das pessoas.

(Quem tá morto não pode se defender, né? Pensei que iria jogar tudo nas costas da mamãe. Daí era muita covardia. Chutar cachorro morto. Seria feio.)

Acho que não há culpados nisso, não. Nem importa saber dos responsáveis. Todo mundo é culpado. Todo mundo é inocente.

(Se quiser, põem a culpa em mim. Prometo não gritar nem partir pra ignorância.)

Bem, mas não era isso que eu queria contar. Porque isso você já sabe, você estava lá comigo, sem abrir a boca. Nem um pio. Acho que envergonhado. Daí, tive que contar umas histórias pra gente poder passar um tempo juntos sem que cada um fosse pro seu quarto. Aposto que você lembra disso. Lembra da história da fuga? Era isso que eu lembrei. Eu devia ter metade da idade que você tem hoje. Não sei bem, não lembro muita coisa daquela época. Até queria lembrar mais, mas isso também me incomoda um bocado. É muita pressão. Acho que eu cresci meio assustado. Curei depois de moço, mas isso quando já estava longe da casa dos meus pais. Embora a lembrança do pai expedicionário, morto na Itália, insistisse em me assombrar.

(Ele estava fugindo de você ou da vó?)

Só me lembro daquelas mulheres bem vestidas, algumas com chapéu, vindo na minha direção. Minha irmã no berço chorando. Nem perguntaram o que estava acontecendo, nem pensaram que eu pudesse estar ali justamente pra fazer o que elas não estavam fazendo. Bebê não pode ficar sozinho, largado de qualquer jeito. Pelo menos, acho que foi isso que aconteceu com Elvira. Sua tia não estava dormindo, eu ouvi os ruídos dela da escada. Uma escada bonita de madeira, não se faz mais isso hoje em dia. A casa toda era bonita. Pena a gente ter que se desfazer de certas coisas. Acharam que eu a estava importunando, foi isso. Deram um chega pra lá e me enxotaram do quarto. Lembro que subiu um gelo no meu corpo. O corredor ficou embaçado, então saí correndo feito louco, não vi ninguém nem o caminho que estava tomando. Bem coisa de criança. Fui parar numa praça pequena que ficava, hoje eu sei, a trezentos metros de onde eu morava com seus avós. Mas pra mim era outro planeta.

Paulo fez cara de quem tinha esquecido a existência da caneca. Então, puxou-a para si e bebeu uns goles.

Não sei quanto tempo eu fiquei ali. Estava morrendo de medo de tudo, das pessoas que passavam, alguns olhavam. Eu fugia até da sombra dos bancos. Sei que estava começando a escurecer quando o Chevrolet do meu pai apareceu numa das esquinas e parou. Eu não sabia se corria em direção a ele ou se corria dele. Quando o coronel saiu do carro e ficou com os braços cruzados, eu sabia que o coro iria comer. Fui andando devagar, com a cabeça baixa, esperando que alguma ideia brilhante aparecesse na minha frente. No fim, não consegui inventar nenhuma desculpa para o meu sumiço.

De um só gole, virou o chá que estava morno. Foi falando enquanto caminhava para a cozinha para colocar mais chá e para servir uma das garrafas de Emílio, adaptadas para que ele pudesse beber.

Quando meu pai abriu a porta, passei por ele esperando o safanão. E nada. Ele ficou silencioso o caminho inteiro de volta pra casa. Os convidados já tinham ido embora. Nenhuma musica tocava na vitrola. O silêncio só foi cortado com os gritos que eu dei pelas cintadas que comecei a levar logo que pisei no degrau da escada. Fui subindo e levando bordoada. Pra cada ai, um estalo que eu ouvia. Dormi todo ardido, com a pele das pernas e da bunda latejando.

Com cuidado, ajeitou o cano na boca do filho que não sugou o líquido. Quando Paulo percebeu que o filho não estava interessado no chá que havia preparado deixou a garrafa na mesinha de centro.

Você não sabe o que era apanhar do coronel Soares, filho, o cara sabia onde bater. Conhecia onde doía mais. Nós até que criamos vocês muito livres, na conversa, era muita negociação. Coisa da sua mãe, claro.

(Eu lembro de apanhar do senhor quase todo dia, pai. Nem vem. Era só eu dar uma resposta meio invertida que voava a coisa que estava mais perto. Já levei chinelada na orelha, abajur na barriga, mas se não tivesse nada era tapa na cara mesmo. Pelo jeito está ficando desmemoriado. Ou, agora, vai começar a mudar o passado?)

&

Marguerite não parecia morta.

Na verdade, deitada de lado, aparentava apenas uma bêbada caída na lama. As pernas semiabertas, a direita esticada e a esquerda levemente flexionada. O braço direito cruzava a altura do estômago, enquanto o outro repousava sobre a umidade fria dos paralelepípedos.

A ele não interessava se estava ou não morta, pois o seu repossuir não estava completo. Ainda faltava destruir o corpo.

O que farei agora?

O corpo ainda representava a história.

Eu quase arranquei a cabeça de Virgínia.

Começou a andar pelo beco, procurando algo no chão. Falava sozinho. A luminosidade não era boa. Procurava um bom pedaço de paralelepípedo.

Aquele era um rosto bonito.

Queria um bloco de pedra sólida que ficasse firme na mão enquanto a golpeava.

Deixei um sorriso bonito naquela boca.

O primeiro que tentou retirar do piso, embora fosse todo irregular e aparentasse estar se desprendendo pelos anos sem manutenção da ruela, não se desprendeu. Ele não conseguiu lutar contra o vácuo que se formava pela lama infiltrada nas fissuras.

Chamaram Virgínia de vítima. Estão longe de compreender além de suas latas hermeticamente lacradas de conhecimento clichê e fraterno. Minhas ascetas não devem gerar empatia.

Perto da lixeira, conseguiu escolher um paralelepípedo com formato retangular, não muito grande, possibilitando um apoio firme da mão direita.

Aproximou-se do corpo, arrastando os joelhos na sujeira e na lama. Com a mão esquerda, ele segurava o queixo. A cabeça não podia sair daquela posição. Não poderia ferir seus próprios dedos. Eram suas ferramentas. Suas preciosidades.

Estou entrando em comunhão com meu passado nesse instante, dizia, enquanto golpeava.

Sentia apenas isso, não pensava. Com os olhos fechados, após ter largado o paralelepípedo de lado, esfregou as mãos sujas em suas narinas e inspirou lentamente o odor da expressão de seus atos. Sorveu sua arte. Ali estava a sua obra concreta.

Tudo era um. No outro, o espelho desfeito. Outro nascia ali, também. Reconstituído de sua própria história, ele não percebia onde terminava o corpo de Marguerite, onde começava o seu.

Aquele se tornou o momento perfeito para que a concretude de sua arte fosse representada. Desenharia Marguerite, usando um pouco das cores que emanavam de seu corpo ainda quente.

Aquilo que me asfixiava, agora liberta.

Abriu, então, o bloco de anotações. Fez os primeiros traços com grafite. Com o dedo mindinho, pegou parte do que se misturava entre a junção de dois paralelepípedos. Um vermelho forte se espalhava na página marcada entre sombras e luz.

A poça da morte fora fixada e reduzida à essência de passado.

Com uma caneta bico de pena, reforçou os traços do corpo caído representado em uma rua quente.

Depois de concluir o croqui, largou o desenho perto do corpo. Sem a necessidade de vernissage, expunha para futuros possíveis parte de seu talento no beco. Para vistas embaçadas de realidade.

&

Nas sombras da vida, nas franjas dos corpos, a arte é violência exposta às bestas carniceiras.

Tomava nota de alguns pensamentos em seu bloco enquanto andava. Os passos iam devagar, sem voltar os olhos uma última vez em direção à ruela em que estava o corpo de Marguerite. Caminhava sem perceber o chão nem o caminho.

Pequenos grãos de chuva caíam sobre seu rosto, causando uma sensação relaxante, sonolenta. Estava embebido de prazer.

Ainda sentia o cheiro do sangue em suas narinas. Respirava profundamente, enquanto poucos carros passavam por ele.

Os barulhos das casas ao redor ainda não atrapalhavam sua imersão.

Não há ninguém andando nas ruas, provavelmente o horário está avançado, pensou. Não importa.

A luz alaranjada dos postes velhos da Vila oscilava. Os pequenos instantes de total escuridão provocavam nele receios. Imaginava que poderia estar sendo seguido por alguém. Seus músculos se enrijeciam devido à crescente tensão que começava a sentir. A paz e a satisfação foram sumindo a cada apagar das luzes.

Então, parou e olhou atrás de si. Luzes piscavam na extensão da rua.

Apenas a fila de postes descendo rua abaixo. Um e outro carro cruzando as paralelas. Os motores barulhentos, estragados por combustíveis irregulares e falta de cuidados. Das casas grudadas uma às outras ouvia discussões, risadas, músicas e programas populares misturados numa mixagem grotesca.

Sentiu-se angustiado ao se imaginar perseguido.

Então, decidiu apressar o passo. Marchava rápido pelas calçadas, virava uma e outra esquina, tentando despistar o som da respiração profunda e longa que passou a escutar, ou pensava escutar, que parecia andar próximo a ele.

Andava olhando vez ou outra para trás.

Entrou em pânico, pois não sabia o que estava atrás dele, se haveria algo ou alguém preocupado com a revolução de sua arte, de suas ações e gestos.

Caminhou até sair daquele bairro. Cruzando a BR, entrou em uma área residencial arborizada, escura, com casas e casarões sólidos. Mas retornou e continuou margeando a rodovia das praias, cruzando com caminhões sonolentos.

Corria.

Cruzava o viaduto da Affonso Camargo.

Ofegava sobre a Victor Ferreira.

Correu cada vez mais rápido, até chegar ao silêncio das grandes alamedas que era quebrado por uivos de cães de guarda, latidos de vira-latas que perambulavam perdidos atrás de comida.

Naquelas moradas das antigas famílias tradicionais, ainda era chorado um tempo que se foi. As construções é que mostravam todo o rebuscamento que agora estava perdido, definitivamente.

Sem perceber, havia retornado à região onde havia matado Virgínia.

As grandes árvores àquela hora escura abafavam as luzes de mercúrio dos postes. O ar pesava no peito, ele tentava acelerar ainda mais. Mas estava sem fôlego.

Tentou, por fim, abraçar uma árvore para descansar, mas terminou caído sobre o gramado.

Arfava.

Nesse instante, ouviu um gemido gutural.

Com o corpo molhado de orvalho deslizou pela grama e tentou correr antes que pudesse se imaginar capturado por aquilo que o estava perseguindo.

Virou esquinas que não conseguiu contar.

Nas guaritas, onde deveriam estar seguranças particulares, apenas radinhos de pilha abandonados em estações chorosas.

Estacou no meio de um cruzamento.

Não sabia onde estava.

&

Quando Paulo abriu a porta para a enfermeira, não conseguiu evitar a surpresa. Um menino, de quase três anos, se escondia atrás das pernas da mãe, como se estivesse prestes a invadir a caverna de ciclope.

Nossa, quem é esse aí, Ângela. Não vá me dizer que é o famoso Anderson de que tanto ouvimos falar, disse Paulo, tentando quebrar o gelo no desconforto que ele mesmo sentia.

Esse mesmo, senhor Paulo.

Que surpresa.

Desculpe não ter avisado, mas é que meu pai não está podendo ficar com ele.

Tudo bem, Ângela.

Meu pai está com uma gripe terrível, daí fiquei preocupada de deixar com o avô.

Senão, seriam ele e você doentes na próxima semana.

Isso mesmo.

Ainda bem que eu comprei pão e geleia. Entrem, não dá pra ficar no batente da porta a manhã inteira.

O menino se arrastava, a mãe forçava as pernas, insistindo para que o filho parasse de besteira.

A mãe tem que trabalhar, filho, não atrapalha. Lembre do que conversamos em casa.

Já tomaram café da manhã?

Já.

Mas fique à vontade, Anderson. Liga a televisão, deve estar passando desenho.

Ele trouxe uns brinquedos aqui na bolsa, disse Ângela.

Puxando o filho, abria uma sacola florida que servia à enfermeira tanto para carregar os brinquedos, quando iam para parques, quanto para acomodar as compras feitas em feiras de rua.

Muito bem. E o seu pai, então, está mal é?

Pois não é, senhor Paulo, essa gripe tá pegando todo mundo.

Espero que não pegue a mim. Já estou com a cabeça cheia de coisa, não preciso de mais uma.

Nem eu. Preocupação suficiente pra duas vidas.

Seu pai se chama Wando, não é? E o Adailton, como está lá? Pra onde ele foi mesmo?

É Wando, sim, igual ao cantor. Mas é apelido, porque lá na nossa cidade ninguém conseguia pronunciar Wilhelm.

Por isso, não esqueci.

O Adailton foi pro Rio de Janeiro. Até onde fiquei sabendo, não conseguiu emprego, só bico.

Puxa vida, mas que ideia do seu marido de ir pra tão longe. Ele achou que o Cristo Redentor iria ajudar contra a crise?

É. Ele enfiou isso na cabeça e não teve cristo, senhor Paulo, não teve cristo que convencesse do contrário, dizia indignada. Maldito redentor!

Anderson sentava em frente ao sofá da sala e retirava os brinquedos da sacola. Parecia não prestar atenção à conversa, mas algo o fazia querer ouvir. O nome da antiga capital do país era sempre repetido nas conversas em que a mãe e o avô tinham. Normalmente, terminavam em discussão, o pai de Ângela querendo que a filha percebesse o que ele tinha certeza que estava acontecendo, o abandono da família pelo marido há anos fora de casa.

E ele tem conseguido guardar dinheiro? Desculpe, estou sendo abelhudo.

Não tenho notícia dele faz muito tempo. A última vez que ele conseguiu falar com a gente, me disse que não estava conseguindo nem pagar a pensão em que morava. E não se preocupe, o senhor nos ajuda tanto, senhor Paulo, não precisa ficar acanhado de querer saber.

É que não me diz respeito. Quem não é da família tem é que cuidar dos seus próprios problemas, não é mesmo?

Mas às vezes a ajuda vem de quem olha de fora. E o senhor até já procurou emprego pra ele.

Pena foi não ter conseguido. Queria ajudar a unir sua família de novo. Não gosto de me intrometer. Tem muita gente que fica xeretando só pra ver e ter certeza que os problemas dos outros são piores.

Então, a gente foi premiado, né, senhor Paulo?, disse Ângela.

Mas logo se arrependeu de tirar conclusões sobre os desafios que ele enfrentava com o filho tetraplégico, a filha distante e a presença constante da esposa morta.

Mas ele aceitou bem o comentário, pois sabia que, embora fossem de natureza diferente, as dificuldades dela eram tão complexas quanto às dele.

Na situação drástica em que o país jazia, cada trocado fazia diferença para Ângela. Num dia, rendia o pão com margarina do filho, noutro o litro de leite que ela, com cuidado para não desperdiçar gás, comemorava em poder ferver.

Já sabe, né? Precisando de alguma coisa, pode falar comigo.

Sei, sim, senhor Paulo.

Mas vou deixar você em paz, agora. Pode trabalhar tranquila. Emílio está no quarto, acabo de dar um pouco de caldo de abacate para ele. Até que tomou bem.

Bom saber que ele está mais animado hoje.

Esta semana começou bem, espero que continue assim.

&

Quando era criança, Juan adorava os minutos em que ficava esperando os pais chegarem à escola para buscá-lo, pois, além de poder usufruir de todo o parquinho, podia judiar dos colegas menores.

O seu sadismo de criança não beirava à violência física. Mas ele desenvolveria essa capacidade pela necessidade vital de concluir sua obra de arte. A semente foi curtindo lentamente pela experiência, pelos anos de estudo e reflexão, pela necessidade de criação.

Nos primeiros anos de escola, foi apenas e simplesmente um sádico psicológico. Ele achava tão bobo, fraco e ingênuo o que fazia, que não chegava a lembrar com frequência desses gestos de maldade.

Quando surgiam oportunidades de encontrar uma criança brincando sozinha a esperar os pais, enganava a pequena dizendo que tinha visto a mãe dela numa das salas de aula, conversando com a professora.

Guiava tranquilamente a criança iludida até algum canto da escola com pouca movimentação, fazendo com que sua vítima entrasse em alguma sala, levemente escurecida pelo entardecer. Ou em outro canto ermo da escola.

Então, segurava a maçaneta pelo lado de fora. Prendia sua refém para ouvi-la chorar.

A pequena gritava, chorava, pedia socorro. Ele ria, fazendo voz de monstro até que não houvessem tentativas de fuga.

Após o silêncio bruto fixar-se pelo pavor, libertava a cativa e abandonava rapidamente o local, gargalhando.

Depois, escondido em algum ponto onde pudesse ver o rosto assustado, esperava ver as lágrimas molhando os cílios. Pingando pelo queixo. E rolava na caixa de areia, satisfeito.

Ele nunca foi descoberto.

&

Exausto.

Mal conseguia abrir os olhos.

Havia conseguido se afastar da cidade, caminhava pela Estrada da Graciosa, perto do trevo do Atuba. À distância, era possível ver a alameda de árvores que margeavam a via de acesso até sua casa. Ou apenas imaginava que via. Respirava o ar úmido e fresco da noite.

Silêncio negro.

Ensurdecedor.

Em frente ao portão, paralisou.

Não tinha certeza se o que sentia era medo. Seus músculos estavam travados, os nervos em nó. Os batimentos cardíacos acelerados esquentavam seu rosto, que, entretanto, permanecia pálido pelo luar.

Enxergava Virgínia parada no meio do caminho, entre as árvores.

A cabeça dela pendia para o lado. Da profunda ferida do pescoço, escorria um sangue escuro e grosso. Sob os pés, uma dança de vermes.

Olhava para os lados. Temia que Marguerite também estivesse lá. Mas refutou essa ideia. Acreditava estar alucinando pelo extremo cansaço que sentia e pela desidratação.

Mesmo assim, saiu correndo desesperadamente pela lateral, passando por entre as araucárias, indo onde a grama começava a crescer sem que ninguém a cortasse. Atravessou o imenso quintal, tropeçando nos degraus da varanda da casa.

Virou, então, para ver.

Entre as árvores, Virgínia permanecia imóvel, mal conseguindo fixar o olhar nele.

Ele entrou na casa e rapidamente fechou todas as janelas.

Percebeu a presença maciça de moscas, mas não manteria aberta nenhuma janela durante aquela noite. Não queria pensar na possibilidade de estar ficando louco. Precisava se concentrar apenas, respirar fundo, embora o ar fosse rançoso. E ainda quente e úmido.

O éter que se movia na sala era confortável para ele repousar o espírito.

Andou lentamente até o quarto, escolheu um cobertor para cobrir o corpo. Mas desistiu logo que se aproximou dele.

Não poderia deter as transformações que estavam acontecendo no corpo. Essa consciência virava certeza. Uma constatação simples, sem mistérios. Comprovados na concretude das larvas.

Preciso terminar logo meu quadro. Logo cedo, antes mesmo do café, virei para cá trabalhar.

Uma mosca se prendeu nos lábios, enquanto falava.

Espantou o inseto cuspindo e batendo no rosto com as mãos, enquanto caminhava para o quarto.

Asco.

Entretanto, indiferença.

Não retirou a roupa. Não lavou o rosto. Deitou como estava e dormiu sem que nenhum pensamento atormentasse o seu ressonar.

&

A cozinha estava no escuro, invadida pela madrugada. Entretanto, uma sombra de Paulo tomava a segunda xícara de leite morno. A cama parecia ter areia quente nas rugas do lençol. Nos olhos, farpas.

Ele girou pela cama a noite inteira. Às vezes, não tinha certeza se dormia ou se continuava de vigília. Só teve certeza que continuava desesperadamente acordado quando sentiu o frio do piso sob os pés descalços.

Bebeu todo o leite. E começou a ficar enjoado, então resolveu ler na cama. Se não fosse descansar, não perderia tempo tentando, virando de um lado para outro sem nada fazer.

Preferia novelas de espionagem. Mas este gênero não seria adequado à sua insônia. Se iniciasse alguma, não dormiria até concluir a trama.

Sua biblioteca não era muito diversificada. Folheou alguns exemplares novos que havia adquirido, mas preferia não arriscar. Iria reler alguns contos de Graciliano Ramos. Dos escritores brasileiros, possuía apenas coletâneas de narrativas curtas. Não gostava da sensação de perda de tempo que os romancistas brasileiros despertavam nele.

Mal terminara de ler o conto, intitulado com o seu nome, adormeceu finalmente.

Som de batida.

O quarto iluminado com pedaços de algodão e gaze amarelados pelo chão.

Um corpo retorcido ao seu lado.

Olhos abertos.

Sem piscar.

Coralina não se move. Apenas uma presença a se espalhar em tom rubro pela cama.

Cama imensa de aço.

Os lábios chamando seu nome. Repetidamente.

Paulo. Paulo.

Com as mãos, abre e retira a pulseira que havia dado a ela.

Da garganta, um gemido.

O som de batida se repete.

Com o som alto, fecha os olhos.

O quarto iluminado, as mãos suadas sobre o livro de capa vermelha.

Clarice

Juan acordou.

Rindo dele mesmo, se levantou e olhou para as roupas imundas e para o estado em que havia deixado o lençol. Lama e sangue secos. Jogou tudo num canto.

Meu banho deve ser rápido.

Após a ducha, caminhou nu pelo corredor da casa. Os cabelos pingando sobre as orelhas, ombros e costas.

Juan queria iniciar logo o trabalho.

Matou sem percalços. Sobre o chão da sala, há três dias o corpo modificava sua matéria. Mas ele ainda não conseguira tocar a essência da obra que pretendia. Nem mesmo a superfície dela. Isso tirou sua tranquilidade.

Após a revoada de algumas moscas em seu rosto, percebeu que quanto mais tempo escorresse entre a arte e a realidade crua do corpo frio, mais problemas teria que resolver.

Que angústia não ver mais o que eu ambicionava. A ideia está se decompondo como esse corpo.

Sentou em sua banqueta, diante da tela. Passou a mão na tinta ainda úmida, e começou a espalhar e misturar os tons sobre a tela. Seus olhos pesavam, desistiria de sua criação se fosse possível.

Não era uma possibilidade.

Pegou um pano e esfregou sobre a tela. Retirando o excesso de tinta.

Ainda podia perceber os traços de onde estaria a representação do corpo na tela. A partir deles, tentaria reiniciar o trabalho. Mantendo a mancha acinzentada de fundo.

Seu ímpeto de destruição amenizava aos poucos e começava a perceber mais claramente as modificações do corpo. Ele possuía outra forma. O abdômen estava proeminente. Gazes se formavam em seu interior, empurrando a barriga para cima. O inchaço era perceptível.

Juan se aproximou para olhar melhor.

O corpo possuía outros tons. A paleta que havia escolhido para a cor da pele era inútil. A mancha verde, antes pequena, estava espalhada e ficara mais forte no abdômen, de onde foi se irradiando para outras partes.

Via todos os tons avermelhados que se espalhavam pela região onde o corpo tocava o chão. Novamente, ficou tentado a mexer nele para ver o que mudaria em consequência disso, mas temia atiçar as moscas que começavam a voejar e se acumular sobre.

Zumbidos.

Muitas moscas se acumulavam sobre o profundo corte no pescoço, algumas sobre os esbranquiçados olhos, outras passeavam pelas vias aéreas superiores, entrando pelo nariz saindo pela boca, e vice-versa, numa dança, em busca do melhor local para inserir os ovos.

Em breve, o corpo estaria produzindo suas próprias moscas. Pululando de larvas.

Ele não teria tranquilidade para criar. Sem paz era impossível. Precisaria reaprender a criar a cada dia.

Preciso continuar de algum jeito. Não importa o que apareça pela frente.

Antes, deveria escolher aquela que também tomara um pedaço de sua essência tal como acreditava que Virgínia e Marguerite haviam feito.

Não conseguia raciocinar com clareza, rostos e membros passeavam sobre a pele empalidecida à sua frente. Como as moscas que passeavam sobre o corpo esverdeado, revisitava o passado, e ficou nesse estado por muito tempo. Com os olhos cravados nele, ficou entretido com suas lembranças, as reais e as imaginadas.

&

A primeira ereção de que Juan se lembrava aconteceu na casa dos avós. Quando ele sequer sabia a diferença entre os sexos.

Ele assistia a algum programa televisivo em que bailarinas dançavam distraindo a plateia, mexendo os quadris e girando o tronco em decotes absurdos para o horário.

O primeiro a perceber o volume na pequena calça escolar foi o patriarca da família. O avô de Juan olhou assustado, pensou em chamar a mãe, mas viu graça no pequeno macho da família.

Tão novo e tão viril, e nem sabe disso, o avô comentaria depois com João Ribeiro. Eu disse ao seu filho que fosse ao banheiro, que aquilo ali era vontade de aliviar.

Os dois riram largo.

Vai acabar molhando as calças. Já pro banheiro, piá!

Juan não conseguia associar a ereção, a urina e as dançarinas em uma só composição.

Mas eu não tô com vontade, vô.

Mesmo assim, deve ter algum xixi aí.

Isso é vontade de fazer xixi?, Estela perguntava depois.

Ela não saberia dizer o que era mais correto em situações assim, mas achava que a solução do avô mais confundia que resolvia ao tentar explicar o fato.

Pequenos detalhes como esses resultariam em surtos futuros. Como o da aula com modelos-vivos na qual, em substituição às modelos corriqueiras, os alunos tiveram que representar volumes de um novo colaborador.

O jovem possuía músculos bem visíveis, mas sem exageros. Era magro, mas o corpo torneado com vaidade e paciência.

Naquele instante, entretanto, após o modelo retirar a toalha que o cobria, foi o músculo de Juan que brotou incontrolável por debaixo do avental. Contra a sua própria opção, após várias mulheres desfilarem nuas naquela sala de aula, seu sangue contrariou sua carne.

Então, nunca mais participou de aulas com modelos-vivos. Não conseguia partilhar opostos. Não queria chafurdar-se no que desconhecia.

&

Antes que pudesse vislumbrar futuros, no reflexo que as cores expunham na pele do corpo, o telefone tocou pela casa, retirando dele a visão impressa no dorso obscuro.

O toque começou baixo, leve, distante. Foi se incorporando ao pensamento de Juan, afogando suas reflexões.

Não precisou buscar seu passado, o presente que parecia silencioso ressurgiu na ligação de uma amiga próxima. De um presente que foi sendo acumulado pela viagem nos anos. Foi sendo fixado em sua própria carne. Queimado na memória, na retina opaca dos sentidos.

Sabia que teria de efetuar a troca dele no outro e do outro em si.

Mataria novamente.

Preciso sufocar todo o sentimento que esteja ofuscando minha visão. Vomitarei tudo para fora no momento adequado. Criar é causar ruído nas linhas turvas da realidade, é vômito de violência.

Ao atender ao telefone, reconheceu em Clarice uma amiga que felizmente não invadia o espaço do casal. Nunca os visitava naquele retiro. Uma amiga que respeitava o espaço de criação dele. De paz no meio dos insetos e pássaros. De um e outro mamífero, apenas.

Clarice ligou para saber o porquê do silêncio dos dois.

O momento não era bom, mas ele teria de transformar aquela ocasião em oportunidade.

Pelo tom da sua voz, eu não liguei numa boa hora, Juan. Me desculpe.

Mais ou menos, mas tudo bem.

Usaria apenas o espírito da sua voz para convencê-la de que precisavam conversar pessoalmente. Dava respostas evasivas, curtas, langorosas. Sinalizava, esperando o retorno sem precisar efetivar o contrato que pretendia instituir. Mas não encenaria por telefone. Queria que ela o convidasse para tomar um café em algum lugar público. Assim, conseguiria ser mais convincente.

Tomava gosto pelo xadrez cênico que empreendia.

&

Haviam namorado por alguns anos. Então, conheceu sua esposa, recém saída da adolescência. Mas isso não impediu que a relação se tornasse amizade sincera, íntima, como a de irmãos, entre o casal e Clarice Brás.

Por isso, ela seria um desafio maior. Sua íris haveria de revelar o modo e o momento certo. Tentaria não deixar a visão embotar.

Memória é passado, e deve permanecer lá.

Juan murmurava, tentando liberar os pensamentos, queria deixar esse rio de tranças escorrer pelos dedos, mas impossível. Calcularia cada passo e gesto como precisou fazer na cerimônia de seu casamento.

Clarice era a madrinha mais chorosa. Embora parecesse uma mãe no momento de entregar o filho para outra mulher, ele sabia que os olhares dos homens presentes significavam inveja.

Juan tinha certeza de que ela chorava daquela forma tão desconcertante e descabida, pois queria que algo dentro dela também morresse. Via como impossível o abandono do deus por sua fiel. Impossível matar o que se acreditava ser imortal. É preciso que os olhos no espelho fiquem embaciados ante o soco e os cacos.

Ele contabilizou cada detalhe do ensaio e alguns mais, a entrada com sua mãe, a dos padrinhos, a posição diante do púlpito, o caminho do pajem, do peso das mãos enquanto colocava a aliança, o modo e local do primeiro beijo, as palavras finais, as juras, o retorno até a entrada, as despedidas, as maneiras de sorrir, as frases que deveria dizer, o trajeto da porta da igreja até o carro, as primeiras palavras como casal, os procedimentos durante a noite de núpcias.

Desde antes do casamento, tudo sempre fora um pouco ensaiado, antecipado, pensado, medido, reestruturado, revivido, imaginado, estabelecido na mente, sem que o caos se instituísse com mais força do que o inevitável e necessário.

O primeiro lugar em que ele pode treinar efetivamente essa forma de ser foi na Galeria Brás de Arte há praticamente dez anos.

Essa galeria pertencia ao tio de Clarice, e foi onde passou a exercitar sua frieza e mentiras com os clientes, durante vernissage, avaliações de obras, leilões. Durante esses acontecimentos, envernizava-se como um ator além da quarta parede, porém nunca revelando a verdade de seus pensamentos e intenções.

Foi no dia em que, pela primeira vez, um Papa beijava o solo brasileiro, que ele começou a trabalhar com o Brás. Na época, essa galeria era a principal compradora da arte curitibana.

Havia acabado de concluir o curso de Artes Plásticas pela Embap e, como ainda não se considerava pronto, mesmo que o próprio João de Deus dissesse o contrário, decidiu trabalhar cercado por outras obras, com outros gestos e visões.

Para aquilatar a visão, dizia.

Acabou ficando ali por cinco anos.

Numa das tardes de trabalho, enquanto analisava uma das telas, que considerou simplória, Clarice entrou na galeria. Era a primeira vez que a via. Pouco tempo depois, conversavam sobre suas preferências artísticas que, exceto um ou outro caso, eram as mesmas. Para os dois, Monet e

Van Gogh foram semideuses na pintura. Ambos amavam música erudita, mas ela preferia compositores do período romântico, principalmente Liszt. Ele, mesmo por trás de sua tardia cara de adolescente, falava de compositores do período renascentista. Mas, nesse ponto, não puderam avançar no debate. Ela não conhecia Gesualdo, nem Monteverdi.

Palestrina parece nome de salame. Desculpe, Juan, estou te ofendendo e nem foi minha intenção.

Não me ofendeu.

O que ofendia os gostos dele e suas preferências era o balançar das bijuterias extravagantes que ela usava. De suas afirmações, na verdade ele achava graça. Depunham contra ela, apenas.

A ignorância ofende e é um desfavor àquele que ignora que ignora, pensava.

Não sei quase nada de música antiga.

O avô da ópera, então, você nem sabe quem é?

Não sei nem quem é o pai, e riam, esquecendo-se de onde estavam.

Eu não sei muito, mas gosto daquilo que sei, Juan continuava, fingindo humildade.

Ópera não faz meu tipo. Gosto de música sinfônica mesmo.

Mas foi no renascimento que surgiram os primeiros agrupamentos, sabia?

A ópera também, né? Mas já no barroco, se é que eu ainda me lembro das aulas de dez anos atrás no científico. Nossa Senhora, acabo de confessar minha idade.

Sou péssimo em matemática, não se preocupe.

Ainda bem. Isso manterá seu emprego aqui, ela gracejava.

Mas quando tive aulas, não descobri as coisas que, depois, fui descobrindo sozinho. Quando falam de ópera na escola só lembram de Mozart e Verdi, isso quando lembram. Mas triste mesmo é que esquecem de Jacopo Peri, que foi o pai da ópera.

Agora, já não posso dizer que não sei de nada. Escola, na verdade, não tem que ensinar nada, não deveria pelo menos. Tem que mostrar como é que se deve usar a cabeça por conta própria.

Vou te trazer uma fita K7 com o L'Amfiparnaso, uma comédia madrigal de Orazio Vecchi, o avô da ópera.

Você parece mais maduro que os rapazes da sua idade. Eu te daria uns trinta e poucos por causa dessa sua cabeça culta.

É que eu gosto de descobrir coisas novas dentre as bem velhas, como esse tipo de composição anterior à ópera de que falei, o madrigal. Quer que eu traga a fita?

Não sei se quero. Ai, não fique chateado, mas as poucas óperas que já ouvi me deixaram com brotoejas. E aqui é uma galeria, por que a gente não volta a falar de quadros?

Você é que manda. Não vou contrariar a sobrinha do meu chefe, disse sorrindo.

&

Fazer mercado não era o tipo de esporte do qual Paulo necessitava, mas sairia do supermercado mais magro, disso ele tinha certeza absoluta. A correria, quando era anunciada uma oferta relâmpago e o perigo em tentar equilibrar todos os produtos em dois carrinhos abarrotados, o deixava destruído como se tivesse participado de uma maratona.

Mas nada superava a presença fantasmagórica que surgia nos corredores pelo menos uma vez ao dia. Eram os remarcadores de preço. Em Paulo, essa aparição fazia subir pelo meio das costas uma comichão que terminava no arrepio dos cabelos da nuca. E não só nele. Era uma corrida contra o tempo e contra os demais consumidores, quando podiam ser ouvidas as etiquetas sendo recolocadas.

Duas senhoras, uma de lenço e outra com manta de crochê, se acotovelavam no corredor de cereais, tentando chegar a tempo de reservar alguns sacos de feijão, canjica, farinha e uns poucos de 5 kg de arroz que ainda não estivessem furados.

Com licença, você não é a única cliente deste mercado, disse a de manta de crochê.

Olha aqui, eu cheguei antes nesta prateleira, então, por favor, espere eu escolher o produto de que preciso. Já, já chega a sua vez, não vou demorar, afirmou a de lenço na cabeça, tentando conciliar.

Desculpe a grosseria. É que está uma loucura aqui, odeio início de mês pra fazer mercado.

Mas nada está tão ruim que não possa piorar, retrucou a de manta de crochê, tentando fazer piada com a situação.

É verdade. Poderíamos ter um operário na presidência.

Cruzes. É mesmo.

Um presidente analfabeto, já pensou?

Ainda bem que o povo percebeu que ele estava era querendo trazer o comunismo para o país, disse a de manta de crochê, levantando as mãos para o teto.

E isso depois de tanto tempo lutando contra essa praga.

Depois do muro de Berlim ter caído, era só o que faltava mesmo, esse barbudo querer acabar com a propriedade privada.

A senhora de manta de crochê falava, preocupada em perder sua TV Telefunken para algum suposto agente da KGB infiltrado no Partido dos Trabalhadores e com medo de ter que dividir a edícula que alugava e a pensão do marido falecido com alguma família de mendigos.

Onde é que iríamos parar, não é mesmo?

A de lenço na cabeça colocava com esforço o segundo pacote de cinco quilos de arroz dentro do carrinho, afastando as alfaces e os morangos para que não amassassem.

É, concordava a de manta de crochê.

Mas enquanto criava empatia com a rival de compras, ía se posicionando entre o carrinho da outra e a prateleira.

O presidente que está lá não é perfeito, mas foi, como se diz, o menos pior.

Mas o Brasil tem bem a cara de querer ressuscitar a União Soviética. Paizinho atrasado esse nosso.

Paulo não foi o único a acompanhar a conversa das duas. Parado, coçando os pelos da barba rala que crescia irregular abaixo do queixo, e um pouco assustado com o que ouvia, estava o remarcador de preços, que chegava de mansinho àquele corredor.

&

Mataria novamente e precisava matar para vivificar sua obra de arte.

Começava a perceber que ela, além de estar diante de seus olhos, os impregnava, questionando, e eles a ela.

Somente apelos da tela, das tintas, todo o seu aparelho de pintura bradava por sua resposta. Sentia em si que só matando novamente mais uma parte da sua trajetória até ali, estancando o correr da vida de mais uma de suas amantes, é que conseguiria avançar, evitar o subtrair do tempo do corpo.

O cheiro o enojou um pouco, então foi obrigado a caminhar pela varanda para limpar as narinas do cheiro enjoativo.

Ficou por minutos olhando a rua distante. Nenhum movimento, nenhum vizinho passando com ar cansado em direção à mercearia, que se encontrava a algumas curvas adiante.

Mas ouviu passos no cascalho. Depois uma cabeça pulando por sobre o muro da frente, em direção ao seu portão. Um homem de estatura média parou, ficou olhando por alguns segundos, como se indeciso pelo que fazer. Então, bateu palmas.

Um criminoso comum talvez ficasse preocupado com a presença de um estranho em um canto tão afastado da cidade. Principalmente com o corpo apodrecendo no interior da casa.

Não era seu caso.

Mesmo lamentando a falta de sorte, só conseguiu pensar em um possível vendedor ambulante ou alguém pedindo dinheiro para uma suposta passagem de ônibus para a cidade natal.

Colocou apenas uma calça, largada num dos cantos da sala. Prendeu o cinto. E saiu sem se preocupar em fechar a porta da frente. Caminhou lenta, mas decididamente até o portão. Não abriu. Cruzou os braços e perguntou o que se passava.

Vejo que o senhor não está conseguindo dar conta de tanto mato, perguntava o homem, apontando para o gramado.

Isso é verdade.

Eu trabalho com isso, tenho todo o equipamento e cobro barato. Se o senhor quiser, venho hoje mesmo aparar sua grama.

Não precisa. Vou deixar assim, por enquanto. Volte, quem sabe, daqui um mês.

Um pouco confuso com a forma de negar o serviço oferecido, o homem ainda contra-argumentou.

Se está preocupado com o valor, não se preocupe. Pra fazer o senhor de cliente, cobro a metade do preço nessa primeira vez. Doze mil cruzeiros tá bom pro senhor?

Não quero nada disso agora, obrigado. É que estou ocupado.

Repentinamente, Juan se irritou como se aquele senhor estivesse ofendendo a família, importunando além daquilo que ele podia suportar. Entretanto, teve consciência da forma como estava recepcionando aquela proposta de prestação de serviço e também não entendeu porque começou a sentir tanto ódio.

O homem baixou a cabeça, se desencostou do portão e foi virando devagar, sem se despedir nem esperar ser dispensado.

Espere um pouco. Desculpe ter falado assim, é problema no trabalho, sabe?

Tentava amenizar com palavras o que palavras duras já haviam estragado. Tentou com dinheiro. Possuía umas moedas pequenas num dos bolsos da calça.

Tome. Pegue essas três moedas. Já dá pra comprar um refresco.

Não precisa não, senhor. Gosto de ganhar meu dinheiro com trabalho, respondeu o homem, tentando não parecer ofendido.

Considere como um adiantamento, então. Além do mais, estas são aquelas moedas comemorativas.

Do descobrimento da América?! Virgem, tem bem poucas por aí, eu mesmo nunca vi uma.

Então, pegue.

Tudo bem, mas vai ser como um adiantamento.

Isso.

Quando eu voltar. Cobro apenas dez mil cruzeiros e quinhentos.

Tudo bem. Então, até logo. Agora, preciso entrar.

O homem foi descendo devagar a rua, olhava com curiosidade os símbolos impressos nas moedas de prata. Reluzentes davam dó de serem usadas para comprar algo tão banal como um refrigerante, mas era para isso que serviam. Pelo menos para ele, com sol na cabeça e a língua seca de andar a procura de serviço.

&

Juan chegava ao lugar que havia marcado com Clarice. Devido ao tempo úmido, o trânsito não evoluíra.

O ar estava abafado. O frio era sufocado por um calor raro, uma recordação de janeiro antes do gelo tomar posse dos nervos e das juntas.

Isso vai fazer a quantidade de insetos aumentar, ele pensava, visualizando sua sala.

Chegou suado e devendo um pedido de desculpas pelo atraso do táxi.

Ela tentou dissimular que estava chateada, mas não sabia fingir, bastava qualquer movimento ao redor para fazer a porcelana dos dentes de sua boca fina ser descortinada.

Paixão é rapto definitivo, ele pensava.

Imaginava que Clarice ensaiara parecer magoada para conseguir se reaproximar do amado.

Comigo, ela não conseguirá fingir. Sua paixão é como a das outras, um estado de graça em que o meu ser é enxertado no ser da asceta. Eu, querendo ou não, estou transplantado nela.

Era alta, mas tinha um descompasso nas pernas. Andava como uma quadrúpede, uma pata, mas sonhava todas as noites que era uma bailarina. Era a fada açucarada de O Quebra-Nozes, de Tchaikovsky, Petipa e Ivanov, rodopiando com o príncipe diante de uma plateia interessada.

As canelas eram grossas e bem torneadas, porém suas coxas eram finas tanto quanto seus braços também conseguiam ser. Não possuía seios para preencher as mãos, muito menos nádegas que pudessem possibilitar tapas bem colocados, pois não havia posição em que pudesse ser encontradas carnes.

Seu rosto era alaranjado, mas não pelo reflexo de seus cachos ruivos, pulando constantemente sobre os ombros. Clarice tinha o péssimo hábito de viver testando novas e periódicas técnicas de bronzeamento, naturais ou artificiais.

Mas era uma ótima companhia.

Formara, com a esposa de Juan, uma dupla de amigas e confidentes. Embora, apenas Clarice revelasse sua vida, enquanto balançava as grandes bijuterias que carregava em excesso. Não cansava de falar de si mesma, era um espelho adornado de modo extravagante em que seria impossível se afogar.

Por isso, Juan, logo que se assentou na cadeira, disparou dizendo que estava separado de sua esposa e que provavelmente seria uma separação definitiva. Se demorasse alguns segundos teria que esperar por outra oportunidade rara de poder instituir um diálogo verdadeiro.

Eu não sei para onde ela foi. Ela não disse. E eu não quis perguntar.

Clarice estava chocada. Não era possível que o casal que considerava perfeito estivesse rompido. Achava que já conhecia o mundo e as pessoas de dentro de suas superficiais experiências. Possuía resposta para tudo, e se não soubesse responder é porque a pergunta só poderia ser inválida.

Mas o que aconteceu? Desculpe perguntar, mas é que toda vez que me relaciono com alguém transformava vocês dois num modelo de união. Tenho certeza de que é só uma discussão temporária. Talvez um dos lados precise ceder.

Não tem lado. Ela foi embora sem ao menos se despedir. É isso.

Clarice ficou em silêncio. A boca abriu devagar, como se o queixo pesasse mais do que era possível segurar. Aos poucos e lentamente, uma nota aguda e murmurejante começou a sair do fundo da garganta.

Se eu soubesse por que ela não está mais comigo, eu diria. Só posso dizer que sempre fui muito dedicado a minha esposa. Você sabe disso.

O silêncio de Clarice deu a ele a percepção da proximidade das mesas. Parecia que sua última frase foi ouvida por todos ali, entre os movimentos dos garçons e os ruídos dos maxilares.

Sentia olhos.

E a visão é que revela essências.

Desde menino, ele sentia que seus olhos possuíam uma força, uma energia por meio da qual era possível possuir todas as mulheres que pretendesse. Não entendia porque as palavras não participavam desse rito encantatório. Sabia apenas que palavras apenas registravam o que já era certo por meio do olhar.

Palavras de ordem. Elas registravam de modo mais claro aquilo que seus olhos já ordenavam.

Eles amarravam.

As palavras violentavam.

Clarice é uma das que queimaram diante do invisível, e ainda queima, ele acreditava.

Mas sentado naquela cadeira do café, começava a ficar constrangido frente à possibilidade de sua encenação ser descoberta. Baixou os olhos por um instante, precisava centrar os seus pensamentos.

Nas unhas, machas de tinta. Sua obra o esperava.

A arte exige dedicação acima da humanidade, pensava.

Deveria aproveitar sua repentina fraqueza. A percepção dela lhe dava atenção a outras dimensões não exploradas.

Não tenho conseguido dormir. Sinto o cheiro dela por tudo, em mim. Ela está em todas as frestas da casa.

De olhos baixos, libertando Clarice deles, ele esperava uma reação mais racional.

Como ela foi capaz de fazer algo tão cruel? Não se preocupe. Hoje, você vai conseguir descansar. Vou te levar para minha casa.

&

Rodas girando. Girando sem encostar no asfalto.

Pingos sobre os olhos.

Chuva lavando o sangue da pele rasgada.

Coralina aperta a buzina. Estica o braço esquerdo até o volante do lado oposto ao do carona.

Som de batida.

O carro gira sobre o eixo horizontal. Girando sem encostar no asfalto, molhado de vísceras que mexem.

Nenhuma marca na pista. Sequer percebem o fim.

Continua girando bêbado com o corpo dela retorcido.

No volante está Paulo.

Coralina grita em seus ouvidos palavras que ele não entende ou não quer entender.

Grita cada vez mais alto.

Silencia apenas sobre a mesa de aço.

O corpo frio.

&

Vou te levar para minha casa.

A primeira vez que Juan ouviu uma frase como essa, ainda era adolescente. Saída da boca ébria de um velho, quando faltava às aulas do colégio para beber e jogar sinuca.

Teve que aturar os olhares mortiços do velho bêbado durante um caótico jogo de bilhar, ouvindo a respeito do ofurô que ele possuía, do carro esportivo, da moto, da piscina. Da coleção de obras de arte. Quadros, esculturas, obras hibridas.

Apenas quando ouviu sobre a coleção, começou a ficar interessado. O velho, incômodo em virtude da quantidade de álcool que sorvera, parecia, entretanto, ter bastante dinheiro.

Ele precisava verificar de que obras o velho estava falando.

Não precisou se esforçar muito, pois este caiu de sono e baba logo que chegaram e se sentaram no sofá da sala.

O abandonando onde estava, foi circular pela casa, constatando a veracidade das informações passadas em estado etílico. Então, desencaixilhou algumas telas em que percebeu semelhança com algumas famosas que conhecia, conferindo assinaturas.

Colocou cuidadosamente em sua mochila escolar, voltando para os portões do colégio com uma garrafa de champanhe embrulhada em papel.

Com os colegas, brindou a uma vitória secreta. Não dividiu a informação com ninguém, apenas com os futuros compradores das obras. Com uma alcunha genérica para se desligar do próprio nome e sobrenome, conseguiu repassar rapidamente, mas com certa dificuldade, cada uma das telas.

Ficava irritado e arrependido, ainda hoje, com os baixos valores com os quais comerciou as telas. Não sabia negociar, ainda desconhecia a realidade do mercado das artes. Queria apenas viajar pelo mundo por alguns meses depois de arrecadar um bom volume.

Foi o que fez.

Quando retornou, foi cursar faculdade de artes. Queria viver o sonho. A arte possuía uma personalidade diversa da que imaginava em sua juventude, ao ver seu pai sofrer diante do teclado do piano ou diante de uma orquestra desinteressada e mal paga.

O que pôde usufruir por meio da arte naquele período como mochileiro, trouxe para ele um entorpecimento diferente.

&

Quando os seis agentes entraram na sala de Virgínia, acompanhados de Paulo e mais dois policiais militares, a penumbra era completa. Já era metade da manhã, mas as cortinas cortavam a luz que se espremia pelas frestas. Quando um dos policiais fez correr o tecido pelo trilho, o cenário criou instantaneamente na mente do diretor, de Teófilo e de Dulce um filme com sequências de tortura.

Os três sabiam o que havia ocorrido, cada movimento, ali apenas de olhar para a cadeira abandonada sobre o tatame manchado de sangue, as cordas de varal ao lado das pernas da cadeira. Trabalhavam juntos desde a reorganização do Departamento de Segurança Pública, que veio a se tornar a Polícia da União, em 1964. Mas os demais não tinham a experiência que eles possuíam. Eram agentes da Dops, mas sem um passado militar.

Fátima, dentre eles, era a novata. Entrara no lugar de Coralina.

Mas embora soubessem das ações, nada podiam perceber do executor. Isso ainda ficava no plano do mistério, quase até do sobrenatural, pois é como se este fosse um elemento à parte dentro daquele conjunto de outros que viam diante de si.

Ainda faltavam, entretanto, outras das evidências encontradas, mas todos os materiais seriam verificados junto aos investigadores da Polícia Civil. Haveria tempo para que cada um montasse seu próprio filme mental.

Mas não tirariam conclusões precipitadas.

Por isso, os três ficaram em silêncio e fizeram todas as anotações possíveis, enquanto Miranda fotografava e Gordo coletava mais materiais para análise. Próximos à porta, Japonês e Fátima tentavam montar um cronograma dos acontecimentos, a partir dos elementos que visualizavam na sala.

Paulo olhava sua equipe e pensava como seria divertido se todos trabalhassem em um circo. Escolheu o personagem que cada um faria no picadeiro e as atrações que poderiam apresentar ao público.

Permaneceu nessa alucinação consciente até que Teófilo tocou em seu ombro.

Terminamos aqui, Paulo, vamos pra Civil. Quero dar uma olhada no corpo pra ver se o que imagino é o que realmente ocorreu.

Com as sirenes, os carros logo atravessavam dois bairros em direção ao destino. Desfilando em velocidade pelas canaletas de ônibus. O comboio, em poucos minutos, chegava à Delegacia de Homicídios.

Os investigadores da Civil olhavam desconfiados para a equipe de intrusos. Mas todos ali estavam cumprindo obrigações. Ninguém tinha culpa. Ninguém queria meter o dedo na ferida alheia. Então, em pouco tempo, rumavam para o Instituto Médico Legal.

O corpo de Virgínia foi apresentado à equipe, que logo começou a análise preliminar. A verificação do corpo foi acompanhada dos comentários incessantes de investigadores do caso.

Paulo chegou a pensar em pedir que se retirassem, mas já estava cansado de tanta politicagem e rixas entre as polícias. Preferiu apenas manter um ar distante, ao mesmo tempo com cara de alguém que estava ouvindo atentamente.

Dulce foi a primeira falar.

Judiaram dela. Não tem nada a ver com satanismo. Ou com bruxaria. O assassino queria fazer ela se desintegrar de tanta dor.

Os demais se mantiveram em silêncio por alguns minutos ainda, tentando juntar as peças daquele crime brutal, apenas concordando com a colega, assentindo com os olhos e cabeça.

Mas há mais do que propriamente vontade de fazer o outro sofrer. Acredito que não há somente prazer na dor impingida, mas êxtase em outra coisa.

Intrigada, Fátima complementou o raciocínio de Dulce, se perguntando sobre os cortes nas bochechas. Então, pediu que Miranda tirasse uma foto do rosto da vítima, enquadrando, principalmente, os cortes a partir das comissuras labiais.

Japonês analisou as marcas deixadas pelas cordas. Para ele, elas mostravam que o tempo em que a vítima ficou presa à cadeira foi de horas, não de dias, mas que ela lutou muito. As marcas de pele esfolada mostravam que o corpo se agitou de dor, mesmo que involuntariamente, lutando não pra sair das amarraduras, mas de si mesmo.

Alguns esfolados são muito profundos. As cordas talvez não estivessem amarradas tão firmes, apertadas, apenas o suficiente para imobilizar a vítima, Japonês arrematou, por fim.

O horário do almoço já estava passando. Ninguém ali, contudo, parecia ter percebido, apenas Paulo, que há muitos minutos não prestava atenção na movimentação da equipe sobre o corpo. Tinha desligado completamente, como se ele tivesse perdido os seus últimos minutos.

Vamos acabar com isso, gente. Quero almoçar ainda hoje, disse o diretor, enfático.

Nossa. Nem percebi que já passava das duas horas, disse Fátima.

Vamos numa churrascaria?, perguntou Teófilo.

Todos interpretaram como uma brincadeira relacionada à morta que estava diante deles. Mas Teófilo sempre ficava com vontade de comer costela quando fazia trabalho de campo.

Conheço um costelão muito bom. Tomamos umas cervejas, depois vazamos pra casa, o que acham?, disse Teófilo, retomando o assunto para mostrar que estava falando sério.

Acho que hoje eu vou ficar na salada, disse Gordo.

Eu, também, apoiou Fátima, saindo do recinto.

Cada um vai onde quiser, mas ninguém vai pra casa. Todo mundo volta pra cá e começa a redigir seu relatório.

O diretor arrematou e depois, com uma piscadela, chamou Teófilo para mandar ver numas chuletas bem passadas.

Esse é o Paulo!

Disfarça, Teófilo, disfarça.

Ainda sério, Paulo, parecia precisar da companhia amiga de alguém habituado ao seu jeito sisudo.

&

O sofá era grande, mas desconfortável. A pompa dos braços e do encosto apagava toda a necessidade de espuma que ele deveria possuir, mas que era mal compensada pelas almofadas que Clarice usava como acento e encosto.

Se Juan precisasse realmente dormir, ficaria decepcionado com a boa vontade dela cuidar do amigo.

O travesseiro era o melhor que ela possuía, o cobertor era desnecessário em virtude do dia quente pelo qual estavam passando, mas com ele acolchoou o sofá, cobrindo com um lençol limpo.

Fique relaxando aí enquanto eu preparo uns sanduíches para nós.

Não se preocupe comigo. Só não estou com sono agora.

Clarice não deu ouvidos. Foi caminhando em direção à cozinha, deixando-o com ímpetos de a matar ali mesmo, sobre as lajotas claras do chão.

Precisaria se controlar, agora não era o momento certo. Precisava se homogeneizar com o ambiente, desfazer toda a dicotomia. Então, se lembrou de uma frase de Van Gogh.

Para obter algo que tenha calor, é preciso fazê-lo com calor, senão não se afugenta facilmente o frio.

Tudo se comunica. Cada objeto dialoga com seu outro, pensava, basta descobrir os outros que estão imbricados nos vazios deste cômodo cafona.

Necessitava sentir a linguagem daquela casa para possuir a dona dela. A posição dos vasos, dos tapetes, a escolha dos detalhes decorativos. Gravura primordial, expressão do ser em sua própria caverna. O corpo de Clarice estava expresso no traçado original de suas escolhas.

Ele também deveria ser aquilo tudo, estar ali, entranhado na composição dos móveis e adereços.

Ligue a televisão, não se acanhe!, gritou ela da cozinha, entre um corte e outro de queijos, salames e azeitonas.

Mesmo acreditando-se possuído, sugado, amado, ele esperava que a ligação do corpo com a sua expressão mais íntima se esfarelasse. Mataria logo que acordasse. Não esperaria muito mais do que o tempo de uma noite.

&

Clarice tentava distrair Juan. Conversavam à distância.

Na televisão, a edição noturna do jornal apresentava uma reportagem especial sobre as duas mortes violentas que haviam acontecido há poucos dias em bairros diferentes da cidade.

A novidade vendia mais jornais e tempo para anúncios.

Juan ficou irritado, pois seus desenhos não foram citados. Os cinco minutos foram dedicados a fatos, atos, eventos que nada significavam para ele.

A concretude dos corpos é vazia de sentido. São superfícies recortadas, pensava.

Está aqui nossa tábua de frios. Vinho?

Sim.

Segure bem essa taça. A seu futuro, Juan, que você seja mais feliz agora.

Num gole rápido, ele jogou o conteúdo da taça na garganta. Segundos depois, era agarrado pelo pescoço. O beijo longo conduziu os dois até o chão acarpetado.

&

Manhã fria. Neblina densa e com cheiro de grama e terra, entrando pelas janelas.

Era início do namoro. Clarice tinha quase trinta. Juan, pouco mais de vinte. Era assim que ele a provocava. Ela fingia que ficava chateada, mas acabava gostando de ser o papa-anjo da relação que começava. Embora a diferença fosse pouca.

Estavam juntos há poucos meses, saíam todos os dias. Curtiam cada novidade que o outro apresentava, cada preferência.

Eles emagreciam juntos.

Tinham varado a noite. Clarice ainda recuperava o fôlego, mas pensando nas sequências.

Tenho uma tia que sempre diz: namorar é a melhor dieta. Agora, eu sei como é verdade. Aguenta mais uma, Juan?

Ele já estava cochilando. Mas acordaria logo depois, querendo sair do quarto atrás de alguma padaria aberta.

Preciso de um misto e um café preto.

Mas já? Pensei que a gente iria passar o dia juntinho.

Você não está com fome?

Até que estou.

Então, vamos juntos. Curtimos mais um pouco, depois vamos pra minha casa.

Acho chato com sua mãe lá.

Acredite, minha mãe não é o problema. Meu pai é que é o pé no saco lá de casa.

Ai, credo. Mas ele é tão fofo.

É porque ele ainda não tentou te comer.

Como assim?

O pior é que a dona Estela nem desconfia que o marido não presta. Você acredita que ele traçou todas as professoras de piano que eu já tive na vida?

É sério? Não acredito. Que safado o seu João!

O Maestro não é fraco.

Mas agora ele não é mais moço.

Não é bem assim, ele nem chegou nos 60. Ele aguenta o coice, ainda. Eu, de vez em quando, percebo a troca olhares entre ele e a empregada. Acho que ali já rolou uma troca de óleo.

Mas você só tem, o quê, vinte e quatro, vinte cinco anos? Tinha que aguentar bem mais até. Deixa o café da manhã pra depois.

Essa sua queda por anjinhos vai acabar comigo.

Caso de polícia, meu bem.

Vai querer abusar desse bobinho aqui? Aproveita, tô facinho.

"Tira do corpo essa roupa e maldade."

Ângela Ro Ro, não. Você quer que eu broche?

"Beba comigo a gota de sangue final."

Você sabe que por mais que eu tente gostar, não aturo MPB.

Ele ficava irritado com o modo simplório como tocavam o piano. Considerava falta de respeito e pouco amor pelo instrumento. Para ele, era como ficar bêbado antes de fazer uma mulher realmente bonita, de parar o comércio. Um desperdício.

Seria um desperdício, também, não aproveitar a ereção matinal que insistia, mesmo com a provocação musical de Clarice.

Você me desculpa? Fui uma menina má.

Terei que te castigar. Agora, vem cá, vire essa bundinha pra cima.

&

Calma aí, rapaz, deixa eu garantir um saco grande de arroz antes de você pipocar essas etiquetas neles, falava Paulo, abanando as mãos como se espantasse algum pernilongo.

Tudo bem, contanto que você não seja comunista, brincou o remarcador de preços, apontando o boné amarelo na direção das senhoras que, agora, caminhavam juntas pelo corredor.

Eu, sinceramente, tenho mais medo da pilha de louças que está me esperando em casa. E não iria resolver colocar uma diarista ali.

É como no Brasil, senhor, a louça está suja e não tem adiantado muito a gente colocar pessoas dentro de casa, porque o que eles querem é atacar a geladeira.

Paulo gostou da imagem. O Palácio Nereu Ramos, para ele, tinha esse ar de pilha de louça emporcalha, mas sabia que era devido à sua arquitetura.

Fiquei chateado com essas últimas eleições, continuava o remarcador. Foi a primeira eleição direta. A primeira em que eu votei, e veja só o que aconteceu. Todo mundo lamentou quando o Tancredo morreu, eu não. Ele não foi escolhido pelo povo. Só que olha quem ganhou a faixa presidencial?

Vai se acostumando, rebatia, Paulo.

Não tem como. É muito ingrato você ir pra rua pedir liberdade pra escolher, no fim, transformam a eleição num chiqueiro onde não falta bicho nenhum.

Pois é, nisso você tem razão. Teve de filhote da ditadura até sapo barbudo.

Isso mesmo. Só baixaria. Até o Brizola, que eu admiro baixou o nível, falou um monte de asneira.

Ele sempre foi muito esquentado, Paulo tentava explicar.

Mas ele ficou mais quando percebeu que o Roberto Marinho estava utilizando a Rede Globo para destruir a campanha dele.

Mas onde a gente estaria se ele tivesse ido pro segundo turno? Acha que seria diferente?

Olha, eu acho sim. Provavelmente, ele é que seria o presidente. E dos bons.

Acho que estaríamos em situação pior, disse Paulo, separando uns sacos de farinha de milho. O Roberto Marinho não iria deixar quieto.

Nem o Brizola deixaria quieto. A Globo tentou fraudar a eleição dele para o governo do Rio.

A briga ali é antiga, e já foi pro lado pessoal.

A gente precisava de um cara corajoso como ele para cassar a concessão da Globo.

Pra ele o que é bom para a Globo é ruim para o Brasil. Acho um exagero da parte dele.

Mas eles são golpistas, sim. Se dizem patriotas, mas a pátria da mídia brasileira não é a mesma que a da maioria dos brasileiros.

O problema é que ninguém sabe fazer acordo, nenhuma das partes cede, e política é diálogo.

O diabo que o diga.

Se fosse eleição indireta, realizada pelo parlamento, seria melhor. Isso nos poupava a tristeza dessa conversa, Paulo afirmou.

Queria, com essa fala, encerrar a conversa antes que o rapaz puxasse alguma bandeira vermelha do bolso e começasse um comício.

&

A hora avançada. A tábua de frios vazia. As taças de vinho jogadas no chão.

Clarice e Juan estavam sentados sobre o chão, com as pernas entrelaçadas. Nus, tentavam manter a libido momentaneamente controlada. Mas o instinto não tem controle, o desejo não pode ser burocratizado, toda sede não cessa à mínima gota que escorre pela língua. Redescobriam o corpo um do outro. Depois de quase seis anos afastados, o toque que desvela intimidades. Mesmo durante esse tempo, a tensão permanecia entre eles. A convenção da amizade descoberta é que os prevenia de agir sob o ímpeto da carne.

Os músculos relaxados escondiam a tensão dos nervos pela falta de sono. A respiração profunda, o sangue correndo rápido, esquentando os corpos.

Saciada, pediu a ele que a desenhasse da maneira como estava. Suada, sem maquiagem, com os cabelos puxados pelo gozo.

Ele começava a desconfiar da criação que é representação, pretendia ser visão. Então, sorriu e, sentando confortavelmente, pediu que ela escolhesse uma posição.

Criação é visão gravitacional sobre o objeto a ser possuído, ele refletia, antes de iniciar o primeiro esboço. Ela será possuída como um satélite que, preso à maior estrela, é sugado até desintegrar, pois sua existência bloqueia a visão das constelações.

Abastecia seu copo de água enquanto ela ajeitava o corpo.

Faria o desenho à bico de pena, mas sabia que as linhas não existem no mundo concreto, são engodos que o artista reconhece serem importantes para a criação, o espectador apenas entra no jogo. Sabia que ser limitado, cortado, separado do mundo é uma redução cômoda no mundo da arte.

Não há linha divisória entre a água que bebo para hidratar a boca e a tinta que utilizo e que refresca o papel. Sem eles, eu morreria.

Em um canto da folha, pousando levemente a caneta pena, escreveu rapidamente três palavras.

Arte é respiração.

Depois, se dedicou à visão e ao próprio fôlego resgatado.

Expressão da imagem que ele faz do futuro, o desenho vai tomando a forma do devir. Sabe que em poucos minutos a morte de Clarice se tornará um advento. Então, para sentir a reação dela a essa realidade futura, que não se desvincula do presente nem da história da possessão dele, mostra a ela a representação de um corpo sufocado por um saco plástico. O corpo dela sem vida.

Credo! Não, assim eu não quero. Desenhe direito, Juan.

Juan diz que vai arrumar, mas aprimora ainda mais o tempo do corpo, dando a tonalidade de algumas horas depois, quando os livores cadavéricos são visíveis, principalmente após morte causada por sufocamento.

Destacou a folha em que a desenhou e a jogou nas mãos dela que, frustrada, amassou com força.

Ele se levantou, caminhou até a cozinha e, sem dar atenção às frases de frustração vindas da sala, pegou um pedaço de filme plástico de um suporte perto da pia.

Não reclame, querida, você vai ficar assim depois que eu colocar isso na sua cabeça.

&

Apesar da quantidade de pessoas transitando pela ponte Milvio, Clarice pode se desligar facilmente do mundo e permanecer amparada por René. O vasto Tibre passava caudaloso sob seus pés, dando a impressão de movimento e eternidade.

Não era sempre que podia viajar para encontrá-los, o rio e o namorado.

Seu trabalho demandava muitas viagens. Precisava estar atualizada sobre as obras que artistas contemporâneos do mundo estavam realizando. Sempre aparecia em bienais e vernissages na Europa, mas procurava negociar cada vez mais com artistas do sul do mundo.

René estava em Hong Kong, viajando a negócios. Em uma das saídas noturnas junto a um colega brasileiro, da financeira para a qual trabalhava, conheceu Clarice. Como era francês, ganhou pontos extras antes mesmo de abrir a boca. Quando falou seu inglês afrancesado, a conquistou pelo menos para os dois anos seguintes.

Encontravam se pouco. Pelo menos a cada três meses, quando conciliavam as agendas.

René estava de folga naquele final de semana. Clarice aproveitou uma passagem por Roma, para dar uma passeada com ele. Precisava contatar um restaurador e especialista em obras do período barroco. Obras antigas não faziam parte de seu métier, mas seu tio já estava cansado de viagens e pediu esse favor. O que ela resolveu rapidamente, reservando o restante das horas para ficar aproveitando o visual e a presença daquele que, pensava, seria seu para sempre.

Por isso, a ponte Milvio.

Desde 1980, essa ponte servia de local para casais reafirmarem seus relacionamentos. A qualquer hora, casais podiam ser encontrados declarando amor eterno. Segurando cadeados, ficavam minutos trocando juras. Depois, prendiam definitivamente esses ferrolhos aos postes de luz. Acompanhados de emoção, fotografias em alguns casos, as chaves eram abandonadas nas águas convidativas do Tibre.

Contra o sentimentalismo meloso, René não conseguiu fazer nada. Envergonhado, teve de beijar o cadeado e Clarice. Com as mãos unidas, jogaram a chave longe.

A simbologia impregnada no objeto de metal, entretanto, passou a significar coisas diferentes para cada um, pelo menos em ações.

Clarice sentia que fazia parte de algo maior que ela mesma. Sentia que estava se tornando livre do passado, resgatando um futuro desejado. Acreditava na possibilidade de ter uma história tão perfeita quanto aquela que pensava existir entre Maria e Juan.

René, em contrapartida, viu apenas o sentido da posse. O domínio de um ser que agora não fazia apenas parte de sua vida, mas a quem ele queria instituir seu poder.

Ainda em Roma, num dos jantares após a cerimônia do cadeado, foram recepcionados muito bem por um garçom que, pretendendo ser simpático, elogiou a beleza da companheira de René. Este aceitou o elogio como insulto, um ultraje. Agarrou o braço de Clarice de maneira bruta e a carregou para fora do estabelecimento, mesmo sob protesto.

Durante os meses seguintes, quando se encontravam, não passeavam.

Ficar em quartos de hotel não é uma forma de se conhecer lugares, mas de se esconder de pessoas, René. O que importa nos lugares diferentes que a gente vai, o que faz a viagem ficar completa, é conhecer as pessoas, ela tentava argumentar.

E o que você quer com essas outras pessoas?, rebatia ríspido.

Apenas conversar.

Converse comigo. Ou já estou ficando tedioso?

Pelo jeito, não tem argumento com você. Está muito cabeça dura.

O que é "cabeça dura"?

Significa teimoso.

Veja lá como fala comigo.

Assustada diante da mão levantada, ela apenas murchava e permanecia onde ele a deixasse ficar. Só iria para onde ele indicasse ou permitisse.

Clarice, no retorno das viagens, ainda conseguia sair com as amigas para jogar conversa fora. Mas precisava mentir para o namorado sobre onde estava. Percebia, assim, que a chave que estava no fundo lodoso do Tibre representava uma prisão. E, como refém, ela não conseguiria alcançar o modelo de amor que havia construído para si.

&

Juan avançou rápido para que ela não tivesse forças para fugir. Mesmo surpresa, entretanto, tentou correr para o quarto, imaginando a proteção de seu recanto, mas ficou sem caminho de fuga. Sobre a cama, Clarice chorou, implorou que não a matasse.

Ele agarrava seu braço, tentava puxar corpo dela para si, que finalmente fugiu para a cozinha, imaginando se armar com algo que bloqueasse os ataques dele. A primeira coisa que pensou em pegar foi uma panela de polenta abandonada sobre o fogão. Então, lançou o objeto pesado à frente.

O movimento de esquiva foi realizado apenas no pensamento. A testa foi atingida sem que ele tentasse nenhuma defesa. Centrado em si mesmo, havia perdido a noção de falibilidade, da instintiva atenção autoprotetora.

Voltado inteiramente para a criação artística, esquecia as arestas e as sombras do entorno.

Em desvantagem, agora, corria cegamente atrás de Clarice, apenas intuindo o movimento dela tentando correr para a porta da saída. Assim, conseguiu derrubá-la com o peso de seu corpo. Ela ainda tentou levantar, arranhando, arrancando cabelos, mordendo. **Queria retirá-lo do seu caminho, mas ele acabou imobilizando seu** corpo de costas sobre o carpete, apoiando os joelhos nos ombros dela.

Os gritos ecoavam pela casa, mas isso não o deixou preocupado. Os vizinhos não dariam bola, pois ela havia gritado a noite toda.

Seus vizinhos já devem estar acostumados, né? Essa sua maneira escandalosa de gozar pode confundir qualquer desavisado, **mas não quem sabe como você barulhenta.**

Enrolando o filme ao redor da cabeça dela, sentia sua pele ser rasgada por unhas compridas, enquanto tentava discernir a verbalização desesperada e suplicante dela.

Com a entrada de ar hermeticamente vedada, ela parou de fustigar com suas unhas o corpo dele. Deixou de lutar contra ele para tentar arrancar a máscara que bloqueava seu grito. Mas suas unhas nada mais puderam fazer, pois eram ineficazes para cortar o filme plástico que cobria suas narinas e boca.

Ela socava o vazio.

Batia com a cabeça no chão.

Estapeava o ar.

Tonteava.

Os braços perdiam o vigor.

A dança mais melancólica.

Quietude.

&

Deitado sobre o banco do vestiário que ficava ao lado da quadra de madeira do colégio, Juan recuperava o fôlego. Embora sempre tenha praticado esportes, parecia exausto aquele dia.

Mas o professor de educação física da época de escola exigira dele muito mais do que meia hora de corrida diária. Seu abdômen precisava estar sobre a mesa da sala de esportes. O ânus lubrificado e pronto para ser invadido. Caso contrário, teria que chupar o treinador até que este alcançasse o fim em sua garganta.

Pior era o risco de perder a bolsa que ganhava por jogar no time de vôlei. Com esse dinheiro, podia se sentir independente dos pais. Mas o preço era alto.

Dependia do outro.

Anos depois, ficou sabendo que seu antigo treinador fora preso após ter sido flagrado com um de seus alunos. Um caso revelado atrás de outro serviu para que ele não se sentisse isolado, pois partilhava uma história com os que haviam passado pela mesma coisa. Muitos, ele conhecia há vários anos.

Entretanto, nunca disse nada a ninguém. Permaneceu em silêncio a respeito de sua história com o treinador. Não queria essa mácula em sua biografia. Além disso, soubera que o treinador fora condenado a mais tempo do que poderia viver. O histórico do seu reto em sangue não aumentaria em muito mais a condenação.

Dessa forma, precisava lidar sozinho com suas memórias, hemorroidas e com suas dificuldades para defecar. Normalmente, era preciso usar medicamentos contra prisão de ventre. Também usava receitas caseiras, mamão com laranja, iogurtes, mas após uma semana de constipação, recorria apenas à medicina mais tradicional e química.

Juan sabia a causa de todo aquele transtorno, mas agora ela estava efetivamente saindo de cena. Seu intestino podia voltar a trabalhar tranquilo, sem medo de invasões e violências.

Essa sombra não mais resfriaria sua memória.

&

Nas mesas ao redor, o barulho incessante de garfos e facas tilintando. Paulo já estava empachado, mas Teófilo ainda lutava com um osso que insistia em ficar preso à carne.

Dei azar nessa rodada. A costela está salgada demais. E seca demais.

Pra mim já deu, Teo, agora vou ficar no chopp.

E ainda paga de chefe mal, Teófilo comentava, rindo.

Teófilo era daqueles que ria sem emitir som nenhum. Muitas vezes, sua barriga redonda balançava, mas da boca, som algum.

Tem que ser assim. Você sabe e me conhece. Se eu começar a amolecer, agora que estou velho, não vou conseguir que me respeitem.

Mas, ultimamente, você está mais severo que o normal. Lá na Dops todo mundo se cagava quando você chegava perto, mas nem precisava falar grosso.

Eram outros tempos. E lá todo mundo sabia que eu era militar. Agora, essa parte da minha ficha está debaixo de uma linha preta.

Se essas linhas falassem.

Não iriam dizer muito mais do que todo mundo já desconfia.

Pode ser, mas não estou nem aí, sabe?, disse Teófilo, conseguindo libertar o último pedaço de carne.

Eu já não sei mais de nada.

E tem isso também. Não é mais o cara determinado de antes, Paulo. O que aconteceu com seu filho mexeu demais, né?

Paulo apenas suspirou, pousou o copo, antes de ter dado o primeiro gole. Os olhos permaneceram fixos na madeira na mesa, enquanto ele repassava tudo em sua mente. Mas a história já estava viciada pela memória.

Desculpe, Paulo. Não tinha que ter tocado nesse assunto. Eu não consigo imaginar a barra que você está passando com o Emílio.

Sem problema. Eu precisava sair pra conversar mesmo. Tenho topado qualquer coisa pra não ficar remoendo o que aconteceu. Até joguei bocha neste fim de semana.

Bocha? Agora, só falta dizer que está pensando em se aposentar, disse Teófilo, tentando brincar.

Nem fale nisso, que estou quase lá. Mas é que não tenho conseguido pensar direito. Tudo gira. É bom acreditar que existe vida longe da caverna que minha casa se tornou. Se eu me aposentar agora, enlouqueço.

Não tá mais aqui quem falou, Paulo. Mas essa hora está cada vez mais próxima de nós.

Eu não tenho conseguido me concentrar, nem mesmo no trabalho. Hoje mesmo, enquanto vocês analisavam a sala em que aquela moça foi morta, eu viajei, fiquei imaginando coisas sem nexo. Depois, diante do corpo da vítima, desliguei, tudo ficou zerado. Quando voltei, fingi que estava com fome para que ninguém questionasse nada e eu ficasse sem saber o que dizer.

Entendo.

Tenho sonhos perturbadores todas as noites. Vejo Coralina. As ferragens do carro destruído. A morte diante de mim. Ela sobre a mesa do IML. Emily e Emílio sofrendo no velório da mãe. Vejo o corpo do meu filho caído. Dele imóvel. Dele quando criança junto da irmã. Eles brincando. Além disso, as imagens nunca são sempre boas, algo aparece toda vez e destrói tudo. Minha mente recria a queda, a batida. Inventa sofrimentos maiores.

E onde está Emily? Ela não visita o irmão?

Ela deve ter medo. Ou ainda está em choque com tudo o que aconteceu.

Faz quanto tempo desde a morte de Coralina?

Vai fazer uns quatro anos.

Já era tempo dela voltar a falar contigo.

Ela me culpa pelo que aconteceu, não sei. Usa sempre como desculpa os estudos. E outra, acho que ela sabe que não sou o pai dela. Então, acabamos perdendo esse vínculo de alguma forma. Eu ligo às vezes. Atualmente, nem atende. Mas, antes, ela mal abria a boca. Eu ouvia apenas palavras isoladas, uns murmúrios.

Vocês chegaram a dizer pra ela quem é o pai?

Eu achei melhor não dizer nada. Já havia prometido pra Coralina não acordar esses fantasmas. Mas eu sinto muita falta dela, ela continua sendo minha filha. Não importa se veio do saco daquele pedaço de estrume. Quem criou, cuidou e educou fui eu. Não aquele comunista fajuto.

Quantos anos ela tem agora?

Tem vinte e dois. Emily já não tem aquela carinha de criança. Já é quase uma adulta. Daqui a pouco se forma na faculdade. Enquanto isso, o Emílio parece não evoluir quase nada.

Eu queria poder ajudar. Se eu soubesse como, faria alguma coisa por você.

Agradeço, cara, mas nem eu sei o que ando fazendo. Tenho improvisado. Dias atrás, Emílio respondeu. Juro que ele tentou falar. Ele não quis ouvir uma música que eu deixei tocando no rádio.

Então, ele não teve a inteligência comprometida.

Os exames não estão todos concluídos, mas dizem que os danos cognitivos ou não foram profundos ou são inexistentes. Mas não tenho certeza se isso é bom ou não.

Mas é uma notícia ótima, Paulo.

Fico me colocando no lugar dele. Tentando imaginar como seria estar preso a um corpo que não funciona, que não responde aos meus comandos. Pense como deve ser humilhante ser alimentado e limpo como se fosse um bebê mesmo depois de completar dezenove anos.

Teófilo não queria pensar. Só a ideia de estar imóvel o apavorava. Mas involuntariamente imaginou seu corpo estático sobre uma cama, sem nem mesmo poder coçar a frieira do mindinho que sempre o incomodava à noite.

Tenho certeza, Teo, que, se o corpo dele voltasse ao normal, ele se mataria. E dessa vez, não ficaria apenas na tentativa.

&

Depois de passarem duas semanas em viagem mais para se conhecerem do que aos locais, voltavam para uma Curitiba, que mantinha amortecidos de frio e umidade os pés por dentro de sapatos hermeticamente costurados, mas ineficazes.

Juan acordou primeiro. Havia feito diversos planos para o cômodo que concordaram em manter como ateliê na cobertura em que agora viviam.

Com todo o tempo disponível para mim, as horas são insuficientes para a arte, cismava.

A vista daquela altura lhe causava uma leve vertigem, porém a sensação de soberania era mais intensa.

Passaria o dia organizando seus ainda parcos recursos no ateliê até que pudesse adquirir mais. Faria uma lista extensa, não pretendia ir devagar. O cavalete que usava ainda era o mesmo da adolescência.

Vou trocar tudo. Vou redescobrir até o que nunca soube.

Maria o deixou em seu novo universo. Precisava estar concentrada. Tudo deveria ser calculado, desde as unhas às palavras que dispararia aos diretores, gerentes e à mãe em seu primeiro dia como diretora-geral da V.Paes.

O blazer cinza de lã era maduro e, junto à trança lateral que fizera, lhe dava um ar sério, mas sem tentar iludir a idade. Por trás do rosto sem rugas e sem marcas de espinhas, havia indiscutivelmente uma jovem, mas que, se ainda pudesse, não trocaria seus afazeres na empresa que fora do seu pai por uma tarde no Shopping Müller ou a umas partidas de tênis no Graciosa. Seu jogo, isso descobrira nos embates com a mãe, era o poder em disputa. A conquista além dos olhares, domínio de gestos.

Não utilizaria os serviços do motorista por muito tempo, mas enquanto o mantinha, vivia reclamando do Mercedez. Não gostava do veículo. Não se sentia à vontade em um carro que considerava tão antiquado. Mas sentia que não poderia sair de lá pra cá com um esportivo muito chamativo. Entretanto, precisava construir uma imagem. E essa construção passava também pela nova roupagem para andar no trânsito da capital, do modelo à cor e, principalmente, pela demissão do empregado, pois não queria demonstrar dependência. Dirigiria ela mesma até o trabalho, mas antes precisava de ajuda para escolher o melhor.

Olha, Maria, sem ser um esportivo muito chamativo, um que você pode adquirir é o BMW ou o Alfa Romeo. Mas não são tão imponentes quanto esse alemão.

Sei. Não é bom chamar atenção demais, também. Só acho que esse carro não combina comigo.

Eu vou pesquisar uns importados e depois te mostro.

Faça isso, Alcides.

O trajeto não era longo. Mas ela pôde repassar na mente tudo o que pretendia dizer com intenção de efetivar a posse da V.Paes. do que falar para a mãe diante de todos os gestores.

Montava e reavaliava sua estratégia mentalmente.

Todos a esperavam com sorrisos e desejos de uma vida modorrenta de novela televisiva. Apenas preocupavam-se com o que ela poderia decidir para as empresas do grupo. Afiavam justificativas para alguns resultados infelizes e lucros estagnados.

Após os cumprimentos cessarem, todos se sentaram, mas Quitéria permaneceu em pé. Mesmo após o movimento da filha lhe oferecendo a cadeira à sua direita, que a mãe negou.

Não vai se sentar?

Todos se olharam, percebendo a tensão que se formava diante deles. O silêncio quebrado apenas por um ou outro pigarrear.

Se pretende ficar assim, por mim está ok. Vamos começar com o tema da sucessão e suas implicações para depois debatermos alguns ajustes de que precisamos na estrutura da empresa.

Muitos dos presentes sentiram as pernas se moverem involuntariamente, coceiras nos ombros e nucas apareciam como sinal do medo que começava a fermentar.

Apenas Quitéria parecia alheia aos comentários da filha.

Maria. Maria, só um instante. Antes, devo fazer um pronunciamento.

Claro. Depois de tantos anos à frente, não poderíamos encerrar um ciclo de maneira tão brusca, Maria aproveitou para alfinetar.

Não será brusca. Foi esperada. E estou preparada para esta nova fase e já comunicarei sem meneios que me afastarei não apenas da direção como das decisões que este conselho tomará daqui para frente.

Como assim, mãe?, questionou Maria, surpresa e receosa.

A partir de hoje, inicio um período sabático, digamos. Um período que poderá durar um ano, dois, cinco ou até mais. Tudo pelo que lutei está, de certa forma, garantido, minha presença, portanto, não se faz necessária.

Mas porque se afastar?

Não irei me afastar, pois ainda possuo grande parte das cotas desta empresa. Mas sei que entraremos em muitas disputas durante decisões importantes e isso não será bom. Todo conflito gera incerteza, instabilidade e fragiliza o poder e o vigor das ações que são tomadas. E eu não posso permitir que isso aconteça. Então, como você, minha filha, é a herdeira direta, sócia majoritária agora que está emancipada, deve assumir o controle sem percalços. Obviamente que relatórios deverão ser repassados a mim onde eu estiver, disso você ficará responsável, mas ligações quinzenais devem resolver. Mais do que este prazo não. Alguma dúvida?

Acho que não, concluiu Maria, processando a ventania que embaralhava seus pensamentos.

Então, desejo as boas-vindas à definitiva e finalmente diretora-geral da V.Paes, encerrou Quitéria com um leve aplauso, acompanhado por alguns dos presentes, retirando-se logo depois.

&

Olhava o desenho e o comparava com a posição em que havia colocado o corpo de Clarice. Parecia um pouco desproporcional. Se fosse possível, Juan arrancaria uns pedaços do quadril para que ficassem harmônicos com o que estava representado no papel que antes ela havia amassado com raiva.

A arte possui sua história. Toda criação é fragmento dela.

Sua mente estava girando com ideias e sonhos. Escreveu mais umas palavras no espaço em branco do papel e pousou o desenho sobre o ventre de Clarice, sentindo sua mente sair do próprio corpo.

O êxtase estético é, antes, físico, e depois, transcendente.

Nessa forma de projeção, relembrou do corpo da esposa na penumbra e acreditou que estava no caminho certo para concluir sua obra. Embora as dúvidas não o tivessem abandonado desde que iniciou o trajeto, sabia que estava evoluindo para algo maior que a própria percepção.

Seus olhos se iluminaram frente ao troféu que era o corpo estendido no chão. Ela, finalmente, não estava mais ligada a ele.

Estou liberto dessa extática.

Da possessa, ele pensava tomar de volta o que lhe fora tirado. Pois, para ele, Clarice era mais do que um troféu. Ela representava sua essência vital retornando em forma corpórea, por meio do outro anulado pela extirpação violenta da vida.

Repentinamente, perdeu as forças, sua vista escurecia. O coração disparava. Sentia o corpo repleto de eletricidade. Tentava anular a excitação, respirando lentamente e fundo.

Então, ouviu um gemido gutural atrás de si.

Demorou ainda sobre o sofá, acreditando ser uma reverberação mental do sofrimento que causara e que pôde acompanhar tão de perto.

O gemido animalesco se repetiu outras vezes, até que ele resolveu verificar o que seria improvável. Pois ela não poderia ter sobrevivido por tanto tempo sem a possibilidade de sorver o ar para seus pulmões. A voz não seria possível, a vida não sustentaria a circulação inútil do sangue sem oxigênio disponível.

Tocou o corpo. Estava mais frio que sua própria palma.

Atrás dele, o gemido gutural repetia seu canto.

Com os pelos dos braços arrepiados, grudou suas costas à parede e viu Marguerite se arrastando no chão em direção a ele. Deformada, ela se aproximava tropegamente e súplice.

Marguerite abriu os cílios, mas não havia olhos. Não era possível libertar sua própria expressão de mundo. Ali, apenas sua necessidade de unir-se a ele, pedaço de mundo que não desconhecia, que podia apreciar, que abafava o resto do mundo numa efervescência de visão.

Mas a corporeidade de Marguerite inexistia. A fugacidade de sua própria existência dependia da visão de Juan.

Se vestiu rapidamente, pretendendo sair dali.

Quando abriu a porta ainda pode vislumbrar Marguerite tocando o corpo anulado de Clarice, em comunhão com ele, compreensivo como um último beijo sobre a testa, se esvanecendo como num rito de diluição e despedida.

Clarice era recebida por Marguerite.

Mas, agora, ele fugia para sua casa, ainda calçando, aos tropeços, seus tênis pela rua, tentando não chamar atenção aos que iniciavam o dia com remelas e desesperanças.

O pavor e a angústia como combustível das fibras do corpo arrepiado, em transe. Mesmo nesse estado, conseguiu localizar um taxi.

Parado, um Elba laranja. O ponto estava servindo de pouso ao motorista que havia reclinado o banco. Assustado, acordou com as batidas no vidro do carona. Não teve saída a não ser iniciar mais uma corrida.

Ainda é bandeira 2, amigo?

Juan, mas não estava se importando com o valor. O que não queria era que o motorista prestasse atenção ao estado em que se encontrava.

&

Ainda com a conversa das senhoras e os argumentos do jovem reverberando em sua mente, Paulo entrou na seção de cosméticos do supermercado.

Acostumado a comprar os produtos que sua esposa usava quando ainda era viva, foi colocando no carrinho o hidratante Monange e o sabonete Granado que se misturavam ao cheiro da pele de Coralina, pois ela raramente usava perfume. Quando utilizava, preferia as colônias mais adolescentes da Giovanna Baby, que Emily também usava.

Conseguia sentir o cheiro pelo corredor.

Quando estava para incluir na compra o Luvas de Silicone e o creme Yamasterol, do qual vivia reclamando, pois não gostava do odor que deixava nos cabelos da esposa, paralisou. Estava fazendo compras para uma ausente. Não apenas aqueles produtos, mas muitos dos produtos no carrinho estavam numa quantidade maior, porque ele havia incluído um quarto elemento ao círculo familiar. Elemento gerador e aglutinador, mas que não deveria mais ser contado. Ficou com remorso de devolver o restante das coisas, mas colocou de volta nas respectivas prateleiras o hidratante e o sabonete que já estavam no carrinho.

Talvez, para que não se sentisse pior do que já estava, resolveu fazer algo que nunca fizera. Compraria doces aos filhos, faria naquele momento o que deveria ter feito quando eles ainda eram crianças, quando ele regulava a quantidade de açúcar no carrinho, preocupado com gastos odontológicos.

Encheu um deles com minichicletes de tutti-frutti, que já vira Emily mascar, várias barras de chocolate Surpresa, do qual assistira alguma propaganda na televisão, fazendo-o ignorar o preço, chicletes Ping Pong e Ploc ele comprou em sacos, não pensava serem de marcas distintas, apenas de sabores diferentes produzidos pela mesma fábrica, também pegou pacotes do chiclete Bolin Bola, que Emílio, quando era criança, vivia pedindo para a mãe. Escolheu, também, alguns doces que sequer ouvira falar, mas, como vira no corredor algumas crianças implorando para que seus pais os levassem, resolveu incluir também. Então, de maneira sortida, colocou no carrinho alguns pirulitos Push Pop e Dip n' Lik.

Com esses últimos produtos já havia percorrido a extensão do supermercado, perfazendo a via sacra que repetia todo início de mês.

Quando acomodou seus dois carrinhos numa das filas, algumas crianças olhavam as guloseimas com inveja.

Ainda disfarçando que não percebera os olhares em direção aos doces, sentiu um toque em seu ombro. Um toque leve, acanhado, de alguém que acabara de se enfileirar atrás dele.

Era Wando, pai de Ângela, mas ele não o conhecia a ponto de poder cumprimentá-lo em público quando o visse. Não o vira nem em fotografias, apenas sabia de sua existência, pela boca da enfermeira do filho.

Mas esse não era o caso do seu companheiro de fila. Pois ele o reconhecera de uma fotografia que a filha tinha dele com Emílio, tirada logo que ela iniciou os serviços.

Ela se sentia pessoalmente motivada quando não tratava o emprego apenas como um serviço, mas como uma missão. Por isso, para ilustrar ao pai os últimos acontecimentos daquela família que tanto a sensibilizaram, costumava entregar a foto dos dois nas mãos dele.

Sr. Paulo? Só pode ser o senhor, disse Wando, logo que Paulo virou a cabeça, respondendo ao toque no ombro.

Sim, sou Paulo, mas só Paulo. O Senhor, como se diz, está no céu.

Desculpe, é o costume.

De onde nos conhecemos? Lamento, mas não recordo do senhor.

E seria impossível esquecer o rosto de Wando. Suas sobrancelhas eram como duas tarântulas, mas que ficavam disfarçadas atrás de uma armação grossa de óculos, que ele raramente retirava da frente dos olhos. Os cabelos eram grisalhos, tinha idade para possuí-los todos brancos, mas toda a parte superior da cabeça pendia mais para o preto, ficando apenas as laterais tomadas por fios prateados. O nariz grande e arredondado na ponta possuía uma curvatura, deixando-o levemente adunco.

Eu é que conheço o senhor, quer dizer. Desculpe. Minha filha trabalha na sua casa como enfermeira.

Ângela é sua filha? Muito prazer em conhecê-lo, então.

O prazer é meu.

Ela sempre fala de você. Mas como sabia que era eu?

Ela tem uma foto de vocês dois na estante da sala da casa dela, por isso, quando te vi, reconheci imediatamente. Minha filha o admira muito e sua dedicação ao filho.

Ela é muito dedicada. Não é nada fácil, é um trabalho bastante pesado.

Mas posso garantir que ela ama o que faz.

Eu percebo isso. É muito bom ter a ajuda dela.

Sozinho não teria como, não é mesmo? E a minha filha já tem alguma experiência com pacientes como seu filho.

Eu não teria como cuidar do Emílio. Seria impossível. Eu sei que nada substitui a família, mas pra algumas coisas família só atrapalha, não é mesmo?

Paulo, tentou parecer bem humorado, mas algo em Wando se fechou.

Família, só os filhos. Porque o resto é serpente.

Tem um filme italiano com esse título, eu acho. Assisti quando ainda conseguia ir ao cinema.

Mas é bem isso mesmo. Minha mulher era uma víbora. Escorregadia e venenosa. Eu praticamente criei minha filha sozinho.

A Ângela comentou que não morava com a mãe há muitos anos. Vocês viviam em Santa Catarina, não é isso?

Logo que Paulo perguntou, o cliente à frente se preparava para pagar pela compra. Chegava a sua vez de tentar acomodar as compras sobre o balcão do caixa, enquanto conferia os preços digitados, sem cortar o assunto com o pai de Ângela.

Em Mafra. É divisa de Santa Cataria com o Paraná. Literalmente, a linha divisória é o Rio Negro, que dá nome à cidade vizinha.

Então, não é tão longe.

Não. Segue pela BR 116, sentido Fazenda Rio Grande.

Até que é rápido.

Dá umas 2 horas de viagem.

E vocês viajam pra lá com frequência?

Não. Eu não piso em Rio-Mafra desde que Ângela tinha uns onze anos. E ela passou a visitar a mãe só depois que começou a ganhar o próprio dinheiro.

Mãe é mãe.

Mas hoje, ela vai pouco, mas por causa do Anderson que faz muito escândalo no ônibus. Ela se incomoda.

E agora que o marido está no Rio, não tem quem fique com ele. Quer dizer, tem o senhor, mas cuidar de criança não é paz e sossego.

Paulo falava enquanto tentava equilibrar as sacolas de frutas diante da registradora.

Eu sempre fico com o guri, principalmente quando ela vai à sua casa. Me dou bem de verdade com aquele moleque. Mas não faço questão que ela viaja. Quando ela começa a falar que está pensando em ir, começa a me dar uma coisa ruim. Acho que é medo. Quero é que ela fique por aqui, sou muito apegado aos dois.

Já pensou se ela resolve voltar pra cidade natal? Ou se dá certo de irem para o Rio de Janeiro?

Paulo provocava, sentindo-se mais íntimo.

Deus me livre. Eu morro de desgosto se ela resolver ficar perto da mãe depois de tudo o que fiz por ela.

E o Rio de Janeiro?

Essa ida do Adailton para o Rio é conversa fiada. Ele deve ter ido atrás de um rabo de saia. Já falei pra Ângela, com essas palavras. Mas ela não me dá ouvido. Diz que eu estou ficando senil.

Ela falou que vocês vivem batendo boca, mas que é como debate entre políticos. Batem as cabeças duras um no outro e, depois, dão as mãos e reforçam as alianças.

É verdade, confirmou Wando, gargalhando.

Ainda bem que ela tem seu apoio, disse Paulo.

Ele acabara de conseguir esvaziar todo o primeiro carrinho sobre o caixa e se debatia para se desvencilhar do que ficara vazio, colocando-o depois do caixa, para organizar as compras do segundo.

Criar filho sozinho não é pra qualquer um não. Tem que ter alguém pra ficar na reserva, caso contrário ninguém consegue relaxar, passear, essas coisas.

Eu mesmo nem sei mais o que é tempo livre, passeio, sentar numa praça e não fazer nada além de olhar o movimento.

Paulo precisou falar mais alto do que gostaria, pois necessitou ir até a outra extremidade do caixa para que o empacotador fosse arrumando os produtos de maneira organizada no carrinho que ficara livre.

E você é o que mais precisa desse tempo de folga, senão vai acabar ficando doido.

Verdade, eu preciso estar bem pra cuidar direito do meu filho.

Nesse instante, Paulo ficou até constrangido pela quantidade de doces que começava a retirar do segundo carrinho, fazendo o operador de caixa somar à compra. Emílio não poderia prova-los e Emily, apenas se resolvesse, finalmente, dar o ar de sua graça. A bobina cuspia cada vez mais papel. Este quase alcançava o chão àquela altura.

Já sei! Próximo sábado, você vai comigo e o Anderson lá na cancha de bocha que eu e meus compadres construímos.

Vamos ver. Acho que pode ser. Vou ficar só olhando. Nunca joguei esse negócio.

Paulo foi falando enquanto tentava organizar os últimos produtos em cima do caixa.

Não é possível. Mas nem quando era molequinho?

Não tinha essas canchas perto de casa.

Agora, é de honra. Vou te levar e ensinar as manhas todas.

Sem querer nem procurar por isso, houve empatia entre os dois. Paulo, mesmo tendo certeza de que tinham experiências e vidas diferentes, sentia que possuía algo em comum, ou que partilhava da mesma cabeça, da mesma forma de encarar o cotidiano. Ainda que agissem e passassem por coisas diferentes poderiam partilhar de amizade. Fraternidade estabelecida nas diferenças.

&

Chegou rápido em casa.

Ainda olhou para o quintal desconfiado de que pudesse encontrar Virgínia parada na alameda, ou Marguerite arrastando seu corpo no gramado. Mas livrou-se desses pensamentos com um café velho e frio que havia encontrado na cozinha.

O vômito custou a ir embora.

Resgatou a consciência de seu próprio corpo. Sem ele, a criação de sua obra seria impossível. Era a primeira vez que estava sentindo as consequências de uma infecção alimentar. No caso, de infecção por café embolorado.

Encontrou sachês de boldo em um dos armários da despensa. Com a xícara de chá, sentou na banqueta, com o estômago apertado pela dor.

Mas ainda estava com os olhos ofuscados pela criação, embebidos de arte. O efeito narcótico causado pela tela no meio da sala fazia as coisas e suas relações com o entorno perderem profundidade. No mar em que se encontrava, não localizava pontos, retas, nem dimensões, apenas imbricamentos e nódulos.

Esticou uma folha de papel e escreveu rapidamente o que vinha à sua mente, sem refreamentos.

A arte existe não para desfazer nós nem para localizar os nódulos que nos incomodam, mas para falar deles. Os nódulos são prova da nossa humanidade.

No corpo sobre o carpete, exponho o nó do mundo, a própria realidade.

A xícara fumegava ao lado da tela.

Tentou beber o líquido.

Mas o gosto estava pútrido. O odor na sala estava forte demais e penetrava no chá. Sobre a língua, o sabor amargo ganhava o ácido odor dos líquidos produzidos no interior do corpo putrefato e que exalavam um cheiro forte por todo o cômodo fechado.

Desistiu de tomar chá. Pois, assim, era como se beijasse o corpo, sorvendo a saliva ainda fervente.

Preparou a paleta, separando alguns novos tons, prevendo algumas alterações inevitáveis, como a falta de iluminação em que se encontrava.

Não abriria as janelas. Não com o risco de dar de cara com outras aparições de Marguerite ou Virgínia. Espectros obcecados, não desligados completamente da ligação que mantinham com ele.

Com as cores para base da paleta preparadas, o solvente e alguns pincéis separados a frente da tela incompleta, olhou o corpo.

Então, viu o que sequer imaginava possível.

A cabeça estava inflada. Os olhos, de tão inchados, se pronunciavam para fora e a língua começava a ser expulsa da boca.

A pele estava toda esverdeada. Já não recordava qual era o rosto que havia conhecido, nem a forma antiga do corpo que começava a inchar diante da tela.

Não importa!, gritou, levantando as mãos para o teto.

Para ele, não interessava por quais transformações passasse o corpo durante o tempo que precisaria para criar sua obra.

Vou concluir a minha criação.

Pretendia executar seu gesto no mundo de maneira contundente e definitiva. E nada o faria desviar do caminho. Toda a impossibilidade de fazer sua obra respirar por conta própria, viver, seria revertida para a vida da obra que desenvolvia diariamente, sendo ele aderido ao grande feito que realizava através de sua mão.

Sentado na banqueta de trabalho, lentamente foi refazendo algumas fronteiras, alguns limites, falseando novas linhas para a nova forma que percebia, atualizando a visão do objeto.

Inchado, o corpo não estava causando grandes dificuldades.

Enquanto executava esse trabalho anterior, preparatório, pensava em como encontraria o tom adequado para o verde que deveria aplicar. Não seria correto aplicar nova camada de tinta sobre as correções feitas, mas ele se obrigava a encontrar um verde perfeito à obra que crescia.

Nada pode ficar desequilibrado

Não poderia, por isso, copiar exatamente o verde que via, o que seria uma realização respeitável. Mas alcançar o tom que se harmonizava com o que era criado naquele pequeno mundo que atraía toda a sua atenção.

A preocupação foi tanta com o tom de verde, que se esqueceu de concentrar os olhos ao que estava fazendo. As formas resultantes não estavam balanceadas. O que seus olhos físicos captavam era resultado do que desejara.

Desejo é impotência mental, pensava. É obscurecimento da carne que se deita sobre o intelecto.

Sabia que não bastava querer, precisava focar sua vontade, sua mente e sua visão em cada minúsculo ponto de luz e pigmento aplicado à tela. Para equilibrar a balança das cores era preciso mais do que seus olhos. Seu corpo era exigido integralmente.

As novas formas não estavam definidas. A escolha do verde adequado parecia impossível. Nada, na tela que descansava diante dele, estampava o que ele poderia ter pretendido em sua mente.

&

Antes de se mudarem para a casa em que estavam morando, Juan e Maria passaram alguns meses vivendo numa cobertura da família dela.

Foram meses sem produção.

Nem um quadro, nenhum rascunho sequer.

Nas semanas posteriores ao seu casamento, dedicavam todo o tempo ao lazer e ao sexo sempre frustrante. Depois, prepararam uma grande festa, que marcaria a chegada oficial ao novo lar.

Juan deveria ter produzido os seus quadros, pois ao menos eles teriam compensado o cansaço daquele fim de semana.

O casal contratou, para o período da tarde, uma equipe para preparar churrasco e servir cervejas e drinks exóticos aos convidados. Para a noite, chamaram um DJ de São Paulo. Mandaram decorar o deque da piscina com motivos neoclássicos, inclusive a piscina, que foi transformada em um banho romano. No terraço da cobertura, mantiveram uma equipe de atores que interpretavam eunucos, deusas e deuses seminus do Olimpo.

Ele não quis fazer muito alvoroço entre os conhecidos do casal, divulgando o evento na coluna social do Dino Almeida, por isso ligou pessoalmente para cada um dos participantes da festa.

Dos oitenta convidados, estranhamente apareceram cento e vinte quatro. Todos aproveitaram a estrutura montada. Apenas ele, quando chegou a hora, não soube usufruir da festa, que já começou com excessos.

Ficou irritado com o alvoroço, se desagradou de tudo. Para isolar-se de todos, tomou um calmante e se trancou no quarto.

Quando acordou, ainda sonolento por causa da medicação, viu que metade dos convidados ainda permaneciam e, junto dos atores contratados, realizavam uma orgia na sala principal.

Sua esposa estava com dois atores-eunucos e um deus.

Demorou até conseguir se localizar. Parecia que realmente estava em outra dimensão, em outra realidade, no qual os deuses haviam visitado as humanas mais belas da Terra para copularem, trazendo mais semideuses para protegerem o planeta. Mas após alguns minutos, com os olhos sobre o trio formado, percebeu que a equação era simples. Havia muito mais machos que fêmeas no local, por isso o acúmulo, lamentável apenas para o seu próprio orgulho de marido, de carnes invadindo os orifícios de sua esposa.

Uma pequena parcela dos convidados dividia os espaços no chão tentando dormir, provavelmente foram os primeiros a iniciarem a atividade sexual em grupo. Poucos vestiam roupas, muitas peças estavam pelo chão. Alguns corpos ainda se roçavam, mas sem o virilidade de antes.

O anfitrião tentou entrar no clima, mas sua tentativa apenas serviu para que se confirmassem os boatos espalhados entre as mulheres convidadas.

Juan ficara brocha depois do casamento. Ou sempre fora.

&

Deitado ao lado do corpo, ganhou a percepção não apenas visual da decadência dele. O cheiro insuportável impossibilitaria a necessidade que sentia de dormir ao seu lado.

Abriu as janelas da sala.

Todas.

Pequenos insetos orquestravam uma música dodecafônica no quintal. E começavam a entrar no cômodo principal da casa. Canção ou Sinfonia dedicada a si mesma, à futura flora cadavérica do corpo estendido no carpete da sala.

Foi se acostumando ao cheiro forte que penetrava em suas narinas. Precisava ficar mais próximo da sua realidade imediata para criar com êxito.

A arte sempre se relaciona com o entorno. Não há possibilidade de criações dicotômicas. Arte e mundo não são como óleo e água. Semelhante dissolve semelhante.

Juan foi adquirindo essa percepção. Por isso, a registrou em mais um papel do bloco. Depois disso, caiu em sonhos mais tranquilos que seus dias. Dormiu bem e acordou disposto a continuar.

&

Paulo, essa investigação está furada. Não há relação alguma entre os assassinatos. Serem parentes, mesmo que distantes, não significa nada. Além do mais, não foram os únicos crimes violentos neste ano. A maioria dos assassinatos ocorre por frustração sexual e vontade de poder, argumentava Dulce.

Ela concluía sua fala, apresentando o relatório final da equipe a respeito das análises preliminares da morte de Virgínia.

Verdade, senhor, deu até na televisão ontem que outra mulher foi morta com brutalidade em Curitiba. Essas mulheres, infelizmente, foram mortas por cônjuges ou ex-namorados, falou Fátima, esperando ser conclusiva.

Eu sei, eu sei, Paulo respondia, começando a coçar a orelha esquerda novamente. Mas a gente não tem outra saída a não ser apresentar um parecer final exaustivo. Devemos ir imediatamente à Guaratuba para conversar com o delegado responsável, olhar os materiais que possuem, voltar, escrever a conclusão neste caso, e ficar bem quietinhos.

Teófilo, que ainda estava abalado em relação às coisas que haviam conversado no almoço, apenas balançou a cabeça, concordando.

EMILY

O branco é aterrador.

Simbólico, é como um brejo oculto pela folhagem. Belo na distância dos ventos que balançam o verde em dezenas de tonalidades. Pleno de tons e texturas, simpático e acolhedor em suas fibras. Entretanto, a proximidade trás consigo o terror e o vazio. Esses irmãos. Fétido como um corpo em putrefação, mas assassino daquele que o está tentando ferir.

Juan não ousava olhar para a tela abandonada no meio da sala. Ela o ameaçava e exigia mais do que ele poderia oferecer naquele instante. Palpitava naquela superfície a violência da realidade, humana e transcendente. Concreta, sentia em seus olhos. Poderia, por isso, ficar afugentado feito filhote pequeno, aprendendo a experimentar a luz, o vento, a perceber o tremular das sombras. Mas acabou recordando de uma história que o havia arrebatado. Ele assim pensava. Talvez não a ponto de iluminá-lo, mas de escurecê-lo por dentro, de fazer brotar nele uma escuridão sem que ela pudesse ser percebida pela consciência como tal.

Quando viajara pelo leste da Europa, durante o tempo em que passou como mochileiro, ficou curioso por conhecer um dos castelos nos quais vivera aquela que era considerada a maior assassina da história. Visitou o castelo de Čachtice, onde ela terminou seus dias emparedada por causa de seus crimes. Sobravam apenas ruídas. Talvez pela terrível história que o encerrasse, os eslovacos não fizessem questão de recuperá-lo, como eram restauradas outras obras de arte. Pois, para ele, o que Erzsébet Báthory realizara passou a representar não o horror, mas a busca pela beleza, pela eternidade, o que era uma virtude, não uma paixão.

A busca do belo não é nunca uma afecção da alma, não importa o que essa procura cause.

Ele relembrava um dos pensamentos que tivera, tocando a vegetação que imaginava ainda estar transpirando os corpos das vítimas da condessa húngara.

Em seus diários, ela registrara mais de seiscentas vítimas, todas imoladas para que ela pudesse permanecer bela. Pois ela havia descoberto que o sangue tinha a capacidade de clarear a pele. Isso ocorreu após uma criada lhe puxar os cabelos durante a escovação. Irada, a condessa não perdoou o ato involuntário e acidental. Então, espancou-a até a morte, manchando-se de sangue.

Enquanto outros sentiriam o terror diante do encantamento pelo qual a nobre húngara estava presa, Juan descobria que violência e beleza estavam unidos. Mais do que isso, fusionados, misturados num corpo só.

Diante dele estava a prova de que morte e vida eram um.

Por isso, precisava resistir a essa sinfonia branca e encarar a tela, pois não estava diante do vazio, mas da projeção do belo exposto violentamente no meio da sala e em sua mente.

Mesmo que a violência alcance minha própria carne, terminarei meu trabalho, dizia para si. Mesmo que precise desenterrar meus maiores medos. Não evitarei sentir se ainda for possível desencavar algum sentimento. Seja o que for. Desencavarei. Com uma pá, arrancarei essa lança do crânio. Empilharei as visões do brejo oculto da minha memória e mundo sobre a tela que, por trás das manchas acinzentadas do erro, é branca.

A tinta a óleo estava pegajosa, grudenta, entre seca e úmida de diluente. Brilhante, não deveria estar ali. O tom cinza estava esverdeado. Não era de todo mal. Ele poderia aproveitar a tonalidade das cores anteriormente quebradas para dar volume ao corpo morto. Como se a violência da própria cor, impingisse à tela a imagem representada. Um enxerto à força na própria tessitura.

Os erros também fazem parte do tecido, pensava. Eles ficam registrados na malha. Erros também precisam vir à obra.

Não havia pensado, até aquele momento, em fazer uma visita à filha de Coralina, mas acreditou que não poderia deixar de revisitar esse passado para violentar a história, violentar a si mesmo.

Não falava com ela há alguns anos. Tentara ligar algumas vezes para marcar de se encontrarem, mas sem resultado. Então, foi deixando de lado, embora achasse que estava ligado à menina de alguma forma.

A filha de uma antiga amante também deverá servir muito bem aos meus propósitos, porque na criação artística não existe a necessidade de relação pessoal com o criador.

Quanto a isso, não ficou preocupado, pois pensava que, mesmo Emily não ficando enamorada dele, mesmo não possuindo os sentidos entorpecidos de asceta como ele sabia ocorrer com as outras e, por isso, não tendo extraído a essência desse santo, como ele se imaginava, que objeto e artista se complementariam na obra.

De mim, Emily não sugou nenhum óleo. Não pôde se tornar outra das minhas extáticas. Mas ela simbolizará o que eu preciso ritualizar no momento do resgate, dizia quase em surto.

&

O para-brisa do Passat insistia em ficar embaçado durante a descida da serra.

Se eu tivesse paciência pra aguentar papo de vendedor, iria na Chevrolet comprar o Omega. Esse aqui já deu tudo o que tinha que dar, dizia Paulo para si, mas sabendo que da boca pra fora.

O carro nunca dera problemas sérios durante os anos em que estava com ele. E ele comprou um pouco desconfiado, pois era veículo de chacareiro. Ficava imaginando o porta-malas entupido de ferramentas, quando não de animais. A despeito disso, bastou realizar todas as revisões, as verificações de rotina, para que nunca tivesse dor de cabeça.

O clima estava frio e úmido. Para deixar os vidros minimamente desembaçados, garantindo sua segurança durante a viagem de pouco mais de uma hora, Paulo mantinha os vidros semiabertos. O barulho dos pneus o distraía.

Ao chegar na serra, os ouvidos tapavam, obrigando-o a bocejar vez ou outra para abri-los. Uma chuva fina começou a cair. A velocidade reduzida atrasaria sua chegada à Guaratuba. Para não molhar o carro, foi obrigado a fechar os vidros e ligar o ar quente.

Estava indo sozinho no carro. Formando um comboio, os colegas dividiam-se em outros dois veículos.

Achava agradável o trajeto até o litoral, o fazia lembrar das viagens realizadas com os filhos pequenos bagunçando no banco traseiro enquanto ele e Coralina tentavam conversar nos bancos dianteiros.

Uma das viagens mais saudosas ocorreu no ano da promulgação da Lei da Anistia. Quatro meses depois de sancionada, a família saía de viagem para passar o ano novo e o mês de janeiro nas praias escuras do litoral paranaense.

Emily, com nove anos, brincava no banco de trás que era a professora de Emílio, que naquele ano entraria na pré-escola. Com uma pequena lousa, escrevia as vogais, com destaque para a segunda, escrita com giz amarelo. Os irmãos eram muito próximos, raramente brigavam, mesmo quando em supermercados com os pais, conseguiam entrar em acordo sobre os doces e lanches que os pais permitiriam levar para a compra do mês.

Já estamos perto, pai?

Calma, Emily. Mais alguns minutinhos. Já, já vão poder brincar na areia.

A gente ainda não passou bronzeador, né, mãe?

Não filha, mas chegando lá a gente passa.

Eu quero passar no Emílio.

Não! Eu passo sozinho, eu sei passar.

Vai fazer é bagunça, dizia a mãe, com os olhos fechados, apenas ouvindo a conversa das crianças.

E como é que você vai conseguir passar nas costas? Você não alcança, afirmava a irmã.

Nem você alcança as suas, rebatia Emílio.

Os dois começaram a se contorcer para mostrar como conseguiriam, eles mesmos, espalhar o protetor solar nas costas. Em pouco tempo, já estavam fazendo cócegas um no outro.

O carro balançava com os pulos dos dois.

Parou os dois aí atrás! Querem virar o carro?, brigava o pai.

Encolhidas no banco, agora, as crianças se olhavam. Tinham medo do pai, mas ficaram mais preocupados com a possibilidade de fazer o carro virar apenas com o movimentos de seus corpos dentro do veículo. Pensavam que até mesmo as brincadeiras que faziam eram perigosas. Em silêncio, foram criando pequenas aventuras em suas mentes até que a estrada fosse ficando mais estreita, as casas mais presentes. Por fim, o pai apontava com o braço fora do carro, dizendo que, à esquerda deles, o mar os esperava.

A casa que alugavam com frequência ficava num dos balneários de Praia de Leste. Local tranquilo, que ficava quase deserto durante a maior parte do ano. Durante a temporada de férias, cruzavam com poucos guarda-sóis na extensão da areia. Por isso, sentiam que a praia lhes pertencia.

Tinham o costume de, antes de guardarem a bagagem na casa, passar com o carro para olhar o mar e sentir o cheiro de maresia. Mais do que um costume, já se tornara um ritual da família, logo que iniciavam suas férias. As crianças não precisavam pedir, nem Paulo necessitava ser lembrado. Logo, estavam com o carro à beira da areia do mar. A maresia entrando no veículo, as crianças ansiosas para sair dele.

Podemos ir no rasinho molhar os pés?, os irmãos perguntaram em coro, abraçados.

Não mesmo, respondeu o pai, severo. Primeiro, vamos guardar nossas coisas, passando a mão nos cabelos da filha, que parecia ter ficado mais emburrada. Logo voltamos pra cá, o que eu não quero é o carro molhado de água do mar.

Isso mesmo, crianças, reforçava Coralina. Vai ser rápido, logo, logo a gente vai estar aqui.

Coralina entrava novamente no carro enquanto falava, ansiosa para inaugurar o biquíni que comprara em Curitiba. Conseguira emagrecer quatro quilos nos últimos meses e a praia, além do descanso que proporcionava, significava pra ela um prêmio pelo sofrimento que tivera. Queria provar para ela mesma que não tinha ainda idade para começar a usar maiô. Desejava e se achava no direito de conquistar uma marca padrão de Sol na pele. O espelho, como confidente, refletia o sorriso cúmplice da vitória, do corpo que permanecia em forma.

A libertação de presos políticos, quando não ligados a atos terroristas, e o retorno dos exilados não perturbou as semanas que o casal passou com os filhos. Durante aqueles dias, uma leveza os acompanhava, as conversas nunca eram costuradas com lembranças que pudessem levá-los de volta às investigações, aos interrogatórios, gritos e expurgos. A luta armada, os subversivos contra a Revolução, não marcou presença nas lembranças do casal que tanto se envolveu para por fim à bolchevização do país, como eles mesmos diziam, se remetendo às palavras dos Atos Institucionais. Com os filhos passando pelos melhores tempos da infância, fingiam que nada daquilo ocorrera. Um acordo silencioso acabara por ser assinado. Estavam felizes, pois também se sentiam anistiados. Sequer pensavam no ontem. Naquele ponto da vida da família, apenas o presente existia.

Diariamente, um ritual.

Paulo acordava com os ruídos das crianças que já brincavam na sala. Saía para comprar pão, retornando meia hora depois. Todos comiam juntos e antes de escovarem os dentes colocavam os trajes de banho. Paulo levava as cadeiras, Coralina o guarda-sol, Emily os brinquedos, como pás e baldes, enquanto Emílio a esteira que a mãe utilizaria para se bronzear e, depois, manter a cor conquistada.

Ficavam diante do mar, mergulhando às vezes e pulando ondas, até o Sol estar a pino. Retornavam para casa, almoçavam juntos sentados no sofá. Depois da refeição, Paulo dormia na rede, enquanto Coralina passava hidratantes, com medo de descascar até o fim do mês. No meio da tarde, retornavam à praia, Paulo no gol improvisado jogava futebol com os filhos. O dia terminava com Emily e Emílio enterrados em grandes buracos na areia que aos poucos deixava de estar morna. Coralina em pé com a pele suada, o protetor misturado aos grãos de areia que voaram até ela enquanto tomava Sol.

Aquela foi a última viagem que Coralina recordava de modo feliz. Os anos seguintes foram trazendo convidados indesejados para as lembranças do casal, modificando lentamente o temperamento de Paulo e, mesmo que ela não assumisse, o dela também, embora, no seu caso, pudesse ser considerada como melhora.

Coralina ficava leve, enquanto Paulo pesava cada vez mais. Ela se abria aos dias, Ele se fechava na madrugada de seu mundo. Depois daquela temporada, mês a mês Paulo foi se escurecendo. Enquanto o país se abria lentamente para um novo período, ele se encerrava em si mesmo, não permitindo que a esposa questionasse o passado do qual ele ainda conseguia se orgulhar.

Passado que ali, na solidão do carro, diante de um para-brisa fosco, em direção à Guaratuba, parecia embotado, maculado pelo desejo de ter novamente a família reunida e barulhenta em direção à tranquilidade das ondas espumando sobre a areia.

O passado era uma ressaca, que investia sem folga sobre as paredes do presente.

&

Com a testa encostada no vidro do táxi, Juan tentava distrair suas memórias com o rodar da pista do lado de fora. O taxista havia tentado puxar assunto, mas desistiu após sentir um odor estranho no carro. Pensando ser de algo que pudesse ter caído sobre o estofamento do veículo, ficou constrangido e se reprimiu.

Percebendo a preocupação do motorista, pensava em qual sabonete usaria no próximo banho para que o odor do corpo não ficasse impregnado em sua pele. Compraria, também, um perfume forte até que descobrisse com o que poderia disfarçar aquele cheiro estranho preso a seus poros.

Mas nada disso conseguia fazer os pensamentos se desviarem da razão pela qual não dirigia mais.

Depois do acidente com Coralina, não encostou as mãos noutro volante. Ao ver o corpo ensanguentado e estraçalhado pela lataria do carro, sentiu que um pedaço dele se destruía, pedaço que Coralina talvez estivesse carregando ainda consigo, mas que também podia ser recuperado por meio da filha.

Emily.

Para ele, todo o entorno, tudo o que o enlaçava, projetava meios para que o resultado fosse arte. Tudo poderia e deveria culminar em sua obra-prima. Na que o esperava no meio da sala.

Suava. O calor do carro havia gerado uma pressão em seus olhos e nuca. Pediu para que o motorista deixasse o ar entrar um pouco mais no veículo. Desabotoando alguns botões da camisa e arregaçando a manga, esperava sentir uma melhora.

Quando chegou ao prédio em que Emily morava, passou a relembrar, pelas diferenças entre passado e presente, os momentos que havia passado com as duas. Das horas que se permitiam fingir que eram uma família quando passeavam em algum shopping ou no calçadão da XV.

O residencial não possuía portaria, era simples. Moradias populares divididas em oito blocos. Localizado em bairro mais afastado do Centro, possuía charme, mas não era bonito. Pareciam caixotes em que se empilhavam pessoas, roupas e móveis, como uma colmeia de abelhas operárias.

Sentia, ao apertar o interfone, a nostalgia das vezes que visitara Coralina às escondidas. Longe dos olhos do marido perigoso. O que os excitava ainda mais. Lembrava do enorme prédio, da portaria decorada com cuidado e ostentação. Do apartamento onde, em algumas ocasiões, haviam jantado alegremente. Da vista que tinham da sacada, os postes e faróis dos carros como células sanguíneas se movimentando na cidade.

Uma boa sensação o tomava, o ar estava quente, mas o vento fresco.

Emily? É o Juan, disse, ao ouvir que o interfone fora retirado do gancho.

O que faz aqui?, retrucou ela, com a voz agitada.

Vim fazer uma visita rápida.

Tenho aula daqui a pouco.

Só quero ver como você está.

Pode subir.

&

Paulo ouviu Coralina o chamar do quarto.

Como se atreve depois do que fez?

Corre pelo corredor do apartamento até chegar a ela. Agarrando-a pelos braços, tentava gritar, mas nenhum som saía de sua garganta. Diante dele, dois olhos assustados.

No carpete, seus pés ficaram presos.

Som de metal sendo cortado. Ensurdecedor. Faíscas como de solda se derramam pelo quarto. Uma cascata alaranjada, incandescente.

Ela continuava parada, olhando para ele. Paulo afrouxa o aperto das mãos sobre a pele. Mas ela ainda o encara com olhos vidrados de pavor e tristeza.

Quando ele baixou os olhos para o chão, percebeu que não eram pedaços incandescentes de metal que caíam como chuva, mas pequenos pedaços de vidro. Eles tomavam toda a extensão do quarto.

Então, pulou sobre ela de repente, espancando-a como se quisesse desfigurar seu corpo. Era dominado por uma ira que o transformava em fera.

A visão foi gradualmente ficando embaçada até que escureceu completamente. O tato foi tomando consciência da cama. Os lençóis úmidos.

Quando acordou, demorou segundos até conseguir descerrar os punhos.

Passou o dia com as mãos doloridas.

&

Ao descer do carro, antes de se reunir aos outros, Paulo lembrou que deveria ter levado Emílio para a sessão de fisioterapia. Na pressa em resolver a solicitação do Comitê, se esqueceu do compromisso com o filho. Teria de remarcar, antes que a fisioterapeuta o chamasse de negligente.

O primeiro telefone público que tentou estava danificado, com o fone arrancado e o orelhão quebrado. Com as fichas nas mãos, atravessou a rua e encontrou um em frente à delegacia, onde o esperavam.

Olá, Dra. Maysa, estou ligando para avisar que tive um compromisso no trabalho e que, por isso, não poderei levar o Emílio para a sessão de hoje. Podemos remarcar?

Tenho horário nesta semana, mas não é sempre. Tente não se habituar às remarcações. É importante para seu filho a regularidade na fisioterapia, visando qualidade de vida dele.

Eu sei. Prometo tomar cuidado com os compromissos dele, evitando outras faltas.

É muito importante o tratamento, principalmente, para a recuperação pós-operatória. Ele ainda deve sentir muitas dores e a fisioterapia ajudará no relaxamento e na diminuição delas. Além disso, os exercícios na água ajudarão Emílio a não perder a capacidade respiratória, que ele ainda mantém, mesmo o grau de injúria tendo sido alta.

Não quero que ele dependa de implante para auxiliar na respiração.

Por isso, estamos fazendo tudo isso. Ligarei para a enfermeira e indicarei alguns exercícios e movimentos que ela poderá executar além dos que já foram indicados. Como é o nome dela mesmo?

É Ângela.

Enquanto a doutora comentava sobre os benefícios de cada um dos movimentos que Ângela poderia realizar, fossem sobre a cama ou numa piscina, Paulo lembrava o corpo rígido e pesado do filho, da impressão que tivera da primeira vez que o carregou no colo. Imaginava que ao ter perdido os movimentos do pescoço para baixo, tudo estaria mole e sem vigor. Lembrou da dificuldade de carregar aquele corpo pela lateral da piscina. A sensação que teve na ocasião é que seu filho afundaria sem resistência, caso o jogasse da borda. Emílio parecia não querer ficar encaixado em seus braços, parecia repelir o afeto do pai.

&

O que você quer?

Faz muito tempo que a gente não conversa, Emi. Eu queria ver como você está.

Você não poderia ter escolhido outra hora pra aparecer? Tenho prova daqui a pouco e ainda tenho que chegar no horário do meu ônibus, senão me lasco.

Eu te levo.

Não precisa se incomodar comigo.

Que incômodo?! Eu é que não estou sendo muito atencioso com você. Sou um péssimo padrinho.

Você não é meu padrinho. Não preciso de padrinho. Principalmente um como você.

Porque diz isso?

Você, pelo menos, parou de beber?

Claro.

Matou a minha mãe e agora vai querer terminar o serviço todo, é?

Juan não estava pensando nesses termos. Sua necessidade e as exigências de sua arte desenhavam outro discurso em sua cabeça, mas não outros resultados. Pretendia matar Emily. Mas ela era um meio e não um fim.

Ou vai querer ter um caso comigo primeiro?

Não o estava recebendo bem, o tempo trouxe, no lugar da intimidade, o ressentimento e a mágoa. Lembrar é doloroso. Pensar, humilhante.

Eu não dirijo desde aquele dia. Mas te levo de táxi até sua faculdade, sem problemas. Pode se arrumar, a gente conversa no caminho.

Emily ria sarcástica. Não queria dar corda a ele. A confiança se afogou quando precisou se despedir de sua mãe através de um caixão lacrado.

Não pude nem olhar minha mãe pela última vez. Até isso você arrancou de mim. Por tua culpa, fiquei cega daquela que me gerou.

Juan estava de pé no meio da pequena sala e caminhou até a janela, tentando demonstrar alguma comoção. Seus fantasmas eram antigos, mas não poderia deixar que eles interferissem naquele momento. Então, iniciou um jogo arriscado. Abraçou Emily, forçando lágrimas. Dizia que pensava na morte de Coralina todas as noites e, em todas as manhãs, imaginava maneiras de tirar a própria vida, para compensar a dor que havia causado.

Eu é que preciso de sua ajuda, Emi. Não suporto essa culpa. Estou corroído por dentro. Preciso de seu perdão. Depois disso posso morrer em paz.

Usando sequências clichês como as de dramalhões cinematográficos, empreendia uma tentativa de amansar o gênio irado de Emily. Mas ela demonstrava mais perspicácia do que ele seria capaz de prever.

Ela não está sendo fisgada subitamente e para sempre como eu consigo com outras. É minha igual.

Juan pensava nessas coisas, imaginando-a como alguém que possuía uma força desconhecida, que podia ficar blindada da força magnética que emanava dele, que o recobria, mesmo involuntariamente.

Quanta asneira, hein? Mas eu vou aceitar essa carona. Estou muito curiosa pra ouvir até onde você vai com esse discurso abobalhado e choramingo.

Estou sendo sincero.

Vou pro banho. Me espere aqui na sala.

Obrigado.

Tome um refrigerante, tem na geladeira, sente e enxugue esse aguaceiro do rosto. Tenho uns guardanapos na segunda gaveta.

Não se preocupe comigo. Pode tomar seu banho tranquila.

Preocupada eu não estou. Faço isso pela minha mãe, que infelizmente deu ouvido a você. Os meus, eu disponibilizo apenas por hoje, no trajeto até onde estudo, depois, nunca mais quero ouvir sua voz.

Combinado, disse Juan, tentando aparentar resignação.

&

Aquela não era uma cena de crime. Nada podiam fazer ali. Apenas uma garagem, era isso o que viam.

Pelo menos tiraram fotos do local?, Miranda perguntava surpreso.

O delegado apenas contorceu os lábios, lamentando que, além do parco material, a foto tirada retratava o local depois que ele foi arrumado pelo tio da vítima.

Como é que pode. É muita estupidez, Dulce gritava, com a mão na testa.

Ela não estava querendo economizar palavras, mas tentou ser a mais educada diante do quadro apresentado.

E como é que vocês querem que a gente acredite que ocorreu uma cerimônia satânica aqui se nem uma gota de parafina preta a gente encontrou?, disse Gordo.

Ele ainda tentava procurar algo no meio dos entulhos perto de uma das paredes.

Não perca seu tempo aí, Pedro, você não vai encontrar vela nenhuma agora. Olharemos os registros do caso na delegacia, depois vamos até o terreno onde encontraram o corpo do menino, disse Paulo, não muito interessado em retornar à delegacia e ao café requentado que ofereciam por lá.

As transcrições dos depoimentos pelo menos estão decentes?

Sr. Teófilo, nós fizemos um trabalho muito bom nesse sentido. São dezenas de páginas, com os testemunhos do tio do menino, das acusadas e do pai de santo que participou do ritual.

Sr. Paulo, o que acha de ganharmos tempo e, enquanto o delegado busca essas transcrições, nós vamos até o terreno tentar encontrar alguma coisa. Daí, o delegado nos encontra lá, nos entrega essa documentação e subimos para lermos em conjunto?

Japonês tinha como costume nunca apresentar um problema sem antes ponderar uma solução que ele apresentava sempre com calma e pausadamente.

Alguém se opõe à ideia do Kimura?, perguntou Paulo.

Ele recebeu o silêncio da equipe com alegria. Considerando a falência eminente do caso que tentava cruzar os dois assassinatos, pretendia perder menos tempo possível.

Bem, então, encontro vocês lá, disse o delegado. Vou com dois dos agentes que analisaram o corpo encontrado. Aliás, para eles a criança que foi encontrada morta não era a mesma.

Como assim?, perguntou Fátima, que até aquele momento não havia se manifestado.

O menino tinha 6 anos, o corpo encontrado tinha idade óssea mais elevada. Mas parece que a promotoria não está dando a mínima. Estão acreditando apenas nos depoimentos. E na suposta confissão. Ponto final.

&

Juan permaneceu sentado no sofá até o barulho do chuveiro iniciar.

Então, se levantou, evitando pensar e sentir nada além do objetivo que o trouxera até àquele apartamento. Pela sua arte, precisava recalcar todo sentimento que o levasse para outra trilha. O trajeto que seguia era penoso, mas toda pisada precisava ser raciocinada e todo o relevo do caminho sentido como parte de algo significativo.

Todo gesto seu inaugurava uma nova mitologia pessoal.

Caminhando até o banheiro, se deparou com dezenas de fotos de Coralina. Não estava presente naquelas lembranças da casa, estava desligado pessoalmente daquele ato que o faria recuperar sua vitalidade artística. Desviaria a migração emotiva ocorrida há alguns anos. Da sua alma sugada por Coralina, presente em lembranças e saudades de Emily.

Juan abriu a porta do banheiro.

Não encontrou obstáculos. Por acaso, ou por costume de solteira, não era hábito dela trancar a porta.

Através do vidro do boxe, constituído de formas em alto relevo no formato de flores, ele percebia que o vulto era pequeno. Magra e baixa, ela ainda possuía um corpo infantil, embora ela tivesse quase a idade de sua esposa. Os seios se pronunciavam diante do peito e os pelos surgiam grossos logo abaixo do ventre, mas para ele parecia ter diante de si uma criança.

Precisava repossuir seus fundamentos.

Surgiu violentamente e agarrando Emily pelos cabelos. Arrancou a mangueira do chuveirinho e o amarrou no pescoço. Sufocando sua respiração, não antes de ser esmurrado no nariz. Mas o sangue que pingava pelo queixo não impediu que suas ações fossem concluídas com êxito.

Levantou o corpo leve, equilibrando com as coxas e com um dos braços. Com o outro braço livre dava voltas com a mangueirinha na parte superior do boxe, suspendendo lentamente para cima, fazendo com que a mangueira apertasse ainda mais o pescoço branco daquela que não chegaria a tempo para realizar a prova com a qual estava preocupada desde a manhã.

Desligou o chuveiro.

Mas não houve silêncio, pois a voz juvenil de Emily martelava em seus ouvidos, como se conversasse com ele.

Abandonou o corpo pingando no banheiro para tentar estancar o pequeno sangramento que gotejava sobre a roupa.

Foi até a cozinha e abriu a segunda gaveta da pia, pegando os guardanapos antes oferecidos para que ele secasse as lágrimas falsas. Largou um a um sobre o piso da cozinha. Na penumbra do início da manhã, o sangue absorvido se assemelhava a pétalas de alguma flor rubra.

Sentou no sofá e descansou. Estava satisfeito por ter conseguido realizar o que pretendia. Agora, precisava desenhar Emily, mas não sem o sofrimento da carne, resultado do prazer que seu nariz ferido simbolizava.

Criar é prazer físico, trabalho do gozo do espírito, da mente e do intelecto. Mas até ser alcançado o prazer, só a dor ocupa a percepção do artista.

Desenhava com a mão esquerda, que não era a sua guia, pois a outra estava tensa para criar. A frase escrita no rodapé da página saíra grosseira, endurecida. Ao fim do processo, conseguiu expulsar um croqui irregular, uma oferenda à criação artística. À pessoa humana que ele afirmava ser o objeto principal de sua arte. Não quis entrar no banheiro para deitar o desenho perto do corpo dela. Ali mesmo, sobre o carpete, abandonou o desenho borrado e imperfeito, e se encaminhou para a saída, fechando a porta atrás de si.

Uma tempestade de verão se iniciava.

Na rua, sob os pingos da chuva torrencial, não conseguiu encontrar um táxi disponível. Solicitou um carro pelo telefone, mas a resposta da atendente não foi promissora. Teria que esperar, no mínimo, cinquenta minutos. Resolveu, então, caminhar até cruzar com algum que estivesse livre.

Precisou caminhar por muitas quadras até cruzar com um taxista sem cliente. Entrou pela porta traseira sem se anunciar.

Estava ensopado.

Emily o esperava no interior do veículo, pronta para a carona que ele havia prometido.

&

Alonzo fazia a manutenção da cerca viva nos limites do rancho. Isabel, no seu encalço, queria ajudar, por isso carregava uma pequena pá que utilizava para cavoucar a terra ao redor dos troncos que juntos formavam uma longa cerca viva de hibisco.

Você vai ver, Meg, como vai ficar bonito isso aqui quando as flores aparecerem.

A flor é cheirosa?

Não muito, mas vai ficar tudo pintado de vermelho. Você vai gostar.

Ouça tio, tá ouvindo? Tem passarinho dentro da cerca.

Talvez seja um ninho.

Ajuda a procurar.

Mas não vamos incomodar os bichinhos.

Só quero ver.

Estão aqui, Meg. Veja. São filhotes ainda, disse Alonzo.

Ele apontava para dois filhotes grandes encolhidos no chão do canteiro, perto de um dos troncos.

Que pequenos. O que eles são, tio?

Parece que são bem-te-vis, mas pequenos assim, não tenho certeza. Não sei muito de pássaros, querida.

Eu amo pássaros, tio, acho eles tão legais. Olha só a cor da cabecinha deles, preta com branco. Parece que estão usando máscara de super-heróis.

Verdade, mas onde será que a mãe deles se meteu?

Será que eles foram abandonados?

Pode ser. Estou preocupado é com o Melado.

Por quê?

Porque gatos gostam de caçar e, às vezes, só por diversão.

Que malvado o Melado. Ele não vai machucar eles.

Então, fica de olho nesses filhotes, Meg, que eu vou pegar uma caixa de papelão para protegê-los. Vai ver estão apenas com frio, por isso não estão voando.

Isabel estava hipnotizada pelos dois pássaros. Queria tocá-los, mas tinha medo. Não de que a picassem, mas que ela pudesse feri-los. Um deles estava parado, parecia mais fraco ou, como ela imaginava, estava machucado.

Vem rápido, tio. Acho que um deles se machucou quando caiu.

Pronto, Meg. Peguei uma caixa pequena, assim dá pra eles ficarem dentro de casa. Qual deles está machucado?

Acho que tá, não sei. Olha esse aqui como está paradinho.

Pode ser isso. Ou porque é mais frágil que o irmão. Esse outro é bem esperto.

Alonzo teve certa dificuldade em pegar os filhotes. Não estava acostumado com animais ariscos, muito menos com pássaros. Ele só entendia de vacas e porcos. Das galinhas, Consuelo cuidava. Ele estava aprendendo a lidar com cavalos, pois queria criar alguns no rancho. Mas pássaros, só sabia ouvi-los. Pegar com as mãos aqueles seres foi a uma experiência diferente. Enquanto tentava pegar o que aparentava ser o mais fraco, o outro levantava as asas e, piando, tentava espantar a mão que ameaçava. Quando chegou a própria vez, ensaiou uma fuga, mas ainda não aprendera a voar. Limitou-se a se debater na caixa até chegarem à varanda da casa.

O que será que eles comem?, perguntou Alonzo à Consuelo.

Acho que frutas. As bananeiras, se a gente não protege, aparecem sempre com bicadas de passarinho.

Vou pegar um pedaço de banana e colocar aqui dentro. Amanhã, a gente solta se parecerem estar mais dispostos. Um deles é mais forte, não deve ter se machucado, mas o outro quase não abre os olhos.

Durante o jantar, Isabel levantou-se da mesa ao menos três vezes para olhar os filhotes. Mesmo com a reprovação dos tios, que insistiam para que ela terminasse a refeição, ela saía da mesa e corria até a caixa de papelão sobre uma poltrona.

Agora que você já olhou bastante os dois, pra cama.

Posso levar pro meu quarto, tia?

Melhor não, disse Alonzo.

Tinha certeza de que a menina não conseguiria dormir com a novidade piando ao lado de seu travesseiro.

A gente deixa na sala como seu tio falou, Meg. Agora, escove os dentes e se troque, disse Consuelo, finalizando a discussão.

Isabel não parava de falar em como eram lindos os bem-te-vis, que ela queria poder vê-los voar bem perto dela.

Será que eles vão sempre me visitar aqui, se a gente cuidar bem deles?

Claro que sim, querida, vão ser seus amigos pra sempre. Mas agora durma, senão vai acordar indisposta amanhã.

Quando o cansaço bateu, também acertou os tios, que não sabiam mais o que fazer para tentar acalmar a menina.

Com três anos tudo é novo, Alonzo.

Com sessenta também, Consuelo. Eu mesmo nunca tinha encostado numa ave.

E nas galinhas?

Galinha não vale. Nem voar direito elas sabem.

Coitadas, Alonzo. Nem fale isso perto delas, vai que começam a botar ovo goro.

Dormiram rindo. Alonzo das galinhas e Consuelo pelo marido que parecia feliz por ter descoberto algo novo, mesmo após tantos anos. E acordaram perdidos nas horas, pois Isabel, que os acordava antes do galo, ainda estava num sono profundo, tanto que os tios tomaram café pisando leve, querendo que a sobrinha não acordasse assustada.

Mas não demorou e um foguete de cabelos curtos cruzou a sala até a caixa de papelão onde estavam os filhotes de bem-te-vi.

Veja, tio, estão dormindo ainda. Passarinho dorme de pé como as vacas, né?

Acho que sim, deixa eu ver.

Os filhotes estavam com as cabeças juntas, cada um com o rabo virado para um lado. Estavam se mexendo menos que no dia anterior.

Acho que não comeram a banana, Meg.

Mas fizeram um monte de cocô.

Isso é verdade. Parecem que se acostumaram. Vamos esperar eles ficarem fortes, daí soltamos para ver se voam bem.

É. Vou tomar meu suco de laranja e brincar no balanço. Depois, eu vejo como é que eles estão.

Enquanto a sobrinha realizava tudo o que havia planejado para o início da sua manhã. O tio lia o jornal antes de ir pra roça arrancar as ervas daninhas. Atividade que estava adiando há semanas. Consuelo regava as plantas de dentro da casa. Fazia isso muito satisfeita, conversando com todas elas como se as samambaias, os antúrios, as dracenas e as espadas-de-São-Jorge fossem unidades da família. Quando Alonzo finalmente percebeu que não teria como fugir das suas obrigações, largou o jornal num canto e foi olhar os filhotes antes de se trocar para a lida.

Vixe, Consuelo. Vem cá só ver.

Que você fez?

Não fiz nada, vai ver é isso.

Mas o menorzinho morreu, Alonzo!

Consuelo ficou alarmada quando constatou que um dos filhotes estava caído num dos cantos da caixa.

Morreu. Deve ter morrido de fome, o pobre. Droga, isso que dá querer cuidar de algo sem saber como. Há pouco, estavam como que dormindo, de repente aparece esse aí, caído. O que é que a gente fala pra Meg?

Ela vai ficar triste.

Eu sei. Vamos falar que os passarinhos começaram a voar pela casa. Que estavam nervosos e, por isso, a gente achou melhor soltar de uma vez.

Então, leva o outro que está mais forte pra perto de onde vocês os encontraram.

Disfarçando para que a sobrinha não o visse, pouco antes de pousar a caixa no chão e soltar o filhote que sobrevivera, Alonzo viu porque os pássaros estavam caídos ao pé da cerca viva quando os encontraram. Um bem-te-vi adulto estava caído perto dali, um pouco despenado, sinal de que Melado o havia caçado antes que eles pudessem fazer alguma coisa.

Deitou o filhote morto num canto e o cobriu com terra. Soltou o outro, mas percebeu que este já não estava mais tão ativo quanto no dia anterior.

Para o tio, mais difícil do que abandonar aquele filhote à sorte, foi ter mentido à Isabel sobre os filhotes terem voado, e saber que a expectativa de ser visitada por eles algum dia não se concretizaria.

&

A marca sobre o mato rasteiro não gerava dúvidas. Um corpo. A mancha era pequena. Mas um corpo ficara abandonado ali. Morto e exposto. A decomposição deixou uma nódoa onde ocorreu. Muitas vezes não há o que fazer. Em alguns casos, a marca nunca mais sai.

Pedro, só pra confirmar, diz aí.

Sem dúvida, Teófilo, ainda há vestígios do corpo, inclusive. Há vestígios de cabelos e pele. Mas não muitos já que o corpo do menino foi encontrado antes do processo de decomposição avançar.

E sangue, Gordo?

Assim, a olho nu, não tenho como ter certeza, Miranda. Vou recolher algumas amostras extras da terra e da vegetação ao redor. Mas tira umas fotos aí, assim podemos anexar ao relatório da equipe, quando for confirmada a presença de sangue em algumas dessas marcas mais escuras.

Pedro era agente especialista em química e, mesmo preguiçoso, era da confiança do diretor.

A equipe tentava fazer o que fora designada, mas sentia que a viagem foi perdida. A polícia local providenciou o acobertamento de toda evidência, mas não se podia provar que ocorrera de forma intencional ou por incompetência. Havia acelerado a liberação do local do crime para limpeza, o enterro do menino encontrado no terreno baldio, sem que solicitasse os testes necessários à elucidação.

Nós nem sabemos qual a arma do crime. Temos que acreditar nos depoimentos, mas isso não dá pra ser, Paulo, o menino é filho de um inimigo político da outra família. Esse papo todo envolvendo política me cheira ou à vingança ou à tentativa de incriminação, dizia Teófilo, tentando fechar os muitos pontos em aberto nas informações que tinham.

É bem capaz de terem apagado outro guri e mandado o original pra Miami, afirmou, Gordo, terminando de guardar as amostras em uma maleta.

Não duvido, mas não comentem nada disso com o delegado. Se a questão aqui for político-partidária, melhor não nos envolvermos, orientava Paulo. E vamos esperar nos carros o delegado trazer os documentos, ele deve estar chegando, assim já voltamos pra casa.

&

Debaixo de um intenso temporal, alguns semáforos haviam deixado de funcionar. Muitas ruas estavam sem iluminação, outras como rios. Os motoristas tinham dificuldade de evoluir em um trânsito abarrotado e com pouca visão devido ao aguaceiro que batia contra os para-brisas. Carros batiam e motoristas abandonavam seus veículos no meio da correnteza. Carros viravam, perdiam pertences, placas, eram danificados pela água que se locomovia pelas estreitas ruas do Centro à procura de onde penetrar, sem encontrar caminhos de fuga.

Não podendo se esvair naturalmente, a natureza se torna violenta.

Propriedades privadas e proprietários se desesperavam. Casas em encostas e excluídos morriam nos subúrbios. Não se entregavam. Não possuíam nada para dar em troca de suas dignidades.

O abortado quer ser.

Sementes eram arrancadas da lama antes de florescerem, antes de se tornarem árvores robustas. Pais e mães choravam o fruto envolto em roupas enlameadas. A lama penetrava fundo na tristeza. Nas frestas dos olhos, bloqueavam a percepção dos que possuíam mãos.

Mas em nada disso Juan pensava, apenas centrado em sua criação, em sua arte, entorpecido de si mesmo, não percebia outras existências.

Mas estava apavorado. Tremia e se arrepiava. O trajeto até a faculdade de Emily seria longo. Ela não deveria estar ali. Seu lugar não era ao lado dele, que a recriou com o pescoço apertado, a traqueia fraturada pelo próprio peso.

O taxista resolveu puxar assunto, mas não se dirigiu a ele. Comentou com Emily se na faculdade em que ela estudava existiam projetos sociais para envolvimento dos estudantes com as comunidades próximas, já que era uma faculdade paga, mantida por ordem religiosa e localizada ao lado de uma grande favela.

O senhor se refere aos que perderam suas casas nas tempestades que tivemos no ano passado, não é?

Sim, isso mesmo.

Juan preferiu não participar da conversa. Estava paralisado demais para conseguir mover o maxilar. Nem tudo o que tinha planejado havia acontecido. Sabia que a arte também estava sujeita ao caos.

Alguns estudantes se manifestaram, sim, e alguns cursos chegaram a recolher alimento e vestimenta para doação. Mas o que as famílias precisavam era de um lugar para se refugiar. O diretor da faculdade não chegou a se pronunciar a respeito, apesar de alguns alunos terem solicitado audiência.

Ele preferiu não se envolver, então.

Aposto que ele pensa não ser problema dele, de que a prefeitura é que deve intervir. Eu acho que toda intervenção é benéfica. Não importa de onde.

Juan se virou para Emily e, surpreso consigo mesmo, sorriu para ela, pois era isso o que ele pensava buscar diariamente em sua arte.

É isso o que você faz, né, Juan? Só que usando a arte. Intervenção.

A necessária reflexão a respeito da arte, sim, é isso o que busco, respondeu, ainda surpreso, com a improvável conversa que estavam tendo naquele táxi. Minha intervenção é pela arte.

Deve ser muito gratificante quando você percebe que está no caminho certo.

O prazer é grande, sim.

Prazer? Não me parece correto sentir prazer com o sofrimento humano.

O taxista interrompeu a linha que os dois passageiros estavam criando, mas trouxe ao debate um ponto o qual Juan sabia responder. Algumas de suas respostas já estavam prontas e apareciam sempre em conversas e discussões.

Não há satisfação no sofrimento alheio, mas realização pela interferência na ordem estabelecida. A violência fraqueja diante de seu outro na arte. E o outro, diante da violência que a arte representa.

Você fala bonito, mas me parece que arte não significa muito nos dias de hoje.

É triste, mas você tem razão. Entretanto, eu não saberia fazer outra coisa. A arte como tudo o que nos rodeia está sujeita a leis de poder. Ou de mercado, ou de políticas culturais e toda a baboseira periférica que se tornou tão importante quanto a criação artística. Quando se perde o poder, algo se desregula na estrutura, causando choque. A arte acaba nos tirando do ponto de equilíbrio, da zona de conforto. Ela nos violenta como as tempestades de verão. Provavelmente, até mais.

Eu admiro muito você, Juan, disse Emily. Adorei que você tenha aparecido, depois de tantos anos, lá em casa para conversarmos. Estou gostando até desse caos no trânsito para ter a chance de te ouvir, mas sei que há muito sofrimento obscurecido por trás dessas nuvens roxas. Percebo todos os sentimentos ao mesmo tempo. Sofrimento dos quais nós nem tomaremos conhecimento. Não conseguimos ter a dimensão exata de nada nesse mundo. O mundo existe internamente e se forma em nossas retinas.

Nunca pensei que numa de nossas recorrentes tempestades de verão, eu teria em meu táxi um debate tão profundo. Acho que preciso voltar pra escola. Existe faculdade de bacharel em debate de trânsito?

Todos riram do gracejo do motorista. Juan olhou para Emily que retribuiu com um sorriso carinhoso. Não conseguia ter certeza da realidade da menina que estava ao seu lado nem da conversa entre os três. Tudo parecia delirante desde a chuva até o temperamento simpático dela para com ele. Talvez estivesse tendo outra daquelas visões que o atormentavam, embora não viesse com o terror que o acometia.

Estava tendo a confirmação de que a arte além de trabalho era uma perene orquestração de incertezas. Então, resolveu olhar a chuva que caía sobre o asfalto.

Quando virou o rosto para presenciar as gotas pesadas que caíam, viu uma cabeça em um saco plástico refletido na janela do carro.

Era Clarice.

Deu um salto no carro, chegando a bater no teto do veículo. No colo de Emily, empalidecia. Ela o abraçava tentando consolar. Estava em choque. Apontando para o vidro, nenhuma palavra conseguia expulsar dos lábios roxos.

Calma, Juan, calma. Ela não quer ferir você. É outra coisa que está acontecendo, você não compreende.

Não é a primeira vez que acontece.

Eu sei. Eu sou uma delas.

Então, ele olhou no fundo dos olhos de Emily.

Opacos.

&

O vento batia forte e gelado no rosto quando a equipe retornava à Divisão de Criminalística. Estavam satisfeitos não pelas conclusões que sabiam não serem possíveis, mas pelo horário ainda possibilitar uma esticada no botequim para um jogo de sinuca. Paulo não iria junto, queria adiantar a parte formal do parecer ao Comitê de Justiça e Ordem para ganhar tempo.

Mas antes de ir até sua sala, foi à copa procurar um café. Se possível, algumas bolachas. Sobre a mesa, alguns jornais abandonados e revistas largadas desleixadamente sob migalhas de pão.

Ao organizar, aproveitou para folhear os tabloides policiais. Não estava interessado na sangria que realizavam em Brasília. No mundo político em que alianças são desfeitas à revelia das necessidades do país e realinhadas como se fossem meias velhas. Não havia imoralidade nas páginas amarelas das entrevistas, laços familiares nada significavam. Amizades se mantinham por favores realizados com o bem público. A fidelidade apenas com o loteamento dos Comitês, desde a época em que eram chamados de Ministérios.

A violência passional e instintiva parecia mais verdadeira, mais humana aos olhos de Paulo. Ou aquela sem causa, mas com efeito capaz de desembrutecer os desavisados.

Passava os olhos nas fotos sangrentas e os dedos nas manchetes e lides quando se chocou com uma pequena nota. O nome do goleiro do São Paulo Futebol Clube chamou atenção, não era sobre Zetti a nota, mas sobre o desconhecido goleiro reserva, que havia sofrido um acidente mortal no dia anterior.

Quem conhecia esse Alexandre? Um garoto de 20 anos que seria lembrado, agora, apenas pela mãe?

Paulo questionava a ironia do destino, da vida, pensando em Emílio, que também morreria desconhecido e cheio de desejos não realizados. E ele nada poderia fazer para mudar o destino do filho.

Leu pela primeira vez a matéria de capa, publicada há algumas semanas, sobre o violento assassinato de Virgínia. Percebeu o pouco cuidado do jornalista aos detalhes do caso, mas sabia das exigências do mercado. Do pouco tempo e espaço para o aprimoramento.

Aprimoramento que ele também não teria para concluir a espécie de consultoria que sua equipe estava prestando ao Comitê de Justiça e Ordem em forma de parecer.

Noutro jornal, de onde a foto de alguma modelo com trajes menores foi subtraída, leu sobre uma mulher espancada com um paralelepípedo.

Apenas mais um caso de desilusão amorosa ou de marido traído, pensava.

Sobre um trombadinha que foi espancado por comerciantes do bairro Boqueirão. Do pai senil que morreu afogado na banheira por negligência da filha. Do homem traído que, diante dos vizinhos, raspou os cabelos da mulher, acusando-a de infiel.

Eram desses acontecimentos que precisava ficar sabendo naquele instante, do instinto que ainda existia no ser humano, da brutalidade que não nos deixava ser diferentes de qualquer outro animal. Por ser abjeta, a ação era compreensível, sensível a quem não estivesse já impregnado de indiferença.

Como a reação que teve diante de outro caso, o da Mulher Embalada, como o tabloide chamou o caso da mulher que morreu sufocada com filme plástico. O mal gosto da descrição embrulhou o estômago, não pela péssima qualidade literária do título dado ao caso, mas por ter possibilitado uma catarse. Ao se colocar no lugar da mulher, imaginando os segundos de inocência que antecederam à sua entrega ao assassino, os pensamentos, o medo, a angústia de sentir o fim, mesmo que na espera da salvação, sabia que ainda era partícula que pulsava de vida. Não estava mecanizado.

Guardou todas as notícias. Não deixaria à mostra em sua sala, mas escondidas na gaveta de sua mesa. Aquelas mortes e animalescas agressões seriam o filtro e o termômetro de sua humanidade durante a escrita final do parecer que apresentava em nome da Divisão de Criminalística.

As páginas dos jornais marcaram a ponta de seus dedos. O preto da tinta impregnou como graxa. Molhou cada um dos dedos com a própria saliva e limpou lentamente com um lenço branco. Numa das pontas, as iniciais P.S. bordadas.

&

Taxista, por favor, tente outro caminho precisamos chegar rápido, disse Emily, já começando a demonstrar ansiedade.

Após minutos em silêncio, chegavam ao destino.

Fora do carro, Juan a abraçou. Eles se despediram e ela girou sobre os calcanhares.

Pouco antes de chegar aos primeiros degraus da escadaria da faculdade, ela desapareceu e o deixou intrigado sobre o que haviam falado. Foi embora subitamente, tal como havia aparecido no táxi, deixando, atrás de si, lacunas no lugar das respostas que ele esperava. Ou melhor, respostas dadas de maneira não definitiva como sempre ocorre em arte.

Voltando-se para o taxista, fechando a porta do carro atrás de si, perguntou se ele vira a moça desaparecer da escadaria como uma sombra que parte de repente.

Que moça, senhor?

A que estava aqui conversando comigo e com você.

O senhor entrou no carro sozinho e saiu sozinho, comentou o taxista. Pensei até que precisava vir até aqui para buscar alguém, mas entrou de novo no carro.

Mas ela estava aqui dentro. Vocês falaram dessa tempestade do que ela causa e tudo o mais.

Olha, cara, já vi muita coisa estranha, mas nunca pessoas que desaparecem. E de que tempestade o senhor está falando? Tá um Sol lindo lá fora. Se fizer o favor, podemos seguir em frente ou pague logo o trecho. Desculpe, mas não tenho tempo pra besteiras.

Estranhava a forma do taxista se comunicar com ele. Até mesmo a voz estava modificada, e a simpatia de antes fora substituída pela grosseria.

Depois de pagar pela corrida, dispensou o motorista com desejos de um ótimo trabalho, mas os desejos dele não foram retribuídos pelo taxista, que saiu rapidamente do local.

A arte está me tomando por completo. Estou ficando confuso.

Após dizer isso, permaneceu sob o Sol tempo suficiente para aquecer sua roupa e consciência. Tudo parecia correr de maneira intensa, mesmo com apenas cinco dias de trabalho.

&

Maria conhecia o pai apenas pelas propriedades que dele herdou. Dos espectros do seu talento em espalhar poder pela cidade, em bairros nobres ou nas periferias. Dos frutos do trabalho como usurário, ou investidor com dedo de ouro e empreendedor de visão, como se prefere dizer. Dezenas de terrenos que sequer imaginavam pertencer a um morto, apartamentos amplos e bem localizados, lojas comerciais perto de inferninhos, andares inteiros, prédios, galpões, conjuntos residenciais.

Quando ele faleceu, após uma grave queda da escada de casa, ela não tinha três anos completos, por isso não guardou lembrança daquele rosto que lhe sorria da parede do escritório. Da fotografia que a mãe insistia em querer tirar.

Que feio, mãe, nem parece que foi seu marido.

Isso é como guardar defunto no armário. Eu acho sombrio, só isso.

Quitéria tentava disfarçar e iludir-se, pensando que tudo o que possuíam era apenas delas duas, tudo conquistado por elas a partir do zero. Por isso, treinara a filha desde cedo para a regência dos negócios. Para o controle do pequeno império.

O costume de colocar a foto ao lado da própria mesa surgiu depois de assistir com a mãe, quando ainda era criança, a uma reportagem a respeito do Estado Novo. Impressionou-se com a queima das bandeiras estaduais e a obrigatoriedade de todas as repartições públicas, clubes, estações ferroviárias e salas de aula pendurarem a foto oficial de Getúlio Vargas. O estadista, com olhar distante e sonhador, simpático e boa praça.

Difícil não se orgulhar por ser cidadão de uma nação dão sólida, justa, democrática e livre. Esse sim foi presidente de verdade. Mandou aquela comunista pro Hitler dar cabo. Como era mesmo o nome?, perguntava-se Quitéria. Olga, eu acho. Mas isso eles não vão mostrar aí. Hoje em dia só tem bunda mole na televisão. Vão continuar falando apenas dele como o Pai dos Pobres, tinham que mostrar o saneamento que ele executou. Botou os socialistas na linha.

No outro dia, Maria pendurava a foto do patriarca da família na parede em frente à escrivaninha na qual fazia suas lições da escola, depois a transferiu para seu escritório. Vicente Paes era o estadista que tinha gosto por transformar os lares das famílias curitibanas em dinheiro. A função social da propriedade privada revertida em números e cifrões.

Essa era a imagem que ela criou para si do senhor de bigodes, bonachão e com cabelos empastados com algum produto da época.

A mãe, com o tempo, teve que ir perdoando a filha orgulhosa do pontífice, do pequeno-imperador. Pois o império crescia mesmo diante da inexperiência dela. Inspirada nos feitos do pai, Maria reinvestia os aluguéis em novos imóveis, novas localizações e, agora, com a inflação arrancando o pelo dos mais pobres, conseguia fortunas de um dia para outro em investimentos batizados com nomes estrangeiros.

Era um jogo. Vida, para ela, era outra coisa. Negócios não eram feitos pensando-se em pessoas, apenas em números.

Investimentos tradicionais no longo prazo. Arrojados no curto prazo. É assim que faço, dizia ela à mãe, numa das muitas conversas que tinha com ela para relatar os resultados da última quinzena nos negócios da família.

Porém, o overnight não era apenas segurança para os investimentos, proteção contra a inflação, índice para correção dos aluguéis, mas o banco imobiliário onde Maria passada suas horas mais lúdicas.

Administrar era como passar um tempo diante de um video-game.

Quando uma das famílias de locatários ligou para o escritório, que ocupava um andar dentre os prédios que possuía no Centro, ficou indignada com a incompetência de sua equipe na imobiliária, que ficava em outra localização.

Repasse de novo pra eles, não tenho tempo pra ficar ameaçando de despejo. Não arrumo nada, se não está bom, já não estava quando alugaram, então porque assinaram o contrato?

A família disse que está representando todos do condomínio.

Que condomínio?! Aquilo é um cortiço. Querem pagar barato e morar bem? Desde quando? Sem incômodo é mais caro. Repasse para nossa imobiliária. É a Ivete que gerencia os aluguéis residenciais. Eu não vou esquentar com isso.

Mas estão ameaçando chamar a Defesa Civil. Dizem que o telhado está caindo.

E a Ivete já não mandou um vistoriador esse mês?

Dizem eles que nunca foi ninguém lá.

Então, diga que mandaremos nesta semana, ok? Mas não dá corda. Na sequência, ligue para a Ivete e diga que eu quero uma solução rápida e barata. Nada de trocar o madeirame todo. Só o que estiver podre.

Ok, Sra. Paes.

Sra. Paes, não, essa é minha mãe. Por favor, você já sabe, só Maria é melhor.

Tudo bem, desculpe. Mais alguma coisa?

Sim, fala para a Ivete registrar que para estes inquilinos o aluguel vai ser corrigido pelo maior índice. Essa conta eu não vou pagar.

Maria se afastou impressionada em como ainda existiam pessoas que morriam pela boca. Achava graça.

&

Escrevendo o parecer final, após a entrega dos relatórios de cada um da equipe, Paulo percebia o corpo reclamar os últimos anos em que ficou sentado, preso a cadeiras de courino.

A cada vinte minutos, precisava levantar para que o ciático não começasse a dar pontadas. Sabia que naquela noite, teria que dormir sob efeito de medicação.

Era sábado, queria estar descansando. Mas sabia que não seria possível, pois à tarde a enfermeira que cuidava de Emílio era dispensada. Precisava chamar Emily para visitar o irmão, ou levar o caçula para ver como estava a irmã.

Ele mal sabia como estava a vida da filha que parecia em parte culpá-lo pela morte da mãe. Depois que ela exigiu parte da herança para comprar um lugar para se esconder do passado, tudo ficou estranho e frio. Mesmo após o incidente com o irmão, há dois meses, ela o visitou apenas no hospital. Na ocasião, ele não estava presente. Acreditava que se a visse na rua, provavelmente não a reconheceria.

Em três anos, as pessoas mudam mais do que se pode supor, refletia. Podem deixar de ser elas mesmas, de pensar o que pensavam, de acreditar nas suas verdades. Podem ficar bem de vida, ou perderem tudo.

Diante da possibilidade de não encontrar mais a filha, decidiu ir até seu apartamento naquele final de semana, mas antes precisava terminar aquele parecer e encaminhar para o Comitê de Justiça e Ordem.

Durante a descrição da cena do crime e montagem dos acontecimentos, um elemento ganhou importância. Mais do que a violência agarrada à pele da vítima. O croqui abandonado pelo assassino.

Será que ele desenhou antes ou depois de fazer tudo aquilo com Virgínia?, Paulo se perguntava.

Enquanto visualizava mentalmente as injúrias causadas à vítima, involuntariamente abria a gaveta para olhar mais uma vez os recortes de jornal retirados da copa.

Lembrava, agora, de ter ouvido alguns colegas comentando sobre o crime por sufocamento, mas não lembrava de escutar nada sobre o medonho assassinato com paralelepípedos. Sabia que o fato da vítima ser pobre, de um bairro operário, resultaria no arquivamento rápido e indiferente de seu caso.

Três assassinatos terríveis haviam ocorrido, apenas uma teve a atenção devida, com solicitação direta do Comitê de Justiça e Ordem para que a Polícia da União desse parecer. Essa diferença de tratamento se deu pela presença do dinheiro.

Clarice não era tão rica quanto Virgínia, então, provavelmente dependeria apenas de testemunhos e declarações de pessoas do trabalho, vizinhos, nada seria gasto com exames ou com o tempo de agentes já sobrecarregados de trabalho. Marguerite provavelmente já estava enterrada em alguma vala comum, ou em algum túmulo da família, emprestado até alguma tia falecer. Então, antes de encerrar o texto do parecer, resolveu confirmar essas hipóteses ligando para colegas da Delegacia de Homicídios. Pegou o telefone e discou o número de Alcântara, um dos investigadores que conhecia.

Fala, Paulo, quanto tempo. Como estão as coisas aí, diretor? Amigo importante ligando é sempre coisa boa.

Olá, Diogo. Tudo na mesma. Na verdade, estou ligando mais para matar uma curiosidade. Pra confirmar uma suspeita minha. Você ainda é investigador aí ou já foi engolido pela papelada?

Não consigo lidar com a parte burocrática. Gosto dos segredos. Herança da Dops. Não tem jeito, sou meio burro.

Eu tive que me acostumar, a idade quando bate é cruel. Não dá pra continuar na correria depois de virar tiozão. Mas eu fui engolido pela burocracia bem antes disso.

E já faz tempo que não nos vemos.

Acho que desde o enterro de Coralina, disse Paulo.

No mesmo instante, se arrependia de ter tocado em assunto particular seu. Assim, já emendou a pergunta que o fazia discar para alguém de quem mal lembrava a cara, evitando tratar de assuntos pessoais.

Mas o que vocês têm sobre o caso daquela mulher assassinada na Vila Trindade?

Quem? Não lembro desse caso. É de que ano isso?

De duas semanas atrás, Diogo. Nossa, o BO dela já virou comida de traça?

Só pode ser da moça gorda. Aquela que teve a cabeça amassada.

Essa mesma.

Não conseguimos muita coisa não.

O que sabem sobre ela?

Sabemos que era alcoólatra, que trabalhava com construção, não tinha namorado, mas foi vista no boteco que frequentava acompanhada por um cara.

Único suspeito?

Mas sem pistas de quem seja. Ninguém o reconheceu.

Fizeram retrato falado?

Pra quê? Ninguém da família sequer quis fazer o reconhecimento do corpo. Soubemos de quem era graças à reportagem que veio querer saber se era mais um caso de ritual satânico. Parece que está virando moda. Vende jornal, né?

Quem fez o reconhecimento, então?

O dono do boteco, mas ele não quis olhar o corpo. Pelo que o repórter disse, reconheceu apenas por peças de roupa.

Paulo começava a confirmar sua teoria. Bastava apenas testar mais um pouco, perguntando, agora, sobre Clarice. O que não exigiria muito para que a hipótese sobre a injustiça policial diante do poder aquisitivo de vítimas ficar evidente.

E o que me diz sobre o caso da Mulher Embalada.

Clarice Brás. Esse caso ficou martelando na mídia por alguns dias, não?

Na verdade, tomei conhecimento dele hoje.

Mas como pode?

É que estava afundado num caso a pedido do Comitê de Justiça e Ordem. Só hoje pude ler as últimas.

Caso difícil. A família está pressionando, mas temos algumas pistas. O que falta é mais tempo para conseguir fechar as lacunas.

E quem era essa Clarice?

Uma perua. Tinha muita grana, viajava o mundo inteiro.

Não trabalhava? Herdeira, então.

Mais ou menos. Era dona de uma galeria de arte. De arte mesmo, não era de decoração nem nada dessas tranqueiras baratas. Acho que com a peça mais da barata da loja dava pra dar entrada num Gol zerinho.

Ao mencionar a palavra "arte", o investigador lembrou do desenho de Virgínia morta sobre a cadeira, a evidência mais inusitada que já encontrou em uma cena como aquela.

E que materiais conseguiram coletar?

O assassino foi muito descuidado, encontramos bastante coisa. Talvez porque ele fosse conhecido da vítima. Não precisou arrombar para entrar. Sinal de que o crime foi resultado de alguma discussão e que, mesmo premeditado, foi realizado por alguém que frequentava a casa da mulher.

Ou, pensou paulo, resolveram olhar com mais cuidado dessa vez, já que a vítima tinha dinheiro.

Encontramos digitais em taças de vinho, vestígio de pele nas unhas da vítima. Esse último material nós mandaremos para análise. Será feito exame de DNA. Vai ser a primeira vez que a Delegacia de Homicídios utilizará esse procedimento novo.

Mas no que esse mapeamento vai ajudar?

Bom, no caso de termos um suspeito, podemos confirmar se ele foi o autor do crime, pois obviamente o material que apareceu nas unhas dela foram parar ali durante a tentativa de defesa.

Mas enquanto não há suspeitos, é como se vocês não tivessem nada, é isso?

Mais ou menos. Fica a conta no vermelho, porque esse exame é muito caro.

Tudo isso porque ela era rica, Soares quis responder.

E encontramos algo que pode nos levar a algum suspeito, mas não temos ideia do que fazer com isso ainda.

E o que é?

Um desenho. Encontramos sobre o carpete da sala, perto do corpo da mulher.

O estômago de Paulo, que até aquele momento do dia havia reclamado apenas de fome, gelou. Como se uma pedra enorme tivesse caído sobre sua barriga, teve que respirar fundo para que não falasse besteira. Tinha quase certeza que se colocasse o desenho que tinham com este, que Diogo afirmava possuir, encontraria semelhanças. Se era esse o caso, não se tratava de um simples homicídio passional, instintivo e isolado, mas da ação de um assassino em série. Num pedaço de papel ao lado do telefone, tomou o cuidado de anotar essa expressão.

Após concluir a conversa com seu antigo colega, com promessas mútuas de convites para jantares futuros, desligou o telefone, voltando à máquina de escrever. Concluiria em minutos o parecer, anexando os relatórios de sua equipe principal de agentes. No encerramento do mesmo, mencionou a possibilidade de a mesma pessoa ter assassinado violentamente Virgínia e Clarice.

&

Juan tentou passar uma pomada cicatrizante nos arranhões das costas. Suas feridas começavam a arder.

Os sentidos físicos podem atrapalhar os sentidos estéticos, por menores que sejam as variações em que se encontram. Por isso, cuidou de seu corpo demoradamente. Tratou dos arranhões, mas também de algumas feridas que desconhecia antes de ter dormido junto do corpo da esposa.

Dessas feridas, conseguiu retirar bernes. Algumas moscas haviam botado ovos em sua pele também. Não achou ruim.

Todas as coisas se imbricam umas nas outras. Na arte, para além do presente, revelando memórias e visões em palimpsestos simbólicos.

E manteve alguns ali se desenvolvendo rapidamente sob sua pele. Estava se comunicando com o corpo caído no carpete da sala, isso importava mais do que pequenos vermes se desenvolvendo em sua carne sã.

Após concluir esses cuidados primários, seguiu para a sala. Sentiu que estava um pouco mais preparado para avançar.

O calor estava fazendo os insetos aumentarem em número, e eles passeavam ao redor do corpo. O inchaço dele era ainda maior, estava enorme devido aos gases que se acumulavam e não conseguiam ser expelidos com tanta rapidez.

Pegando alguns pincéis e os colocando entre os dedos, redefiniu os contornos desvelados na tela, alterou alguns tons, aplicou mais cinzas. Acabou se demorando na composição da nova paleta. Voltou às correções na tela. Mesmo assim, não foi possível avançar muito.

O cheiro era intenso e a visão da língua para fora e dos olhos protuberantes o deixava intranquilo.

Se cada momento em frente a esta tela for de recomeços, minha obra não será concluída nunca, dizia para si, amedrontado.

A visão do corpo deformado pelos gases, inchado e oleoso, da carne serosa, da língua para fora da boca, dos globos oculares saltando da cavidade ocular, de tudo se modificando, impossibilitou a continuidade do trabalho, pelo menos na efetivação de seu trabalho na tela.

Ele ficou inquieto sobre a possibilidade de repensar o tempo. De estudar as modificações ao invés de ficar preso a momentos estanques, únicos. O corpo muda, não importa se a vida não está ali representada, algumas manifestações dela ainda se apresentam após tudo.

E a existência violenta da matéria com sua própria vontade.

Precisaria registrar isso. Passaria algum tempo fixando a cronotanatognose do corpo que semeou na sala de casa. Ficaria mais imerso em sua criação, mesclado a ela, modificando seus pensamentos junto da percepção do que mudava.

&

Emílio dormia no colo da mãe, ainda abraçado à mama esquerda, que sempre foi a preferida dele e de Emily. Coralina não saberia explicar o porquê. Naquele instante, a mãe já não prestava atenção ao filho que mecanicamente continuava os movimentos de sucção, olhava a parede, mas parecia atravessar os olhos para além.

A expressão tensa. Suspensa.

Paulo passou pela sala, arrastado pela filha que queria algo do armário, mas que não conseguia dizer o quê. Percebeu o olhar perdido. Na verdade, um olhar que se encontrava em algo que era escuro, soturno.

O que foi, Cora? Está tudo bem?

Tudo. Só estou lembrando de umas coisas.

Então, tudo bem.

Estranho. Você nunca quis saber sobre meu passado. Meu nome verdadeiro. Nem a cidade onde nasci.

Pelo sotaque eu diria norte do Paraná ou interior de São Paulo. Mas como ter certeza? E que importância tem isso, agora?

Não sei. Eu não poderia responder muita coisa mesmo. Mas você não tem curiosidade?

Claro que tenho, mas isso é tudo por questão de segurança.

Questão de Segurança Nacional. Eu sei.

As coisas ainda estão acontecendo lá fora. E o que importa pra nós, hoje, é esses dois. É o que acontece aqui dentro.

Até parece.

O quê?

Você ainda tem cheiro de caserna, Paulo. No fundo, queria continuar as investigações políticas.

Já me satisfaço com as criminais.

Roubo de carga e funcionários fantasmas é a mesma coisa?

Não mesmo. Ok, você tem razão. Eu queria não ter saído. Mas saí.

Eu acho que eu ficaria louca se continuasse na Dops.

Agora, o serviço está até mais leve. O exército está assumindo muitas investigações por conta própria.

Na verdade, criaram o Doi-Codi por conveniência e discrição.

Ou controle.

Tinha mais comunista no exército que nas universidades.

Isso é verdade. Daí foi só abrir o leque. Ou o ralo.

Como se diz, quanto mais mexe, mais fede.

Não há ausentes sem culpa nem presentes sem desculpas.

Cecília

Juan percebeu que precisaria resgatar a velha máquina de escrever, abandonada depois que Maria adquiriu um IBM, computador que ele não aprendera a usar. Datilografados, seus registros ficariam mais organizados. Tentaria relembrar das primeiras modificações da cadáver logo após ter sido mutilada, após ter o sangue expelido sobre o carpete. Depois, a cada detalhe distinto, anotaria suas impressões sem necessidade de serem utilizados os termos científicos adequados. Mas não procederia dessa forma por preguiça, mas porque sabia da inutilidade da exatidão taxonômica quando se desenvolvia uma atividade artística ímpar. Para cada objeto, uma nomenclatura própria. Cada obra de arte possui seu próprio Adão. Por isso, sabia que o trabalho seria mais difícil e exigente. Teria daquele dia em diante um trabalho extenso e arrastado, custoso e que demandava atenção.

Acompanhar o que modifica é como definir a superfície de um deserto, pensava.

Mas antes de procurar pela velha Olivetti sairia para tomar alguma coisa. Sabia que ficaria ilhado por alguns dias depois de retornar.

&

Paulo não estava tranquilo. A noite trouxera uma sucessão imagens e uma sensação de inchaço na cabeça. Todo o corpo parecia pulsar. Sempre um carro, o estrondo de uma batida. O menor ruído o fazia abrir os olhos, queimados de sono, e levantar para tomar copos seguidos de água. Não queria dormir. Queria descansar.

Ao lembrar a cada segundo de Coralina, sentia o ímpeto de sair na madrugada procurar por Emily, como se ela estivesse perdida pelas calçadas úmidas da cidade.

Depois pensava no trabalho. Quando isso acontecia, sabia que não dormiria mais.

Eu não devia ter complementado o parecer com uma sugestão de linha investigativa. Alinhar dois assassinatos diversos sob o mesmo suspeito com base em um desenho parece infantil, mesmo que a evidência pareça encaixar logicamente à conclusão.

Até de manhã, temeu a existência de mais vítimas. Sabia da possibilidade de ocorrerem mais mortes naquele formato. Considerava Virgínia a primeira, constatando que, num intervalo de quase uma semana, já havia mais uma mulher assassinada, a quantidade de vítimas só aumentaria. A não ser que o assassino fosse impedido.

&

Sorvia o líquido gelado com satisfação. Começou com uma cerveja, mas preferiu acompanhar com algumas doses de cachaça. Deixaria para tomar vinho enquanto trabalhava no registro.

Em poucos minutos, Juan estava bêbado.

Havia entrado no primeiro boteco aberto que encontrou. Gostaria mesmo era de comprar uma garrafa e sair aos berros pelas ruas desertas da região onde morava, mas nuvens apareciam, mostrando que o tempo poderia virar, podando manifestações mais acaloradas.

Abandonando a mesa, andou cambaleante. Resolveu beber no balcão onde a conversa parecia animada entre os frequentadores e o balconista. Chegou cumprimentando a todos com um sorriso largo, como se todos daquele lugar compartilhassem de seu sentimento de realização.

Naquele balcão, as classes sociais e preferências se misturavam. Além do balconista, responsável pela péssima trilha sonora do local, era possível imaginar a presença de um advogado entre eles, devido ao palavrório empolado, da bela gravata e do paletó de boa fazenda. Também um estudante universitário devido à presença de livros, uma mochila abandonada no chão e pelos cabelos desgrenhados. O outro era calado, preferia abrir seus lábios para beber seu conhaque, mas era um ótimo ouvinte, sabia assentir com a cabeça nos momentos certos, provavelmente era psicanalista ou atendente de telemarketing.

O problema não é apenas o lixo urbano, dizia o estudante. Isso é resultado de uma onda que se inicia nos escritórios dos assessores, faltam políticas públicas para um trabalho coeso e constante de planejamento urbano, não apenas de saneamento, mas sócioeducacional. Não precisamos de mais trabalhadores em subempregos, escravos pós-modernos, a alteração deveria ser de hábitos de consumo, mas sempre precisaremos desses desafortunados. Como disse Albert Camus, "todo homem tem necessidade de escravos, como de ar puro", então que venham mais miseráveis para limpar nossos queixos, disse, por fim, ironizando.

Esses argumentos fazem-me recordar dos energúmenos dos direitos humanos, interpelou o advogado. Esses aloprados culpam a falta de oportunidades trabalhistas e a péssima educação, ao invés de enxergar o exército de párias que nos rodeia. Não precisamos ter educação para constatar isso. Aliás, alçar a educação como categoria institucional capaz de salvaguardar a humanidade de si mesma está além de qualquer utopia, isso já beira à anedota. Nós não conseguimos de todo dominar nossos instintos mais bestiais, não somos razão por completo. Somos um banquete para as paixões humanas. Longe estamos das virtudes que todo filósofo apregoa.

Está na televisão isso tudo. Esfregando um copo, o balconista tecia, a seu modo, um comentário qualquer, olhando para o chão. Nessa tevê aqui, vejo diariamente casos absurdos de violência, como esse do Artista da Morte.

Artista da Morte?, perguntou Juan, manifestando-se finalmente.

Coisa da mídia, sabe? Pra vender anúncio, respondeu o estudante.

E está produzindo efeito, complementou o advogado. Mais até do que o escândalo em Brasília. Na banca onde adquiro meus cigarros, a pilha de jornais era enorme nesta manhã. Um acervo invejável. Antes de vir para este sítio de ébrios, dei uma passada lá para comprar um periódico, mas todos os exemplares tinham esvanecido. Fiquei sabendo das últimas notícias por esta televisão aqui.

Você não viu o jornal da noite?, o estudante inquiriu Juan.

Não.

Não está por dentro das duas mortes violentas que aconteceram na semana passada?, perguntava o garçom, paralisado atrás do balcão de bebidas e petiscos.

Juan sabia melhor do que cada um deles. Eram cinco mortes, contando com a da própria esposa, mas não esperava que informações mais comprometedoras pudessem ser descobertas dentro dos próximos dias. Precisava conter o fluxo, mas conter não seria possível. Por isso, precisava disfarçar o máximo que pudesse.

Pensava em como tudo o que realizava girava atraindo tudo para junto de si, como um ímã.

A arte é vácuo, suga a matéria para si como um buraco negro, refletia.

Se não tomasse mais cuidado das próximas vezes, seria descoberto rapidamente. E pior, sem ter concluído seu trabalho, sua obra capital.

Sei apenas que essas mortes aconteceram, respondeu, por fim.

Meu, pra você ter uma ideia, a polícia conseguiu amostras da pele do assassino nas unhas da última vítima, embora não tenha suspeitos. Se o suicida quer viver, a vítima de homicídio não iria querer a mesma coisa?, inquiria o garçom.

Suicídio é assassinato também, emendava o estudante. E estou vendo que o amigo lembrou da conversa que tivemos sobre Shopenhauer na semana passada

A vítima esfolou as costas do maníaco pouco antes de fenecer sufocada. E o homicida não se preocupou com o asseio do local, em algum tempo já terão o DNA para fazer comparação, mesmo sendo moroso esse procedimento, explicava o advogado. Isso se nossa polícia estiver adaptada a essa nova metodologia.

E o que código genético tem a ver com esse Artista da Morte?, perguntou Juan, já incomodado.

Calma lá, replicava o advogado.

É, deixa a gente molhar o bico. Eu faço um resumo do libreto pra ti, diplomatizava o estudante. Primeiro, há uns dias, encontraram uma moça morta amarrada a uma cadeira.

Antes de ser morta a pobre foi torturada, interrompeu o advogado.

Isso. E no sábado, agora, encontraram outra mulher morta, só que não houve sangue, pois o assassino a sufocou com um plástico, retomou o estudante.

Nenhuma das mortes parece ter motivo. Apenas o desejo de sangue, de violência gratuita, disse o balconista com um sorriso sarcástico, enquanto servia o cliente silencioso com mais uma dose de conhaque.

Então, quer dizer que é uma pessoa só que está realizando esse trabalho tão diversificado?, perguntou Juan, não demonstrando nem surpresa nem horror.

"Trabalho diversificado"? De onde é que você veio?, respondeu o estudante, com perguntas.

&

Deitado na cama, Juan contabilizou que seis dias haviam se passado depois de ter cortado a garganta da esposa.

Vou parar por um dia, então.

No sétimo dia, descansaria como o próprio Deus, pois ele se alçava como o deus de sua arte. Após uma semana de trabalho intenso, merecia um dia completamente dedicado ao ócio.

Teve muita dificuldade para desligar os pensamentos da sua obra. Não parava de visualizar os detalhes que estavam faltando na tela, as cores que poderia aplicar à paleta, além das novas experiências que poderia infringir ao suporte, as violências que realizaria para que a pintura na tela ultrapassasse a si mesma.

Descansar a mente ao caminhar pela propriedade foi impossível. A cada passo sentia o ímpeto de continuar. Em pulsações vinha cada vez mais forte o desejo de criação, estava intoxicado da sua criatura. De suas concepções teóricas, suas implicações e interferências em outros campos do conhecimento. Dessa alucinação paraestética não conseguiu se libertar durante toda a manhã.

No horário do almoço, abasteceu sua bicicleta de pães, bolachas, frutas e água. Pretendia se afastar da casa, pois ali estava seu espelho, de onde não conseguiria sair vivo caso mergulhasse em sua própria imagem. Mudando de ares, como ele estava nomeando o passeio que havia planejado, esperava sair do entorpecimento para renovar as forças. Um piquenique solitário sobre um dos montes mais altos da região poderia ser uma válvula de escape eficiente.

Almoçou relembrando os passeios que fazia com a esposa às margens do Iraí. Poderia ter se lembrado da própria filha aos tropeços pelo gramado e arbustos, enquanto os pais, absortos, pensavam em suas próprias memórias, registrando em imagens e palavras um presente idealizado. Mas não recordava da filha, Isabel não estava gravada em sua mente como sua arte estava.

Com os pais, ela havia passeado em apenas uma ocasião, quando ainda era bebê, pouco antes de ser desmamada e deixada na chácara dos tios.

Foi comendo as frutas aos poucos, jogando as sementes de lado. Não teve paciência de preparar os pães, apenas comeu algumas bolachas e, por fim, dormiu sobre a grama até o final do dia. Acordou, acreditando ter alcançado o verdadeiro descanso, o revigorante ócio que merecia.

&

Fizera o motor funcionar por três vezes, mas não se decidiu a ir embora dali. A maioria dos apartamentos estava com a luz apagada. O conjunto de prédios morria devagar.

Paulo passara os últimos dias tentando ligar para Emily. Então, resolveu ir até ela mesmo que se incomodasse com uma visita não anunciada. Isso ele conseguiria controlar, administrar. Não seria nada, pois ele sabia que se ela ficasse sabendo mais do o pai biológico e da maneira como ele se tornou seu padrasto, sua revolta juvenil de agora não seria nada.

Abriu a pòrta do carro, mais uma vez determinado a tentar que ela o recebesse. Apenas silêncio e luzes apagadas.

Emily!

Gritava diante da porta, acordando os cachorros de alguns vizinhos. Batia forte, pensando que ela estivesse fazendo doce, como quando tentava se trancar no quarto após levar uma bronca.

Sempre teimosa, menina, abra essa porta! É seu pai. Estou há dias ligando.

Ouviu o som de passos, mas era o vizinho da porta em frente à de Emily, curioso, se posicionando perto do olho-mágico para escutar melhor, enquanto via.

Paulo, então, decidiu perguntar ao fuxiqueiro se tinha notícias de sua filha. Bateu à porta. A luz que vazava pela fresta no chão se apagou. Insistiu com três batidas fortes.

Um senhor de ceroulas abriu.

Conhece a menina que mora aqui na frente?

Mais ou menos. Mas nunca nos falamos.

Tem encontrado com ela ultimamente?

Engraçado você perguntar, mas faz tempo que não ouço nem o som da vitrola que ela sempre deixa ligada nas alturas, disse o velho, corando.

Com aquele comentário, o senhor havia confessado mais sobre si mesmo do que sobre os hábitos da vizinha barulhenta.

&

Juan levantou do gramado ouvindo estertores.

Em cada lado da encosta do monte subiam Virgínia, ensanguentada e com a cabeça pendendo para o lado devido ao profundo corte no pescoço, Marguerite, se arrastando no chão com o crânio sangrando sobre o verde, e Clarice, que atrás dele caminhava rápido, gemendo palavras incompreensíveis devido ao plástico que cobria seu rosto e obstruía a boca.

Estava sendo perseguido por aquelas que matou.

Emily não estava ali, mas isso só percebeu após ter corrido o máximo que pode e sem rumo. Não olhava para trás, mas conseguia perceber a presença firme e sólida de cada uma delas.

Queria ser resgatado. Enquanto corria sem fôlego, pensava que nenhum artista é onipotente, que não se tem total domínio sobre o que é criado.

Foi parar em um sítio vizinho, onde eram criados porcos. Entrou no chiqueiro principal e, por entre as cercas, procurava enxergar se ainda era perseguido. Recebia fungadas bruscas, violentas. Os porcos gordos o empurravam cada vez mais para dentro da lama malcheirosa.

Arrastando na lama, tentou sair dali, mas os porcos bloqueavam toda a tentativa. Para cada canto que se voltava era seguido pelos animais curiosos.

Marguerite foi a primeira a entrar no chiqueiro.

Os porcos se agitaram mais. Ele os empurrava e recebia mordidas em resposta, saltavam por cima dele, ferindo as suas mãos e seus braços. A cada movimento, alguns animais tombavam mortos.

Clarice foi a segunda, mas não entrou no chiqueiro, parecia implorar pela presença dele ao seu lado. Da sua voz, frases roucas. Não conseguia discernir as palavras que saíam.

Marguerite chegava cada vez mais perto.

Ele não conseguia ter mobilidade, ao tentar levantar era derrubado por algum porco, que logo após caía morto. Ao se arrastar para algum canto livre do chiqueiro, era bloqueado por outros porcos que corriam do espírito obcecado, que se banhava na lama fétida, e morriam logo depois.

Virgínia surgiu ao lado de Juan, num dos cantos em que ele se escondia. Ela apenas levantava os braços, grunhindo baixo. Sangue saía de suas feridas, pingando na lama.

Antes que ela pudesse se aproximar para tocá-lo, ele caiu desacordado sobre a lama.

Quando acordou já era noite alta. A lua escondida atrás da serra. No meio da escuridão, ele não percebeu a presença de nenhuma de suas ex-amantes, nem mesmo a movimentação dos animais.

Todos os porcos estavam mortos sobre a própria imundície.

Apavorados com as visões, eles não puderam permanecer de pé, Juan pensava.

Ele teve a percepção daquela realidade para além dele, para além dos seus sentidos, além daquilo que ele próprio compreendia, aceitava e desejava.

Não posso descansar, o descanso é morte. Antes da morte, movimento constante. Devo criar sem pausa, pois criar é trabalho, dizia para si, levantando-se.

Precisava sinalizar vida como aquela que se encontrava nos ovos de larvas que, agora, eram depositados nos porcos deitados no chiqueiro.

Não há morte. Tudo é vida. Arte é testamento. Preciso correr e depois de um banho, ou antes dele, anotar tudo o que está acontecendo ao corpo da minha esposa e, também, tudo o que aconteceu até hoje. Dos milagres diários.

Tudo é movimento.

Estamos mortos sobre a própria lama.

&

Afobado, procurou pela casa algo com o qual poderia registrar a cronotanatognose da cadáver. Não perderia mais tempo procurando por uma máquina de escrever, não naquele momento. Encontrou alguns blocos de papel ao lado do telefone, usados para anotar telefones e pendurar nos espelhos, vidros, na parede, com a cola que possuíam no verso.

Gostou da ideia. Anotaria tudo o que pudesse lembrar sobre essas alterações, que o atrapalharam durante aquela semana de criação, e também grudaria essas anotações sobre as paredes da sala, sobre as que estavam perto da cadáver.

Fez a primeira anotação. Respirou fundo. Sorriu. Destacou a folha do bloco e pendurou na parede. Logo após pendurar a primeira anotação vieram outros.

Foi desenhando a parede com suas lembranças. Seu registro era mais que um carimbo, além da testificação das transformações, era, principalmente, a impressão que possuía sobre o tempo na morte.

&

Ouviam música, enquanto esperavam o sinal. Sílvio beijava o cangote de Coralina, enquanto ela enrolava mais um baseado.

Acho que vou parar de fumar isso.

Por quê?

Acho que a gente vai ter uma surpresa daqui uns meses.

Fica encanada não. Estamos sendo cuidadosos. Pensa na importância que nosso pequeno grupo está tendo para a revolução.

Não é isso, Sílvio, disse ela, virando para olhá-lo de frente.

Eu pensava que você era mais corajosa. E o que maconha tem a ver com seus medos a respeito do contragolpe que a gente vai realizar? Não vai dar uma de careta.

O telefone tocou seis vezes. Esperaram. Voltou a tocar mais quatro.

Guarda esse pra quando a gente estiver com as armas.

Saíram apressados para o quarto. Colocaram umas mudas de roupas em uma sacola. Meia dúzia de peças apenas.

Cadê aquele seu lenço amarelo, Cora?

Não estava no armário? Bem, agora já era. Deve ter voado do batente da janela quando o deixei secando.

Então, vamos.

Calmamente e fingindo comentar o último jogo da seleção, os dois saíram do pequeno apartamento, descendo ruidosamente a escadaria de madeira do prédio.

Em frente, um carro ligado. Três esperavam dentro dele.

Coralina olhou para uma das esquinas à frente, fingiu tossir.

Posso sentar atrás?, ela pediu, abrindo a porta do Opala.

O carro arrancou suavemente.

Coralina abriu a janela traseira e disfarçadamente abanou o lenço amarelo, deixando-o cair quando passava pelo carro em que estavam Paulo e Teófilo.

&

Oitavo dia. Começaram a aparecer bolhas sobre a pele.

Juan percebeu que a lama secava em seu corpo, esfregou-se numa das colunas da varanda e foi até o chuveiro. Ligou. Sentou sob a corrente morna de água que escorria, deixando o resto de lama lentamente.

De olhos fechados, lembrou-se da primeira vez em que ouviu Mahler, foi a Sinfonia n.º 6, quando era criança ainda. Levado pela mãe. Sentiu muito medo, além de paz, angústia, alegria, sono e tristeza. Foram tantos sentimentos durante aquela quase hora e meia de apresentação que passou semanas sem conseguir pensar em mais nada além da sinfonia que ouvira no Teatro Guaíra.

Seu gosto pela música erudita não veio pela rigidez paterna, mas pelo brando silêncio materno.

A cadáver exalava um cheiro horroroso. Foi perceptível na primeira semana. No quarto dia.

Teve a percepção do que era a criação artística pela primeira vez ouvindo música sinfônica, mas só conseguiria unir os pontos e decidir por seguir a pintura após entender a impotência do artista, a sua crueldade e a violência que é criar.

A primeira coisa que ocorreu à cadáver, aquela da qual tive a primeira percepção, foi das fezes saindo por entre as pernas. Foi no primeiro dia.

&

Juan sentia-se tão bem que resolveu dormir sobre a cama do casal com roupa de cama limpa e não a usada e coberta de pó.

Começaria no outro dia a registrar também a ordem em que os insetos foram aparecendo. Enumerando os que faziam parte da primeira flora cadavérica. Tentaria se lembrar em que sequência foram aparecendo para fermentar a cadáver e para devorar a carne, mas enquanto planejava o trabalho do outro dia, dormiu.

Dormiu rápido, antes que conseguisse terminar os pensamentos que estava construindo.

E sonhou com pernas finas coçando suas pálpebras.

Seu peso era quase imperceptível. A partir dos olhos, sentia espalharem-se pelo rosto. Pelas bochechas e pescoço. Então, foi abrindo os olhos com dificuldade. Queria ver o que estava sobre ele. Mas a visão estava embaçada, como que enfraquecida pela luz. Uma cegueira fosca e branca. Pequenas sombras e manchas irregulares se formavam diante dos olhos.

As oscilações eram silenciosas.

O corpo parecia amortecido. Sem movimento. Afundava na espuma do colchão. Parecia que a cada inspirar pesava mais e era sugado para o leito.

Era enterrado lentamente.

As pequenas sombras que passeavam diante dele ora estavam maiores ora menores. Traçavam trajetos irregulares.

E circulares.

Tentava acompanhar, mas as pequenas manchas que enxergava pareciam colidir contra seus olhos.

A dor só não foi mais incômoda que a sensação da espuma do colchão que começou a ferir sua pele. Sentia como que pequenos dentes lhe rasgando os braços e as pernas. Não conseguia movimentar-se nem gritar. Paralisado, procurou forçar a vista para que pudesse se localizar e se livrar do sofrimento em que estava.

Foi suportando por minutos a dor nos olhos sem fechá-los, assim conseguiu que a visão fosse melhorando lentamente. Os contornos começavam a se fixar. As manchas ficavam mais nítidas, as sombras mais corpóreas.

Sobre seu corpo voavam morcegos.

Contra seus olhos colidiam mariposas.

Ao tentar, em um último esforço, se ver livre da prisão em que estava, percebeu que a roupa de cama se movia. Como em pequenas ondas. A cada uma, sentia mordidas rasgando sua pele.

Estava sendo enterrado por centenas de ratos cinzentos.

&

Paulo dormira sobre o braço esquerdo.

Sonhou que estava sendo arrastado como refém por um grupo de encapuzados. As armas ele reconhecia, apenas o exército tinha acesso. Sabia que havia sido capturado por uma célula terrorista.

Serei torturado da mesma maneira ou esses comunistas possuem outra forma de realizar seus inquéritos?, perguntava-se, relembrando todas as vezes que comandara uma sessão de tortura. Acharei graça, depois de tantas vezes, ou sentirei o pavor que vi nos olhos de tantos detentos?

Mas antes de conseguir responder essas questões no sonho, acordou. O braço frio e sem movimento, como se estivesse morto. Apoiou-se com o outro, que estava fraco, e caminhou feito bêbado pelo corredor até o banheiro.

Ao longe, ainda conseguiu ouvir a voz dos encapuzados lhe dando ordens, apontando as armas para sua cabeça.

Reconheceu um daqueles olhos e sabia que neles havia muitos mistérios, mas não perigo. Aqueles olhos o acompanhariam por anos. Os segredos deles o fariam companhia na cama, nas noites frias, nos passeios com os filhos, mas nunca se mostrariam por completo.

Aqueles olhos ele ainda os via diante do espelho.

E opacos sobre uma maca.

Eles se apagaram longe dele, numa noite chuvosa, após o barulho de uma batida. Ficaram presos a um corpo desfigurado sem terem a oportunidade de revelarem a luz que ainda os queimava por dentro.

&

Diante da cadáver, Juan viu que algumas das bolhas haviam explodido durante a noite. Presenciou uma eclodir, expulsando o líquido que estava em seu interior. Seu estômago doía, mas sabia que o jejum diante de um corpo fétido, que parecia mais pútrido ainda, era a melhor maneira para evitar contratempos estomacais.

Por entre as pernas, as vísceras estavam sendo expulsas. Conseguia, a despeito da imensa quantidade de vermes que passeavam sobre a cadáver, refletir sobre a razão desse fenômeno.

Só podem ser os gases da fermentação. A quantidade é tanta que o intestino é jogado para fora do corpo. Por isso, o cheiro está pior.

Durante todo o dia, permaneceu ao lado da cadáver, observando os insetos que a visitavam. Muitas vezes, precisava espantar de sua própria pele os pequenos animais. Registrou, além das moscas caseiras, a presença maciça das varejeiras. Mais para o início da tarde, presenciou pequenas formigas que pareciam levar pedaços da pele. Mas estas pequenas formigas não eram vistas nas partes úmidas, onde escorria os líquidos pútridos que vazavam das bolhas, ali apenas formigas maiores, que pareciam apenas investigar o território, coletando informações para o formigueiro.

No fim do nono dia, olhando o crepúsculo, durante a única refeição que fez, começava a anotar a ordem em que os insetos estiveram visitando a cadáver, deitada há mais de uma semana sobre o carpete da sala.

Primeiro, vieram as moscas menores, comuns nas casas, depois as grandes. Destas, brotavam larvas pelo corpo todo.

&

Após meia hora, o Opala chegava a um galpão no bairro do CIC, perto da Vila N. Sra. Da luz. Mas não aparentava estar sendo usado para nenhum objetivo industrial. No portão, apenas uma corrente presa por um cadeado cor de cobre.

Antes dos cinco integrantes saírem do carro, a porta do galpão se abriu e três sorrisos apareceram na penumbra.

Um ruivo de boina preta veio, olhando para a rua ansiosamente e, cumprimentando-os, abriu o portão.

Enquanto todos davam as costas para a rua, Coralina parou Sílvio e o puxou para si. Precisava lhe dizer algo. Seu olhar era de urgência.

Que é que deu em você, Cora?

Me abraça.

Abraço, mas vamos pra dentro. Não dá pra ficar de bobeira aqui fora.

Preciso te contar uma coisa antes de tudo. Eu estava tentando te contar antes, mas você ainda estava chapado demais pra entender.

Fala logo, então.

Eu estou grávida. Vou ter um filho seu.

&

Entre uma mordida e outra de um figo em calda que lhe servia de café da manhã, sorria por ter conseguido registrar no dia anterior aquilo que há dias o estava desafiando e atrapalhando.

O dia iniciava bem, mas não estava rendendo muitos outros registros, pois estava passando mal do estômago. Precisou permanecer o dia distante da cadáver, tomando remédios para a digestão.

Antes de ir ao quarto, porque sentia a necessidade de se deitar, pode afixar mais uma anotação na parede.

Na segunda semana, apareceram as formigas. As pequenas, talvez, já visitem há mais tempo.

Deitado na cama, conseguiu fazer dezenas de outras anotações. Como se algo se abrisse em sua mente, de repente, como num jorro mental, fazendo com que se lembrasse de alguns detalhes posteriores ao assassinato.

Escrevia a respeito das manchas que o corpo havia apresentado durante as horas posteriores ao assassinato, da brancura da pele que ficava no lado oposto ao chão, das manchas nos olhos, da opacidade das pupilas.

Como não se permitiu tocar na cadáver, ele havia percebido pouco das mudanças gradativas que ocorriam na temperatura corporal, para que o ambiente se equilibrasse ao novo objeto que estava pronto para se desfazer sobre o carpete da sala. Não pode também perceber a rigidez dos músculos, devido à acidez do sangue. Depois, não pode sentir a flacidez dele, apenas dedutível e imaginável racionalmente pelas aulas de anatomia que tivera antes que iniciasse sua carreira de artista.

Colocou o que anotara sobre o criado mudo. Escolheria com calma cada posição desses papéis na parede da sala logo que acordasse para o décimo segundo dia.

Já se passou doze dias. Há quase duas semanas eu matei minha esposa com um profundo corte no pescoço, falava como que surpreso, como se esse número tivesse algum significado apostólico.

&

Mais do que silêncio, depois de realizar o registro das transformações ocorridas à cadáver, Juan pretendia passar algumas horas sem promover movimento.

Estou ilhado nessa casa, agora ficarei nulo.

Do quarto usado como dispensa, resgatou seu televisor, que havia guardado para que nada o distraísse da criação. Colocou sobre a cama, deixando-o ligado ininterruptamente. Queria acompanhar o andamento das investigações, caso houvessem notícias a esse respeito, ao menos pelo que a mídia achava que estava acontecendo, o que pensava a respeito e que informações, maquiadas ou não, ela recebia e transmitia.

Não sairia às ruas novamente para continuar seu repossuir até que percebesse que nada o estaria incriminando. Não podia mais deixar vestígios de sua presença nas ruas, pois a polícia já possuía evidências demais sobre ele. Conheciam seu traço nos desenhos que sentia o ímpeto de abandonar ao lado dos corpos, não podia deixar vazar mais nada de si e sobre si mesmo além dessas pequenas criações.

&

Juan sonhou que era guitarrista, mas não um guitarrista de banda. Sonhou que era um virtuose do instrumento e que se apresentava em um show ao vivo, executando músicas instrumentais em que se misturavam diversos estilos. Rock, jazz, blues e erudita, com acompanhamento eletroacústico, orquestral ou sem acompanhamento algum, com releituras de peças medievais e outras barrocas, sonhava que o público acompanhava o seu show em silêncio, se manifestando somente com os olhos, atentos aos movimentos dos dedos.

No início, estava satisfeito com a reação do público. Estático, estava diante de um gênio. Depois, percebia que sua tristeza aumentava, pois nem mesmo os aplausos ao final de cada música soavam entusiasmados. Vinham em ondas controladas, como se os aplausos também estivessem dentro de compassos, desenhados em partituras invisíveis.

As palmas eram eruditas demais.

Pouco depois, acordava incomodado com a sensação de que nada do que ele concebia na obra que criava seria visualizado pelo público. Pela primeira vez, sentia que isso o incomodaria. A visão sobre a tela que estava pintando, incidiria nos dois lados desse espaço falsamente compreendido como bidimensional.

A arte é um espelho oco, pensava.

Esta imagem fez com que ele, embora mantivesse uma ponta de angústia na boca do estômago, pudesse raciocinar e teorizar sobre suas dúvidas.

Com verso e reverso, a obra de arte é vista e revista pelo artista e pelo público, recriada a cada tempo. Como a cadáver deitada no carpete da sala, criada por ele e recriada por cada inseto que o visita.

O cheiro da putrefação acorda as narinas, ativando outras áreas do cérebro, isentas de memória.

&

O Secretário ligou, Sr. Paulo.

Poxa, mas nem tomei meu café ainda, Mirela.

Ele parecia animado, acho que era coisa boa.

Ok.

Quer que eu retorne a ligação?

Primeiro o café, Mirela, primeiro a porcaria do café.

Queria tanto provar para si mesmo que ainda tinha controle sobre suas vontades que acabou queimando a boca com o café recém-fervido.

Com a boca sensível, após alguns minutos, pediu à Mirela que retornasse a ligação do Secretário.

Olá, Paulo.

Olá, Sr. Secretário. O que deseja?

Queria te dizer que o parecer entregue ao Comitê de Justiça e Ordem foi como uma bomba.

Ao ouvir a última palavra, só pode pensar em desculpas sobre o texto inconclusivo, que lamentava não ter sido chamado antes para cooperar nas investigações de Guaratuba.

Paulo, com poucas linhas, você direcionou a visão sobre os crimes absurdos que ocorreram nos últimos dias. Foi genial o que você e sua equipe fizeram.

Como?, perguntou Paulo, surpreso.

Você não perdeu o jeito pra investigar e, além disso, lidera sua equipe de modo adequado.

Então, concordaram que temos um possível assassino em série em Curitiba?

Sim. Não há mais dúvidas. Os três esboços de desenho, ou croquis, encontrados só podem ser do mesmo artista.

Três?! Quem, além de Virgínia e Clarice, foi morta com essa assinatura?, perguntava, consultando os recortes guardados.

Deixa eu ver aqui. Não guardei os nomes, só sei que uma foi amarrada...

Virgínia, lembrava Paulo.

... a outra foi asfixiada...

Clarice.

... e a que, sim, essa você não citou no parecer. Uma lacuna compreensível. Quem é que daria bola pra uma bêbada espancada na rua?

Paulo pegou o recorte que noticiava sobre a mulher assassinada em uma ruela da periferia. Até ele não havia cogitado a possibilidade de estar relacionada às outras vítimas.

Se os jornais tivessem comentado sobre algum desenho encontrado, essa lacuna eu não teria deixado, pensou finalmente.

Marguerite, esse é o nome, disse o Secretário, por fim. A coitada ficou desfigurada, Paulo, vai ser enterrada em caixão fechado.

Foi instantânea a formação da imagem do velório de Coralina. Dos colegas e amigos afastados num dos cantos da capela. Paulo e os filhos sem saber se gritavam de ódio ou se alisavam a tampa do caixão. O que se podia velar, se a imagem do corpo da mãe e esposa apenas podia ser resgatada na memória açoitada pelo sofrimento?

Velava-se uma sombra que oscilava diante das velas.

&

Almoçou em Santa Felicidade. No meio do burburinho dos pratos, Juan conseguiu colocar suas ideias no lugar.

Visualizava, em cada rosto que cruzava com o dele, um futuro observador de sua obra, previa e estimava reações, comentários, experenciações. Aprimorava sua estética em meio à desordem da multidão.

Comeu pouco. Ainda estava sentindo o estômago sensível. Mas permaneceu no local por muitos minutos, até que fosse incomodado dezenas de vezes pelo garçom que pretendia arrancar mais gorjetas e comissões.

Depois, foi até à Rua XV, onde passou a tarde perambulando. Olhando pessoas consumindo, aproveitando para analisar suas preferências, percebendo os impulsos, concluindo instintos. Avaliando dos engravatados da Boca Maldita às putas da Praça Osório.

Pessoas são animais que precisam comprar sua própria pelagem para que acasalem, para que sejam escolhidas pelos melhores parceiros, ou que suplantem em valor os adversários em função da coisa adquirida ou pela inveja causada.

Esses pensamentos fizeram com que retirasse do bolso o bloco de anotações, onde escreveu outra de suas conclusões obsessivas.

A aquisição da arte também existe para formar uma pelagem.

Percebia que iniciava um caminho perigoso. Estava há dias sem pintar. E começava a questionar sua atividade, a duvidar da influência que ela causaria nas pessoas, do impacto dela no mercado.

Preciso retomar o trabalho antes que tudo desabe.

Voltou para sua casa de ônibus. O trajeto era longo e os horários eram pouco adequados às suas necessidades. Aquela linha disponibilizava horários apenas de hora em hora, ele não teria escolha para que pudesse retornar. Era isso ou gastar com taxi, mas preferia tentar, queria continuar vendo pessoas, se contaminando com a depravação.

Durante a viagem, sentia o corpo arrepiando pelo desejo de trabalhar. Cada vez de forma mais intensa, bruta e corpórea. Uma ansiedade subia do ventre e culminava gélida em sua nuca. Se não apertasse as mãos às coxas, possivelmente agrediria alguns dos passageiros presentes no veículo.

Quando finalmente chegou e pousou seu corpo diante da tela, por mais que insistisse em continuar ali, não conseguiu permanecer muito tempo no mesmo ambiente em que estava a cadáver. Não suportava mais o odor.

Retirou-se para seu quarto, mas não cogitava mover a tela de onde estava. Suas manias o estavam atrapalhando, mas sequer percebia esses equívocos. Então, sentiu que o cheiro nauseabundo também estava impregnado ali em seu quarto.

Por isso, decidiu dormir na varanda para fugir dos gases putrefatos que exalavam. Isso nada resolveu. Sentia-se possuído de podridão.

Decidiu dar uma volta pela redondeza.

&

Ao retornar ao boteco no qual ficara bêbado semanas atrás, Juan encontrou novamente o advogado no balcão. Cumprimentou-o com um aceno de cabeça, mas aparentemente nem ele nem o balconista o haviam reconhecido, pois continuaram com o diálogo interrompido por sua chegada repentina. Ou disfarçavam uma presença conhecida com indiferença.

A mídia continua chamando esse doido de Artista da Morte, pois o único ponto que está ligando as mortes de cada uma dessas mulheres é essa tal assinatura, como a polícia está chamando os desenhos que ele deixa ao lado dos cadáveres, disse o balconista. Ele desenha as mulheres mortas e larga os rabiscos por ali, complementou.

Esse sádico é tão obcecado que não se contentou em assassiná-las uma vez, quis matá-las duas vezes, disse indignado o advogado, pedindo outro copo. Ademais, obcecado não é bem a palavra. Isso acaba fazendo dele alguém que não pode controlar seus impulsos. Não, o que ele realiza é por prazer, sim, não é um alienado sem controle das ações ou de suas faculdades cognitivas. Ele precisa virar mulherzinha na cadeia pra ver o que é bom. Desculpe o meu francês, mas é que não suporto mais lidar com essas figuras. Hoje mesmo recusei um estuprador como cliente. Nesses casos, deixo de defender meus honorários pelo bem da humanidade e pela paz sexual nas cadeias. Eles que se ferrem lá dentro.

Mas e se esse estuprador fosse um cara podre de rico e pagasse bem? Você cuidaria para que não virasse boneca?, perguntou o balconista.

Bem... aí é claro que sim, concluiu o advogado, rodando os cubos de gelo de seu scotch sem demonstrar nenhuma emoção. Neste caso, é diferente, concluía, secamente.

Juan, que acompanhava a conversa, não conseguiu segurar a língua por trás dos dentes e, com seu indicador em riste, ofendeu a inteligência dos dois e de mais um que estava quieto num canto do bar. Acusava-os conforme o que percebera da fala deles, ou pela ausência dela. Misturava o pouco que ouvira com suas concepções a respeito do uso da arte como releitura da realidade, conforme suas crenças. Por fim, se dirigiu pessoalmente a cada um cuspindo impropérios como se já estivesse bêbado apenas por ter entrado naquele ambiente.

Você, balconista, sabe apenas bajular, concorda com tudo o que os que estão aqui dizem, concorda até com os arrotos desse autista bebedor de malte, que deve ser advogado, por causa dessa empáfia característica. O quietinho ali do canto, é você mesmo, esse Artista da Morte não teria prazer em matá-lo. Tenho certeza disso, bradava Juan, gargalhando. Como reler uma vida como a sua sem que se perceba vida através de seus olhos? Como anular sua respiração se ela não existe? E você, senhor whisky 30 anos, embora pareça um desses advogados renomados, sinto que é tão ignorante e mosca morta quanto o nosso balconista, disse Juan, apontando para o garçom que ainda permanecia em silêncio. Você bebe pinga, mas arrota bourbon. Existências como as de vocês não serviriam como matéria-prima para nenhum artista, mesmo para esse Artista da Morte. Como é que vocês têm coragem de abrir a boca e julgar as ações dele?, disse, subindo no balcão para concluir seu discurso. Na arte, não existem meios nem fins, não há diferença entre o percebido pelo artista e o resultado da obra, entre o que será captado pelo público e o que objetivou o artista. Tudo é o mesmo complexo, principalmente para esse incrível Artista da Morte.

Poucos segundos após desferir o elogio inflamado ao assassino, com a mesma velocidade em que apareceu, subiu no balcão e discursou diante da sua pequena, indignada e perplexa plateia, ele foi expulso do bar. Jogado e surrado na calçada, que estava molhada pela garoa que caía fina.

&

Mas eu não te liguei apenas para elogiar o seu trabalho e de sua equipe, dizia o Secretário a Paulo. Quero você coordenando uma força-tarefa em conjunto com a Civil e a PM, sendo que a Divisão de Criminalística é que encabeçará as investigações. Acredito que encontraremos esse maníaco antes que mais vítimas apareçam.

Sr. Secretário, não quero parecer mal agradecido, mas é que não sei se posso.

Pode e deve. Pra essa investigação estou confiando em você, o único que percebeu um padrão e a ligação entre as mulheres vitimadas pelo maníaco. Além disso, para perceber que se tratava de um assassino em série, você nem precisou estar presente em todas as cenas de crime. Bastou uma informação. Um dado que estava disponível a qualquer cobrador de ônibus ou pipoqueiro de feirinha hippie.

Paulo pensava em falar do filho. Que precisava, na verdade, de uma licença, não de uma promoção. Mas desistiu. Pois quando se é rabo, balança-se conforme o menear da cabeça.

&

Deitado na cama, acompanhando os programas populares da televisão, Juan sentiu o rosto aquecer quando um repórter informava que já possuíam o perfil do assassino.

Na chamada da matéria, afirmava-se que a quantidade de pessoas interrogadas era pequena e envolvia apenas aquelas muito próximas às vítimas e trabalhadores como entregadores, jornaleiros, porteiros, taxistas e pessoas que haviam percorrido os locais no momento das mortes.

Se eu não fui chamado, sou desconhecido por enquanto.

Menosprezava o trabalho de perícia e investigação policial. Para ele, os responsáveis por essas áreas eram seres truculentos, que viviam basicamente de instintos animalescos, de intelecto reduzido, que provavelmente estariam imaginando algum tarado vindo da periferia, filho da camada pobre da sociedade.

Interrogar pobres coitados é típico dessa polícia que mama no Estado e defende os ricos, gritava Juan, suando em frente as âncoras que encerravam o jornal.

Em outro programa, conseguiu rever seus desenhos. Alguns detalhes de seus trabalhos foram liberados para exibição. Isso acalmou levemente o seu ânimo. Ficou feliz por rever seus croquis. Ficou sabendo que policiais da Polícia da União estavam analisando cada um dos desenhos, estudando o estilo, verificando a possibilidade das mortes estarem envolvendo mais pessoas, ou do assassino apenas ter recortado os desenhos do material de alguém que possuísse essa competência artística.

Ele riu, pois duvidava que eles seriam capazes de perceber a arte além das colunas dos jornais populares, de suas próprias fotos estampadas em reportagens policiais, pois acreditava que esses agentes se imaginavam em filmes de ação, com pouco conteúdo, mas com alta repercussão popular. Não acreditava que, por meio dos rascunhos que havia feito, a polícia conseguiria concluir alguma coisa.

Sentindo-se o único filósofo e profeta do Brasil no fin de siècle, escreveu mais uma de suas reflexões. Mas esta não deixaria registrada em seu caderno de anotações, achou cliché demais.

Ele afixou na parede próxima ao cadáver.

Quem faz barulho é enxergado na multidão.

&

Retomando o trabalho interrompido por duas semanas, Juan sabia das dificuldades que o seu objeto apresentava ao trabalho. As tintas não se transformavam no mesmo passo que o evoluir da decomposição da cadáver abandonada aos insetos. A conclusão da obra dependia de suas mãos e olhos.

Mas seus membros e órgãos não estavam intactos. Haviam sofrido marcas.

Reviu na memória aquela que não se entregara inteiramente. Mas ele sabia em seus enganos que fora uma das enamoradas dele. Tão iludida pelos olhos dele quanto às demais ascetas. Refletiu novamente sobre o detalhe da entrega carnal que, mesmo aparentemente banal, para ele parecia demonstrar certa importância frente à existência da arte. Da violência que a arte representa ao real.

O real sempre se entrega à arte, pois não consegue impedir de ser violentado, concluía.

Cecília seria resgatada da memória.

Essa mulher manteve sua singeleza infantil, continuou criança, mesmo diante do poder que emano. Ela conseguiu manter o sonho diante da obsessão que nutria por mim.

Ele continuava idealizando reações dela e outras ações das quais se lembrava de maneira incompleta, o que o fazia preenchê-las conforme imaginava em sua obsessão consigo mesmo.

Ela manteve a mente fiel a mim, diante do amado, diante da alma que se transplantava em fluxos constantes a ela. Seja como for, o fim foi o mesmo. Estou incompleto. Minha essência se perdeu nela tanto quanto nas demais. Cecília representou também o amor súbito e para sempre, mas com marcas de infantilidade e ingenuidade.

Ele sabia que poderia extrair mais dessa parte da história. Pretendia recuperar outra parcela de sua essência. Mas teve dificuldade de localizá-la, entretanto, em pouco tempo, já estavam fazendo os primeiros contatos. Ela exigiria mais esforço por parte dele, não pelo temperamento dela, que permanecia como antes, mas pela distância em que estavam um do outro. Ele teria que viajar para se encontrar com a memória de um amor puro. Não o dele, pois acreditava que dele é que se extraíra o amor, o sentimento, as sensações hipnóticas daquela que ama.

Mas não conseguia decidir sobre seu encontro com ela, pois o corpo de sua esposa ficaria abandonado na casa por dias, talvez semanas. Ele poderia ser descoberto, ou pior, sua obra, ainda inacabada, poderia ser roubada, destruída. O seu simulacro incompleto representava mais do que ele mesmo conseguia captar na tela. Sua obra poderia ser capturada por ignorantes, usurpada antes mesmo de ter sido finalizada. Levada antes da conclusão arquitetada, da sua definitiva constituição como ser, como sujeito que opera sobre a visão do outro, que age sobre o real de modo definitivo.

&

O mundo está recheado de idiotas, mas até eles têm mãe.

Está dizendo isso por experiência própria, Teófilo?, Dulce retrucava, ironicamente.

Dobra a língua! Não tem respeito nem pelos mortos?, disse Teófilo. Indignado e ofendido, teve de proteger a memória da mãe.

A minha era uma santa, e não digo isso só por dizer, da boca pra fora. Deus a levou dormindo, sinal de que ela merecia descansar sem sofrimento.

Mas ser santa ou não, impede que elas deem a luz a idiotas como o dito cujo?

Miranda tentava retomar o assunto que os fizera formar uma roda no meio do corredor. Com a pergunta, ele fez com que Dulce e Teófilo se lembrassem de dirigir a ira ao corrupto da vez.

Acho que a culpa de trastes como o PC Farias e dos empresários que se acham donos do Estado também recai sobre suas mães, de alguma forma, Miranda, retomava.

Está em Provérbios, "o filho sábio alegra a seu pai, mas o filho louco é a tristeza de sua mãe".

Mas existem as mães que não merecem o filhos que têm, afirmou Gordo, querendo contribuir com a discussão. Só porque é mãe não significa que seja santa. Aliás, essa palavra não significa nada. Vamos ser objetivos. Parir uma criança não transforma ninguém em mãe de verdade.

É verdade. Tem muito filho de chocadeira por aí, não é mesmo?, concordava Miranda.

O que eu quis dizer...

Teófilo tentava contornar a discussão não se lembrando direito do motivo da conversa.

... é que a culpa pela existência de monstros como os assassinos, os corruptos e os estupradores é deles mesmos. Eles é que se fizeram assim. Os erros devem recair apenas neles. Não entendo porque a gente sempre bota a culpa nos pais, na criação que tiveram, na escola e sabe-se lá no que mais.

Minha mãe sempre diz que pecado não se transfere. Cada cabeça uma sentença, ela dizia, prescrevia Miranda, solene.

Não há educação que conserte, então?, retomava Dulce, já preparando uma de suas tiradas irônicas. Galho que nasce torto nunca se endireita? Então, está explicado o porquê de você nunca ter tomado jeito, Teófilo.

Tenha santa paciência, Dulce. Me pegou pra cristo hoje?

Pois, então, o jeito é cortar fora, concluiu ela com um sorrizinho.

Vou deixar essa passar. Acho que você até tem razão, dizia Teófilo, dando risada. As cintadas do meu velho e as longas conversas que tive com minha mãe não me fizeram ser um gentleman. Mas me saí melhor que a maioria.

O orgulho de mamãe, disse Gordo, que gargalhava se apoiando em Miranda.

E vamos trabalhar que o diretor está vindo aí, pelo menos finjam que são bons filhos e resolvam, ao menos, as pendências no trabalho, já que a louça da janta vocês não se dignam a lavar.

Eu não moro com a mamãe, como você, Teófilo.

Você sabe muito bem que minha mãe faleceu há cinco anos, Dulce, sabe muito bem, pois você sempre estava lá.

As paredes do corredor pareciam ter apertado o grupo que conversava. O silêncio constrangedor confundia as íris e gelava o ar. Miranda, que sabia controlar melhor suas pupilas, percebeu histórias antigas e assuntos não resolvidos entre os velhos conhecidos. Sabia-se que, por terem trabalhado juntos na Dops, Dulce e Teófilo eram cúmplices de milhares de segredos, mas não que pudessem ser tão íntimos.

Paulo caminhava na direção do grupo, mas seu vulto, embora demonstrasse que caminhava decidido, com passos firmes, parecia não avançar. Era apenas uma presença que os tirava do presente, levando-os para sombras que se escondiam nas lembranças. Simbólicos, os sons que os sapatos do diretor faziam ao se encostarem no piso despertavam memórias turvas como ecos que se debatiam nas paredes bicolores.

Miranda olhou para Gordo e, com um sinal com o queixo, indicou uma fuga honrosa e estratégica ao momento que se criara.

Teófilo poderia ter se encolhido, mas apenas olhava o chão pensativo, sem perceber que, agora, estavam apenas ele e Dulce no corredor. Ela percebeu e começou a mover nervosamente as bochechas, mas nenhuma frase saía.

O que os dois estão fazendo parados aí, feito estátuas?, questionou Paulo, curioso.

Pensando no passado, disse Teófilo, automaticamente.

Ele pretendia expressar outra coisa, acabou confessando sem querer o que o diretor já sabia há muito tempo. Que, por muito pouco, os dois não se tornaram marido e mulher.

Mas Paulo, ao ouvir a palavra passado, só pode lamentar. Pois ele, mais do que os dois velhos colegas, lutava diariamente com reminiscências, muitas vezes inventadas, reconstruídas das formas mais variadas. Em sonho ou vigília, não importava. Essa palavra, para ele, era uma chave de tormentos.

Pra que ficar pensando nessas coisas, se é pra se lamentar?

Dulce tentava distrair do assunto o novo grupo que se formava, pretendendo dispersá-lo.

Paulo assentia com a cabeça, sem saber que a presença dele ali, com o seu semblante sempre carregado, mais confundia do que esclarecia.

Estamos numa batalha contra o tempo. Não do futuro contra nós, mas do passado contra todos.

&

Durante aquela semana, viu a cadáver desinchar aos poucos, ganhando, entretanto, uma quantidade maior de moscas e de suas espécies. Estava decidido a pintar mesmo que os movimentos não cessassem. Ficaria preso à sua obra enquanto resolvia sobre a viagem para se encontrar com Cecília.

Muitos ovos eclodiam libertando mais vermes e, destes, mais moscas surgiam e delas mais ovos de larvas que eram inseridos nos tecidos. A cadáver estava bem cuidada.

A flora cadavérica está fazendo um ótimo trabalho, Juan concluía.

Ficou curioso por descobrir em que estado encontraria a cadáver caso saísse por alguns dias. Pela primeira vez, não ficou angustiado nem ansioso pela percepção das mudanças e pela realidade da constante transformação daquilo que se apresentava aos seus olhos.

Não há ser, só ente. Somente o nascer a partir de um aniquilamento. Movimento incessante, refletia.

Para alguém a quem nada significava era uma revolução mental.

Por fim, decidiu que viajaria. Iria se encontrar com Cecília. Concluiu que não faria diferença alguma estar em casa ou em outro lugar. Estava apenas. Enquanto isso, sua obra exigia conclusão.

Ele se considerava uma entidade carregada de futuros. E se preocupava em pensar que já se passara vinte dias. Era urgente a criação. Não importava o mundo e tudo o que nele havia, não precisava sequer pensar nele. Sua obrigação recaía apenas naquilo que produzia. Sua ética estava voltada para a humanidade que se encontrava apenas nele mesmo.

&

Ângela separava os panos para realizar a assepsia.

Emílio acompanhava com os olhos. Dolorido pela posição desconfortável em que fora abandonado. Os nervos duros. Os músculos contraídos. Mas a dor que sentia estava encapsulada no cérebro, não podia ser traduzida nem verificada nas porções do corpo. Estava além das fibras da carne. Não sentia o que antes era seu. Não percebia a extensão de si como objeto no mundo.

As únicas coisas que o faziam se perceber como pessoa eram seus pensamentos.

(De que serve pensar se os outros apenas imaginam o que eu poderia sentir diante dessa humilhação?)

A enfermeira saiu do quarto.

(Nem mesmo secar essa baba grossa que escorre pelo queixo eu consigo sozinho. Produzo guinchos apenas. Consigo me ouvir quando me engasgo, ou quando me servem comida por um canudo.)

Barulho de panelas na cozinha.

(Daqui a pouco ela volta com uma bacia com água fervente. Quando me esfrega, não sinto nada na pele, mas tenho necessidade de fechar os olhos. Fingir que não está acontecendo. Mas não há silêncio durante essa humilhação. Enquanto ela retira a poeira da minha pele e a urina seca, ensaboa minha pele inútil, cantarola sempre a mesma música: O teatro dos vampiros, do Legião Urbana. Parece que advinha. Não adianta fechar os olhos, cara, pois toda vez que ouvir essa canção saberá que estão te limpando como a um bebezinho.)

Ângela parecia inventar outra melodia. Mas não fazia por mal, queria agradar. Entretanto, desafinava mais quando chegava ao trecho da música de que mais gostava.

A cada hora que passa envelhecemos dez semanas.

(Por favor, me mate. Não vou conseguir tentar de novo. Até isso foi tirado de mim. Aperte meu pescoço até eu morrer dentro dessa cabeça, até eu não ser mais nem esse aglomerado de pensamentos, pois o corpo já é morto.)

Pronto, você está fresco e cheiroso, dizia a enfermeira, por fim. Vou inclinar, agora, a cama pra gente assistir televisão juntos.

&

A virgem talvez reencontre novamente o êxtase comigo, pensava Juan, carregando Cecília nos braços.

Ela havia caído quando ele abrira a porta. Escorrera pelo chão do corredor em frente à porta do apartamento em que morava há poucos meses.

Mas, para Juan, ela havia desfalecido como resultado da visão que ele proporcionava.

Desmaiou por me ver.

Carregando a asceta no colo, ele a raptou até o quarto. Deitou a cabeça dela sobre seu ventre e sentiu a respiração lenta e os batimentos cardíacos por meio dos braços que mantinha enrolados ao corpo.

Devagar, Cecília foi recuperando o vigor dos músculos e da mente.

Maldita cera de carnaúba, vivo caindo nesse piso, disse baixinho.

A verdade da ficção nas artes revela a ficção da realidade, além de trazer à luz a verdade que a realidade esconde.

Depois de recobrar as forças, ela recepcionou Juan como pensara ser mais adequado, na sala, oferecendo algo para beber.

Ele folheava algumas revistas de fotografia e livros de representações artísticas que estavam na mesa de centro da sala social do apartamento, enquanto esperava ela retornar da cozinha. Parava os olhos apenas em algumas imagens e numa ou outra frase. Tomava notas mentais, refletindo sobre a pintura a qual dava vida, mesmo ali, a milhas de distância.

Recostada no batente da porta do quarto, Cecília olhava-o lendo cada um dos volumes que havia adquirido para decorar a mesa da sala das visitas, admirava que ele, diferente dela, buscasse por assuntos etéreos, não mundanos. Que procurasse dentro daqueles volumes alguns mistérios.

Juan percebeu que era admirado e fingia indiferença, pois ele achava que esses momentos eram perigosos e frágeis, pois, para ele, Cecília estava em encantamento. Não poderia gerar interferência. Qualquer movimento desfazia a bruma que o cercava.

Agora, movia as páginas mecanicamente, apenas para que o fluxo não se quebrasse. Enquanto isso pensava que tê-la carregado no colo significava mais do que a preocupação em deixar uma mulher confortável em sua própria casa. Aquela ação era símbolo do rapto medievo, e ele sabia que ela havia encontrado novamente o seu cavaleiro nobre, guerreiro que retornava das Cruzadas para se banhar no calor de seus braços puros e alvos.

Por isso, também tinha certeza de que morreria de tédio até que pudesse voltar para casa e criar novamente. Mas precisava ter paciência.

&

Pipocas cobriam o chão. Os créditos deslizavam na grande tela à frente do casal.

Eram como dois adolescentes sozinhos na sala, enquanto os pais vez ou outra os vigiavam pelas frestas das portas.

Pantufas infantis nos pés de Cecília, suco sobre o carpete, pijamas, doces, mãos dadas e pipoca no balde.

Em diversos momentos, durante a projeção da comédia romântica que assistiram juntos, Juan precisou se levantar para que não dormisse no chão. Lavava o rosto três vezes no lavabo. Secava ferozmente com a toalha até que a pele da face ardesse, então retornava para os braços ansiosos daquela que o amava.

Depois da sessão caseira de cinema, ela quis passear.

Ele preferiu um banho.

Sozinho no banheiro, sentou no chão frio do boxe e deixou a água escorrer pela pele de sua costa. Ouvia e refletia sobre o barulho que a resistência fazia. Era um gemido. Urro de uma violência que brotava pela ausência de poder, pois não se pode vencer a água. As energias são apenas trocadas.

Violência apenas muda de forma. De epiderme. De gesto. De expressão.

Para que a água fique quente, o metal resfria.

&

Sílvio estava exultante. Dançava acompanhando um samba que tocava em um pequeno rádio a pilhas, ligado à revelia das negativas dos colegas. Puxava Coralina para junto dele, mas ela não sabia dançar.

Eu te ensino. Você me fez pai, pode pedir de mim o que quiser. Não sou bom de gafieira, mas consigo arrancar uns passos desses pés travados.

Peço, então, que largue essa cachaça e conte mais sobre a chácara onde estão as armas que usaremos. Estou me sentindo despreparada.

É um arsenal novinho. Desvio das Forças Armadas. Tenente lá de dentro, sabia?, disse, fazendo uma mesura, como se ela fosse sua Porta-Bandeira. Nem desconfiam quem foi, mas estão na pilha, fervendo, Sílvio falava enquanto continuava dançando, mais trançando as pernas do que sambando. O cara é stalinista roxo. Nosso infiltrado, agora. O mapa tá no porta-luvas do Opala. Pra chegar na chácara é fácil. Nossa, estou tonto. Acho que vou vomitar, disse ele, pouco depois de dar um giro que quase o levou ao chão.

Senta aqui. Vou pegar um copo de água.

Antes que Sílvio terminasse de enxugar o suor da testa com a manga da camisa, Paulo, seguido de Teófilo e Dulce, arrombava a porta do galpão. Em três segundos, outros dez homens uniformizados, com armas nas mãos, entravam e derrubavam o grupo a pontapés.

Desesperado ao ver Coralina sendo arrastada pelos pés, Sílvio tentou reagir, mas acabou levando mais porrada e falando demais.

Desgraçados, ela está grávida!

Sílvio gritava, tentando desvencilhar-se de dois soldados. Mesmo alterado, percebeu o que acabara de falar e se arrependia logo depois.

Surpreso com a informação, Paulo se dirigiu aos agentes que a carregavam.

Vamos logo com isso.

O que devemos fazer, Cap. Soares?

O que foi, estão com dó? Na barriga dessa vagabunda está crescendo mais um verme comunista.

Ao dizer a última palavra, Paulo estapeou o rosto de Coralina.

Segue todo mundo pra Dops.

&

Precisava produzir uma arte mais vital, preenchida de essências e de todas as histórias, viril e carnal, ao mesmo tempo em que lúdica e líquida. Juan sabia do que precisava. Sua obra precisava estar fundada em tudo o que dele se originava.

Planejara ficar olhando calmamente sua extática se contorcer e desaparecer lentamente. Ele esperava se divertir ao envenenar Cecília com cianeto de potássio.

Mas, para isso, precisava esperar até o final da semana, precisava que partisse dela a decisão de tomar o veneno. Mesmo que ela não soubesse o que estaria engolindo. Mesmo que não tivesse consciência de seus atos. Mesmo que não soubesse do sofrimento que viria em consequência de sua decisão. Mesmo que não reconhecesse o cianeto que ele ministraria em uma taça de licor amargo de ameixas.

Cecília me ama, está cega e com o raciocínio comprometido, Juan acreditava.

Ele queria confirmações mais concretas dessa posição privilegiada e penosa em que se encontrava. Dominar o corpo dela, descortinar todos os segredos poderia ser uma das evidências, mas apenas os olhos podem confirmar desconfianças que vem do interior de um ser.

Pensava nessas coisas sem se dar conta que recebia carícias dela, que desligara a televisão há muito, mas sem demonstrar com que intenção.

Antes de pensar na dominação da carne, para investir nesse sentido, era surpreendido. Mas antes que concluísse aquele gesto, precisava registrar o que sua mente gerava. Ele tinha fé que as anotações que realizava eram tão importantes para sua obra-prima quanto os exercícios que havia executado anos a fio. Elas eram como brocas que escavavam sempre mais fundo espaços mentais que resultariam em revelações plásticas sobre a tela. Por isso, não poderia deixar de colocar sobre o papel o pensamento que começava a surgir enevoado, mas que se revelaria no momento em que a primeira letra tocasse a ponta da caneta.

Levemente, com os braços, foi retirando Cecília de cima de seu peito. Não explicando o que faria, apenas selava com um beijo a testa dela, esperando que, assim, ela acalmasse sua ânsia.

Volto já, não se aflija.

O banheiro era decorado do mesmo modo que o resto dos cômodos, mas ali, os elementos estavam mais intensos. Ficara claro para ele que toda a decoração teria sido obra da mãe, se esta ainda estivesse viva.

Tal como na casa em que vivera quase toda a sua vida, Cecília reproduziu o mesmo ambiente com bibelôs, toalhas bordadas, tapetes de retalhos e móveis com torneados exagerados, que se faziam presentes, insultando a vista.

Ele só não sabia se aquelas peças todas vieram da residência anterior ou se ela decorara a própria residência sem perceber a influência danosa que ainda sofria, pois deixara tudo ao gosto da mãe defunta.

Antes que turvasse ainda mais os pensamentos com reflexões sobre decoração de interiores e relação entre mãe e filha, retirou o bloco de seu bolso escrevendo rápido e com força o que surgia nos dedos.

Os olhos são espelhos escuros. Refletem apenas aquilo que a mente imagina e ambiciona. Mais do que cristalizações, eles refletem ilusões.

Sentindo-se leve, embora ainda sem saber ao certo se havia escrito o que de fato esperava como resultado de suas reflexões, posicionou-se ao lado de Cecília, sem precisar dizer o que pretendia.

&

Era o último dia de Juan em silêncio criativo.

Cecília acordou nua, abraçada ao corpo nu de um homem.

Ele havia realizado a façanha de retirar peça por peça da roupa de dormir sem que ela acordasse. Assim, tudo pareceu natural.

No início da manhã, finalmente, ela se entregou. Sentindo dores que lhe subiam até a nuca, desejava, a cada investida, que tudo terminasse rápido. Mas resistia, pois considerava aquele ato uma libertação, como uma cárie que, mesmo dolorosa, precisa ser tratada. Travam-se os dedos nas coxas e resiste-se à angústia almejando a cessação do sofrimento.

Sobre ela, Juan empreendia um ritmo uniforme, rápido, pendular, conseguindo por fim aquilo. Para ele, também, o que importava era finalizar a possessão para que deixasse de ser o possuído naquela relação desigual.

Jogando seu corpo de lado, ele arfava como animal satisfeito. Não se recriminava por não pensar nela, pois fora até ali para isso.

Ela, entretanto, começava a se culpar por não ter desejado a perpetuação do prazer do casal. Sua felicidade estava misturada ao alívio de se ver libertar da invasão. Seu êxtase era resultado dela ter cumprido e suportado a união dos corpos e por saber separada. Ela não usufruiu dele, apenas sentia a dor aguda vinda do ventre.

Ausente de si, mas inteira como um instrumento de sopro.

O que a deixava culpada, na verdade, era a sua mãe.

Ela continuava uma criança, que pedia limites e que fazia birra quando não conseguia o que desejava. Não possuía opinião própria. Na verdade, era um enxerto adulto da criança presa ao cordão umbilical da progenitora.

Por isso, decidiu que visitaria o túmulo da mãe.

&

Juan visitara um farmacêutico, antigo amigo de farras da adolescência, pois precisava de 200mg de cianeto de potássio mais do que das passagens compradas. Encontraria Cecília mesmo que à pé.

Leve pelo menos o nitrito de amila.

Não vai acontecer nada grave, mas levo o antídoto se você insiste tanto.

Se houver acidente inale o nitrito por alguns segundos, mas manipule o cianeto sempre com o telefone próximo de você, o risco de morte é alto, além de acontecer rapidamente.

Disso eu tenho certeza.

Os equipamentos mais importantes, além da inteligência, claro, são a máscara de oxigênio, os óculos protetores e o jaleco.

Vim aqui só pra pegar esse pó branco, agora saio com um aparato para aulas de química?

Deixe eu preparar esse kit pra você. Levo até sua casa.

Obrigado, mas não será necessário. Ligo pra você depois para pegar contigo em algum lugar.

Mas porque você quer usar o cianeto pra revestir essa estátua de metal que você esculpiu? Existem outros tipos de revestimentos, você não precisa correr riscos desnecessários.

Não são desnecessários. Fazem parte da criação, inerentes à obra em que estou envolvido. E o resultado que pretendo alcançar nessa etapa só poderá ser alcançada pela aplicação do cianeto.

Não conheço nada de arte. Mesmo assim, acho besteira. 250mg? Tem certeza? Mesmo?

Eu sei do perigo. Não vou ser descuidado.

É dose mortal, hein?

Sei. A morte está presa aí nesse pequeno frasco.

"Lá em cima do piano tinha um frasco de veneno", rindo, o amigo farmacêutico começava a cantarolar.

"Quem bebeu, morreu", Juan completava.

"Antes ele do que eu"

Gargalhando, o amigo abraçava Juan, dando tapinhas nas costas.

&

Gerusa tinha os cabelos negros e que se enrolavam como os dos anjinhos que ela espalhara pela casa. Como eles, era baixinha e roliça. Quando andava, puxava uma das pernas, resultando num movimento oscilante que ganhava os adereços religiosos e florais dos armários e estantes. Todos pareciam dançar com ela.

O piso de madeira sofrera com o desgaste dos anos e a pessoa que poderia revisar o madeirame não estava mais vivo. Tenório sabia lidar com madeira, conhecia todos os tipos pelo cheiro ou pelo toque.

Consigo, dizia ele, afirmar se é pinus ou maçaranduba, ipê ou jatobá só de ouvir a serra. É como comida, cada prato tem sua textura.

Foi criado desde pequeno entre serragens e cavacos, ripas, tábuas e mourões da pequena serraria do pai. Junto do irmão, Aristeu, poucos anos mais novo, passava as tardes ajudando na limpeza. A mãe vivia dizendo, inutilmente, que era perigoso, que serraria não era lugar de criança, mas o pai acreditava que quanto mais cedo soubessem dos perigos que as toras representavam eles respeitariam o local e nunca colocariam a vida em risco. O velho sonhava em vê-los comandando o galpão juntos depois que morresse.

Cresceram inseparáveis, unidos em tudo, em concordância e harmonia. Mas não sempre. Quando estavam no último ano do colégio, sentindo-se prontos para tocarem os negócios no lugar do patriarca, tal como o pai esperava, desfizeram a parceria que sempre existira.

O ocorrido não foi visto como algo natural pelo pai, que decidiu não se afastar da serraria, mesmo que muitos lhe dissessem que questões de honra que envolvessem rabos-de-saia eram fogo de palha. Ele não poderia ter previsto que uma colega de colégio colocaria Tenório praticamente em estado de choque, a ponto dele se desentender com o irmão.

A primeira discussão se transformou em briga, algo inédito entre eles, e esta foi a última. Aristeu descobriu que Tenório começava a se engraçar por Gerusa, que se fazia de difícil. No início, foi uma curiosidade para ver de que garota falavam, depois desejo. Mesmo sem perceber, disputava a primogenitura, simbolizada pelo amor concorrido.

A verdade é que Gerusa não se decidia sobre qual dos irmãos ela mais gostava. Tenório era mais quieto, mais sério, ela gostava disso porque ela o idealizava como um galã de novelas, mas Aristeu a fazia rir, ela sentia uma felicidade leve quando ficava junto dele como quando o circo passava pela cidade.

Os dois possuíam qualidades que ela apreciava.

Enquanto nenhum dos dois conseguia concretizar o namoro, faziam a corte sabendo das tentativas de um e de outro, mas sem maiores problemas. Entretanto, quando Tenório descobriu que Aristeu havia conseguido roubar um beijo de Gerusa durante a quermesse diante de outros colegas do grupo escolar, montou em sua bicicleta para tirar a história a limpo.

Ele estava na serraria procurando tiras de madeira mais grossas, com fibras bonitas, pois tinha decidido fazer para Gerusa um broche de madeira em forma de coração. Com um canivete num dos bolsos e lascas nas mãos caminhava para frente da serraria quando um dos amigos de escola chegou afoito contando que o irmão e Gerusa estavam juntos.

É sério isso? Vê se não me engana, Chocolate!

É sério, mesmo. Acabei de ver os dois no maior chamego lá nos degraus da Igreja.

Preciso ver com os meus olhos.

Ela estava aceitando bem o agrado, mas depois de um tempo foi obrigada a empurrar Aristeu, pois sentira nele o bafo de cachaça e esse cheiro adocicado lhe dava ânsias. Não suportaria, mesmo lamentando em silêncio, ficar perto dele, sentindo a pinga que recendia nas roupas. Ele a segurava, acreditando que ela estivesse apenas envergonhada pelo que acabara de fazer. Empurrado até o chão, segurava-se nas franjas do vestido, tentando se levantar. Pouco antes de se colocar equilibrado nos dois pés, sentia um golpe numa das orelhas, de onde começou a escorrer um filete ardido de sangue.

A confusão deu lugar à certeza de que ocorrera algo ruim ao ver o medo nos olhos de Gerusa, que se encolhia na sombra da igreja, dando lugar ao vulto de Tenório, que empunhava o canivete em direção ao rosto do irmão.

A briga poderia ter evoluído para uma tragédia, acabando com as festividades, caso o pai dos dois não tivesse saído, ao lado do padre, pela porta da igreja para verificar de onde vinham os gritos e as ameaças. Mesmo pasmo com o que estava vendo, agarrou os filhos pelos colarinhos, arrastando-os até a serraria. Depois de lhes passar um sermão, o assunto nunca mais voltou à baila.

Mesmo após Gerusa ter conversado com Aristeu em particular, tentando esclarecer o que ocorrera durante a quermesse, mesmo mostrando a ele como havia ultrapassado o limite do respeito beijando-a em frente à casa do Senhor, ele não quis saber de conciliação. Não falava com Tenório além das palavras necessárias ao trabalho que desempenhavam na serraria. Mutilado, sentia-se humilhado por nenhuma represália ou castigo ter sido imposto ao irmão mais velho. Por isso, quando concluiu os estudos, colocou suas roupas num embornal e, após a longa despedida da mãe, saiu à pé, dizendo que trabalharia em serrarias das cidades vizinhas, que mandaria notícias todos os meses, que voltaria quando estivesse com a vida ganha. Mas passava longe das serrarias, trabalhava como boia-fria nas colheitas de café e algodão, como engraxate e auxiliar de mercearias de cidades pequenas. Também nunca deu notícias para desgosto e preocupação dos pais.

Só voltou porque teve certeza que só teria sua vida de volta quando acabasse com a vida do irmão.

Tenório, depois que seu irmão fora embora, passadas algumas semanas, pediu Gerusa em casamento. A cerimônia ocorreu a poucos metros do local onde ele arrancara um pedaço da orelha de Aristeu com o canivete que, depois, usou para esculpir o broche em forma de coração. O broche que ele entregou no dia em que fez o pedido.

Treze meses depois, com uma filha na casa que construíra junto do pai nos fundos da serraria, reencontrou Aristeu ao lado de uma serra de fita que o pai dos dois acabara de mandar importar da Inglaterra.

Essa aqui é nova, falou Aristeu, surpreendendo o irmão.

Tenório caminhava distraído, aproveitando o fim do dia e o sono da filha para arrumar o galpão, varrendo as serragens e cavacos do chão, guardando goivas, formões e enxós abandonados.

É, respondeu Tenório, surpreendido e desconfiando da própria vista, pensando estar alucinando.

Muita coisa mudou desde que eu saí deste lugar.

Voltou pra fi...?, tentou concluir a pergunta, mas a visão do revólver apontado para seu rosto o paralisou.

Tenório queria perguntar se ele estava pensando em trabalhar novamente com a serraria da família, queria perguntar se ele o perdoava por ter lascado sua orelha e seu orgulho, queria perguntar se voltaria a ser o seu irmão, mas não teve tempo de concluir sequer os pensamentos embaralhados.

A bala entrou seca pelo queixo, saindo abaixo da nuca, fazendo Tenório sufocar com os próprios sangue e carne.

Enquanto dava golfadas vermelhas, pensando na filha pequena e na esposa que estava deixando, viu seu irmão ajoelhar-se ao lado e, sem emitir som algum, colocar o cano que sentiu ainda quente na têmpora direita.

Mas Aristeu não disparou antes de sorrir para Tenório.

&

Expectativas modificam a matéria. O movimento é sempre retrógrado. Não se constrói o que se quer a partir do hoje, pois este é determinado pelo que se vislumbra. A visão da morte futura degenera a matéria ao ser mencionada.

Paulo era consumido por essas reflexões pouco antes de definir quem faria parte da equipe principal da força-tarefa, quem estaria ao seu lado mesmo ele sentindo que seu corpo não suportaria essa carga. A impressão que detinha do momento é que estava em terreno desfavorável, que escolhera a rota sem analisar adequadamente o rumo que deveria tomar antes das primeiras manobras e que, naquele momento, se encontrava preso em um brejo sufocante, que o desgastava e de onde não poderia colher suprimentos.

Como liderar pessoas se nem mesmo a mente e o corpo estão em acordo? Toda autoridade se conquista pela fé e pela confiança, mas se nem mesmo eu acredito em resultados positivos dos meus esforços?, se questionava.

Paulo relembrava dele mesmo como Cap. Soares, leitor assíduo do manual de Sun Tzu. Dele mesmo como referência para outros oficiais contra o terrorismo comunista.

Não tinha mais forças para analisar e montar uma estratégia específica para que fosse capturado o assassino. Deveria ser criterioso na escolha do seu time de agentes, mas estava cansado. Por isso, apenas replicou os nomes dos anteriormente convocados para a realização do parecer ao Comitê de Justiça e Ordem e solicitou que Mirela os convocasse para a primeira reunião na sala principal. A ocasião supunha uma formalidade maior.

Sr. Paulo, essa sala de reuniões ainda está servindo de depósito para os arquivos da Operação Ming, Mirela recordava.

Mas encerramos essa investigação faz quase um ano, pensei que...

E encerrava a frase ao meio quando lembrou que muitos dos indiciados no caso de produtos contrabandeados estavam foragidos por incompetência do seu próprio comando como delegado.

Não conseguiu-se proteger as informações para que ficassem seguras, pois muitas delas eram vitais à continuidade das prisões de estrangeiros no país, envolvidos num grupo que se estabelecia no Paraná. Em virtude disso, ele mesmo estava passando por um processo administrativo, que tentava verificar a origem do vazamento de informações de dentro da Polícia da União antes que a máfia se desmantelasse.

Pode ser em alguma das menores? Serão muitos os participantes da reunião, Sr. Paulo?

Com você e comigo seremos sete, creio eu. Neste ofício estão todos os nomes, disse Paulo, entregando o documento à secretária.

Verei o melhor local, solicitarei a limpeza e avisarei os que constam aqui.

Obrigado, Mirela.

Paulo já estava resignado com o futuro trabalho que desempenharia, com as necessidades e as cobranças. Mesmo lamentando, ele tinha consciência de que as pessoas nasciam prontas para se adaptar a tudo o que existe de ruim e anormal, de vil e torpe, pois a necessidade faz da ausência um estado natural em si mesmo.

&

A pequena taça com um licor escuro de ameixas estava em cima de alguns livros na mesa de jantar.

Enquanto esperava Cecília retornar de sua visita ao túmulo da mãe, Juan preparava a solução e escolhia o melhor lugar para deitar o cálice.

Depois, folheou alguns dos livros que ficavam abandonados ali por falta de espaço nas estantes da casa, abarrotadas de bibelôs. Eram romances com historietas simplórias com traduções literais em brochuras impressas com descuido, feito um pai sem interesse que apenas calça os chinelos para levar os filhos à escola no carro com vidros embaçados.

O conteúdo era tão vagabundo quanto a vestimenta dos fólios, um galã sensual e divertido, uma garota desastrada ou ainda insegura com a beleza que possuía. Os enredos, tão insossos quanto as histórias as quais cerziam, não demonstravam nenhuma inventividade. Ao folhear os volumes, comparava-os mentalmente aos clássicos que lera e aos teóricos que tivera acesso, mas zombava de todos.

Começando a se cansar, circulou pela sala, explorando o que imaginava ser uma antiga coleção de dona Gerusa. Dos anjos e porta-retratos com desenhos excessivos. Das fotografias com molduras em detalhes extravagantes.

Não havia ali anjo que não fosse cor de gesso, mas com cachos dourados caídos nos ombros.

Não havia ali, foto colorida que mostrasse a filha ao lado dos dois pais.

Havia apenas uma foto em que Tenório aparecia. Ele imaginava que se tratasse dele. Bigode grosso. Cabelo grudado ao coro. Penteado feito à base de algum produto brilhoso e gosmento. Era um homem jovem de porte firme ao lado da esposa tímida, segurando uma bebezinha. O rosto da criança mal aparecia, mas era provável que se tratasse de Cecília ali, escondida no charutinho.

Ficou imaginando por que o pai não aparecia mais nas paredes da casa. Restara a ele apenas aquele único porta-retratos, numa das prateleiras da sala.

Cautelosa que era, Gerusa deve ter morrido escondendo que o pai de Cecília se engraçava por alguma lambisgoia e que a largara com a filha ainda pequena, Juan pensava, segurando a única foto em que a família permanecia completa. Mas se fosse isso mesmo, do jeito que aquela mulher era, essa foto nem existiria. As duas teriam comido junto da couve refogada, completava ele para si.

Mas, como sempre, se enfastiou rapidamente da vida dos outros. Então, caiu sobre o sofá, tentando acalmar o fastio e a irritação.

&

Quando a mãe de Cecília era viva, dominava as ações e os pensamentos da filha.

Possuíam os mesmos trejeitos, manias que eram transportados da mãe para a mente inferior e sem vontade da filha. Usavam os mesmos temas floridos para as roupas, o mesmo modelo de vestido, a mesma bolsa, os mesmos chinelinhos.

A filha não existia perto da mãe. Era extensão desta.

Sozinha, agora, a filha sentia o pânico de pensar por si mesma, descobria o que ela mesma não percebia, existia alguém que era capaz de tomar decisões por contra própria dentro de sua cabeça. Mas antes da morte de Gerusa não era assim.

A mãe parecia uma personagem saída de alguma tela de arte naïf. Como em algumas telas, estava sempre de costas. Mas quando tinha interesse nos segredos que os outros tentavam esconder, fazia questão de olhar demoradamente nos olhos de todos com quem conversava. Não era nada ingênua e sabia interpretar pequenas excitações, silêncios e rugas. Conhecia tudo de todos, mas não precisava deitar-se à janela para fiscalizar movimentos e expressões. Bastavam suas idas à padaria.

Não tinha amigas para convidar para o chá. Por isso, consumia sua filha com cuidados e possessões, influências e chantagens. Cecília aceitava, pois acreditava que crescer era estar ao lado da mãe e que amadurecer era substituir a sua posição, o seu corpo, sua sombra pelas calçadas da cidade.

Embora parecesse muito segura de si, Gerusa confessava seus medos e inseguranças diante do espelho.

Era assombrada pela lembrança de Aristeu. Esperava apavorada o dia em que ele bateria à porta. Ela não saberia dizer a si mesma se resistiria à violência dos olhos dele. Olhos nos quais se refletiam o passado e a morte. Por isso, impedia a filha de sair à rua. Não poderia passear por qualquer motivo, não poderia aceitar convites de amigas para brincadeiras, não poderia viver além dos portões da casa. Precisava estar cercada de Cecília, sentir seus movimentos pelos cômodos, sua voz sempre presente para que a mãe não se afundasse no pavor. Mas montava um quadro no qual ela era a única segurança da filha diante do mundo, incutia também nela o medo do desconhecido, para que ela mesma não ficasse desamparada no vazio da casa, no ranger das tábuas e no bolor das paredes.

As horas em que Cecília passava na escola eram de martírio. Muitas vezes, Gerusa adoecia para que, assim, tivesse um motivo para buscar a filha antes do horário. Esta passaria o dia cuidando da mãe acamada em dores. Impossibilitada dos afazeres domésticos, deixaria o preparo das refeições e a limpeza da casa sob a responsabilidade da filha, que, entretanto, não executaria as tarefas com independência, pois, do quarto, Gerusa fiscalizava e ordenava as necessidades.

Coloque água para esquentar, enquanto isso, separe o pacote de polenta.

Mas eu não gosto de polenta, mãe, é chato ficar mexendo. Prefiro omelete.

Mas, filhinha, eu estou precisando de algo quente. Mas se você prefere fazer sua omelete, tudo bem, eu faço depois, quando melhorar.

Não, mãe, não precisa. Eu cuido da senhora.

Então, coloca a água pra ferver pra mamãe, tá?

Contrariada em seus desejos, faria tudo o que a mãe pedisse com chantagem, e se ofereceria para massagear seus pés doloridos e frios.

Quer mais uma coberta, mãe?

Uma massagem nas pernas com cânfora já vai me deixar mais disposta.

Enquanto Cecília pegava o pote de creme na penteadeira, Gerusa tirava as meias, gemendo de frio e dor, lamentando sua vida, agradecendo a Deus pela existência da filha. Sem ela ao seu lado, cuidando e lhe fazendo companhia teria uma vida miserável.

Agora, na outra perna, filhinha, senão a água vai secar na panela antes de você colocar o fubá.

A filha apenas assentia, tentando não demonstrar a irritação que o cheiro da cânfora produzia em seu nariz.

Posso ir agora, mãezinha?

Pode e não se esqueça de ficar mexendo até a polenta ferver, não quero comer empelotado.

Eu sei mãe, não precisa dizer toda vez.

Não seja ingrata, estou te ensinando.

Mas eu já fiz polenta várias vezes.

Não interessa, se eu disser pra você fazer diferente, não quero ouvir contestação. Eu sou sua mãe, disse Gerusa, levantando o tom.

Desculpe, mãe, não quis te irritar.

Ai, que ótimo, a enxaqueca está voltando.

Eu trago um chá?, perguntou Cecília, martirizada com o sofrimento que causara à mãe.

Não, talvez quando a polenta estiver pronta. Na hora de fazer o molho à bolonhesa, coloca a chaleira no fogo pra mim. Mas me traga o chá morno, da outra vez que você me fez eu queimei os lábios.

Toda ação que a filha realizava era manobrada pela mãe.

Mexendo o fubá na panela, Cecília não questionava, nem lembrava que seu paladar não suportava a textura daquele prato. No fundo, nutria a esperança de que houvesse melhora na condição física da mãe e posterior aceitação e gratidão, o que nunca ocorria.

Cecília era um fantoche, mas não tinha consciência disso, pois vivia como se a sua alma não tivesse acordado ainda.

&

Não é apenas um licor, viu, princesa? Eu coloquei um veneninho aí dentro. Disse, Juan, piscando para Cecília. Mas se você beber, me fará muito feliz, você não imagina o quanto. Depois, desenharei você com todo o cuidado e dedicação.

Eu tomo, Juan.

Sou seu príncipe ou não?

Claro que é, mas não exagera. É que hoje foi um dia de libertação para mim, estou me sentindo outra pessoa.

Cecília não conseguia entender, em sua recém-inaugurada capacidade de raciocínio, sem a dependência da mãe, o que significava aquele pedido. Porém queria experimentar e ver no que essa entrega resultaria. Não se importava com o que Juan pensaria a seu respeito, estava curiosa para saber o que sentiria ao beber a taça. Não pelo sabor em si, mas pela sensação de decidir agir por si mesma, sem que a sombra materna a soprasse no ouvido.

Levou a taça até os lábios, mas apenas inspirou o aroma.

Que cheiro incrível, parece até que queima o nariz.

Só impressão.

Passei tanto tempo só fazendo o que minha mãe dizia para fazer, olhando para aquilo que ela deixava eu ver ou me apontava, vestindo o que ela indicava e permitia, pois me atormentava, me apavorava com histórias.

Cecília foi desmanchando uma lista de exigência, de ações proibitivas de sua mãe, deixando a taça balançando nos dedos.

Nervoso com a espécie de fuga, com o atraso da realização do que há tanto esperava, Juan pousou as palmas de suas mãos sobre a base da taça, levando-a até os lábios dela, que precisou interromper a última frase ao meio enquanto engolia o conteúdo.

Licor de ameixas, Cecília, de ameixas. Você vai gostar, falava Juan, acompanhando o líquido fluir para dentro da boca e garganta.

&

Voltava saltitante do cemitério.

Havia mijado no túmulo da mãe.

Sobre as flores que, antes, espalhara sobre o gramado ao lado da lápide deixou o jorro sair sem constrangimento. A espuma que se formara borbulhava entre as pétalas de crisântemos e gérberas.

Gerusa.

Diante da placa, pronunciou o nome. Percebeu que nunca havia chamado aquela mulher pelo nome.

Gerusa.

Era estranho o som que saía da sua boca. Não reconhecia mais aquele nome. Sua voz, com timbre novo se redescobria independente.

Na saia que havia levantado ainda a estampa que tantas vezes via em sua mãe. Margaridas em fundo azul. Erguera até o ombro, sem preocupar-se com olhos ou recriminações. O tremor inicial foi dando lugar a um relaxamento que desconhecia.

Pelos corredores, entre cruzes, estrelas de Davi, anjos tomava, ainda incrédula com o que pretendia, a decisão de comprar calças. Queria poder sentar nos ônibus sem se preocupar com olhares indiscretos diante dos joelhos que tarados consideravam insinuantes e sem o vento gelado subindo pelas canelas não depiladas.

Saias. As guardaria só para namorar mais fácil.

Mas antes de abandonar o que elas representavam em sua vida, sentiu que a melhor forma de se desfazer dessa peça de roupa era simplesmente fazê-la útil diante da necessidade premente de liberdade. Que aquela saia plissada longa fosse mais do que símbolo de opressão utilizado pela mãe. Para destruir a imagem de tirana, e dela mesma como fraca, submissa e inferior, bastou levantá-la, afastando a calcinha para excretar impurezas.

A mãe nada poderia fazer contra as decisões que começavam a ser tomadas a despeito de seu consentimento ou não. A cada corredor, uma etapa, um vislumbre, uma ideia de como prosseguir sem que na sombra que projetava sobre a ruela de paralelepípedos, surgissem dois vultos de mãos dadas.

A cada túmulo matava a lembrança danosa de sua mãe, mantendo apenas as memórias que lhe aprazíam.

Ainda segurava os lírios que comprara, mas estes ela decidira levar consigo para colocar em um vaso, enfeitando a nobreza conquistada com aquele ato simples. Desde que a floricultora avisou do significado que esta flor possuía, questionava se deveria presentear a mãe com elas.

Nobre sou eu, pois estou me fazendo livre.

&

Paulo, após receber o retorno do Secretário e marcar a reunião com a mesma equipe que convocara para a consultoria prestada ao Comitê de Justiça e Ordem, sabia que, como ele, seus funcionários não ficariam muito animados com a carga extra de trabalho que voltariam a receber. Acompanhava os olhares apreensivos dos que iam chegando e, sabendo que a melhor estratégia era evitar as conversas entre os soldados, sem permitir que se fermentassem histórias e intimidades.

Iniciou a reunião logo que todos estavam acomodados.

Bom, não vou ficar enrolando, então é o seguinte. Ao redigir o parecer final, reunindo nossas conclusões a respeito da ligação entre as vítimas de assassinato, percebi um padrão para possíveis assassinatos em série. Essa suspeita eu anexei ao documento, mas sem muita convicção, já que baseei o que estava supondo em notícias de jornal.

Desculpe, Paulo, mas concordamos que as duas Abage não tinham relação alguma, disse Fátima, interrompendo.

O menino foi morto, se é que foi, de forma diferente, arrematou Miranda.

Paulo não se incomodou com a interrupção, mas queria ter deixado claro, antes que o burburinho começasse, sobre o que estava tentando falar.

Minhas suspeitas deixaram de lado o que analisamos do menino. O que foi quase nada. Focalizei minha suspeita final no assassinato de Virgínia e, principalmente, no rascunho deixado na cena. Porque esses rabiscos chamaram a minha atenção? Porque ocorreram outras mortes e, nos locais onde os corpos jaziam, foram encontrados desenhos representando as vítimas.

Uma assinatura.

Isso mesmo, Dulce. Cada uma das vítimas foi morta de uma forma, mas há um padrão. Nas pastas que vocês têm à frente existem informações a respeito de cada um desses casos. É importante que vocês visualizem além desses relatórios, que enxerguem mais do que se pode ver pelas imagens, laudos e depoimentos iniciais. Digo isso porque o Secretário do Comitê de Justiça e Ordem quer que encabecemos uma força-tarefa para pegar esse assassino.

Força-tarefa?!

A surpresa foi de todos.

Sim, e desculpem envolvê-los nisso. Prometo que, da próxima vez, mantenho a língua dentro da boca. Sob minha supervisão, vocês coordenarão agentes designados da Civil e policiais da Militar. Imagino que o Secretário deva ter conversado com os demais envolvidos nas investigações e percebeu que não tinham chego à mesma conclusão que eu, mas era uma questão de tempo. Não era nenhum enigma. Não foi preciso uma mente excepcional de um Auguste Dupin para resolvê-lo.

Paramos com o que estávamos fazendo, novamente?, perguntou Japonês.

Cuidarei para que outros agentes assumam, Kimura, isso quando for possível e urgente.

Dulce, que já estava lendo os relatórios a respeito de Marguerite e Clarice, analisava as formas pelas quais o assassino realizara aquelas ações. Compartilhava detalhes com Fátima, mas precisou dividir com o grupo o que pensava.

São formas diferentes de matar. Armas brancas. Cortes. Esmagamento. Sufocamento. Faca, paralelepípedo e papel filme. Mas não são maneiras diferentes de agir. Há muita violência e, embora ocorra muita sujeira, digamos assim, também há certo controle. Tudo foi muito pensado.

Como é que alguém consegue planejar os detalhes disso?, Gordo perguntava para si, mas em voz alta.

Teófilo relembrou as aulas de tortura que assistiu no FBI e daquelas que ele mesmo participou como assistente, com cobaias humanas, durante alguns encontros em Brasília, São Paulo e Rio de Janeiro. Lembrava que tudo era muito pensado, planejado, calculado para que a dor e a humilhação fizessem o suspeito perder o controle da mente e da língua. Que toda informação que precisassem fosse extraída.

Ninguém planeja até a dimensão dos detalhes, sempre escapam partículas de acaso. Será nelas que vocês prestarão atenção, concluía Paulo, percebendo o olhar distante do velho colega.

Que bicho te mordeu, Teo?, Dulce perguntava.

Sem pretender nem perceber ela tirou Teófilo do meio da lembrança de um jovem nu diante de homens engravatados, em um anfiteatro tendo os dedos das mãos martelados sobre uma mesa.

&

Cecília começou sentindo uma constrição na garganta, além do endurecimento do maxilar. Seus batimentos cardíacos aceleravam ao mesmo tempo em que a frequência respiratória aumentava.

Ofegava.

Ficou desorientada, tentou se levantar da cadeira, mas caiu no chão. Seu rosto ficou vermelho, seu corpo tremia.

Gemia.

Convulsionava.

O suficiente para que Juan começasse a ficar apavorado, sentia dó pelo método que havia escolhido para ela. O cianeto de potássio a estava queimando por dentro.

Gritava.

Se debatia no chão.

Expelia uma baba espessa.

Ele abandonava lentamente o pavor para realcançar o deslumbre, pois o lado humano e o artístico combatem entre si, mas seu interesse era manter e defender a todo custo aquele que resultava na sua obra-prima.

Enquanto o corpo diminuía os movimentos, ele pegava seu bloco de anotações.

A voz do artista ecoa pelo vácuo, destrói buracos negros.

O corpo paralisava lentamente, depois a respiração não podia ser percebida.

Morria.

Os lábios e parte das bochechas estavam queimados. Da boca saía um leve aroma de ameixas.

Então, ele sentou-se no chão, cruzando as pernas.

O bloco de notas sobre uma das coxas, escolheu uma página em branco e a desenhou com pastel seco. Não perdeu tempo.

O corpo ainda quente.

Nos olhos dela ainda o medo da morte. A angústia do fogo invisível da arte queimando a partir de dentro.

Queria um desenho borrado, sujo, irregular e que fosse se desfazendo lentamente ao toque de todo aquele que encostasse na amostra de sua arte. Não passaria o fixador.

Estava em paz. Sentia tranquilidade.

Criação é paz.

Enrolou o desenho concluído, embora sem muitos detalhes, mostrando apenas um corpo martirizado de mulher. E o colocou na boca de Cecília.

Olhando as queimaduras ao redor dos lábios, os beiços feridos pelo veneno, sentiu sede. A sensação era que algo também o queimava por dentro, mas sem dor, apenas uma ansiedade premente, desejo incontrolável de voltar ao seu trabalho.

O gosto metálico que sentiu na água tomada direto da pia da cozinha persistiu durante todo o trajeto até o aeroporto.

Cano velho, pensava Juan, sem dar atenção ao que o taxista balbuciava no banco da frente.

Traçando analogias entre encanamentos de casas e a construção de temperamentos, os pais e suas influências, não se lembrou da própria filha. Nem mesmo esses pensamentos traziam de volta a existência da menina de três anos que vivia com os tios.

Imagino que de nada adiantaria à Cecília ter pretendido uma nova vida, ter se mudado para outra casa, ter finalmente aberto espaço para outra pessoa em sua cama, pois nela estava infiltrado um modo de agir que contaminaria suas ações, Juan falava baixo.

Isso fez o taxista olhar pelo espelho, para tentar entender se o que dizia tinha algo a ver com o que ele comentara minutos atrás sem obter retorno.

Ela nunca ficaria livre de verdade. Mas agora está.

Aos poucos uma letargia foi tomando conta do seu corpo. Deitava a cabeça para trás, procurando relaxar. A ansiedade foi sendo drenada a cada quilômetro vencido, a cada instante que ficava mais perto de seu quadro, ganhava serenidade. Voltaria mais pleno depois daquela semana.

Hilda

Na fila do bufê, o cheiro de peixe misturado ao da fritura dos ovos embrulhava o estômago de Juan.

Saiu dali pra uma sanduicheria, onde era servido comida vegetariana, macrobiótica ou sem cheiro de nada, entre outros produtos crus. Pediu uma vitamina e um sanduiche natural. Ficou olhando os esparsos clientes que almoçavam ali. Poucos falavam.

Um burburinho vinha do lado de fora do estabelecimento.

Muitos se acotovelavam em frente a lojas de televisores da área comercial do aeroporto. Novas informações sobre o Esquema PC. Operação Uruguai. Mais milhões surgiam para rechear o relatório da CPI do Collorgate. Tentativa de mascarar por cima da maquiagem que derretia. A ficção impressa com o brasão da república.

Engoliu rápido o sanduíche e correu para fazer o check-list, registrou a bagagem, levou pouca coisa consigo, apenas o necessário para guardar seu bloco e o estojo de lápis, carvões e pastéis. Raramente abria e utilizava os equipamentos do estojo ao ar livre, pois sempre sujava as mãos quando utilizava. Preferia a caneta de pena que mantinha consigo em um dos bolsos da roupa.

Retornando do check-in para a área comercial, o burburinho havia dado lugar a uma aglomeração tumultuada e barulhenta. Cabeças pulavam, pessoas eram empurradas, outras subiam em bancos para enxergarem o que era apresentado em algumas das telas dispostas nas vitrines das lojas.

Bocas se manifestavam como se vivessem o que era projetado nos televisores.

Sabia do que se tratava mesmo a distância.

Sentiu ânsias. O molho do sanduíche não era o culpado, estava no ponto certo. A refeição havia sido ingerida com satisfação.

Mas precisava vomitar a certeza de estarem falando dele.

Correu pelo corredor sentindo a boca salgar lentamente. A saliva quente engrossava abaixo da língua. O estômago se contraía.

Entrou na área dos sanitários.

Em um reservado, despejou toda a preocupação e ansiedade em forma de um líquido rosa alaranjado. Ficou escorado na parede oposta à pequena porta, cuspindo o gosto azedo dos dentes.

Lavou o rosto como se tudo estivesse normal.

Voltou para a massa que fervilhava no corredor, escutando sobre a desconfiança da mídia a respeito do suicídio que havia acontecido no dia anterior. Assim, haviam repassado a informação, a polícia não quis dar importância ao fato, mas enviou especialistas para analisarem o caso, talvez fosse isso que tenha dado mais razão à mídia para que levantasse hipóteses, para que esta interpretasse do seu jeito e tirasse suas próprias conclusões.

Veneno, hoje em dia, só em remédio de tarja preta, dizia de si pra si, um estrangeiro abraçado a uma maleta marrom.

Isso foi coisa do Artista da Morte, dizia outro.

Mas até aqui vocês chamam ele assim?, perguntou Juan, surpreso.

Em que mundo você vive? O país todo tá acompanhando e comentando o caso. Principalmente, depois de mostrarem os desenhos feitos pelo assassino.

Mas desse não houve desenhos, disse um.

Nem carta suicida, arrematou outro.

A polícia não vai mostrar os desenhos porque não quer causar mais comoção. Isso sim.

Também acho isso, afirmava uma senhora, atravessando a conversa.

Isso tudo é manipulação, dizia um. Podem estar querendo que se pense justamente que não há ninguém por trás daquele envenenamento. Que o Artista da Morte não está em outra cidade.

Talvez o estejam observando para comprovarem as suspeitas, completava outro.

Possuem suas digitais e, com toda a certeza, já devem estar pesquisando suspeitos, dizia o estrangeiro novamente.

Enquanto isso, Juan pensava que o artista deve temer o meio que o envolve.

A morte de Emily, também, não estava sendo tratada como do Artista da Morte. Provavelmente foi classificada como um suicídio juvenil, ações que sequer são mencionadas na mídia como é de praxe, por tabu, por medo de uma epidemia, talvez. Com ela, também havia deixado um desenho, onde aprisionava o pequeno corpo numa representação violenta. Mas nada foi mencionado a esse respeito.

Não há informação em que se possa confiar, com a mídia manipulada e manipuladora, apenas o que advém da própria imaginação é imaculado, Juan pensou irritado. Quase um mês depois, as informações ficam mais incompletas.

Distraído com suas lembranças, não percebeu a movimentação súbita que ocorria ao seu lado.

Um homem, aproveitando a aglomeração, furtava bolsas, malas e mochilas abandonadas no chão ou penduradas nos ombros de seus donos, extraindo de dentro, carteiras, celulares, relógios, uma e outra joia ou bijuteria. Colocava furtivamente cada item encontrado em uma sacola de material reciclado. Entretanto, quando tentou extrair algo de valor de uma mochila a dois passos de Juan, colocou muita força em seu movimento fluido. O proprietário ainda não lesado sentiu um leve puxão em suas costas, isso o fez se virar sobre os próprios pés, dando de cara com o homem.

Ladrão, gritava.

Agarrado pela roupa, o sujeito foi preso ao chão pelas pessoas que estavam próximas. Dele, foi retirado a sacola com os bens subtraídos indevidamente, além de valores que adquirira honestamente, como o saque do insuficiente seguro-desemprego que havia feito no banco minutos antes, um relógio à prova de água, uma corrente de prata e de estimação, presente da avó falecida, que relutava em colocar no penhor.

Ele se tornou a caça do dia.

Surrado a pontapés, implorava clemência, tentava explicar sua precária situação. Solicitava seus próprios objetos de volta, mas, confiscados como fruto de roubo, foram divididos entre os que se sentiam lesados.

Nada possuía de valor. A dignidade que havia restado se afogou há muito tempo para que os filhos pudessem se alimentar do que conseguia levar para casa todas as noites.

Os proprietários tomavam seus bens de volta com ágio, tripudiando e cuspindo o homem encolhido no piso do corredor, diante de dois seguranças.

Esse inútil também levou algo teu?, perguntou a Juan um dos homens com uniforme azul-marinho que estavam ao seu lado.

Não, respondeu sem olhar para o segurança que havia feito a pergunta. Talvez, eu é que tenha tomado dele a semente. Todos aqui extraíram dele alguma coisa. Mas muito mais do que puderam carregar nas mãos.

Os seguranças ficaram olhando sem entender, pois o que dissera parecia ser uma defesa do bandido.

Então, um dos uniformizados, virou o homem de barriga para baixo, enquanto o outro, o algemava. Juntos, mandaram todos dispersarem.

Os seguranças arrastaram o homem pelos pés até uma porta, na convergência do corredor com outras alas do aeroporto. Com dificuldade, tentavam levantar o homem que, sangrando, olhava para baixo.

O sangue pingava do rosto, as gotas vermelhas como lágrimas.

Da saleta, não sairia de pé, carregado e frouxo, viraria exemplo para outros bandidos que se aventurassem ali, mas não para os filhos, que talvez o esquecessem antes da mãe esquentar o outro lado do colchão com o corpo do vizinho.

Parado no corredor, Juan ruminava outros pensamentos agora, murmurava filosofias.

O ser humano ainda protege sua caça como um animal enfurecido. A propriedade não é uma conquista da lei nem da sociedade, é uma necessidade instintiva de sobrevivência.

Não sentia a fera que também pulsava dentro dele. Sentia que estava isento ou imune a isso. Tinha consciência de que naquela noite, uma dúzia de pessoas contaria como haviam perdido e recuperado a caça do dia. Voltariam para suas cavernas como heróis do pequeno clã do qual eram responsáveis. Mesmo mantendo o que existe do jeito que sempre foi, é isso que se espera de um herói.

Não se que fugir do óbvio. A inércia não cansa. Para o corredor, é melhor manter o ritmo ininterruptamente. Não importa a velocidade, apenas o vaivém das pernas sobre a pista. Qualquer movimento que contradiga a inércia desestrutura o todo, fazendo ruir o caminho percorrido.

Mas desestruturações são importantes ferramentas de autoconhecimento. Apenas a distância da própria falha a pode transformar em objeto de conhecimento verdadeiro, sanando imperfeições racionais futuras ou equívocos, ou derrotas mentais, ou cansaços, ou desvios externos, ou internos. Da experiência para visão, esse é o caminho artístico que Juan pensa estar conquistando.

O solado do sapato fazia um guinchado irritante no piso encerado do aeroporto. Juan circulava pelos corredores das lojas anexas, esperando a hora para ir à área de embarque, o que demoraria ainda. Por isso, andava sem destino, pensando sobre tudo e nada.

Flanava.

Numa das lojas de roupas femininas, entretanto, estranhou a semelhança de um rosto de mulher.

Escondeu-se da proximidade. Nervoso com a possibilidade que se apresentava, iniciou um perseguição discreta da conhecida que acabara de encontrar.

&

Hilda era forte, seu nome ela pronunciava convictamente, como se tratasse de uma disputa por quem havia sido batizado da forma mais adequada. Era corpulenta, mas sempre conseguia com relativa facilidade namoradas no padrão que admirava. Magras, quase aéreas, delicadas e sem trejeitos masculinizados.

De lésbica, basta eu, como dizia. O que eu gosto é de mulher.

Também tinha frequentado a mesma faculdade de Juan, embora não em artes plásticas, conteúdo que nunca a interessou de verdade. Gostava de artes cênicas, mas sentia ânsias quando precisava atuar, preferia a produção executiva, lidar com leis, editais de incentivo, contratação de fornecedores diversos, pagamento de atores, controle das verbas. Embora os diretores achassem que tinham a última palavra era ela que sabia e corria para captar para que o espetáculo continuasse.

Ela gostava do poder.

Mas ainda estava aprendendo a controlar a autoridade, pois percebia que quanto mais ordem arbitrária transmitia à equipe, mais escorria pelos dedos o verdadeiro poder de conseguir o que pretendia da totalidade da equipe. Com o tempo foi percebendo que poder é conquista a partir do coletivo.

Era nisso que pensava enquanto escolhia algum agasalho de moletom dentre os que estavam no setor masculino.

É presente pro dia dos pais? Qual o tamanho dele?, perguntava a vendedora.

Vou levar pra mim mesmo. Presente contra o ar condicionado do avião.

Acabamos de receber a nova coleção feminina, não quer dar uma olhada?

Pra mim, essas aqui são femininas, já que serei eu a usar e não o pai que nem conheço.

Fique à vontade.

A vendedora ficou sem saber o que responder. Desconfortável, preferiu se esconder em outra seção da loja. Hilda, irritada, resolveu não comprar nada.

&

Na praça, um frio que resseca a pele. Dedos partidos tentam afastar os pássaros que sobrevoam a cabeça.

Distante, ecoando nas paredes das velhas construções, a voz de seu pai que o procura.

Paulo, onde você se meteu, peste! Não adianta fugir, eu te encontro.

O pavor vai tomando conta de suas pernas. Presas ao chão, tremem.

Pássaros bicam seu rosto. Procura se proteger, mas seus braços jazem no gramado, ensanguentados.

Os pombos são as únicas aves que não o atacam, mas arrulham como se rissem, cercando-o. As risadas têm a voz de sua mãe.

Humilhado e ferido afunda nas águas do chafariz. Bolhas vazam dos olhos. Dos ouvidos, uma raiz fina sai e se enrola firme ao redor do corpo. Atado, afunda sem encontrar o fundo. Apenas um ponto luminoso e distante bruxuleia diante dele.

A noite toma conta das sombras que vagueiam.

O silêncio é morno e o abraça, confortando-o. O medo desaparece, pois não há mais nada ao redor que o possa ferir. Nada. Sente sua pele se desprendendo sem violência nem alarde, dissolvida nas águas, como um tecido puído que se desmancha. Desmanchada no negror que o rodeava por completo. Sua consciência se espalha no piche silencioso e se dilui também, mas como um vidro límpido e imperceptível que estoura em farelos minúsculos e lapidados após uma batida, uma colisão da qual os corpos não tomam conhecimento. Por isso, ele continua ali na rua, diante das ferragens que se molham na chuva. O vapor que ascende do motor vela os rostos no veículo, mas Paulo chora por seu pai e por sua mãe.

Saudade é a carne que se prende com violência à vontade de ser livre.

&

Juan percebeu que Hilda estava caminhando a esmo pelos corredores, esperando o tempo passar.

Ela está esperando o horário do seu voo, também.

Andava a alguns passos atrás dela. Quando Hilda parava para verificar as horas ou para arrumar a bagagem, ele desviava para o lado oposto, fingido entrar em alguma loja. Numa delas, encontrou à venda uma miniatura do busto de Brahms, nada melhor do que o velho alemão para o acompanhar nos momentos finais da conclusão de sua obra, pois o compositor foi exemplo de método, disciplina, perseverança no trabalho criativo, além de possuir um autocontrole e foco que passou a invejar com os anos.

Quando se abraçou à pequena escultura, caminhando em direção à atendente que estava à porta da loja, abandonou sua pequena perseguição sem perceber. Distraído não viu Hilda entrar na loja em que estava. Sem tempo para disfarces apenas sorriu quando ela, com surpresa, o reconheceu prontamente.

Ele se incomodou por ter que dar atenção à uma conversação distante, sem afeto. As convenções não o preocupavam.

Não imaginava que ela se perderia através da visão que lhe entrava pelos olhos, que ao vê-lo tivesse a força dos músculos desfeita, e a vontade e o controle entregues a ele. Os gestos que ela desenvolvia na conversa que se iniciava eram, para ele, de alguém que, subitamente, sentia um arrebatamento constrangedor, como se Hilda fosse conduzida para recantos e memórias obscuras de sua mente. Com o espírito enaltecido, retribuía o sorriso.

Sinceramente surpresa, ela tentava balbuciar algo, mas dado o inusitado da situação, Hilda não soube encontrar um assunto, um tema, uma pergunta. Uma pergunta simples sobre o que ele estaria fazendo ali foi descartada de início. Obviamente, ele estaria prestes a embarcar em algum voo, ou acabara de aterrissar.

Juan sentia que as palavras dela sumiam da boca, pois eram sequestradas em direção à íris dos seus olhos. Estranhava. Isso não ocorrera quando eram colegas de faculdade. Enquanto ele devolvia o pequeno busto de Brahms à prateleira, pensava que experimentar o êxtase não exigia novidade e desconhecimento. A força de um sequestro, ou possessão, não diminui pela história prévia existente entre duas pessoas. Por isso, começava a sentir derrota, acabara de se unir, sem que tivesse domínio sobre esses acontecimentos, à alma de Hilda.

Ele estava por ela possuído.

Transmigrado à ela, apenas conseguia pensar num café.

&

Chegamos a uma lista de nomes ao cruzarmos aqueles que conheciam as mulheres Virgínia, Marguerite e Clarice, mas não encontramos nenhum nome em comum, por enquanto. Depois, num segundo momento, teremos que cortar aqueles que definitivamente não teriam condições de executar desenhos como aqueles, Miranda falava em nome do grupo responsável pela triagem. Mas precisamos de especialistas em artes para que confirmem, se é que isso é possível, a autoria única para essas três assinaturas dos crimes.

Enquanto a equipe continuava apontando possibilidades dentro da linha que seguiam, Paulo pensava que uma cama em cima da grande mesa de reuniões não seria uma ideia tão ruim.

Coçava a orelha esquerda.

Paulo?!

Desculpem, estava pensando no que o Miranda havia dito.

A gente precisa saber o que você acha. Embap ou UFPR?, perguntou Dulce.

Para quê?

Para procurarmos os especialistas, interpelava Fátima, surpresa com a reação de Paulo.

Ele começou a sentir sua orelha formigar. Provavelmente, ela estava ficando em carne viva.

Eu não entendo nada de artes. Procurem um coordenador de curso em cada uma dessas instituições, veja quem eles indicariam, depois analisamos. O orçamento é curto para contratação de terceiros.

Enquanto estava falando, não percebeu que Teófilo chegava apenas naquele momento e que ficara parado à porta.

Dulce olhou feio para o colega. Estava ofendida com o atraso.

Teófilo, não tinha te visto aí, disse ela, irônica.

Cala a boca, Dulce. Falou seco, chamando Paulo com a mão, que acabara de encerrar a reunião, dispensando o grupo.

Permanecendo na sala, esperava para ver o que Teófilo queria.

Paulo, cara, não tem um jeito melhor para dizer isso.

Então, desembucha.

É que encontraram Emily morta no apartamento dela.

Como?! Quem disse isso?

Acabaram de ligar pra cá. Só perceberam, os vizinhos digo, só chamaram alguém para olhar o apartamento porque pensavam que havia alguma coisa errada lá.

Do que você está falando?

Lamento por isso, amigo, sinto de verdade ser o que te trás uma notícia tão terrível. Mas fiz questão. Melhor do que receber uma ligação.

O que aconteceu?, perguntava Paulo, não sabendo se permanecia sentado ou se andava pela sala.

Ela se matou há uns dias. Por isso, você não conseguia se encontrar com ela.

As três partidas no carro. As ligações não atendidas. O som das batidas na porta ecoando e se misturando ao toque do telefone insistente. A resignação estampada diante do vizinho curioso. Mas a filha abandonada a poucos metros de seus pés covardes. O corpo solitário. O sofrimento silencioso como o de Emílio.

Imagens misturadas na memória dos olhos.

Paulo foi saindo da sala sem dar atenção às últimas palavras de Teófilo, que continuava tentando consolar o amigo.

&

A arte imita a natureza.

Não vulgarize Aristóteles, Hilda, você bem sabe que não é simplesmente isso, Juan secava sua xícara de café e solicitava mais uma ao garçom.

Enquanto pensava no que dizer de profundo, acompanhava a movimentação do garçom até que outra xícara fosse pousada diante de si. Pois esperava impressionar Hilda e a si mesmo. Tinha consciência de que nem mesmo ele conseguiria ir muito além de uma explicação mimética a respeito da arte.

Então, limitou-se a esperar o gole de café azedar sua língua.

Você é que está vulgarizando a interpretação que dá à minha frase, Juan. Mas a culpa é minha, pois a joguei no ar.

Então, voltando ao caso do assaltante, o que cabe ao artista? Contextualize sua interpretação da mimese.

Enquanto conversava com Hilda, ele conseguia ter visão de toda área de embarque. Do café, conseguia visualizar os avisos de voo, enquanto ela expunha sua opinião.

A arte imita a natureza, sim, mas aquela que se expressa na mente do artista. É dentro dele que se forma uma imagem do que a visão capta. Não há retrato. Há exteriorização de uma intuição de realidade.

Intuição de realidade. Agora gostei do que ouvi, Hilda, interessante. Pois de que realidade podemos ter certeza, não é mesmo? Apenas da nossa.

Juan retirou o bloco de sua mochila e fez uma anotação rápida.

A mimese está no olhar.

É esta a importância do artista. A de estar presente em situações como essa do assalto e do espancamento que você me contou, complementava, Hilda. Pois a realidade do artista participa de um intercâmbio com a realidade concreta.

A mimese, na sua concepção, é a própria consciência artística sobre fatos e memórias. A pintura no meu caso, o teatro no seu, originam o outro não da realidade concreta, embora dela se alimentem, mas o outro que reflete a própria criação. Me diga. Cada tela que eu pinto conta a história da pintura? Cada peça que você produz conta a história do teatro?

É isso. Essa é a minha ideia sobre o que faço.

É por isso que a arte é criticada como autocentrada. Isolada e esotérica. A inquisição do mercado prepara a lenha pra queimar as bruxas.

Mas julgam sem compreender, pois a arte precisa agir assim. De outra maneira ela não se origina para que retorne à mesma realidade que a alimentou. Depois do retorno torna-se outra coisa, mas fora do controle do artista.

Somo impotentes, então?

Sim. Totalmente impotentes. Eu, você e Lygia.

Lygia?!

Ainda estou com ela, sabia? Incrível, não acha? Lygia é fotógrafa agora. Ou seja, é mais uma artista mal interpretada e grávida de realidade.

De intuição de realidade, Juan corrigia.

Riam descontraídos. Ao discutirem um assunto de que gostavam e que tinham afinidade, retomavam uma amizade há anos abandonada, transformada em fotos de formatura apenas.

Juan achava que Hilda estivesse ruborizando. Começava a pensar em mais possibilidades, além daquelas que havia planejado antes de iniciar sua obra. Ela, querendo ele ou não, sendo insólitas as relações ou não, fazia parte das mulheres que roubaram dele a essência de que precisava. Precisaria reiniciar, então, o planejamento das maneiras de continuar seu trabalho ao mesmo tempo em que deveria elaborar formas de cuidar para não ser descoberto pela polícia.

E como vocês estão?, perguntou ele.

Olha, Juan, melhor impossível, como se diz. Continuamos abertas a outros relacionamentos e Lygia, para realizar seu trabalho, viaja o mundo inteiro. E eu aproveito, claro.

E que espécie de fotografias ela tira? Digo, para que espécie de material?

Ela trabalha para revistas de viagens. Ela é bastante conhecida no meio. Bastante requisitada.

Que vida a dela. Viaja pelo mundo a trabalho, sem custos, faz amizades, conhece lugares, culturas... e ainda ganha pra isso.

E ganha bem... disso não posso reclamar.

A conversa estava tão leve que Hilda não resistiu ao ímpeto de convidá-lo para que visitassem as duas, que passassem um tempo com elas. Ela também começava a ficar curiosa sobre outras possibilidades entre os três, mas apenas a visita de um amigo da época de juventude já seria uma boa desculpa para se descontraírem. Tocando o braço dele, reforçou o pedido para que ele as visitasse.

Moramos numa cidade pequena, fica em outro país, mas é aqui do lado. É turístico, exótico, tranquilo e bucólico.

É uma pena, mas preciso ir, disse Juan, fingindo conferir o relógio. O meu horário já deu. Conversamos mais sobre isso outra hora.

Trocaram contatos e prometeram conversar ainda naquele dia.

Agora, preciso mesmo ir.

Não sem antes dizer que vai me visitar, disse Hilda, abraçando-o sem medo do que ele poderia pensar sobre seus atos. Desculpe o belisção, Juan, não resisti.

&

Paulo dispensara a enfermeira, mas continuou em pé no meio da sala. Sem coragem. Sem força. Não sentia disposição nem mesmo para jogar a pasta na mesa.

Emílio no quarto sobre a cama.

Não podia contar a ele que Emily estava morta. O que mais restava ao filho além da ilusão de que ela ainda existia? Considerava-se culpado por tudo e, vítima de si mesmo, não via outro modo de conviver com seu presente a não ser aceitando sentenças futuras estoicamente.

Continuaria mentindo para si.

Emílio não tentou se matar. Foi acidente.

Emily continua por aí. Seguia com sua vida. Suportava a dor, permanecendo distante.

Se eu contar a verdade a Emílio, ele definhará mais do que se encontra destruído.

Precisava ir vê-lo. Mover-se do chão que formigava nos pés.

Estava com o ânimo eviscerado para continuar, mas precisava.

Basta fazer o que sempre faço. Maquinalmente, continuar agindo como nos outros dias, dizia para si, tentando arrastar-se de onde estacara.

Os dedos.

Pé esquerdo.

O calcanhar.

Por fim, a perna.

Passo a passo.

A maleta sobre a mesa.

Mão no encosto da cadeira.

Meia-volta.

Luz da cozinha.
Som do sapato no piso.
Bebedouro.
Três goles.
Devagar.
Passo a passo.
Porta da geladeira.
Sopa de abóbora.
Forno micro-ondas.
Alguns segundos.
Colher.
Meia-volta.
Som de sapato no piso.
Passo a passo.
Devagar.
Corredor.
Porta de Emílio.
Mão na maçaneta.
Hesitação.
Desespero.
Pernas no carpete.
De joelhos.
Silêncio.
Sofrimento.
Respiração profunda.
Devagar.
Uma perna.
Depois a outra.
Mão na maçaneta.
Interior do quarto.
Passo a passo.
Máquina.
Olhos com olhos.
Silêncio.
Ao lado do filho.
Mão sobre a testa.

Desespero.
Respiração profunda.
Meia-volta.
Passos rápidos.
Corredor.
Costas na parede.
Respiração e desespero.
Respiração e desespero.
Respiração.
Desespero.
Lágrimas.
Mãos sobre a boca.
Silêncio.
Grito abafado.

&

Juan se preparou para a lufada de ar nauseabundo antes de abrir a porta da frente de casa. Antes de virar as chaves, inspirou a brisa fresca que passava pela varanda. O cheiro ali era agradável, precisava guardar aquela lembrança para que pudesse suportar o cheiro de podre.

Virou a chave, paralisou a respiração e abriu a porta bruscamente.

Uma revoada de moscas passou pelo rosto, fechou os olhos temendo um ataque mais danoso. Devagar puxou o ar pelas narinas, não queria o cheiro preso à sua língua.

Estranhava.

Não acreditou, mas estava melhor que antes. Depois de um mês à disposição de animais e insetos, pensava que a carniça estaria exalando um odor incompreensível, mas não foi o que constatou.

Concluía que finalmente havia se acostumado à podridão da carniça abandonada no chão da sala.

Não percebeu que o processo de fermentação já estava sendo concluído. O inchaço já não era como antes, muito da carne que ainda resistia havia se liquefeito e no meio daquela sombra desmanchada, besouros podiam ser vistos, além de lacraias e formigas maiores. Em algumas partes os ossos começavam a aparecer.

No rosto, o sorriso sarcástico começava a ser desenhado pelas larvas das moscas que há um mês se dedicavam à carniça e aos outros insetos que foram convocados para o trabalho.

Como se sentia confortável pelos odores estarem mais amenos aos sentidos, embora não agradáveis, resolveu assistir um pouco a algum programa para distrair. Sentou no sofá, sem arrastar a grande tela que ainda o esperava no meio da sala, começou a selecionar o que assistir conforme seu ânimo para relaxar antes do trabalho.

Descobriu que começaria outro programa especial a respeito do Artista da Morte e da investigação que estava sendo feita. Então, correu até a cozinha, analisou o armário e a geladeira, constatando que estava sem nada que pudesse servir de petisco, além de uma alface seca, um pacote de arroz carunchado e latas de produtos em conserva fora do prazo de validade.

Colocou um tênis esportivo.

Estava determinado a ir até o mercado mais próximo correndo. Como morava em uma região que aparentava ser mais rural que urbana, a única mercearia se encontrava a pouco mais de três quilômetros, onde alguns moradores da região paravam para jogar baralho, enquanto conversam a respeito das mulheres e das sogras, nunca em tom compreensivo e amigável.

Pouco antes de chegar à mercearia, perdeu completamente o fôlego e precisou parar, continuando o trajeto caminhando lentamente, com as pernas amortecidas. Bambeavam. Sentia seu corpo formigando. Os pelos do corpo arrepiavam, o suor escorria pelo rosto, braços e costas.

Ainda estava com o rosto avermelhado quando chegou ao destino. Todos os presentes no armazém se viraram e olhavam com curiosidade o homem suado e vermelho que entrava ofegante no estabelecimento.

Sem dar atenção aos enxeridos, pediu ao velho que estava atrás do balcão, um pacote de amendoins, refrigerante gelado e algumas barras de chocolate, sentia seu corpo falhar, implorando pela energia que havia perdido na rota que o corredor que perdera o condicionamento não conseguiu transpor com tranquilidade.

&

Hilda tinha dez anos. Quando o destino saiu pela porta, ela não tinha consciência do mundo.

Estava andando de bicicleta na rua quando um carro parou diante de casa. Sem apertarem a campainha, dois homens entraram. Eles saíram pouco depois, ela pensava que nunca esqueceria a cara de homens maus que os dois tinham.

Esqueceu.

Poucos minutos depois, seu pai a abraçava forte, o cheiro do sabonete e o cabelo pingando pela franja, caindo nas suas bochechas, seriam uma lembrança corriqueira daí em diante. Não viu seu pai novamente. A última imagem que guardou foi da mochila marrom nas costas e os passos firmes, rápidos.

A mãe não comentava o ocorrido. Quando questionada pela filha, limitava-se a dizer que elas precisavam seguir em frente. Alguns meses depois, ganhava um padrasto. Seguindo o próprio conselho, Quitéria se casara com um homem rico.

Transportada das ruas e dos parque públicos para os clubes, Hilda não se adaptaria, não se enxergava naquele mundo. Sentia saudades daquele cheiro de sabonete, dos pingos mornos nas bochechas. Guardava na memória apenas essas duas sensações, pois a imagem do pai foi se desvanecendo. Em casa, nenhuma foto.

Quitéria era uma mãe dura, seca, sem afeto. Nem mesmo com a bebê que nascera do novo casamento expressava afeto. Mas com Maria os objetivos eram outros.

Não demorou muito para que o desejo de sumir daquele ambiente aparecesse na mente dela.

O padrasto não tinha culpa. Vicente Paes até se esforçava para aproximar-se, mas ela se recolhia. Arrependia-se de nunca ter conversado com ele. Temia Quitéria. A mãe é que a transformara dia a dia na sombra da casa.

Antes de fugir, beijou a irmã que brincava sozinha. Relembrar o abandono do próprio pai foi inevitável.

Quem sabe reencontro meu destino, pensava.

Querer o passado e tentar se livrar dele ao mesmo tempo a consumiria e era o tempero do seu estar no mundo. Viver era ser abandonada, ignorada, acossada. Mas não queria voltar a ser sombra. Sabia que não seria luz, então seria fumaça.

&

Sentada em frente à mesa de fórmica, diante de uma máquina de escrever ainda cheirando a plástico e lubrificante, Coralina sentia que finalmente havia encontrado o que procurava.

Fazia frio, mas ainda faltavam algumas semanas para o inverno. O gelo que se formara sobre os carros derretia, mas parecia estar impregnado por dentro das peças confeccionadas com tecidos grossos e felpudos que cobria grande parte dos funcionários do escritório.

Como não possuía experiência comprovada, ela fora contratada como datilógrafa numa indústria farmacêutica, embora ainda fosse considerada uma pré-candidata para a vaga de representante a qual se inscrevera.

Com as juntas duras e com a ponta dos dedos insensíveis, escrevia em formulários extensos os relatórios obtidos com as vendas de medicamentos no interior do Estado. Lamentava apenas o frio, pois os nomes técnicos quase incompreensíveis não a atormentavam. Estava sentindo que novamente o mundo invadia seus olhos. Sensação que não tinha há pelo menos dez anos.

Tomara a decisão de se desligar da Polícia da União poucos dias antes de Emílio completar nove anos. Foram meses tentando convencer Paulo a providenciar sua exoneração. Ele não entendia a sua urgência. Devorava o mundo pelos olhos e nada havia de novo no que estava fazendo na Divisão de Criminalística. E o que sentia não era saudades da Dops. Sua saudade era de algo que ainda não vivera. Queria a sensação de ser como qualquer pessoa, aprisionada em horários, a chefes déspotas que, por sua vez, também lutavam contra o medo.

Desde o dia em que passou a fazer parte da equipe da Dops não tinha que se preocupar com mediocridades como os rendimentos e resultados financeiros da empresa, com as demissões e com os prazos injustificados. As preocupações eram de outra ordem, mas não envolviam modificações no mercado.

Queria perceber o que era fazer parte da máquina que debulhava identidades, ser cobrada mesmo que as razões não fossem as mais adequadas, humanas e honestas.

Foi percebendo, sentada numa cadeira mais desconfortável do que a que possuía antes, que não existia um sistema que premiasse e reconhecesse, que ouvisse e considerasse opiniões, que se envolvesse com as pessoas e as protegesse, pois o que importava eram os números, mas desses números ninguém, além de alguns diretores, tinha acesso.

Foi percebendo que a ditadura que começava a afrouxar lentamente do lado de fora dos portões da firma, endurecia rapidamente por trás dos crachás de identificação dos empregados. Viu favorecimentos escancarados, condenações sumárias e sem direito à defesa, retenção de informações cruciais em prol de grupos específicos e o consequente fuzilamento de outros por interesses que ultrapassavam limites morais.

A principal lei do mercado, o dinheiro.

Embora se sentisse como uma pessoa qualquer, embora estivesse passando por algo novo, se surpreendia com a natureza das estruturas, pois elas permaneciam as mesmas.

O mal, a autoridade e a corrupção estavam em todas as dimensões.

Mas ela não se arrependia por ter saído de seu emprego anterior para encarar esse recomeço. Não fugia do passado, pois o revia remodelado com outras roupagens. Havia encontrado o que procurava diante de uma máquina de escrever.

&

Juan sentou no sofá, abandonando as compras no chão. Estava exausto. Com dificuldade, ligou o aparelho, direcionando ao programa investigativo no qual seria a figura principal.

Porque usar justamente esse estilo? Porque heavy metal?, pensava.

Tentando compreender a trilha sonora escolhida pelos produtores do programa.

Porque aplicar às minhas ilustrações esse fundo musical?

Sempre associavam músicas pouco populares do grande público a nichos visuais. Guitarras sempre foram associadas à rebeldia, e músicas sinfônicas à paz.

Porque não usaram a sinfonia 88 de Haydn?, ironizava.

Estavam reproduzindo a cena, conforme as indicações que ele mesmo havia deixado, indicações em cada ferida do corpo da vítima, das ferramentas empregadas, de como poderia ter convencido a mulher a sentar na cadeira para sofrer o que sofreu.

Mas nada sobre arte estava sendo comentado. Pegou um papel e escreveu.

A arte se tornou uma ciência para iniciados, nem todos conseguem extrair da cebola todas as suas camadas, permanecendo, como antes, ignorantes aos significados mais profundos, aos fluidos mais densos.

Pendurou o papel na parede, enquanto os comerciais terminavam. O programa voltava e a dramatização e os comentários eram mais soturnos. A morte de Marguerite e seus detalhes eram transmitidos como se fossem fruto de algum ritual satânico.

Não entendem de metafísica.

No bloco seguinte, dramatizaram as ações do Artista da Morte utilizando um retrato mal desenhado do assassino das mulheres. Imaginaram alguém que não existia. Tentando construir um personagem verossímil, colocaram olhos de animal num rosto quadrado, rígido, áspero, com a barba por fazer e com os cabelos desgrenhados. Alguém realmente difícil de ser encontrado ou imaginado, ou que poderia representar qualquer ser do sexo masculino.

Clarice foi mostrada como uma sombra refletida na parede.

Quando representaram o sufocamento dela por saco plástico, os pelos de Juan se eriçaram, a sensação revivida foi tão intensa quanto havia sido durante a execução do que planejara para aquela asceta.

Depois das representações mal feitas das mortes, comentaristas tentaram complementar o traço do suposto perfil do assassino e do seu padrão de escolha, fazendo suposições a respeito das futuras escolhas do assassino, levando em consideração a psicologia e a ciência forense.

As informações atropeladas serviram apenas para mostrar a Juan, mais uma vez, que não seria descoberto tão cedo, que a polícia estava muito distante para conseguir segui-lo, ou que ela estava encobrindo as mortes posteriores às que foram dramatizadas pelo programa. Tinha certeza absoluta de que jogara o croqui de Emily no chão da sala e que mantivera o desenho enrolado na boca de Cecília.

Mas, talvez, os traços estejam borrados e o papel queimado pelo cianeto de potássio, cismava.

Mas estavam lá, da forma como gostaria que fosse encontrado. Deslocado da cena do crime, no caso de Emily, e desfigurado pelo veneno da arte, no caso de Cecília.

Arte é violência contra a ordem hermética da moral e das leis, contra o poder evaporado das mãos do artista. É violência contra ela mesma.

Prestando atenção ao programa, tentava captar o que a polícia estava encobrindo, o que ela sabia de suas ações.

Ela não fala abertamente. Preciso remover o limo das entrelinhas.

&

O que deu em você pra me bater tão forte?

Nem vermelho ficou, Coralina, e eu precisava mostrar a ele que, mesmo com a novidade da gravidez, não daremos moleza a você. Ele precisa pensar que vamos até pegar mais pesado.

Ele sabe muita coisa e até soltou que há um mapa, ou algo assim, da localização da chácara onde estão as armas.

Nós localizamos, mas fomos precipitados. Erramos. Agora, essas armas já foram, com certeza, deslocadas por outros. Por isso, quero fritar devagar esse cara, são várias pequenas células que aparentam saber muito pouco a respeito das outras, mas que, centralizadas e organizadas, dão uma canseira dos diabos.

São três células em Curitiba, pelo que ele me contou. Mas precisei virar puta pra obter essa ninharia. Não consegui chegar à capilarização da organização.

Vou precisar de toda informação que você não havia conseguido repassar ainda, Cora.

Ai, Paulo, esses meses foram uma barra. E pensar que vou ter outros pela frente. Burrada a minha, agora estou de barriga.

Mas o jogo virou. Descanse uns dias. Antes vamos dar uma encenada lá no laboratório de áudio. Precisamos de uns bons gritos seus. Se for preciso a gente até simula um abortinho.

Credo, Paulo.

O cara vai ter que abrir o bico. Peço pro Téo botar ele na cadeira do dragão. Mostro seus gritos. Ameaçamos. No fim, vai até cuspir na foto de Che.

Isso é cruel demais até pra ti.

Tenho que fazer valer seu esforço. A propósito, aceita jantar comigo? Te levo pra onde você quiser, você merece.

Às suas ordens, Cap. Soares, respondeu Coralina, batendo continência com um sorriso maroto.

&

Juan se levantou do sofá. Estava quase dormindo. Seus olhos vermelhos pelo tempo que passou em frente à televisão.

Caminhou para o meio da sala, olhou para a sua pintura inacabada, sentia um sopro gelado no peito, não sabia a razão. Como se o medo o possuísse concretamente frente a algum perigo verdadeiro.

Ao seu redor, viu todas as mulheres que ele havia matado, as que o amaram e das quais havia se libertado. Estava cercado.

Virgínia tinha a cabeça pendente no pescoço.

Do profundo corte borbulhava um sussurro gutural profundo e comprido. Suas mãos tentavam se aproximar dele, mas não havia força suficiente. O abdômen parecia sugar o próprio corpo, que girava ao seu redor, contraído roubava o vigor do corpo que caminhava com dificuldade.

Marguerite continuava a perder massa encefálica.

Quase inaudível gemia com sua voz fina. Seu corpo se arrastava no chão tentando manter o rosto levantado, mas pendia em direção ao carpete, mostrando a presença apenas da parte inferior do crânio. As mãos estavam tensas, as unhas quebradas demonstravam o desespero pela possibilidade de se aproximar.

Clarice tinha a voz inaudível.

Seus clamores eram abafados pelo plástico que estava preso à cabeça. Caminhava firme, mas parava para tentar seguidas vezes se livrar do material que lhe abafava os gritos. Levantava as mãos implorando pela presença, pelo toque, pela atenção dele, queria segurar seus cabelos novamente entre os dedos finos.

Cecília não dizia nada.

Precisava manter os lábios fechados, pois eles estavam queimados, além da sua garganta e estômago. Uma mancha mostrava como o envenenamento havia sido profundo. De sua boca, o cianeto havia escorrido até o pescoço, queimando a pele, deixando-a escura. Cecília caminhava com as mãos na barriga, curvada sobre si.

Emily não estava entre elas.

As quatro mulheres tentavam tocá-lo. Juan via que elas necessitavam dele, pois estavam incompletas sem a dádiva de sua presença, de seu toque nelas, da memória dele sobre o corpo insaciável e dentro delas, obscurecendo a razão a todo instante. Mas não conseguiam chegar até ele.

Não conseguem mais, Juan dizia. Não podem mais tocar o que já havia sido amado. Não é possível tocar o que não se possui.

Percebeu isso e, embora sentisse pavor, com um pedaço maior de papel, escreveu rapidamente algumas reflexões, filosofias estéticas, pensamentos sobre arte, lutando com a lentidão dos dedos ao segurarem a caneta.

Lutou com a caneta que vacilava entre os dedos úmidos de suor e oleosidade.

Então, Emily surgiu ao seu lado, segurando-lhe a mão. Sua presença afastou as obcecadas que ainda tinham o ímpeto de o tocar.

Elas pretendem possuir novamente o amado, Emily disse a ele.

Sentiu paz ao ver cada uma delas indo embora lentamente, como se uma luz levemente azul o cobrisse completamente. Deitou no peito de Emily, mas não percebia vida ali, apenas ausência. Agradeceu àquela que o consolou e que dele nada queria extirpar, apenas compartilhar, estar junto.

Dividir.

Juan e Emily, como uma relação da obra com seu criador.

A paternidade artística é um bem imaterial, pensava Juan.

Finalmente, ele conseguiu escrever o que pretendia.

Então, Emily desapareceu.

O que anotou acabara tomando mais que uma folha do bloco, então ele dividiu o que pretendeu dizer em papéis e os espalhou pela parede em cantos separados.

Dispares e complementares.

O amor não é um vírus, não é uma deformidade do intelecto, não é uma construção do discurso, mas pode ser interpretado assim.

O segundo pedaço continha uma frase curta.

Amor não é sentimento, é ação.

Ao lado no primeiro trecho, ele colocou outro. Deste, o que mais gostava era o período final, que resumia sua forma de agir sobre a arte.

O amor se estabelece como realidade na mente de quem ama, extraindo do amado alimento para a sobrevivência. O amor é uma forma de violência.

O último pedaço, isolado, pareceu não dizer muito a ele, depois de escrito. Representava a própria impotência que resulta da perda de poder e da ação com base na violência.

Quando se ama, o poder é nulo.

Sem poder, não conseguiria criar sua obra capital. Estabelecia, portanto, outra forma de violência para subtrair a forma manifesta do amor em si e nas mulheres que criavam o amor a ele, conforme ele acreditava.

Por isso fazia o que fazia, refletia, embora fosse interpretado por crianças sem capacidade de sublimar a carne, chamando-o de Artista da Morte.

A morte não é meu objeto, pensava ele, passando a falar sozinho enquanto andava pela sala. Mas preciso continuar destruindo o que cada uma das ascetas construiu. Continuarei a matar, mas este não é o fim de meus atos, não representam um rito esotérico, compreendido apenas por uma mente hermética, que conseguiria captar adequadamente cada um dos meus signos e sinais. A arte não é coisa de doente, ela dialoga com tudo, mas de forma racional. É trabalho da mente.

Falava para si decidindo que viajaria para reencontrar Hilda logo que amanhecesse.

Tomou um banho quente, alongou o pescoço e os ombros debaixo da água que caía do chuveiro. Depois, os braços, as costas e as pernas após estar seco. Relaxado, deitou na cama desarrumada. Dormiu rapidamente, como se estivesse sob efeito de medicação.

&

Paulo esperava por Teófilo em frente ao conjunto onde Emily morava. Onde ela havia se escondido nos últimos anos. Dele talvez. Do que aconteceu com o irmão. Das lembranças dolorosas do tempo em que a família ainda podia ser chamada assim.

Minha proteção não foi suficiente, pensava Paulo. A memória se infiltra onde e quando quer.

Sozinho, acreditava que não conseguiria vasculhar os pertences da filha. Precisaria procurar por alguns documentos. Morrer dá mais trabalho aos vivos do que nascer. Por isso, a companhia de alguém como Teófilo, mesmo que silenciosa, era bem vinda.

Marcaram para o início da manhã e Teófilo, como sempre, era pontual e carregava consigo um copo descartável de café preto. Comprava-o religiosamente em uma padaria antiga que ficava próxima à antiga Dops, na João Negrão, 733.

Não trouxe um pra mim?

Desculpe, Paulo, não lembrei.

Estou brincando. E esse requentado continua o mesmo desde os anos do Médici?

Ácido e forte como antes.

A conversa descontraída maquiava a tensão clara nos olhos. Os passos pesados. Marcados.

Nós saímos da Dops, mas a Dops não sai da gente, não é, Téo?

Nem me lembre. Naquele tempo coisas como o que está circulando por aí, essa baderna no governo. Ah, o playboy já tava enquadrado.

Ele, o bigode e o irmão traíra. Até agora não consigo entender como é que Pedro Collor foi capaz. Tinha que ser preso por vomitar na cara da própria família.

Se esqueceu da quantidade de X9 que nos ajudou lá na João Negrão? O pai da Emily, por exemplo, foi um dos bolcheviques que começamos a espionar depois que a esposa, na época, veio até nós caguetar. E teve que insistir. Foi uma pé no saco aquela mulher. Mas, no fim, estava certa.

É verdade. Já nem me lembrava daquela mulherzinha insuportável.

Mas se não fosse por ela, teríamos mais militares mortos do que tivemos.

Acho que ali o interesse era vingar chifre ou coisa do gênero. Mas é verdade, sem essa alcaguete não teríamos derrubado tantos terroristas. Começando pelo Sílvio, que demorou, mas abriu o bico.

Paulo, depois de falar a última palavra, foi invadido por sensações incômodas, mas não sabia distinguir se era vergonha, medo ou arrependimento. Esses sentimentos se misturavam sem explicação quando Paulo caminhava com o amigo pelo corredor, próximo ao apartamento de Emily.

Durante alguns segundos apenas o som dos saltos dos sapatos de couro argentino.

Coralina dizia que eu estava virando museu e que tinha que deixar o passado cuidar dele mesmo. Mas eu ficava depurando, deixando lembranças ainda fermentando na cabeça.

Elas sempre querem que a gente mude, Paulo.

Eu tinha que ter tentado. Se ela tivesse percebido alguma tentativa minha, estaria viva hoje, dizia Paulo, abrindo a porta do apartamento, sem esperar por nenhuma defesa ou discordância de Teófilo.

Como o amigo não sabia o que dizer, Paulo ficou sem saber se Teófilo concordava com ele ou não.

Dentro do pequeno ambiente do apartamento, sentiram a necessidade de abrir as janelas para arejar o local.

Bem, Téo, como não sabemos onde ela arquivava os documentos de banco, das financeiras e lojas, ou de credores, essas coisas, teremos que procurar até na geladeira.

A propósito, você já reservou uma doméstica para dar uma geral? Tô vendo daqui que ficaram uns pratos na pia.

E tem mais essa. Estava me esquecendo de procurar por uma faxineira.

Deixa depois a chave comigo, Paulo, daí peço para a minha empregada vir à tarde.

Obrigado, deixo sim. Olha, eu começo aqui pela sala.

Vou para o quarto, melhor eu lá, né?

Quando Paulo solicitou a ajuda de Teófilo não havia pensado nessa blindagem. Não suportaria ver as roupas da filha. As coisas mais pessoais. As roupas que conhecia. As que não conhecia. Os perfumes que talvez já tivesse sentido nela. Ou aqueles que descobriria, mas não na pele da filha, que virara mulher sem que ele percebesse. Não suportaria ver a forma como vivia na intimidade do seu quarto. Estar ali já era doloroso demais.

Começou a olhar lentamente a estante, folheando os livros, abrindo caixinhas decorativas, depois carregou uma das gavetas para o meio da sala. Teria que verificar uma a uma, com atenção e cuidado. Quanto mais dedicação nesse momento, menos trabalho teria para refazer esse caminho burocrático.

O que é insuportável, se faz antes e rápido, mas bem feito, Paulo seguia essa cartilha.

Embora não tivesse consciência, toda a sua vida era um acúmulo de atividades insuportáveis, não prazerosas, mas imperiosas. Aos poucos, foi tomando ciência da própria história.

Ao pousar os joelhos no tapete, colocando a gaveta no chão, viu um papel largado à sua direita.

O choque, se não maior, foi tão terrível quanto aquele que sofreu quando Teófilo lhe falava sobre a morte da filha.

Começou a respirar com dificuldade.

Tontura.

Se apoiou com as mãos no piso até seus batimentos voltarem ao normal.

Então, chamou o amigo.

Oi. No quarto, eu já encontrei bastante coisa, dentre elas a papelada do apartamento.

Isso não tem mais importância, agora. Veja isso.

Calma, homem, o que você tem? Deixa eu ver isso aí.

Teófilo pegou o papel. Ficou branco, mas não expressou em palavras o que sentia. Achou que se pudesse se controlar, amenizaria o choque pelo qual Paulo passara. Apenas pegou o telefone, passando para o amigo que ainda não conseguia aceitar o que acabara de descobrir.

Paulo, você tem que avisar a equipe agora. Põe esse fone no ouvido. Eles têm que ouvir de você.

Teófilo discou o número.

Mirela atendeu.

É o Paulo.

Olá, Sr. Paulo. Eu quase estava saindo para a copa. Foi por pouco.

Preciso que chame alguém.

Pra ir onde?

Telefone. Peça para que, talvez, a Dulce atenda a ligação.

Quer que eu transfira?

Ninguém vai atender ligação transferida nesse horário. Vá até ela e diga que estou nessa chamada. É urgente.

Mas o único que ainda estava disponível na sala era o Miranda.

Chefe, já ficou sabendo?

Oi, Miranda, estranha sua pergunta por que eu descobri algo terrível ao visitar o apartamento da minha filha.

Desculpe, senhor, eu deveria ter sido mais cuidadoso. Não estava lembrando que, hoje, você estaria aí com o Sr. Teófilo.

Repasse a informação tal como eu disser a partir de agora. Tome nota.

Ok.

Pronto?

Papel na mão e lápis.

O assassino serial, chamado Artista da Morte, vitimou Emily Soares, filha de Paulo Soares, diretor da Divisão de Criminalística da Polícia da União, em Curitiba. Não foi suicídio como aventado. O pai, em companhia de um amigo e colega de trabalho, funcionários no INC, encontrou na manhã deste dia, no apartamento da vítima, um desenho no qual é retratada a maneira como foi realizada a morte. Evidência que liga esta vítima à demais.

Paulo precisou respirar profundamente mais três vezes e continuou.

Como é sabido, as mortes sob autoria do referido assassino são assinadas com croquis, nos quais ele retrata suas vítimas, abandonando-os próximos aos corpos.

Olhando o desenho enquanto falava, Paulo não conseguiu evitar o choro.

Sendo, o mesmo, prova documental que se constitui em evidência indiscutível de que a referida mulher foi outra daquelas vitimadas pelo assassino conhecido como Artista da Morte, situado em Curitiba.

Senhor.

Miranda, datilografe e repasse via ofício para todos da força-tarefa, para o Secretário, para...

Senhor, não aconteceu apenas em Curitiba.

Como?

Recebemos a notícia agora a pouco. Ele matou em outro estado também. Envenenamento. Soubemos que era ele porque também deixou um croqui junto à vítima.

&

Juan acordou tarde.

Demorou a perceber que se encontrava ao lado da carcaça. Olhou, imaginando algum sonho, mas percebeu que o sonho se tornava mais nítido, fétido e doloroso.

Estava nu e constatou que havia feridas pestilentas sobre a própria pele.

Elas eram mais profundas no lado mais próximo à carcaça. Feridas surgiam por ter passado um tempo próximo às larvas, que ainda procuravam tecidos e às moscas que vasculhavam locais para botar seus ovos. Atentos, esses seres encontraram, na pele dele, já tomada de bernes, um novo paraíso, fresco, quente e mais úmido, além dos besouros, lacraias e das formigas que auxiliavam no devoramento o deixando mais ferido.

A temperatura estava mais amena de manhã. O frio começara a espantar muitos dos insetos que faziam parte da flora cadavérica.

Ele se levantou e expulsou de sua pele os insetos que caminhavam. No banheiro, procurou por uma pinça no lugar onde sua esposa guardava esmaltes, lápis de olho, base, mas não encontrava, procurou em uma bolsa pequena onde viu cortadores de unha, algodões, acetona. Ali, em um canto, encontrou uma pinça pequena.

Com rápidos movimentos, evitando gritar alto, retirou das feridas pequenas larvas que brotavam dos tecidos avermelhados de sangue.

Tomou uma ducha fria para amenizar a dor e uma quente, para higienizar as feridas.

Antes de se vestir, aplicou iodo onde a pele estava ausente, de onde havia retirado dezenas de vermes ainda nos primeiros estágios de crescimento. Colocou algodões nos ferimentos mais extremos, afixando a proteção com gaze e tiras de fita crepe.

Vestiu apenas um roupão, pensando evitar que o vento atiçasse as feridas.

Queria pintar, a despeito da febre que começava a tomar vulto.

O objeto de sua criação artística era a realidade que se apresentava diante dos olhos. Sabia agora que desse ente precisava extrair mais do que aquilo que sua percepção registrava nas retinas, precisava ir além da sua própria humanidade.

O artista precisa mergulhar apenas na humanidade que geme dentro de si.

Em seu trabalho, se colocava como um operário, não como um executivo em departamento estratégico. Sua torre se encontrava diante dos olhos, nas mãos cansadas de manipular materiais e ferramentas para extrair do ar o próprio respiro. Projetava de si a imagem como alguém que realmente trabalhava com o vigor das fibras, pegando no pesado.

No chão e no pó mergulhava para criar.

Do chão e do pó descobria realidades para que estas dialogassem com a luz, a cor, a sombra, o espaço e o abismo.

Sentou em sua banqueta e misturou os primeiros tubos de tinta.

Olhou para a carniça abandonada e viu cada fenda pustulenta de onde escorria os tecidos fermentados que se desprendiam. Percebia a decrepitude e a falência do que existiu e já não se encontrava entre as coisas que podiam ser vistas para serem retratadas.

Restava apenas memória.

Religou sua visão à memória, sabendo o tempo que operava sobre aquele objeto. Levou em consideração cada um dos fatores. As cores deviam representar o diálogo empreendido e o resultado mental, a visão obtida nas retinas, retrabalhada novamente. O pincel aplicaria o diálogo entre obra e artista, sendo ferramenta do operário da realidade fluída naquele momento.

Nesse trabalho delicado de retoque, ele aplicou todas as horas da manhã, ultrapassando o almoço.

A carniça na tela começou a ganhar outro aspecto, mais denso e dramático.

Estava carregado de história.

&

Paulo chegou devagar. Sem olhar nem falar com o filho, sentou-se na cadeira ao lado da cama.

(Se fosse antes. Se conseguisse fazer essa boca se mover. Não teria dúvida. Não estaria interessado em suas histórias. Mas a gente sempre quer o que não pode ter, mesmo que seja algo desagradável.)

Paulo continuou em silêncio. Coçava a orelha esquerda. Cada vez mais vermelha e inchada.

(Pelo jeito, quem está sem assunto é você. Algo te incomoda. Dá pra ver na sua cara. E não é pouca coisa. Isso é pior que estar morto. Ser esse corpo inútil, mas percebendo a destruição que causei a você, pai. Eu tentaria de novo. Está me ouvindo? Consegue traduzir meus olhos? Ninguém se joga da janela porque quer dar um passeio. Ou porque acha que vai ser divertido ficar vegetando numa cama. Eu queria apenas desaparecer. Isso é o que acontece quando a alma fica pesada. Mas a minha não estava suficientemente pesada para esmagar meu crânio no gramado do prédio.)

O pai virou o rosto. Parecia secar o rosto com uma das mangas da camisa.

(Pai, se eu me tornei um peso insuportável demais, me ajude a perder as asas. Me jogue pela janela. Quem sabe dessa vez. Quem sabe?)

&

À tarde, Juan pretendia ampliar os temas para o fundo da tela. Não queria perder a dramaticidade do momento, naquele em que se fundiu e no qual se encontrou no período anterior do dia.

Inseriu um disco antigo que ganhara de seu pai. No fraco aparelho de som, deixou tocando a Missa Requiem de Verdi.

Durante pouco mais de uma hora e meia em que o coro, os solistas e a orquestra celebravam o luto, a morte e a cessação de tudo, ele exaltou a falência, a decadência, a decrepitude do real.

Onde o movimento persistia acima de tudo. Não havendo morte completa.

O pai, envolto por uma renda amarelada, não morreria por completo. Seu corpo não cessava apesar da cerimônia encomendá-lo a Deus. Continuava, mesmo mudo, a dizer o que pretendia, como deveriam ser as coisas. Ainda parecia reger o pequeno grupo de músicos que lhe rendia homenagem póstuma ao adaptarem para instrumentos de corda e voz a Marcha Fúnebre, de Neukomm. Os olhos dos músicos, embora mais leves, refletiam as duras reprimendas do maestro Ribeiro.

O pai de Juan fora maestro de uma orquestra de câmara da cidade. Mas, diferente do que poderia supor o raciocínio humano, não conseguiu impingir no peito de seu único filho o desejo de seguir a arte da música. O filho veio entender e respeitar a arte do pai apenas após a morte dele.

Durante a adolescência, ouvia rock em volume alto sempre que seu pai estava presente. Essa forma de rebeldia ainda o manteve protegido da matemática na arte, a música erudita, mas não das artes em geral.

Frequentar as aulas de piano lhe trouxeram apenas a dor da frustração e a revelação dos péssimos hábitos sexuais paternos. Mas quanto às artes plásticas, sentiu a punção que o levaria a elas logo que se iniciou na vida adulta. A pintura surgiu como refúgio da possessão e domínio paternos, depois se transformou em trabalho diário, físico e desgastante mentalmente. Mas de impossível abandono, de inevitável realização.

De certa forma, uma atividade de possesso.

Como se ele reproduzisse no seu dia-a-dia, diante das telas, tubos de tinta, pincéis, canetas e papéis diversos, o que vira no relacionamento entre sua mãe e seu pai. Deserção impraticável e a necessidade mútua quase doentia.

Antes de iniciarem a marcha, acanhados diante do filho e da esposa, que permaneciam sentados na primeira fileira de bancos na igreja, não se decidiam entre o desejo de ir embora, despedindo-se definitivamente do diretor da orquestra, e as obrigações morais que ainda sentiam pungentes diante dos braços, agora, cruzados sobre o peito.

Entre desejos e obrigações, entre virtudes e paixões, essa era a eterna dicotomia presente no espírito tanto de artistas quanto de religiosos. Juan, diante da liturgia, dos sacramentos, dos símbolos e santos começava a entender proximidades entre esses seres que se entregam.

O objeto de culto pouco importa, pensava enquanto a mãe chorava ao seu lado. Quando a criatura consegue o equilíbrio entre o que deve e o que quer, tem-se a criação e dela o êxtase.

Na cabeça ainda juvenil, as reflexões ainda eram limitadas, as conclusões simplórias e repetitivas, sem elegância formal, mas, grosso modo, podiam ser traduzidas dessa forma. Seria assim ou deveriam ser reproduzidas as imagens eróticas que vasculhavam a mente dele precisando de justificativas para que fossem supridos os desejos da pele.

Ilustrava seus pensamentos com alegorias exóticas e carnais, mas concluía seus pensamentos, induzidos pelo local em que estava e pelos presentes no velório do pai, encontrando na arte uma forma de se ligar ao divino, ao que ele simbolizava, na arte como religião.

Continuaria a pensar assim, mesmo que viesse, meses depois, a perder a mãe.

Para Estela, a arte não ligava o homem ao divino, como pretendia o filho, mas ligava este homem a todos os humanos.

Mesmo diante da influência da mãe para o caminho que escolhera, não deixava de pensar nas imagens que tivera dentro da nave da igreja, diante dos poucos músicos que o pai comandara, diante do Cristo na cruz. Via no madeiro o destino de todo artista. Cuspido. Humilhado. Açoitado. Mas, no fim, glorificado como a um deus. Nunca igual. A arte, para ele, não seria nunca uma fraternidade. Ele não se colocaria como igual aos homens, quanto mais igual mais medíocre.

Eu sou o fiel e o deus daquilo que será a criação.

Pensando assim, foi se convencendo cada vez mais de que as diferenças, os opostos, pouco importavam, pois eram apenas emanações que resultariam em arte. Ele pretendia captar o interior que não se via por trás da morte, da vida, do amor, do ódio. Do todo.

O andamento sereno da Marcha acalentou a mãe durante os pouco mais de vinte minutos. O arranjo fora bem pensado, os metais foram substituídos com poucas perdas por um octeto inusitado. Três violas, quatro violoncelos e um contrabaixo, pausadamente e sem exaltação foram avançando nos compassos, fazendo os momentos de pausa para que os poucos presentes também acompanhassem o reverberar dos sons pelas paredes, indo de encontro aos próprios pensamentos de morte.

Alguns mais beatos se ajoelhavam até que as pernas começassem a formigar. Pediam pela própria vida, amedrontados com a finitude. Outros mais céticos repensavam as realizações já efetivadas em vida e aquelas por concluir. Inevitável pensar no essencial, no que cada um considerava imprescindível para deixar uma marca na areia antes da espuma das ondas a alcançar. Mas sempre há os muito práticos, ou sem bojo nenhum, que diante dos pulsos graves do contrabaixo só conseguiam pensar no porquê de uma música tão triste se a situação já o era. Como se pensassem que depois de morto não houvesse mais movimento, nenhum eco, nenhuma vibração.

Surpreendendo o próprio silêncio, ao filho e aos músicos que começavam a guardar seus instrumentos, Estela se dirigiu ao púlpito, agradeceu pela música e pelas orações, segurando a emoção que não percebera tão intensa antes e disse algumas palavras.

A pedra que cai no lago afunda e nada sabe dos círculos que se expandem na superfície até alcançarem as bordas ou se dissiparem e se misturarem a outras interferências.

O movimento de uma vida não cessa, nem mesmo no infinito.

Sentou-se consciente da própria queda. Como se o corpo que estivesse no caixão fosse o dela. De certa forma era, pois todos ali reverberavam naquele instante um acorde. Cada um numa frequência, só aparentemente discordantes. Diferentes entre si, mas em acordo, naquele momento combinados num só.

&

Realizou as anotações de maneira vigorosa, Juan permaneceu em silêncio diante da carniça. Ignorava a existência dela, era apenas pensamento.

A arte é uma religião, uma maneira de se ligar ao mundo interior e tentar compreender seus fundamentos.

De respirar Deus.

O artista é Deus.

Eu sou o que eu sou.

Queria examinar sua mente na solidão, no escuro e no silêncio. Renovar a mente.

Enquanto descansava, passou a refletir sobre os sentidos e os acontecimentos da memória.

Por isso, não percebeu a temperatura aumentar. O dia ganhava um ar abafado, o sol queimava no telhado e no quintal.

Insetos retornavam à carniça, outros que não haviam aparecido se juntavam aos operários da morte. Apenas após alguns deles começarem a pousar sobre seu rosto, após ouvir seus zunidos e os cicios produzidos pelo atrito do ar e asas minúsculas é que tomou conhecimento do presente, da constelação de seres que passaram a dividir o espaço com ele, bailando ao redor dele.

Baile que se concentrava na carniça no meio da sala.

Não há o que fazer, é preciso deixar que trabalhem. O ambiente e os seus contextos modificam a forma de criação.

Juan falava para o ar abafado de moscas varejeiras, enquanto tentava localizar novos visitantes.

A quantidade de alguns insetos localizados anteriormente aumentava. Besouros pequenos, escuros, além de lacraias avermelhadas, rastejando rapidamente pelo piso dificultoso, almejando a pele úmida para suprir sua necessidade de carne. Além destes, algumas traças voavam pelo ar, junto às moscas.

Ficou preocupado com o quadro e sua tela frágil, por isso o protegeu novamente com um pano, vedando a entrada desses insetos destruidores da matéria.

A forma de criar e o objeto se modificam, a criação permanece. Ela é imaterial, falava.

&

O Artista da Morte pretende ampliar seu território de ação.

Mostrando uns cálculos obscuros e um desenho elíptico em um mapa, Kimura, o Japonês da Divisão de Criminalística, pretendeu demonstrar a todos da força-tarefa que o assassino também mataria em território estrangeiro.

Era o que os números demonstravam, com base na dispersão centrípeta gerada por uma equação estranha e obtusa, que fora explicada e exposta diante de todos os agentes e policiais presentes. A maioria não ficou convencida, mas não tinham contra-argumentos que pudessem ir contra a elegância da matemática mostrada na prática e projetada diante de olhos ignorantes.

Já preparavam caminho para o momento em que revelariam mais, se fossem fazer isso, para a mídia. O comunicado não se perderia em números, seria um estratagema, entretanto, mostrar que a força-tarefa não estava perdida, que avançava e se preparava para o que pudesse acontecer.

Assim, pretendiam inflar confiança nos que faziam parte da equipe e na população, que precisava manter a confiança depositada nas instituições policiais, já que outras se esfarelavam.

No noticiário que antecedia à novela, essa novidade seria revelada.

Mas não dando maiores explicações sobre como os investigadores chegaram àqueles dados, o apresentador do telejornal apenas informou que a Interpol havia recebido informações sobre o caso, pretendendo anular as ações do assassino antes que este matasse novamente e que estava formando um braço internacional da força-tarefa brasileira.

Lygia

Ele vem, esteja preparada.

Você nunca bateu bem das ideias, Hilda. Acha que ele vai viajar de outro país só pra dar umazinha com um casal de lésbicas? Dá um tempo.

Ele vem, sim. E quem disse que vai ser uma vez só? Espero que ele fique aqui bastante tempo.

Se está com tanta saudade assim de pica, porque quer que eu tire um tempo de folga? Pra trepar junto é que não é. Melhor seria eu deixar vocês à vontade.

Você já trabalhou bastante esses últimos meses.

E ver você dando para homem é um prêmio?!

É uma aventura nossa. A gente nunca fez um ménage a trois com um homem.

Teve aquela vez com um casal.

Mas o cara nem entrou na partida, ficou alisando a raquete enquanto o jogo estava rolando.

Você está diferente agora. Tá estranha dessa vez.

Não fique brava. Só quero me divertir um pouco com você. Aprontar sozinha não está tendo graça.

Hilda percebia a complicação sentimental em que sua mente se encontrava.

Caminhou até a janela para olhar o azul do mar que quebrava devagar logo abaixo de seus pés. Coqueiros envergados balançavam ao bater do vento que era sempre forte por ali.

Turistas passeavam, abarrotando o calçadão da avenida beira-mar.

Tudo fica iluminado quando a mente está vazia, pensava alto.

&

Juan estava esperando o táxi para o aeroporto do outro lado da rua. O cheiro pútrido ainda estava presente em sua pele, embora enfraquecido devido ao finalizar das etapas fermentativas depois de transcorrido um mês. Mas ele não queria semear desconfianças desnecessárias. Tinha consciência de que seu cheiro não estava como o de uma pessoa normal. Havia dormido ao lado de algo que perdia as últimas franjas de tecidos.

Achava que estava se acostumando ao cheiro, mas era a carniça que se acostumava ao próprio devir.

Na única mala que carregava, junto a algumas peças de roupa, trazia um carregamento de perfumes. Talvez o cheiro estivesse ainda impregnado nele, deixando sua argumentação mesmo convincente. Nada poderia atrapalhar a construção de sua obra, principalmente nos últimos momentos.

&

Cansado.

Olhos pesados.

Sem vontade para pensar.

Paulo procurou alguns VHS no escritório. Carregou a televisão para o quarto do filho. Instalou os cabos.

Sentou ao lado de Emílio.

Não cometer erros é o que dá a certeza da vitória.
(Sun Tzu)

O letreiro crescia na tela até ultrapassá-la. A fita fora presente de algum dos colegas do trabalho. Paulo não se lembrava quem.

O documentário pretendia mostrar e traçar um panorama sobre o fim do milênio e o possível fim da humanidade, caso nada fosse feito para mudar o curso da História. O ponto de partida era o Muro de Berlim, símbolo do fim da Guerra Fria com a vitória do capitalismo sobre o comunismo.

O pessoal anda falando de morte das ideologias, sabe, filho. Mas acho que toda ideologia socialista morreu com a criação da URSS. O socialismo tinha que ter ficado no século passado.

De repente, seu olhar ficou mais grave.

(Deve ter lembrado de minhas "tendências subversivas", fazer o quê, pai, agora não faz mais sentido ser libertário.)

Tua mãe não chegou a ver isso. Não sabe que o Muro caiu. Tanta coisa já aconteceu que fica difícil dizer que sua mãe parece ter morrido há pouco tempo.

Um dos comentaristas presentes no vídeo afirmava categoricamente que os EUA utilizavam em guerras para testar, na prática de batalhas, os equipamentos e soldados que foram se desenvolvendo nos anos finais da Guerra Fria. E que a invasão do Kuwait caiu perfeitamente como desculpa para o teste que precisavam realizar.

(O que será que ela diria dessa versão de Hitler de bigodes? Aliado com opostos contra todo aquele que estiver na contramão de seus interesses. Os militares também eram megalômanos, eles e nossa indústria bélica. Diz aí, papai, não lembra de ver os armamentos brazucas matando pessoas no Iraque?)

Tua mãe falaria que a nossa guerra também foi para garantir os interesses dos americanos no Brasil. No fim, será que a Revolução de 64 foi tão gloriosa assim?

(Pois é, e qual foi o saldo disso tudo?)

&

O táxi chegou rápido e levou Juan ao aeroporto em poucos minutos. Da porta de entrada, logo estava na livraria de um dos andares da ala das lojas, pois havia resolvido procurar algo para ler, enquanto esperaria o voo.

A livraria possuía música ambiente, mas o efeito nele não foi alcançado. Tocava uma balada romântica, que poderia causar enxaqueca ao mais desavisado se permanecesse no local por mais de quinze minutos. Para evitar trabalho de pesquisa e procura, o que levaria tempo, e evitar ficar à mercê da trilha escolhida pela mocinha do caixa, caminhou em direção a um vendedor que espanava uma seção de dicionários.

Quero Poe.

Oi, já foi atendido?

Não, por isso vim até você. Quero ver o que vocês possuem de Poe.

Acho que, desse aí, nós não temos nada. Qual o nome mesmo?

Edgar Allan Poe. Vocês têm alguma coletânea de contos, por exemplo?

Conto? Nossa! Pouca gente me pede livros de contos hoje em dia. Normalmente, eles são publicados em revistas, não é? Ele é mais gênero de divulgação, não é isso?

Pode até ser, mas eu quero comprar uma coletânea, por favor.

Me deixe ver no arquivo. Pode soletrar o nome do autor novamente?

Pela primeira vez, desejou matar alguém apenas para sanar sua indignação. Escreveu o nome do escritor norte-americano num bloco papel timbrado, abandonado na bancada da livraria, enquanto o atendente abria o sistema de procura.

Temos uma coletânea dele aqui. Esse está em promoção. Qual será a forma de pagamento?

Só uso dinheiro. Mas, antes, o livro, por favor. Quero ver a edição.

&

Não posso mais comandar essa força-tarefa. Estou emotivamente comprometido e psicologicamente devastado. Vou continuar junto de todos, auxiliando no que puder, mas minha presença não será constante, muito menos fiel.

Paulo deu uma pausa, mas sabia que ninguém contestaria o óbvio. Era visível o desgaste dele, expresso nos olhos fundos, nas roupas amarrotadas, nos cabelos desgrenhados. Mesmo com dor, coçava a orelha esquerda.

Escolher um substituto não foi fácil, pois confio em todos vocês. Mas conheço o modo como o Teófilo conduz as coisas há muito mais tempo, por isso tenho confiança de que conseguiremos encontrar aquele que prefere agredir o fraco que golpear o forte.

Obrigado pela confiança, Cap. Soares.

Ao utilizar a antiga patente militar de Paulo antes de sua transferência para a Polícia da União, Teófilo sabia que sombras do passado passeariam pelas pálpebras dos presentes que conheciam a história em comum dos dois.

Se, antes de me afastar, posso ser digno de transmitir conselhos diria, como Sun Tzu, que a oportunidade de derrotar o inimigo ele mesmo cria. Espero que ela seja percebida por vocês rapidamente.

&

Encostado a uma coluna, perto da área de check-in, Juan lia *O barril de Amontillado*, conto breve, que o fazia imaginar com requinte uma vingança à ignorância do vendedor que o atendera na livraria. Depois, foi para *Os fatos que envolveram o caso de Mr. Valdemar*, que o fez recordar Álvares de Azevedo, no capítulo Solfieri, de seu *Noite na Taverna*. Foi readquirindo, assim, o ânimo antes perdido.

Com leveza nas pernas, caminhou para o embarque.

Planejava ler *Assassinatos da Rua Morgue* durante a viagem.

Na área de embarque, numa cadeira desconfortável, que faria seu pescoço repuxar horas depois, sonhou que arava uma terra fofa, mas sem cor. Cinza, precisava ser castigada fundo para que tonalidades surgissem.

Arte não prescinde de planejamento nem persistência corporal. A arte é como o arar da terra.

Acordou quando a última frase saiu de sua boca. Incômodo ouvir-se como se fosse um outro a murmurar nos ouvidos. As palavras passaram a dançar diante dos olhos, embebidas de sono, em lábios desconhecidos que a pronunciavam.

Pensou em retirar de sua bagagem o caderno de notas onde rascunhava seus planos e croquis, onde anotava todos os seus pensamentos, mas desistiu.

Estou sonolento demais para registrar qualquer pensamento. Se tiver sorte, lembro depois, disse voltando a cair no sono.

&

Antes do embarque, viu que o policiamento do aeroporto estava mais denso. Policiais perambulavam pelos corredores e saguões. Além destes, identificou seguranças à paisana acompanhando a vistoria nos portões de embarque. Fariam perguntas demais se o vissem carregado de perfumes.

Suava na pequena fila que se formava.

Havia protegido todas as feridas. A camisa que usava se estendia até os punhos, a gola era alta e estava com o último botão fechado, para evitar que os seguranças e alguns engravatados vissem as feridas grosseiras que os insetos haviam feito em sua pele.

Teve os frascos de perfume confiscados, por mais que ficasse claro, pelo odor que emanava de todos eles, de que não se tratava de material explosivo.

Estava livre da revista. O que o levaria de perguntas repetitivas e cansativas, a violências e humilhações que não conseguiriam trazer nada além de sofrimento ao seu corpo flagelado pela proximidade da morte.

A arte é a história da morte. É a consolidação da morte na morte: a eternidade. Sem ela a humanidade não existiria, os homens seriam bestas rastejando sem a consciência de seus próprios corpos e virtudes.

Murmurava. Repetia. Memorizava.

Fosse como fosse, nada revelaria pelo suor que escorria das têmporas, mas deixaria os policiais mais próximos do Artista da Morte mesmo que eles não soubessem disso. E o próprio, embora não concordasse com o epíteto adquirido, não estava disposto a se mostrar antes da hora.

Nenhum movimento era alheio a ele, mas que os interpretava por meio de uma mente confusa e envolta nela mesma e em seus reflexos.

Iludia-se que as mulheres presentes no avião demonstravam querer puxar assunto, e que ele flertava educadamente em resposta. Não se constrangia, sorria polidamente, cumprimentava com movimentos suaves da cabeça e mãos. Deixaria o mínimo para que elas tivessem histórias para contar às amigas, para que se lembrassem de algo na velhice.

Logo que sentou em sua poltrona, recebeu o copo de água que havia solicitado a uma das comissárias. Tomou um remédio para dormir. Abraçado a Edgar Poe, dormiu sonhando mortos afogados em breu, ainda sofrendo as dores de quando eram vivos. Jovens, de almas milenares.

&

Hilda e Lygia estavam no apartamento, descansando de uma brincadeira nova que experimentavam com aparatos eróticos recém-comprados. Deitadas sobre o carpete, sentindo a pele sensível frente à aspereza súbita do material sintético que revestia o piso, reclamavam do local que haviam escolhido para gozarem.

Se o parceiro é certo o local também deve ser.

Lygia, você anda muito reclamona.

Desculpe, é que ainda estou chateada com o cancelamento da viagem que faria para o próximo trabalho.

Para aquelas ilhas?

Sim. Pouca vegetação. Muito sol. Muitos penhascos e nenhuma forma de pouso seguro.

Você é doida. Ainda bem que possui seguro de vida.

Interesseira. Você ri, mas cortaram minhas asas. Queria muito conhecer aquele lugar.

Outra revista, daqui a pouco, solicita a mesma coisa. Você sabe como essas revistas são, preferem copiar a inovar.

E inovação é comigo. Esse é o meu trabalho. A obrigação deles é pagar, Hilda, e eles sabem disso.

De dinheiro, você não precisa reclamar. Está ganhando mais dinheiro este ano do que eu consegui nessa década.

Está com ciúmes?

Não mesmo. Fico orgulhosa por você, de verdade. Mas confesso que tenho inveja do nome que você conseguiu construir. Eu ainda estou longe de conseguir essa notoriedade.

Está nada. Falta muito pouco. Não esquente a cabeça com isso, você ainda vai poder comprar aquele jatinho amarelo com o qual sonhei logo que nos conhecemos.

Você ainda lembra disso? Nossa, que memória.

Naquela noite nós gozamos juntas e dormimos do jeito em que estávamos. Aí, sonhei com o jato amarelo.

Acho que era porque, naquela época, ouvíamos muito os Beatles.

É verdade. *Yellow Submarine.*

Yellowmobile. Seria o nome da nossa banda de rock, lembra?

Puxa, a gente tem algum vídeo dos Beatles aí?

Se não, providenciamos uma fita amanhã mesmo. Acende um pra nós?

Hilda levantou reclamando de coceira nas costas. As duas ouviam *Strawberry Fields Forever*, enquanto procuravam pela música de 1969.

Lygia tragava o baseado quando encontraram uma versão que os Beatles haviam filmado do *Yellow Submarine.* Sentadas em pufes, fumaram, assistiram, cantaram e riram com o desenho antigo.

Lygia, fiquei com vontade de comer morangos.

Tem uns mofados lá na geladeira. Eu prefiro abacaxi em calda... É que são amarelos.

Olha, uma borboleta está presa em seus cabelos.

Hilda e Lygia ainda rolavam pelo carpete, gargalhando sem controle, quando o telefone tocou.

Era Juan, avisando que havia chegado ao país.

&

(A bomba atômica brasileira morreu na mesma época da minha mãe. Ou ainda está no sul do Pará? O homem de Tikrit fez um alvoroço. Nossos generais, se achando marrentos de espertos, se venderam para judeus, muçulmanos e aos fiéis do capitalismo.)

Cenas mostravam as refinarias kuwaitianas explodidas por Saddam. Fogo e fumaça. Ambientalistas, tomavam isso como insulto pessoal, símbolo da falência da humanidade. Discursos apocalípticos do Rio-92, antes do esoterismo moderado do fim do milênio.

No canto da tela, apenas uma sigla aparecia. Dia e noite, o espetáculo da guerra vendido pela CNN. Os americanos eufóricos após o sucesso da operação Tempestade no Deserto.

Se esse cara não tivesse sido tão doido, filho, os Estados Unidos teriam deixado quieto. Ele segurou os iranianos xiitas por muito tempo em nome do Ocidente. Mas mexeu no vespeiro.

(Essa guerra não é só para manter garantidos os interesses dos americanos, mas para mostrar que a hegemonia da verdade está nas mãos deles.)

Queria voltar a ter nossas brigas, Emílio, sinto falta até de ficar bravo com você.

(Parece que, agora que não posso falar, minhas ideias ficaram cada vez mais claras.)

&

A manhã estava mais quente dentro do quarto de hotel.

Lygia e Hilda estavam de hobby e elas os mantinham abertos para que a brisa fraca que entrava pelas janelas pequenas refrescasse os corpos.

Elas haviam escolhido o menor quarto para que pudessem pensar apenas no prazer que sentiriam. Lygia não queria conhecer o corpo de Juan e ver Hilda sob ele na casa em que moravam, por isso exigiu que, além de ser a primeira, o ménage ocorresse em um hotel afastado do bairro em que viviam.

Quando Juan se anunciou na portaria do hotel, elas o proibiram de se hospedar em outro quarto. Solicitaram a imediata presença dele onde estavam.

O atendente, acostumado com a movimentação intensa e diversificada do hotel, não demonstrou reação quando ele apenas agradeceu pela informação da numeração do quarto, dizendo que ficaria no mesmo em que as amigas estavam.

Dele, nenhum documento foi exigido.

Depois, eu pego as chaves de outro quarto contigo.

Juan adiantava para o atendente da portaria, mas só da boca pra fora. Descansaria em casa. Não pretendia permanecer ali.

Com mais de um mês de trabalho intenso em seu quadro, mesmo depois de anos treinando, de estudos externos ou imaginativos. De exercícios abstratos, realistas. De anos buscando encontrar sua voz ecoando a partir do primeiro toque do pincel na tela. De ensaiar com outros corpos ainda vivos e pulsando. De vencer os primeiros obstáculos quanto à técnica. O que precisava era de descanso.

Juan ainda sofria os obstáculos da própria realidade apreendida, apodrecida, assassinada com um corte profundo no pescoço.

Preciso descansar. Mas não agora. Ainda não.

&

Paulo abaixou a cabeça, os dedos crispados entre os fios de cabelo. Ao seu lado, apenas dois olhos podiam tentar compreender, amparar.

Movimento apenas na televisão com imagens que bruxuleavam à frente.

Som de batida. O corpo amado sobre a mesa de aço. Sem coragem para acreditar, para tocá-lo.

Seu corpo sem peso, sentindo o vento frio, os braços soltos, mas ele não é Paulo. Tentou sentir o que sentiu Emílio quando caía.

Os gritos. Pessoas. Olhos. Apertos de mão e pêsames. Diante dele, o caixão lacrado com a carne desfigurada. Emily com ódio. Dele. Da mãe. De todos. Muda. Sem lágrimas.

Não quero mais viver aqui. Eu sou a única família que tenho.

A falta de ar. A lança nas costas não conseguiu tirar.

Sangue nas ferragens. Os pingos da chuva dissolvendo o sofrimento tingido de vermelho.

As pernas soltas.

O peito explodindo.

O medo não vence a angústia.

Da janela em frente, uma senhora grita.

Sentado na janela, inclina o corpo. Que cai.

A queda de Emílio é rápida.

Não há marcas no asfalto. Não perceberam o fim. Ela morreu.

Quem era o motorista? Nome anotado nos registros. O responsável interrogado. Estavam bêbados. Mataram um ciclista. Mas a esposa dele é de família rica. Deixaram por isso mesmo.

Se o apartamento de vocês fosse mais alto, talvez esse milagre não tivesse ocorrido.

Milagre.

Tubos. Aparelhos. Recuperação dolorosa. Todos os dias, o silêncio de Emílio agredindo as orelhas. Na memória, o tumulto diante do prédio.

Pessoas. Olhos. Apertos de mão e pêsames.

Deveria ter obrigado ela a ficar.

Os olhos de Teófilo. A boca seca. Encontraram Emily morta. A marca no pescoço. Olhos vermelhos.

Quem fez isso fui eu. Minha presença e minha ausência violentou a todos.

Não houve derrapagem. Mesmo se houvesse, não haveria tempo de parar. Pista molhada.

Todo mundo podia ter o direito de morrer dormindo.

No gramado. Na cama. Sempre dormia como um bebê. Ali, braços ao lado da cabeça. Pernas abertas, sem vigor. Rosto sereno. Teria morrido em paz.

Paulo desliga a tevê. Sai do quarto, deixando o filho com a única coisa que restou.

A voz enclausurada.

&

Quando viu que as duas mulheres estavam nuas, e que cobriam apenas as costas e os braços com o que usavam, soube que precisaria se convencer a ficar e a fazer o que elas pedissem.

Não lembrava que Hilda fosse tão baixinha, porém cheinha. Lygia pesava como uma modelo, mas seu corpo era mais torneado.

O descanso ficaria para mais tarde. Agora, era preciso ânimo para o trabalho.

Tudo estava imbricado. Embora, naquele caso, não houvesse reciprocidade na relação entre o artista e seu entorno.

Primeiro, quis conversar, mas Lygia, com a qual ainda não havia dirigido palavra, se jogou sobre ele, que permaneceu vestido.

Foi sufocado pelo sexo dela, ainda acanhado para aquela espécie de aventura.

Nervosa, Lygia gemia baixo e, com os olhos cerrados, pedia ajuda a Hilda, que por trás acarinhava os seios da namorada, depois arranhava de leve, para depois imprimir mais força dedicada aos mamilos, os apertando entre os dedos. Os arranhões foram se espalhando por todo o corpo que, com pequenas linhas vermelhas, explodiu em arrepios no primeiro gozo.

Naquela hora, Lygia fingiu estar satisfeita. Seu olhar para Hilda autorizou que Juan fosse levado posteriormente para a casa das duas, como hóspede. Mas antes queria ver sua mulher recebendo o que esperava.

Hilda começou a abaixar as calças dele, mas ele impediu.

Antes de me despir, Hilda, vai ter que me sugar.

Ele não teve outra ideia para que pudesse continuar vestido. Estava preocupado com as feridas que cobriam sua pele. Não queria ficar exposto. Estava preocupado com as perguntas delas caso as vissem. Não desejava se explicar. Até porque, depois dos programas de auditório, ninguém mais compreende uma narrativa. Uma história mais extensa que demore mais do que alguns minutos para ser contada torna-se incompreensível para qualquer mente pós-moderna. Passado esse limite, a insanidade e a escuridão tomam conta.

Antes que ela concluísse, Juan pediu que se virasse. Preferia ver como é que ela se sairia como cachorrinha. Ele, então, a puxou com força pela cintura. Esbofeteou e arranhou as nádegas dela que foram se avermelhando, ficando mais quentes. Os movimentos eram firmes, alternando momentos de investidas violentas com os de insinuações mais sensuais, aproveitando a umidade que ensopava os sexos dos dois.

Se ele perdesse de vista a função do que fazia, se desracionalizasse suas ações por alguns instantes, perceberia que estava também sentindo prazer. Mas só conseguia realizar mentalmente a possibilidade de ser despossuído por Hilda.

E por Lygia, que já olhava pra ele com interesse renovado. Para ele, aquele olhar era de alguém num transe, entre vida e morte, consciência e sono. Em êxtase de santa.

Ao sentir seu corpo invadido com força, firmeza e suspense, Hilda gritou, abraçando Lygia.

Ao ver as duas abraçadas num aperto ofegante, só pensou numa coisa. Elas precisariam ser mortas no mesmo instante.

&

Juan estava inseguro. Suas dúvidas o estavam cegando, o deixando sem ideias. Precisava conseguir matar as duas no máximo até aquela tarde. Mas ainda não sabia como fazer.

Havia comprado a passagem de volta para a noite. Não podia permanecer por muito tempo, era arriscado, precisava retornar para o quadro que o aguardava e que esperava a conclusão de seus resgates.

Ainda naquela noite, deveria estar novamente em sua casa.

Talvez estivesse se precipitando. Estava deixando de pensar racionalmente, precisava acalmar o seu ânimo.

Então, resolveu tomar uma ducha.

Quando saiu do banheiro, Hilda e Lygia estavam enroscadas na cama. Beijavam-se com seus sexos.

Ficou admirado com a disposição das duas. Preferiu não emitir comentário algum, ficaria em silêncio. Agora, precisava ser esquecido, pois queria fazer algumas anotações, colocar no papel algumas ideias que poderia levar a cabo.

Começou a tomar nota sobre a forma ideal de cessar com o respiro das ascetas. Anotou o que precisaria adquirir para que conseguisse efetivar suas ações.

Para que elas significassem e se constituíssem.

Talvez, fosse melhor usar ferramentas, subvertendo a ordem e a destinação de todos os objetos envolvidos, pensava.

Mas não conseguia decidir ainda. Sua mente estava confusa e havia barulho demais no quarto.

Procurou se desligar, encontrando algum programa televisivo que o distraísse das ações das duas, e que ocorriam a poucos metros de seus olhos e ouvidos.

Na televisão, surgiam personagens de animações que Juan assistira no período em que era adolescente.

O vilão perseguia um personagem inocente, mas que praticava ações condenáveis da mesma maneira, segurando uma bomba e caminhando lentamente em direção a uma janela em que estava o mocinho da história, mas ao ser surpreendido, escondeu o artefato na boca, tentando disfarçar seus atos previamente planejados.

A bomba explodiu.

No chão e nas paredes, a cabeça em pedaços.

&

Aquele foi o último final de semana em que Emily visitou Emílio. O que deixou de fazer depois dele ser encontrado com o corpo moído em frente à portaria do prédio em que ela também vivera.

Três semanas depois.

Ela, sentada no chão acarpetado da sala, folheava um álbum de fotografias da família. Gostava das fotos em que ela estava pequena, dos acontecimentos dos quais não possuía lembranças. Admirava as cores diferentes daquelas que conseguia perceber em si mesma ou no irmão que estava largado no sofá, assistindo, sem ânimo, a um programa de auditório na televisão.

Bo, Bo, Bo, Bolinha,
está na hora de você entrar na linha.

As cores, após a morte da mãe, estavam abatidas. Nos olhos, detalhes deixavam de ser captados. Sem tempero, as luzes entravam nos olhos com preguiça.

Mesmo com as dançarinas de maiô rebolando diante dele, Emílio não se decidia se teria paciência de ouvir o apresentador de voz rouca apresentando shows de calouros e dublagens feitas por transformistas ou travestis. Entretanto, sabia que, caso pretendesse mudar de canal, não sentiria diferença alguma, pois naquele horário apenas programas semelhantes disputavam a atenção dos brasileiros.

Você é de onde, meu amor?

Perguntava Édson Cury, o apresentador do Clube do Bolinha, vestido com uma de suas muitas camisas chamativas.

Sou de Alagoas, Bola.
Isso dá um rolo atualmente, viu, linda. Vamos ficar por aqui. Vamos continuar.

Retrucou o apresentador, retirando o braço ao redor da Vanuza travestida.

Emílio ria, mas sem entender direito a relação que o apresentador fizera do travesti com o presidente Collor, o homem das alagoas.

Ei, que isso? Pegar na minha cartucheira, assim, quanta confiança!

Bola brincava, depois de levar um beliscão na bunda.

Qual o seu nome de guerra? Mônica? Viu, Zulu, você não me quer, mas tem quem queira.

Bola falava, começando a se declarar para uma das dançarinas do programa.

Gente, mesmo que Zulu não sorria é essa a mulher que eu quero.

Pouco depois, Marquito, vestido de espanhola, dublava, arrancando gargalhadas um pouco amareladas dos irmãos que, agora, assistiam ao programa juntos, vendo o humorista engolir o microfone.

O álbum fora manuseado até a metade. Era pequeno, pois uma pequena quantidade de fotos pôde ser revelada, mas as que estavam preservadas ali traçavam a história da família. Para Emily, essa trajetória terminava antes do fim do álbum, quando ela adquirira consciência da distância existente entre eles e o pai. Antes mesmo dela ir morar sozinha. Da época na qual percebera o abismo que passara a existir entre sua mãe e Paulo.

Pouco antes do bloco do programa terminar, o telefone tocou alto pela casa. Emily levantou e atendeu.

Só falta ser trote de novo, reclamava Paulo.

Ele falara alto, pretendendo ser ouvido do quarto, enquanto Emily puxava o fone para atender à ligação.

Alô? Residência dos Soares.

Que bom que, dessa vez, foi você que atendeu, Emily. Não estava dando sorte esta semana, falava Juan.

Não acredito.

Tentei ligar no seu apartamento. Aí. Mas só o teu pai atendia.

Que cara de pau a sua.

Só gostaria de saber como você está, se precisa de alguma coisa. Podemos marcar de você vir aqui em casa jantar.

E com sua esposa?

Emily tentava controlar a ira, pois não queria que seu pai fizesse perguntas a respeito do que falava e com quem falava.

Sim. Comigo e com minha esposa. Porque não podemos ser amigos?

Cara, não ligue mais. Entendeu?

Quando desligou, Paulo surgia no corredor, perguntando quem era.

Um idiota da faculdade, disse Emily, mentindo.

Ligando pra cá?

Descobriu esse número, mas estava era querendo me encher. Queria marcar um cinema. Mas já desliguei.

Ah, então deve ter sido esse piá que passou a semana ligando. Não falava nada, mas dava pra ouvir a respiração do outro lado. Um pé no saco.

Agora, eu já dei um corte, não precisa mais se preocupar com isso.

Espero que não.

Paulo concluiu a conversa, voltando para o quarto, onde, pouco depois, acenderia uma cigarrilha para acompanhar uma partida de futebol pelo rádio.

&

Poderia envenenar as duas, mas já havia feito isso. Escrevia, reescrevia e acabou apagando o que planejava. A composição dessas mortes era de difícil manipulação. A não ser que as fizesse tomar algum calmante para que as mortes viessem com maior facilidade.

Dopar Hilda e Lygia? Pesquisar remédios nas coisas delas, ver com o que se medicam e escolher a opção melhor.

Talvez, não tomem nenhum.

Ferramentas. Voltar para a ideia das ferramentas.

Gostaria de poder matar com um bastão de beisebol, um martelo ou uma raquete de tênis. Tinha assistido isso em um filme de mafiosos. Mas como explicaria sua presença?

Ocorrerá durante um passeio.

Um dos pontos mais importantes, para Juan, era estudar todos os possíveis roteiros de passeio que elas propusessem e aceitar apenas aquele em que haveria possibilidade de fuga rápida e morte sem testemunhas. Ao redor da palavra 'passeio', dezenas de asteriscos.

Seria importantíssimo voltar logo que pudesse, após ter realizado suas ações. Principalmente, se os corpos fossem encontrados.

O local será público, mas não poderá ser muito movimentado.

&

Paulo, minha primeira atitude frente a esse trabalho será a liberação do corpo de Emily para que você possa realizar o sepultamento.

Não faça isso. Não se preocupe comigo. O importante é registrar todos os indícios e evidências. Quando chegar o momento, poderemos nos despedir adequadamente de todas elas e prestar homenagens.

Você, sempre muito forte e disciplinado. Eu não sei se eu teria esse vigor de espírito.

Téo, meu amigo, é em você que sempre me espelhei para que estivesse longe da loucura, mantendo a cabeça fria. Sempre fiquei impressionado com a forma precisa com que cumpria as missões na Dops. Muitas vezes, eu estava à beira de sucumbir diante dos gritos, então olhava pra você, focado nos objetivos. Sempre foi você que os tinha nas mãos e não eu. Eu sempre fui sua sombra.

Mas eu seguia suas ordens.

E eu as de meus superiores. Mesmo assim, a carne sempre quer escolher outro caminho.

Nem sempre fui forte. Só aguentei aquilo tudo porque, no fim, estava moldado. Mudei um pouco depois do treinamento que recebi.

Foi depois dos cursos com os americanos que percebi que eu seria a voz, mas que você seria aquele que dominaria. Os olhos estáticos. A força concentrada.

Ainda bem que era a sua voz que aqueles terroristas ouviam. Já pensou se eu, além de martelar dedos, os interrogasse com essa voz de taquara?

Tenho pensado cada vez mais naqueles dias.

Nostalgia?

Não sei se é isso. Não. Nem sei se aquilo tudo serviu pra alguma coisa.

Você está passando por muita coisa. É normal questionar.

Tenho lembrado sempre do pai da Emily.

Aquele resistiu bem. Mas não há carne que não se dobre e sangre.

Ele sobreviveu? Não lembro se ele mergulhado na baía ou se o soltamos.

Ficou bastante tempo conosco. Abriu o bico. Deve estar circulando por aí.

&

Juan desejava desenhar.

Ímpeto de antecipar a criação.

Assim, conseguiria visualizar melhor o que pretendia e como as deixaria após empreender as ações que necessitava. Elas estavam entrelaçadas na cama, então aproveitou essa visão para criar a partir do percebido o que seria imaginado, à espera dos corpos unidos na morte.

Mas o lápis pastel estava muito seco. Embora o local onde estivessem ficasse próximo às praias locais, o ar condicionado do hotel havia retirado a umidade dos materiais que ele carregava consigo.

Os traços, mesmo que insertos, carregados de força e ira, marcavam o momento seguinte às marteladas que as duas receberiam. Cada golpe estava marcado no contorno dos corpos, nas cores, nas tonalidades cinza resultantes do volume dos corpos. Logo abaixo do desenho, Juan definiu como as mataria.

Usar martelo de amaciar carne.
Essa será a ferramenta do artista. Será rápido. Com ímpeto e vigor.

Estava satisfeito. Sorria, antevendo, sentindo como finalizada o que havia planejado.

Criação é planejamento.

Não podia haver arte sem plano, embora este pudesse vir de maneiras diferentes em cada artista, e resultassem em sementes próprias, distintas, diferentes entre si em superfície.

Nenhuma obra artística é diferente em fundamento, essência. Naquilo que as constitui. De sua origem e conteúdo. Seu devir é que, incompreensível, se mostra conflitante, embora dialógico.

&

Antes de ir à consulta que marcara para ver a orelha cada vez mais machucada, Paulo resolveu passar na Boca Maldita. Talvez visse alguns conhecidos, que sempre estavam por lá desde a sua adolescência, quando resolvia encontrar antigos amigos do seu pai para conversar. Expedicionários, militares da reserva, reformados ou apenas com seus antigos conhecidos da época da Revolução, como diria.

Seu pai chegara a coronel. Família de militares. Ele cansava ou desistia de nomear sua ascendência quando chegava a meados do século passado. Dos oficiais da família, será o único a não ser enterrado com honras.

Dos patriarcas, o único a não dar nome a ruas.

Seu pai sempre contava do dia em que foi cumprimentado por Getúlio Vargas. Paulo era criança quando o Estado Novo morria. O sonho do Brasil Potência teria que ser deixado para depois.

Vinte anos depois.

Seu avô lutou no Contestado. Cuspia no chão quando falava dos camponeses que não queriam arredar o pé das taperas que chamavam de casa. Os britânicos não precisaram enviar ajuda.

O exército sempre foi a honra e a mãe deste país, dizia seu pai, recontando com lágrimas nos olhos as histórias do avô.

Sou o último Soares militar e não posso contar meus feitos para os outros. No fim, bolchevizaram o país com uma versão diluída e caótica de esquerda, pensava Paulo, lamentando.

E lembrava do filho discutindo com ele ao voltar de passeatas pelas Diretas. Influência da mãe e da irmã. A linhagem morreria entrevada e muda sobre uma cama.

Circulou por alguns cafés. Engraxates. Bancas de jornais. Não cruzou com nenhum conhecido. Nenhum rosto familiar.

Estão todos morrendo. O século terminou e se esqueceram de zerar o relógio.

Um século como Emílio. Antes, viril, vaidoso, hedonista. No fim, uma paródia de si mesmo. Tudo o que meu filho pensa ou já pensou está preso, bloqueado naquele corpo. É um egoísta. Chesterton estava certo, quando ele saltou para fora do prédio pretendia nos matar a todos. Quando voltou a respirar, mesmo que não quiséssemos, já tínhamos morrido um pouco ali no gramado, junto ao corpo que perdia os movimentos para sempre.

A garoa, antes suportável, deu lugar a uma chuva torrencial. Como estava perto do Edifício Moreira Garcez, resolveu entrar.

Circulou por algumas lojas, mas estava cansado. Da frustração. Da raiva. Da impotência. Sabia que era mais fácil culpar os outros e era o que estava fazendo.

Foi, assim, que Emily fizera.

Manter uma memória fraturada serve para nada.

&

Hilda e Lygia haviam percebido que Juan estava rabiscando coisas e que provavelmente desenhava as duas. Imaginavam que ele estava registrando o prazer do casal.

Queriam ver o que havia feito e como havia feito.

Juan fechou o caderno de notas bruscamente e disse que aquilo não dizia respeito a elas. Que estavam imaginando coisas, pois se ele olhou para elas é porque estavam muito bonitas emaranhadas.

É mesmo?

Sim. Vocês ficam muito mais bonitas enroscadas.

Uma na outra.

Excitante.

Mesmo assim, nós queremos ver o que você desenhou.

É.

Não mesmo.

Deu pra ver que era desenho o que você estava fazendo.

Não importa. É trabalho pessoal. Autoral.

Que balela é essa?

Não posso mostrar, é como se vocês quisessem descobrir uma fórmula de um laboratório. É segredo.

Como espionagem industrial?

Sim.

Mas nenhuma de nós pinta.

E ideias não podem ser registradas, elas todas se misturam no ar, meu caro.

Não posso arriscar. Olha. Eu só estava planejando minha próxima criação, ok?

Nada de desculpas, Juan, vem cá, mostra isso aí.

Para as duas, aquele jogo discursivo tinha se transformado numa brincadeira de pega-pega, que acabou ganhando os corredores do hotel. De nada adiantava ele exigir respeito, discrição, silêncio. Desesperava ao pensar que poderiam descobrir o que havia imaginado para elas.

Diferente de como fez com Clarice, que estava à sua mercê. Ali, era ele que precisava se manter assim.

Mas não poderia soltar o caderno por nada. De outro modo, elas o matariam. O jogariam no chão, imobilizando seus braços e pernas com facilidade, destruiriam seu crânio com o objeto mais próximo.

Concretizariam a possessão delas sobre ele.

Se isso acontecesse, deixaria para trás uma obra incompleta, abandonada na sala de casa, em frente da carniça em decomposição. Continuaria sendo um nome desconhecido. Um ser destruído, que em nada significou em sua dança sobre a terra. Sua arte seria destruída pelo pó, não serviria nem para casa de larvas ansiosas à espera da primeira revoada noturna.

Continuaria sendo nada mais do que sempre foi.

Proteger o caderno de notas, portanto, era proteger mais do que a própria arte, mais do que a vida que a cada dia era reconquistada. Era proteger a sua eternidade. Mesmo ele sabendo que a eternidade era uma bobagem de crianças, uma chatice, desejava permanecer em estado de memória. Seres reverberando sua arte em mentes diversas e distantes.

Fez com que elas se concentrassem na perseguição de seu próprio corpo e não na existência do objeto que aos poucos foi deixando de ser objeto de desejo.

Nuas elas corriam pelos corredores do hotel, gargalhando, histéricas, satisfeitas, livres.

Enquanto elas pareciam cada vez mais soltas, ele mantinha os músculos do rosto tensos, a pele formando vincos, os olhos contraídos.

As duas se alternavam na perseguição, quando uma corria para a esquerda a outra ria pela direita, quando uma se atirava pela direita, descendo lances de escada aos berros, outra gargalhava no vão da escada, dando meia volta e descendo pelo elevador.

Serem vistas nuas pelos outros hóspedes não foi problema. Excitadas, vibravam feito duas crianças.

Dentre os que se envolvem com arte, há os melancólicos e os amargurados, mas também os que sinceramente se divertem com o que criam. Para Juan, a arte estava representando, naquele momento, apenas surpresa e caos, não havia nada lúdico naquela perseguição que agora estava envolvendo os seguranças do hotel. Isso fez com que elas esquecessem da razão da brincadeira, do grande motivador de toda a correria.

O bloco de anotações.

Ele foi o primeiro a conseguir retornar ao quarto. Deixou o caderno de notas no chão, procurando disfarçá-lo. Depois, vieram as duas amantes, rindo até chegarem às lágrimas. Às dores abdominais.

Vamos logo vocês duas. Vamos sair daqui senão acabamos presos.

Não se preocupe.

Os outros hóspedes, agora, também estão correndo nus pelos corredores.

Vocês são doidas.

Porque está tão sério?

Se acalmem, por que precisamos ir.

Se vestiram rápido e como três bandidos, desceram as escadas de segurança, abrindo com cuidado as portas corta-fogo. Avançavam os degraus se percebiam que ninguém estava por ali, mas voltavam para os corredores quando ouviam outras portas se abrindo.

Sem perceber, Juan havia deixado o bloco de anotações no quarto. Não se lembrou dele nem antes de saírem do hotel, nem quando elas o guiaram até o apartamento em que moravam. Não deu pela ausência dele. Ele estava concentrado na realidade dos corpos que precisavam ser dominados. Esquecido da sua própria, vislumbrava apenas o instante imediato das superfícies.

&

Senhor Paulo, seu problema não é dermatológico.

Como assim? Veja como está em carne viva. E coça.

E toda vez que acontece isso, o senhor esfrega a orelha com suas unhas. Correto?

Sim. Só assim passa.

Já percebeu em quais momentos a orelha comicha?

Não sei, não. Não tem hora marcada.

Mas ocorre todos os dias?

Sim. Está sempre doendo, agora. Antes, só coçava, agora dói demais.

Essa coceira, na verdade, é resultado da constante tentativa da pele se regenerar. O que não acontece, pois você está sempre se ferindo, agredindo a pele que nessa região é muito fina.

Como assim?

O que eu quero dizer é que a ação de coçar a orelha não é reação a algo presente em sua pele.

É o que, então?

Como dizia, não é dermatológico. Não é alergia, fungo, nem dermatite de contato. Por isso, vou encaminhar o senhor para um colega psiquiatra.

E, enquanto prescrevia um creme para a ferida, anotava o nome de um médico que atendia na mesma clínica.

Paulo agradeceu, mas, ao fechar a porta do consultório, amassou a receita, sentindo-se ofendido.

Quem ela pensa que é para achar que eu estou louco?

&

Ao chegarem ao apartamento, elas perguntaram a Juan o que ele gostaria de fazer na cidade, que tipo de passeio estava disposto a realizar. Havia muitos lugares para se conhecer. Era preciso escolher muito bem.

Queria algum lugar diferente.

Se você estiver disposto a andar, podemos conhecer as ruínas.

Gostei da ideia, mas o movimento de turistas é muito grande?

Não. A maioria deles fica nas praias.

Podemos deixar para ir às praias amanhã, depois tomamos banho de mar, o que acham?, perguntou Juan.

Ele queria que elas acreditassem que ficaria alguns dias com elas, para não ter que sair correndo pra lá e cá, tentando fingir terem olhado tudo com a atenção devida, feito a maioria dos turistas que gastam suas míseras economias em viagens em baixa temporada.

Mas antes de irem, ele precisava descansar.

Precisava desfazer os nós dos quadris, devido aos movimentos a que foi obrigado a realizar, senão não conseguiria arrebentar as frontes delas com o martelo de amaciar carne. Se estivesse com os músculos doloridos e as juntas tensas, o futuro não seria a realização de um croqui a carvão ou nanquim.

Uns minutos em algum lugar macio seriam suficientes para que, em Juan, a vontade de ação retornasse aos seus olhos de artista. Se eles não possuíssem o desejo, os dedos, os braços, o tronco, levados pelas pernas, se perderiam em abstrações inúteis sem chegar a lugar algum.

&

Os três esperavam em um terminal pela condução que os levariam diretamente ao destino. As ruínas.

Lygia tomava um picolé de morango, ficando com os lábios avermelhados.

Hilda ria da infantilidade expressa pela amante.

Juan permanecia em silêncio.

A linha turística, conforme as duas informavam, era a melhor opção e mais prática, além de os deixarem no centro das ruínas, o que não seria possível de carro, pois o parque que administrava a visitação, por alguma norma de segurança, proibia a estrada de carros e motos. Apenas a linha turística e pedestres com pouca bagagem podiam subir até elas, que não ficavam em uma região elevada da cidade, mas isso não impediu que a história fizesse a memória das coisas ser resgatada com finais infelizes.

Onde a usura, o poder, a ambição e a suposta razão humana tocam seus dedos, explicava Lygia, ao terminar seu picolé, há destruição e derramamento de sangue inocente. Todas as ruínas do mundo, de certa forma, contam histórias de massacres.

Ela começava sua fala visivelmente tão acostumada ao próprio discurso que não havia mudança na entonação. Ela não se exaltou em momento sequer.

Quando entraram no micro-ônibus, Lygia se calou, como se os bancos vazios a tivessem constrangido.

O trecho era pequeno, por isso, chegaram rápido, possibilitando apenas uma conversa trivial até se aproximarem de uma construção que parecia ter sido uma capela, da qual apenas as paredes ainda suportavam a presença dos três únicos visitantes e da vegetação que a subjugava e decorava.

Protegida por um vidro, uma frase em baixo relevo havia sido escrita com cinzel por alguém que provavelmente não tinha muita prática nessa forma de registro. No degrau, a madeira foi cortada para dar lugar à violência da mensagem.

As cinzeladas rasgavam para que ficasse o registro da desgraça, mesmo que não houvesse futuro, seja qual fosse o futuro que pudesse encontrar o fim do poder expresso nas estocadas de cada letra carimbada.

Antes de ser morto pelos invasores, o sacerdote da cidade, o xamã da população na época, conseguiu transmitir a última mensagem na língua de seu povo.

E o que significa?, perguntou Juan, sinceramente curioso.

Olhe melhor. Veja.

Ah, está na placa logo aqui abaixo. "O futuro falhou". Ótima frase, mas não muito otimista.

Você pensaria em um futuro promissor diante de um massacre acontecendo ao redor, Juan?

Bem. Mas se isso foi registrado no passado, nós somos falhados.

Esse passeio não é pra estragar nossa digestão.

Mas pode nos fazer pensar. E no que você está pensando, Juan?

Todos foram mortos? Não sobrou ninguém?

Apenas algumas mulheres e crianças, que depois serviriam aos homens que chegavam para desenvolver o local.

E o que produziam?

Importa? Produzir ninguém produziu nada, só roubaram. Pedras e metais preciosos, frutas e ervas exóticas, madeira e mulheres fortes que seriam úteis aos dominadores.

Ele tocava a inscrição por trás do vidro de proteção. Soube a dor do xamã, de sacerdote para sacerdote vislumbrou a força de sua responsabilidade.

Que cara é essa, Juan?

O artista é o último xamã, o último sacerdote, disse ele.

Sem esperar resposta nem comentário, sem ouvir nem querer ser ouvido de verdade, levantou determinado.

Estava pronto.

As mataria ali.

Em poucos instantes, como um xamã, praticaria seu rito, invocaria suas vozes.

&

Seus pensamentos eram caóticos. A dor que antes enrijecia seus membros, agora os afrouxava.

Teófilo não saberia dizer a quanto tempo o haviam pendurado ali. Montaram o corpo, amarraram e foram interrogar outros antes de voltar.

Sílvio já estava com a cabeça caída para trás, virada para o chão. Exausto, apenas um nome circulava em seu pensamento. Coralina.

Paulo olhou o relógio e ordenou que fosse iniciado.

O golpe da palmatória não foi vacilante. Seca, acertou as genitálias.

Sem ar, a vista escureceu.

Pendurado no pau-de-arara ficava fácil executar as práticas que se pretendia. Utilizariam várias formas de infligir dor, mas naquela madrugada o objetivo não era realizar interrogatório nem obter respostas, mas provar ao detento que eles podiam. Que podiam espremer a carne e rejeitar o que saísse dela. Só queriam mostrar que, pela força, repetiriam sempre que quisessem. Porque podiam. O corpo não era mais dele. Precisava entender isso.

Quando voltou a respirar normalmente, lutando contra a dor aguda, gritou que não contaria nada.

Podem me matar!

No instante em que disse isso, lembrou da filha pequena. Que ela não poderia chorar sua perda. Sequer havia se despedido de maneira adequada.

Existe uma forma apropriada de se despedir para sempre?

Sílvio se perguntava em silêncio, enquanto tentava respirar fundo para aplacar a angústia que também era mental.

Teófilo ria, preparando o segundo golpe. Mas foi Paulo que falou, sem olhar para o supliciado.

Hoje, não queremos saber nada. Não precisamos de nenhuma informação. Só queremos mostrar que você, agora, nos pertence.

&

Retirou o martelo de carne da jaqueta que vestia. O brilho do reflexo do Sol no metal repicava no chão e nos olhos de Lygia.

Mas Hilda foi a primeira a correr.

Lygia se perdeu entre paredes e a vegetação, que recobriam todo o lugar.

Não teve dificuldade em alcançá-la, mas não conseguia acertar a cabeça dela. Puxava sua roupa, rasgava os tecidos, arrancava fios de cabelos, batia em suas orelhas, mas ela conseguia se desvencilhar, mesmo que com dificuldade.

Folhas caíam lentamente das árvores. Um mosaico de luzes e poeira se formava entre os caules da vegetação, que dominava as ruínas.

Precisava acertar o golpe com ela deitada. Bem no meio da testa.

Foi assim que havia planejado.

Não havia ninguém que pudesse ouvir os gritos.

Lygia pedia socorro à Hilda, que espreitava a batalha entre os dois numa parede não muito longe. Embora pretendesse intervir, não conseguia mover os pés dali, podendo enxergar o movimento rápido e pesado com que ele desferia a martelada sobre a cabeça.

Apenas abafou o pavor com as mãos.

Como havia pretendido, enquanto via as duas amantes suando sobre a cama do hotel, conseguiu matar Lygia rapidamente. Com apenas um golpe, afundou a testa dela, lesionando gravemente, expulsando com a força empregada parte do encéfalo sobre a ferramenta brilhante.

Mas desferiu outra dezena de golpes em Lygia.

Hilda foi perdendo a força das pernas a cada martelada que ouvia. Seu corpo estava fraco. O máximo que conseguia fazer era se abraçar aos galhos que se retorciam ao redor das colunas.

Escorado em uma árvore fina, ele recuperava o fôlego a cinco passos de Hilda, mas como estava ofegante não conseguia ouvir o choro fino e abafado que ela falhava em tentar anular.

Embora soubesse que não poderia deixar nada incompleto atrás de si, pois comprometeria a tela que o esperava no cavalete, em frente à carniça, mantendo incompleta a criação na qual estava a cada dia mais envolvido, sentia um desejo irresistível de permanecer parado ao lado daquela árvore, inspirando o odor fresco da natureza, como se nela nada permanecesse estático.

&

(A Europa é um cortiço.)

Diante de um prédio cravejado de balas, paredes arrombadas, janelas caídas ou quebradas, o repórter acabara de pronunciar o prólogo à nova parte do documentário sobre o futuro possível ou fim da nossa era.

O século iniciou-se em Sarajevo e, possivelmente, terminará aqui na Bósnia e Herzegovina. A Iugoslávia, uma federação com seis repúblicas, simboliza as tensões, os rancores, ou seja, a história de todo o continente.

Paulo ligara o VHS e colocara o documentário no ponto onde ele e o filho tinham parado de assistir.

Nossa. Vamos só ver como é que eles vão tentar simplificar pra gente esse imbróglio milenar. Se tem história complicada é essa aí da Sérvia.

Com a URSS desmantelada, restou ao último ditador comunista, Slobodan Milosevic, estragar o gramado da Europa. Mas o último grande conflito do século, talvez, não foi motivado por questões econômicas, sequer ideológicas – o comunismo nada tem a ver com os expurgos que passaram a ocorrer entre as repúblicas da Iugoslávia. Milosevic queria a Grande Sérvia de novo, após seis séculos. As outras repúblicas, apenas a independência.

(Como assim não foi ideológico? Se Milosevic não fosse do partido. Se não fosse vermelho, nem dariam bola, deixariam ele colocar ordem na casa, que estava uma zona depois que Tito morreu. O presidente perpétuo virou fumaça. Porque não dão apoio, então, ao País Basco? Ou ao Estado Palestino?)

Sabe, estava pensando que parece que agora toda guerra será étnica, filho. Sempre há uma minoria de um lado. Uma religião. Uma raça. Um modo de ver e viver o mundo. E as pessoas como nós do outro, que morremos à toa por causa do ideal de alguns loucos.

(Neste século vocês perseguiram comunistas. Quem será o próximo rato? Tem que ser um rato com poder, ou dinheiro, ou força o bastante pra colocar o ocidente de joelhos. Com a faca no pescoço.)

Imagens de Sarajevo, mostram construções residenciais em fogo. Desmanchadas ao som de Civil War, música da banda Guns n' Roses.

Explosões e disparos de metralhadoras.

Pessoas correndo.

Encapuzados.

Caças.

Bombas no meio das ruas.

Bitka za Sarajevski.

Disparos.

Crianças feridas.

Velhos mortos.

Civis sangrando.

Sempre civis.

Cinzas.

&

Apesar do caos não ser perceptível, pois os movimentos da natureza são lentos, pastosos, imitando silenciosas emanações de luz, vida e morte nela são como a criação artística, perceber a natureza é como pintar um quadro.

Hilda viu Juan parado.

Ele ficou, por muito tempo, abraçado a uma árvore.

Então, ela correu sem olhar para trás.

Ele sentiu a sombra passar ao seu lado e correu atrás sem questionar razões e movimentos. Esqueceu inclusive o modo de trabalho que havia planejado para ela, e acertou a nuca com um golpe lateral.

Hilda tombou, produzindo um som oco.

Lembrando que não era daquela maneira que havia planejado, arremessou com raiva o martelo para dentro das ruínas que se encontravam ao lado. Sentou no chão e, indignado consigo mesmo, pensou apenas em sair dali, correr até o aeroporto e voltar para a carniça.

&

Teófilo estava novamente na casa de Emily, com outros colegas da força-tarefa, agora sob seu comando.

Não havia muito a ser feito. Podiam apenas determinar por onde o assassino havia entrado. Coletariam depoimentos de vizinhos. Não havia mais cena adequada à análise.

Kimura e Dulce saíram pelo corredor. Primeiro, conversaram com o vizinho da frente, que apenas repetia sua insatisfação com a música alta que agora o apartamento de cima o obrigava a ouvir.

Ao menos, a menina aí da frente ouvia boas músicas. Me tirava o sono, mas pelo menos não era esses rock pauleira de cabeludo. Dizia olhando para o teto, inconformado. Mas quer dizer, então, que não foi suicídio?

Outros vizinhos acrescentaram, em depoimento, que o movimento de amigos no apartamento era grande, mas que não haviam percebido a invasão. Não houve barulho estranho nem gritos.

Não sabemos se houve arrombamento, por isso estamos conversando com vocês.

Parece que sempre vinham colegas da faculdade. Sempre de mochilas nas costas, falando alto e tal, respondia uma senhora simpática.

Todos da mesma idade? Nenhum namorado ou outra pessoa mais velha?

Não que eu tenha visto. Mas sabe como são os jovens de hoje. Cada dia é um namorado diferente, depois repetem com outros. No fim, são tudo amigo. Esse negócio de amizade colorida eu não entendo. Mas ela só recebia essa gurizada, nunca vi parente aqui. Até achava que a família dela era de outra cidade, por que nunca os encontrei no prédio. Certeza que não aceitam um chazinho?

Obrigado, mas não, senhora. Após a morte, alguém estranho chegou a vir aqui ou circular por perto?

Apenas um senhor, mas o vizinho ali da frente me contou que era o pai da moça. Imagina a minha surpresa.

Enquanto os colegas mantinham contato com vizinhos, Miranda tirava fotos do banheiro, acompanhado de Teófilo e Fátima.

Ela devia ser bem leve. Não sei como o boxe suportou o peso dela por tanto tempo, Fátima percebia.

Era pequena, sim.

Teófilo confirmava, lembrando da grossa barra que utilizava para montar subversivos no pau-de-arara. Esta envergava antes dos corpos entrarem em sofrimento.

Vamos para a sala, agora, quero detalhes da porta.

Kimura e Dulce voltavam das entrevistas, dizendo não terem encontrado nada de anormal ou significativo.

Tudo normal. Uma estudante morando sozinha. Música alta. Pequenas festinhas. Hormônios e bebidas. Amigos da faculdade. Típico. Só isso.

Mas tudo está indicando que Emily conhecia o cara. Complementava Kimura. Embora eu ache que não se trata de alguém tão jovem.

Fugiria do perfil, Teófilo endossava.

Nós nem temos o perfil dele montado, senhor.

Mas sabemos que, com certeza, ele não invadiu a casa. Que provavelmente foi convidado a entrar. Talvez, fosse conhecido dela, Miranda apontava para a porta intacta enquanto falava.

Além disso, sabemos que ele desenha bem. Tecnicamente falando, pelo menos, Teófilo acrescentou. Agora, vamos juntar o que conseguimos aqui à papelada do caso. Liguem para o Gordo e repassem essas informações, pedindo a ele que marque uma conversa com Paulo.

De líder, Paulo começou a se transformar em apenas mais um pedaço da investigação que se estilhaçava a cada vítima. Era uma testemunha, não mais o temido e respeitado chefe, militar transferido, o demônio da Dops.

&

Levantou, pretendendo verificar se Hilda estava morta ou não, mas constatou que não estava sozinho ali. Sentia que estava sendo observado, por mais infantil que essa sensação lhe parecesse, sentiu o pavor controlar seus batimentos cardíacos.

Começava a ver.

Com a vista embaçada, enxergava vultos se movimentando entre as ruínas da cidade. Arrastando seu corpo entre a vegetação, passou a se esgueirar daquilo que o observava. Caminhou por algumas horas entre paredes e troncos cobertos de musgos. Então, percebeu que estava perdido.

Precisava chegar rápido ao aeroporto.

Não tinha muito tempo para perder nas ruínas, mas estava mais preocupado em ficar à mercê daquilo que o perseguia. Já estava escuro, não conseguia enxergar claramente os vultos se movimentando na vegetação.

Então, começou a correr rápido. De maneira intensa, mas não linear, entre as paredes e árvores retorcidas. Entre as casas da antiga cidade, corria do passado.

Corria.

Corria, delirando a respeito dos mortos do local, de seus sofrimentos abafados por séculos, nutrindo as raízes daquela floresta densa.

Corria sem saber para onde.

Corria e esperava que em algum momento cruzasse com a trilha principal.

Corria.

Corria, pois era o que poderia fazer, antes que sucumbisse ao desespero.

Corria em direção às luzes que balançavam uns passos à frente.

Corria.

Corria e sentia suas pernas formigarem.

Corria, sentindo a garganta seca e o suor escorrendo pelas costas.

Corria.

Corria e caía exausto diante do ponto de embarque da linha turística.

Flor

O aeroporto parecia respirar, pulsava diante dos olhos.

Da pele oleosa escorriam fios marrons de suor. Nos cílios de Juan, a poeira das ruínas dava a ele a impressão de estar vendo os mesmos vultos que o haviam perseguido entre as árvores.

Das abóbadas envidraçadas do aeroporto a luz do dia entrava forte. O brilho do sol contra a sujeira dos cílios é que iludia.

Assim ele acreditava.

Com passos apressados foi ao banheiro retirar a poeira que o impregnava.

Na pia, um homem pequeno e magro se lavava sem nenhuma cerimônia.

Primeiro ensaboava os braços, depois as axilas.

Enxaguava a pele.

Vestia a camisa amarrotada.

Desabotoava e retirava a calça e a cueca amarelada.

Começava a lavagem pelos pés, depois subia.

Para lavar as partes íntimas subia na pia, esfregando sem pudor as partes imundas, mas Juan não ficou para olhar.

No caminho, cruzou com dois seguranças. Eles caminhavam acelerados para disciplinar o homem que higienizava a pele em local público. Seria espancado com o sabonete preso à toalha de rosto que, pouco antes, usara para se secar.

Procurou caminhar tranquilamente para realizar o check-in. E se sentia assim, pois começava a se desligar mais das coisas corriqueiras, das mesquinharias do mundo concreto.

Apenas a realização estética por meio do meu quadro é que possui real existência. Tudo corre bem.

Fechava os olhos aproveitando a sensação de paz que o começava a invadir. Sentia os passos pesados, lentos, a cada passo estavam mais líquidos. Os pelos do corpo se arrepiavam para sentir melhor o toque do ar frio presente no ambiente.

Através das pálpebras, a claridade do sol dançava por entre fios avermelhados.

&

A terra estava úmida.

A escuridão acordava animais barulhentos. Inofensivos. O mato começava a molhar a roupa. Do corpo largado no chão, o vapor começava a subir lentamente.

Hilda acordava.

Respirava com dificuldade. Sentia muita dor, mas estava viva.

Cheiro de sangue.

Ferida, conseguia mexer os braços. Agarrando os dedos à mata rasteira, se movimentava devagar, procurando um local mais confortável para sentar.

As pernas não queriam obedecer aos comandos.

Desistiu de se mover. Ficaria por um tempo onde fora abandonada. Até que seu corpo despertasse do sofrimento no qual estava imerso.

Pretendia permanecer de costas para o chão, mas precisava cerrar os olhos por mais algum tempo. Sentia seu corpo afundar na terra.

Então, Emily caminhou até onde ela estava deitada. Não podia permitir que dormisse, do contrário ela seria possuída como as demais.

Elas são criações, entre sombras de mariposas que voejavam ao redor de sua cabeça. Na violência do toque, abrem ao mundo a verdade dos fundamentos. Suas essências, enfraquecidas, retornam a Juan. Por isso, não feche os olhos, Hilda.

Ela, então, abriu um dos olhos, respondendo ao chamado, pensando que finalmente uma turista a havia encontrado. Tentou dizer algo, mas estava muito fraca.

Apenas não durma. Eu ficarei contigo até que seja resgatada.

Permaneceu como que encantada pela proximidade, não conseguia fechar os olhos com a presença do olhar ao seu lado.

Mas o corpo foi definhando. Apenas a consciência persistia. A noite avançava lentamente, mas ela não sentia seus nervos atrofiarem. Somente seus músculos pretendiam se anular.

Queria continuar olhando para aquela menina luminosa que velava suas feridas.

Emily efetuava a ligação.

Consonância.

Embaladas, se ligavam uma a outra.

Com o coração batendo sob as mãos frias de Emily, Hilda sentia um compartilhamento mais profundo. Sentia um amarrar de existências, além da carne. Sentia seu corpo se fundindo com a luz que a recobria e que era emanada da menina. Sentia as duas afundando na umidade da vegetação que se espalhava cada dia mais ao redor das ruínas da cidade.

&

Todas as obras de arte se relacionam, se comunicam e se infiltram uma na outra.

A frase correu os pensamentos de Juan, ofuscando o vazio mental e a paz de espírito que usufruía, como se estivesse vindo independente dele providenciar matéria para reflexão. Sempre teve a impressão de viver mais de uma vida na sua, como se estivesse em constante mergulho em outras almas, com se tivesse nascido para dar voz a mais almas que à sua própria.

Matando vozes. As transformando na sua.

Essa foi uma das razões pelas quais começara a praticar meditação. Para tentar conhecer a própria ilusão do corpo. Do mundo flutuante.

Descobriu a ilusão da alma.

Encontrou desrazões.

Quando tudo estava silencioso ao redor, deitava na cama, na posição mais confortável que encontrava. De costas, com as mãos abandonadas ao longo do corpo.

Seu mestre era ele mesmo. Todo mestre é um espelho. Opaco demais ou límpido em excesso. Nunca verdadeiro.

Este surgia em pé, caminhando lentamente, como um reflexo ondulante de um lago à noite alta, como se estivesse vendo a si mesmo, mas com cabelos brancos, poucas rugas, jovem ainda. Um Juan maduro tal como ele não conseguiria imaginar para si no futuro. No topo de uma escadaria de madeira, ele se chamava.

Ao lado, um pequeno riacho, onde nadavam peixes furta-cores.

Gostaria de viver aqui. Lugar perfeito.

O nosso lugar. Este é o refúgio. Local para reencontrar a si mesmo, no passado e no futuro. Para construir o presente, para escolher dentre as escolhas que possui.

Mas o que devo fazer aqui?

Apenas se deixar guiar. Venha. Você precisa descansar da sua viagem na carne.

Subiu os degraus e se deixou levar para um pequeno cômodo onde havia uma árvore seca, com galhos esbranquiçados pendendo sobre um colchão colocado na diagonal. Ao lado dele, uma cadeira, onde o seu outro sentaria logo depois.

Deite e feche os olhos. Apenas ouça minha voz.

As primeiras imagens que se formavam eram somente manchas, como de líquidos de diversas cores, se movendo a partir de suas próprias forças.

A primeira visita não revelou muito.

Na primeira regressão, foi à sua infância, num sítio de seus avós maternos. Recordava de espiar os animais serem inseminados, morria de medo do médico veterinário com aquela luva verde e úmida. Não entendia como é que os animais não gritavam. Ele gritaria o mais alto que conseguisse para que seus avós o salvassem.

Mas nosso pavor de médico não veio dessa vida.

Como é que eu posso saber?

Vamos voltar mais e visitar uma ou duas vidas passadas. Retornaremos algumas décadas, mas ainda neste século.

Numas das vidas passadas, ele era apaixonado por uma jovem, filha de um militar do primeiro escalão, homem rígido, de difícil trato, de relacionamento amargo.

Juan não se encaixava nos requisitos que o velho exigia. Estudante, participava ativamente da vida política do país, das discussões e debates em torno do governo. Era filiado a um partido opositor ao regime. Proibido de continuar operando, o partido foi para a clandestinidade.

Marcava reuniões, agendava ações públicas, embora isso fosse proibido por um governo autoritário, apoiado e construído também por aquele que ele queria por sogro. Em todas essas ações, levava sua namorada, filha do velho militar.

Nós engravidamos a moça.

Ela foi depois nossa mãe.

Quando?

Nesta vida. A atual. Aquela que foi nossa mãe era esta jovem.

O velho descobriu o que havia acontecido e, sabendo dos seus envolvimentos, das posições políticas e de seu desejo de subverter a ordem, o mandou torturar.

Gratuitamente não. Por causa da filha.

Como não havia necessidade de coleta de informações, pois daquele grupo de opositores já haviam feito coletas anteriores com êxito, ele fora espancado apenas porque o velho militar assim pretendia e ordenava.

Quebraram nosso nariz, maxilar e mão direita com um martelo.

É muito doloroso sentir essas coisas. Não quero continuar.

Precisamos.

Não satisfeito com o serviço demonstrado por seus subordinados e claramente irado, desejando mais gritos, o velho saiu da sala, retornando com um médico.

Sob as ordens do velho, o médico iniciou nossa evisceração.

Nós ficamos por horas naquela maca até morrermos?

Não. Foi com um tiro nos olhos. Minutos depois. O velho estava atrasado para o jantar e, como já delirávamos, achou que a lição estava dada.

Por isso, temos pavor de médicos e odiamos militares.

Mas nós ainda seremos militares.

Como assim?

Vamos, agora, para uma vida futura, mas muitas décadas deverão passar.

O veículo comprido como um trem corria rapidamente. A visão era rápida e não permitia que fossem distinguidos rostos, as construções nem paisagens que passavam do lado de fora.

Manchas de tinta borrada. Névoas multicolores sobre os olhos.

Parado de pé, diante de uma janela ampla e levemente espelhada, se viu vestido com um uniforme de alguma espécie de ordem militar, mas não conseguiu distinguir de que país, pois antes de iniciar qualquer análise, viu uma grande massa de ar e fogo vindo na direção do veículo, que se desintegrou, não conseguindo impedir nem desacelerar a queima completa do horizonte.

Depois dessas e de outras supostas experiências e lembranças de vidas passadas e futuras, desistiu de querer buscas histórias, pois não importava se havia ou não eternidade para a alma que supunha dentro de si, bastava que o mundo permanecesse, seja como massa informe pairando diante do Sol, ou a partir do fervilhar de vidas e conflitos.

Para conhecer desgraças e rancores, ele não precisaria viajar para outras dimensões de seu espírito, por loucuras de sua mente e lacunas de sua imaginação preenchidas por doutrinas espiritualistas.

Ficcionalidades fúteis. Psiquiátricas, diria.

Deveria apenas reconhecer o que estava desenhado em cada fenda dos rostos que passavam despercebidos diante da sua visão e dentro das manchas dos olhos opacos dos anciãos. E assim alimentar seu corpo com o caldo de dores para a realização de sua criação artística. Para completar seu rito. Para hidratar sua estética.

&

Fátima estava à direita, com a máquina de escrever preparada, papel a postos, prensa recuada, mãos pousadas. Por garantia, Teófilo, que estava à frente trazia consigo um aparelho gravador. Um pequeno microfone, do tamanho de um dedo, segurado com firmeza pela mão esquerda. A direita apertaria, ao mesmo tempo, as teclas rec e play. Dulce queria estar presente, mas Teófilo não permitiu, convocando, no lugar dela, Miranda.

E porque isso? Qual o problema de eu ler algumas perguntas? Acho que, assim, ele vai ficar mais confortável, Dulce questionava.

Vai parecer favorecimento. Reunião da antiga patota da Dops.

Mas, Teófilo, isso não é um interrogatório.

Sei disso, é mais pra cumprir o protocolo. Só pra confirmar, com o depoimento do Paulo, o que já sabemos.

A gente está perdendo tempo.

Essa conversa aqui é uma perda de tempo, com certeza.

Ok. Vou retornar pra minha mesa. Mas vê se orienta o Miranda.

Como assim?

O Paulo perdeu a filha, a mulher há poucos anos e por pouco não perde o filho também. Não é suspeito. Só depoente.

Claro, Dulce, não sou idiota. O que eu pretendo é comunicá-lo (e porque não oficialmente?) que o assassino era do círculo de conhecidos de Emily. E pode ser que o Paulo conheça esse patife.

É. Torço pra que vocês saiam dessa sala com um suspeito em mãos. Concreto. Cara e nome. Tomara mesmo, disse Dulce, virando-se e encerrando a conversa.

&

Diante do balcão do check-in, cobrindo de trevas a área toda, as obcecadas surgiam diante de Juan.

Cinco vultos retorcidos.

Hilda e Emily não estavam presentes.

Correu até uma das fileiras dos assentos, usados por passageiro que esperavam impacientes os seus voos serem liberados, e se arrastou até um dos cantos mais afastados.

Ali, ele e as mulheres ficaram envoltos numa penumbra mais densa.

Ouviu os gemidos finos de cada uma, mas distantes dele ainda.

Tentou se convencer de que nenhuma delas conseguiria tentar nada contra ele. Seu coração, acelerado, pensava de outra forma, o estômago resfriava, os nervos endureciam, a nuca começava a doer como se o pescoço se contraísse sobre si.

Um pequeno grupo de passageiros, entre solitários executivos e famílias com crianças sonolentas, não entendia porque aquele homem estava se escondendo tão desesperadamente debaixo dos bancos. Eles olhavam ao redor sem entender, procurando razões que os olhos não captavam.

Algumas pessoas se afastaram.

Temendo que acontecesse algo desagradável, imaginando riscos à segurança de outros, alguns levaram seus corpos para longe não pensando no outro, nem em avisar os seguranças que por ali andavam, mas que não haviam percebido ainda a movimentação suspeita.

Com o rosto colado ao piso gelado, ouvia os gemidos a cada segundo mais próximos.

Um líquido gelado começou a cair, primeiro aos pingos, depois em finos fios pegajosos sobre ele, queimando um dos braços.

Gritou.

Os presentes silenciaram, emudeceram diante de um pavor desconhecido. Os seguranças se olhavam, não compreendendo de onde os gritos vinham e quais as razões por trás deles.

As obcecadas se liquefaziam.

Sem a força vital transmitida por Juan, perdiam suas ínfimas essências, aquelas ainda presas ao amado, ou dele provenientes. Nem mesmo a violência poderia vivificar as criações que se desfaziam diante do artista.

Escorriam no éter.

Filigranas.

Se naquele instante pudesse pensar por si, ele elucubraria no que estava acontecendo, mas em termos de arte. Pois, diante dele, estava claramente representada a relação entre a violência da forma e a força vital do artista. A violência da forma vivifica, mas depende da força vital do artista. Assim pensaria se não estivesse com a mente nublada pela perturbação e o corpo pelo medo.

Então, desmaiou.

E permaneceu deitado, abaixo de um enfileiramento de bancos.

&

Na fila de embarque, uma celeuma por causa de um senhor que havia caído diante da aeromoça.

O pai de Juan se tratava para hipertensão, tomava diariamente remédios prescritos pelo seu cardiologista, caminhava três vezes por semana e andava de bicicleta no Parque Barigüi sempre que podia.

Não gostava de viajar. Isso o irritava profundamente, o tirava de seu estado normal.

Aviões o apavoravam.

A tensão causada pelas semanas de férias que havia programado para a esposa e o ainda pequeno filho, e a decolagem para chegar ao destino foi mais forte do que os comprimidos e cápsulas que tomava religiosamente.

O pai morrendo diante de olhos surpresos, assustados e sem treinamento não é uma imagem recorrente nas lembranças de Juan. Mas naquele dia, encolhido debaixo de bancos, rodeado pelas visões lúgubres das amantes, fazia recordações desagradáveis como essa pulsarem com força diante dos olhos.

&

Paulo saía do trabalho atordoado. Relembrar a filha, com os sofrimentos dela delineados à sua frente, o fez perceber que não a conhecia. Não sabia que filmes assistia. Que música colocava enquanto estudava. Se preferia o silêncio nessas horas. Não conhecia nenhum dos colegas mencionados por Miranda, a partir do testemunho dos vizinhos e da agenda de telefones dela.

Antes de dar partida no Passat, era metralhado por ausências.

Posso chamá-la de filha? Posso fazer isso agora? Não a protegi. Apenas a afastei de mim. Ela nunca foi minha filha, Paulo lamentava.

Em nada adiantou o amigo tentar transformar a sabatina numa conversa entre amigos, pois a morte estava espalhada diante dos olhos, sobre a mesa. Na pausa incômoda entre as perguntas e respostas.

Dirigiu a esmo pela cidade querendo que sua cabeça parasse de fervilhar com lembranças.

Não adianta ficar sentindo pena de mim. A água vai se moldando ao terreno. É isso ou enfiar uma bala na cabeça.

Uma pontada. Falta de ar. Dor aguda nas costas. A vista embaçada. A boca silenciada pouco depois de mencionar uma violência que abominava. Diante do seu prédio, tentava mentir novamente para si mesmo. Foi um acidente. Pior que matar um homem sem motivo, era renegar a própria existência. Não queria entender. Não queria lembrar. Não revivenciar foi impossível. O motor ainda ligado, como no início daquele ano.

O dia nublado como sempre. Os vidros abertos. Curiosos passavam por ele apressados. Paramédicos corriam com seus equipamentos da ambulância até a frente do prédio. A primeira coisa que pensou foi nos vizinhos mais velhos.

Velho sempre cai nessas calçadas, pensava.

Ao chegar mais perto da roda de pessoas, viu que o corpo contorcido era de um adolescente. Antes que tomasse consciência, seus ouvidos foram abafados. Parecia ter mergulhado num tanque de água gelada. Ouvia um ou outro comentário. Alguns dos presentes olhavam assustados para ele. Ao reconhecê-lo, silenciavam.

Lutava contra o vigor das pernas. Chegava mais perto. A percepção, o choque e a dor foram ficando mais claros.

Ao lado do corpo, começou a ser empurrado por um dos profissionais do Siate.

Por favor, senhor, se afaste.

O que aconteceu?

Senhor, nós precisamos de espaço.

É o que estão dizendo? Ele se jogou?

Peço para que se mantenha afastado.

Mas é meu filho!

Os bombeiros se olharam. Um deles guiou Paulo até a ambulância e falou para que se sentasse.

O senhor poderá nos acompanhar.

O corpo de Emílio era colocado sobre a maca, imobilizado. Em silêncio. Parecia morto. Enquanto respondia a algumas perguntas dos paramédicos, Paulo percebeu o indicador esquerdo do filho se mexer, como se tremesse. Aparentava vida.

Aquele indicador foi a última parte do corpo de Emílio a se mover depois de se jogar da janela do quarto.

Esperando no Hospital do Trabalhador, passou a noite sem notícias. O medo da morte. Sua névoa. Amanheceu pai de um tetraplégico.

Emergiu dessas lembranças quando abriu a porta do apartamento. A enfermeira se arrumava para ir embora enquanto dizia que Emílio não comera nada o dia inteiro, nenhum dos alimentos liquefeitos e insossos que ela havia preparado.

Depois eu tento, Ângela. Até amanhã.

Até, Sr. Paulo.

Automaticamente, olhou para a bunda dela enquanto pegava a bolsa e o casaco. Algo se desligara. Não sentia nada. Nenhuma emoção. Coçava a orelha esquerda por sobre o curativo. A dor nula. Sentia por aquela bunda o mesmo que pelo abajur no canto da sala.

&

Juan suava.

Recordar o passado, a morte do pai antes que pudessem embarcar para alguns dias de descanso em família, o fazia empurrar outros passageiros na fila de embarque. A qualquer custo, precisava entrar no avião que aparecia através dos imensos vidros. Como se a possibilidade de não embarcar pudesse ocasionar também sua morte prematura, e a morte prematura da sua obra de arte.

As obcecadas o cercaram novamente.

Voltou a ficar encolhido no chão. Ouvia gritos, murmúrios, gemidos. Frases sussurradas se desfiavam em suas orelhas. Sua cabeça era pressionada pelo som que cada uma delas emitia por meio de seus corpos líquidos. Uma nota aguda perfurava seus pensamentos, depois um chiado que resultava em confusão.

Balançava os braços tentando expulsar as mulheres. Não conseguia. Impossível o toque.

Depois nada mais ouvia.

Um feixe de sangue escorria pelo pescoço, da orelha direita ao ombro, uma gota vermelha e brilhosa dançava, levando embora a capacidade de ouvir. Da orelha esquerda, apenas um filete amarelado pingava sobre a camisa clara, nesse ainda ouvia algumas interferências de sons ocos, batidas, o movimento dos corpos das pessoas.

Nada mais.

Teve o ímpeto de desenhar as mulheres que nadavam sobre ele. Então, lembrou que havia abandonado o seu bloco de anotações no quarto do motel em que ele, Hilda e Lygia haviam ficado.

Sabia que, pelo seu descuido, a polícia descobriria mais rapidamente qual era a identidade daquele que chamavam de Artista da Morte.

Tinha, agora, menos tempo para concluir seu quadro.

Mas ainda precisava realizar algo mais, sabia que ainda o possuíam, mas não em um corpo que o conhecia, que o tivesse tocado, sentido como parte de si. De um corpo que houvesse se enxertado nele e sugado parte de sua essência. Esse corpo era outro, mas a ligação ainda existia em parte. A parte de uma no corpo de outra.

Precisava se acalmar, encontrar o equilíbrio. Ainda naquela noite, preencheria sua alma por completo. Sentia a urgência de concluir sua empreitada. Esse sentimento dava outro tom à própria criação. Se não conseguisse, deixaria um quadro incompleto no meio da sala, sem nada representar além de tons ainda instáveis, em traços incertos.

Com a carne quebrada.

Bastava que chegasse em casa e trabalhasse. Não poderia deixar que nada o desviasse do objetivo, nem mesmo uma surdez repentina e parcialmente contornável, até porque, dos lábios de algumas pessoas, conseguia apreender algumas palavras, o tema do que falavam e a respeito de quem emitiam opinião.

Todos pensavam que ele estava sob efeito de entorpecentes.

&

Hilda estava sentindo que seu corpo respondia melhor à presença da cuidadora. Da que pajeara seu corpo durante a noite.

Emily a tratava como um bebê.

Mesmo debilitada, ela não queria mais fechar os olhos, curiosos eles, agora despertos da eminência da morte, veem que Emily emite um tom calmo, que a deixa tranquila e com desejo de continuar tentando se mover, embora ainda não consiga.

Sua voz estava fraca, por isso não podia gritar quando teve a certeza de estar diante de uma descarnada. Não acreditava em ilusões, mesmo tendo recebido uma pancada forte na cabeça, por isso tinha certeza de que Emily era o espírito de uma jovem em visitação.

Mesmo que conseguisse aplicar força às solicitações de salvamento, de nada adiantaria, pois toda a extensão das ruínas estava deserta. À distância, apenas o eco do vento que colidia com os troncos das árvores. Até mesmo os grilos e besouros, as cigarras e as folhas que caíam evitavam emitir sons.

A natureza, ao seu redor, estava paralisada, mas ouriçada pela presença imposta. Esperava em transe o desfecho do embate entre carne e éter.

&

Quitéria odiava ter que ligar para o irmão. Não pretendia falar com a neta. Seus interesses nunca foram sentimentais. Sua mente funcionava de outra maneira.

A Maria está aí com vocês?

Oi, irmã, bom dia pra você também.

Deixe seu sarcasmo para sua esposa. Então? Responda minha pergunta, Alonzo.

Não, sua filha não está. Aliás, faz meses que não vem visitar a própria filha. E faz quase um mês que não liga.

Acho que já passou de um mês, gritou Consuelo, do corredor.

Foi por isso que liguei. Normalmente, ela me liga pra dizer como estão indo os negócios. Nunca ultrapassou uma quinzena.

Ah, então o problema é dinheiro. Olha, sua neta está crescendo e ficando cada dia mais esperta. Esqueça um pouco a sua fortuna e venha ficar com ela no Rancho.

Quem sabe eu me esqueça de mandar o dinheiro da Isabel este mês. O que acha?

Deixe de ser mesquinha, Quitéria! Eu não estou falando disso. Só acho que a menina precisa de mais atenção. Mesmo que seja a tua.

Ela está infeliz? Está sofrendo?

Não. Está ótima. Adora os animais daqui.

Então, pra mim está bom.

Você só pensa em si mesma.

No momento, estou pensando em Maria. E, também, na vontade que estou sentindo de jogar este telefone na sua cabeça.

Distância nunca foi problema pra você.

Não vou interromper meu ano sabático na França para visitar seus animais fedorentos.

Mesmo que eu deixe você me ofender enquanto Bel tenta se lembrar que tem uma avó?

Alonzo, não enche. Tenha um ótimo mês. Ano. Década.

Quer que eu tente falar com Maria?

Não haverá mudanças significativas nos investimentos, creio eu.

Se precisar, vou até a casa dela em Curitiba. Eles ainda moram naquela cobertura?

Quitéria pensou que seria uma boa forma de dar trabalho ao irmão, mas desistiu, pois abobalhado do jeito que ela o considerava era capaz de achar boa a mudança de ares.

Não. A cobertura foi repassada como favor a um amigo meu.

Sei.

Mas não precisa se incomodar. Deixa como está. Caso ela ligue, comente que eu entrei em contato. Só isso.

Ok. Então, até breve.

Adeus e mande meus cumprimentos à sua esposa.

Ela ficará feliz em recebê-los.

Alguma novidade?, perguntou Consuelo, quando o marido colocou o fone no gancho.

Não. Quitéria continua uma vaca.

&

Mal conseguia abrir os olhos, como se a cabeça fosse jogada contra a parede. Mesmo assim, levantou-se e foi lavar o rosto, pretendendo despertar, mas a cabeça pesava demais. Desde o início, Paulo tinha a certeza de que não poderia estar à frente das investigações. Apenas foi colocado naquela ribanceira, esperando que os arbustos e eventuais pedras do caminho pudessem impedir seu corpo de continuar.

Não pretendia o mal ocorrendo tão do meu lado.

Mas esperava ser atropelado em algum momento, como uma expectativa mórbida.

Abandonar a liderança da força-tarefa foi inevitável, mas o sentimento de abandono era maior. Achava que sentiria um peso a menos sair de sua cabeça quando passasse a apenas acompanhar os colegas, os ajudando no que fosse possível, mas estava preso, algo o puxava de volta, o queria definitivamente acabado, parecia que não bastara todo o sofrimento, pois precisava definhar.

Apenas a cabeça pesava. O corpo nem sentia. Suportava centenas de quilos esmagando seu crânio.

Emílio ainda dormia, então resolveu que compraria frutas para preparar uma vitamina ao filho. Quem sabe uma mudança no cardápio daquela manhã não reanimaria o desejo de vida e o apetite.

Trocou-se com dificuldade, mas convicto do que deveria fazer, mesmo que parecendo um autômato diante de outros olhos. Perante os seus nem mesmo assim se enxergava.

A cada andar que acendia no painel do elevador, um pulsar. Para cada número que diminuía, um pouco do peso e da pressão se desfaziam.

Depois dos últimos dias, precisava ficar com Emílio. Após passar pelo depoimento percebia que Emílio precisava dele tanto quanto ele do filho.

Ao chegar à portaria, já estava com a mente e os olhos mais desanuviados, por isso pode perceber que Ângela se abraçava ao filho pequeno, tapando-lhe as orelhas com as palmas das mãos, enquanto recriminava o pai, visivelmente alterado, diferente do que percebera de outros dias.

Diante da porta de vidro, ficou em dúvida se deveria ou não interromper a briga, ou se essa era a coisa certa a fazer para que os ânimos se acalmassem.

Você não tem o direito. Não tem o direito, pai, dizia Ângela, terminando sua fala, começando a chorar.

Como não tenho o direito? Eu sou seu pai. Tenho todo o direito de querer o melhor pra você e pro Anderson.

Falando na frente do neto que o pai dele é um vagabundo e que nos abandonou?

Só disse isso porque não há outra explicação. Você precisa seguir em frente, não merece ficar esperando que Adailton regresse por um passe de mágica depois de tanto tempo.

Ele é meu marido. O que é que eu posso fazer?

Pode começar percebendo que ele não vai voltar. Essa espera está acabando com você.

Não posso agir de maneira diferente daquela em que acredito, pai. Tudo o que faço é pelo Anderson.

E é por ele também que você deve deixar pra lá. O menino não pode crescer achando que o pai voltará a qualquer hora.

É a única coisa que nos restou, acreditar na volta dele.

Não. Você tem uma família aqui. Quem sabe, no dia em que perceber isso, se torne a pessoa que sempre foi, disse Wando.

O pai pretendia dizer algo mais à Ângela, porém foi impedido pelas próprias lágrimas e pelos soluços da filha.

Quando os dois se abraçaram, Paulo viu a oportunidade de cruzar por eles sem ser notado. O barulho da porta, entretanto, despertou Wando da cena que poderiam estar gerando em frente ao prédio no qual a filha trabalhava, por isso se desvencilhou do abraço, tentando disfarçar. Neste momento, ainda com os olhos embotados, percebeu que era Paulo que passava por eles sem os ver.

Meu amigo de bocha, como é que vai? Bom dia, Paulo?

Bom dia. Wando, oi. Olá, Ângela. Puxa, chegou cedo. Ou fui eu que acordei tarde demais?, brincou Paulo, para que eles não pensassem que ele ouvira boa parte da discussão.

Eu é que cheguei uns minutinhos antes. É só eu dar mais um abraço no Anderson que subo para ver Emílio.

Ótimo. Como você disse que ele anda rateando com a comida, resolvi sair pra comprar algumas frutas e fazer uma vitamina para ele de café da manhã.

Viu só, Ângela, isso é que é pai, disse Wando.

Sem perder tempo, aproveitava o comentário de Paulo para retomar, com o olhar e o exemplo, a argumentação anteriormente abandonada.

Paulo percebeu os olhos se atritando e fingindo não ter percebido a situação incômoda começou a se despedir de Wando e dizendo a Ângela que pretendia retornar em no máximo quarenta minutos.

Não se preocupe, Sr. Paulo, caso Emílio desperte, providencio o banho dele em seu lugar.

Ele é muito pesado, Ângela, não quero que se acidentem.

Ou posso distraí-lo com alguma leitura.

Seria ótimo.

Farei isso.

Bem, tenha um bom dia com o neto, Wando, e até daqui a pouco, Ângela.

Eu sempre tenho, Paulo, disse Wando, sorrindo sem graça.

Na frente da filha e do neto, que começava a correr ao redor deles, se sentia arrependido pela dureza das palavras que empregara com a filha.

&

Juan precisava tomar algo forte.

Sentado em uma das poltronas, queria beber algo que o anestesiasse. Queria algo que pudesse queimar sua garganta, que amortecesse os lábios e a vista. Mas suas solicitações estavam sendo negadas pela comissária de voo. Nada que falasse nem o modo que dissesse persuadia a atenderem sua solicitação.

Seus olhos ejetados como alguém alterado por drogas colocavam toda a tripulação em alerta. Tomaram a iniciativa de servir petiscos e sucos a ele, que os atirava longe.

Abalado, continuava suando. A camisa ensopada grudava na pele. Com frio, entretanto, pediu uma coberta para que pudesse se proteger.

Fique com a minha, disse uma mulher sentada ao seu lado. Quando ela o mirou, ela cuidou de afastar os cabelos tingidos de amarelo do rosto, exibindo uma boca fina, mas coberta por um batom vermelho opaco.

Flor estava usando uma saia curta, apertada às coxas. Usava um top escuro que empurrava os seios para o decote. Deles, Juan teve dificuldade de tirar os olhos e lembrar que precisava de algo para beber.

Falou alguma coisa?

Juan apenas inferia a possibilidade de ter sido interpelado por ela, mas ouvia apenas o ruído dos motores no corredor oco de suas orelhas.

Estou oferecendo a minha coberta.

Obrigado.

Lendo os lábios, conseguia fechar o circuito que o impedia de ouvir a voz rouca da mulher. Se desviasse os olhos dela, voltaria a ouvir apenas a vibração das turbinas.

Você bem que poderia pedir uma dose para mim, não é?

Perguntava, tentando parecer comum, o pedido ainda soava como vindo de alguém perturbado, entretanto.

Não sei se vai dar certo isso, mas posso tentar.

Com um sorriso no rosto, mostrando o alinhamento perfeito e alvo dos dentes, Flor levantou uma das mãos para ser atendida, sem que tirasse os olhos provocativos dos dele.

A comissária, desconfiada do embuste, negou a bebida.

Apenas sucos, senhora.

Flor exigia ser atendida, pois, caso contrário, denunciaria os péssimos serviços prestados à central da empresa. As duas ficaram por algum tempo discutindo, até que ele conseguisse se colocar diante da situação, impondo controle aos seus atos e sua mente.

Dissimulava.

Insistiu no pedido, mas confessou o engodo, afirmava que carecia se acalmar, pois tinha fobia de avião e que, por isso, pedia uma bebida forte.

Senhor, nós estamos preocupados com suas ações, por isso, pedimos que não nos solicite mais bebidas alcoólicas.

Pior, então!, gritou, por fim, desarticulando a dissimulação que havia montado. Passarei a viagem toda incomodando você, seus colegas e os passageiros, disse, aumentando o volume de sua voz diante dos olhos apreensivos da comissária. Me deem, agora, o que estou pedindo, antes que eu faça uma besteira!

Diante do risco iminente de ter que agir com força diante de um passageiro instável, de uma ameaça, a funcionária cedeu aos pedidos, solicitando que ele não se exaltasse mais e que permanecesse na poltrona, não perambulando pelos corredores.

No fim, você conseguiu o que queria, disse Flor, vendo a comissária se retirar.

Juan olhava para frente, apenas.

Flor tocou em seu braço, perguntando se ele estava bem.

Oi, desculpe.

Você está bem?

Sim, estou bem, sim. Você tinha falado comigo? Desculpe, estou meio desligado hoje. Muita coisa está acontecendo e de maneira muito rápida.

Estava dizendo que você conseguiu, finalmente, o que queria. Nem precisou da minha ajuda.

Não é o que quero que importa, mas o que preciso.

Fixava seu olhar no de Flor, assim conseguia ter a visão total do rosto dela, de todo o movimento que o corpo desempenhava, dos movimentos faciais. Assim, a construía mentalmente e efetivamente conseguia ter a percepção do que a voz feminina, porém rouca, dizia a ele.

Nossa, seus olhos são muito intensos, aposto que a comissária aceitou lhe trazer uma dose por causa deles. Ela elogiava, tentando o primeiro flerte.

Não. Ela só está querendo evitar mais problemas.

Problemas, como você, toda mulher gostaria de ter, disse mais ousada, com um sorriso malicioso.

Você é muito gentil. Suas palavras é que são intensas.

Diante as investidas da mulher, desenhava outro jogo, como maestro de seus próprios pensamentos.

Ela o olhava, imaginando que estavam em outro lugar, ali não era o local ideal para flertar. Presos entre poltronas, não havia como agir de maneira adequada. Além de ser desconfortável, haviam muitos ouvidos indiscretos.

Gostaria de me acompanhar nessas doses?, perguntou Juan, voltando a fixar seus olhos nos dela.

Claro.

Qual o seu nome?

Flor.

Muito adequado, devo dizer.

Obrigado e o seu?

A comissária vinha pelo corredor, fazendo-o se desligar de sua vizinha de poltrona.

A funcionária, por perceber que ele estava com um ar mais leve e que não suava e que agora mostrava as feições normalizadas, trazia a dose em um copo long drink.

Que bebida é esta?

Juan estava impressionado com o tamanho do copo que ela trouxera, cheio de gelo e de uma bebida dourada.

É whisky, mas em um copo generoso. Não gostou?

Achei ótimo, na verdade. Agradeço a disposição em querer me agradar.

Você vai esquecer de que temos um acordo?

Não se preocupe com isso.

Espero que não. E, se você continuar se comportando, poderá pedir outra dose como esta, prometeu a comissária, curvando-se e sussurrando para que outros passageiros não ouvissem.

Já estou mais calmo. Bom voo para todos nós, então. Um brinde a você e a esta viagem.

A comissária retornava à galley virada de frente para ele, que começava a girar sobre o corpo, posicionando-se melhor para trocar algumas palavras com Flor.

Você não respondeu minha pergunta.

Desculpe. Esqueci qual era.

Qual o seu nome?

Juan.

Pela primeira vez, ele sentiu o ímpeto de usar o epíteto Artista da Morte, como um prêmio, condecoração, resultante do trabalho que considerava penoso em prol da arte. Um reconhecimento pelo esforço realizado. Mas soube se controlar, guardando a verdadeira história do apelido infantil apenas para si.

&

A noite avançava.

No chão, estava Hilda. Sobre o emaranhado de raízes grossas e profundas, a floresta se levantava escura e silenciosa, apagando da vista as ruínas.

Diante do nada, a que sobreviveu perde a esperança de ser encontrada. Almejava apenas chegar ao amanhecer respirando, quem sabe podendo se locomover um pouco, embora com certo sacrifício.

Emily ainda estava ao seu lado.

Deitada, pensava em Juan e tentava compreender as razões que poderiam ter levado ele a cometer algo tão irracional, cruel, animalesco. Para ela, apenas uma explicação mística, mágica, alguma maldição do lugar para trazer calma ao sofrimento psíquico que a dominava.

Você pode me levantar? Quero sair daqui, reiniciava a conversa com Emily.

Você gostaria de estar em casa, eu sei, mas não é possível agora.

Emily continuava tratando-a como se fosse um bebê, mas não de maneira prestativa. No olhar, ternura e cuidado, mas as ações e gestos eram de controle.

Porque não me ajuda a andar até a estrada? O posto de segurança do parque não deve estar longe.

Não posso fazer isso.

Quem você é?

Não é quem eu sou que define minhas ações. Minhas ações são definições de outra essência.

Estou confusa.

Eu também fiquei, mas depois que vi meu corpo sem vida, percebi que ainda havia algo para ser realizado.

Ele matou você.

Ele me criou.

Porque Juan faria uma coisa dessas?

Não coloque a sua razão sobre as ações do artista. Ele possui seus próprios fundamentos.

Mas o que devo pensar? A única coisa que vejo é violência. Lygia está morta e eu estou por um fio.

Você não morrerá, pois minha função é impedir que seu sopro se desfaça.

Mas, então, porque não pode me levar daqui?

Porque não estou aqui para libertar você de Juan. Você é criação dele, tal como eu sou.

Você é cúmplice daquele doido, Hilda chorava com a mente confusa.

Não simplifique as coisas que não compreende. Depois que ele concluir o quadro que está pintando, você poderá ter a chance de experenciar aquilo que o artista pode ter percebido e terá sua percepção amplificada por meio da obra dele.

Por que me manter viva, então?

Eu e as demais não poderemos ficar para nos entrelaçarmos à história da criação de Juan. Se permanecemos é por que ele ainda existe. Enquanto o artista permanecer, continuamos. Como reverberações de suas pinceladas.

Se você é espírito, onde está o de Lygia? Porque não é ela que está aqui? Ela, sim, me ajudaria a não sofrer tanto, a ser salva de verdade, e não aprisionada entre a vegetação úmida da floresta.

Lygia está com ele, pois é onde deve estar.

Eu a quero aqui, agora!, gritava histérica.

Nada que você faça por vontade própria acontecerá.

Eu vou sair mesmo que morra.

Emily a segurava no chão. O que parecia a proteção maternal era aprisionamento, bloqueio de movimentos na relva.

Me solte.

Se eu te soltar, você morrerá.

Melhor morrer, então.

Não vou permitir.

Saia. Me deixe morrer em paz.

Você não pode.

Então, me deixe pedir ajuda, Lygia pode estar viva.

Ela não está viva. Você sabe que não.

Hilda chorava. Sua cabeça doía, da nuca aos olhos, como alfinetes dançando e se enfiando infinitas vezes.

Emily tentava acalmá-la, passando suavemente as mãos sobre os cabelos, dizendo que precisava aceitar o que se impunha, como se fosse uma missão.

Juan precisa que você permaneça viva.

Mas pra que ele precisa de mim?

Nem ele ainda tem a percepção de seus atos. Ter errado o ponto exato que te mataria e não ter verificado sua respiração não foi um erro. Na verdade, isso apenas modificou a obra final para algo mais completo. Assim, se você aceitar o que digo, o final, que nem mesmo ele imagina, ocorrerá.

Nós somos marionetes dele.

Parte do que ele é.

Como assim?

Você tem outra percepção por que é uma parte diferente da criação dele. Mas somos todas criações. Mesmo que em conflito e fora de controle, somos partes do que ele é. Você é uma parte dele que se movimenta no mundo concreto, algumas nem mesmo falam, outras apenas sofrem, gemem e rastejam. Eu sou a que vejo com clareza.

Compreendo. Mas não aceito.

Não há escolha.

Então, só me deixe dormir um pouco.

&

Juan deseja matar Flor. Mas ainda decide se é necessária a ação, embora a vontade exista.

Ele acredita que, tal como aconteceu com Lygia, Flor se conectou profundamente. Se a mantivesse viva, haveria uma parte de si que não estaria mais nele, que estaria enxertado em outra pessoa, restando apenas um pedaço oco e pustulento no lugar.

Não poderia deixar nada para trás que o impedisse de concluir sua criação, sua grande obra, o quadro que o faria póstumo. Não almejava apenas a grandeza, mas tinha certeza dela e levaria na correnteza de seus pensamentos e desejos tudo o que fosse possível carregar para cumprir o devir de sua vontade de ação.

Seus gestos já eram célebres a ponto de distrair as pessoas dos problemas políticos do país e dos próprios desesperos diários. A população se anestesiava com as superfícies e era mais facilmente hipnotizada, pois não tinha acesso à própria profundidade.

Mas ele ainda não conseguia decidir se a mataria ali, durante o voo, ou se esperaria um momento mais adequado.

O que é adequado quando o material é etéreo? Qual o fundamento da arte?

&

As pessoas se acotovelavam, mas não por pressa ou descuido com o outro, apenas porque não estavam mais acostumadas a tomar as ruas para que a voz de seus anseios fosse amplificada.

Coralina tinha motivação pessoal para estar ali, mas a movimentação entre os demais representantes comerciais, com insistência dos superiores a fez descer à rua para compor a marcha das Diretas Já.

Caminhava com curiosidade de menina. Olhava os cartazes achando graça. As palavras de ordem, muitas vezes, lhe davam arrepios de emoção. Mas sabia sem verbalizar, sem ter essa ousadia, que os que estavam financiando, ideologicamente ao menos, aquele evento eram os mesmos que, há pouco mais de vinte anos, apavorados com o comunismo lhes tirando as propriedades, se abraçaram aos militares.

Pensava nessas coisas quando enxergou um rapaz, um pouco mais novo, que olhava para tudo com a mesma curiosidade que ela. Como se estivesse naquela passeata apenas para contemplar.

Não cuidou em desviar os olhos e dissimular quando ele voltou-se para ela, percebendo sua presença.

Agora ela conseguia perceber como ele era jovem, provavelmente estava ali junto de alguns colegas da faculdade. Não estaria ali apenas por estar, quase como era o caso dela, devia acreditar que o voto direto faria alguma diferença para o país. Quase enxergava nele os dois filhos adolescentes, com ares de ingênuo, mas num corpo de homem.

Sua curiosidade, entretanto, ganhava outros contornos, queria descobrir quem era e o que fazia ali, se era filho de anistiados, se também estava ficando interessado por algo além dos cartazes e da cantoria, das reivindicações e dos desejos de liberdade, se ele estava se aproximando dela ou se apenas afastava-se da aglomeração para ganhar a calçada e ir embora.

Olá, meu nome é Juan.

Oi, Juan. Eu sou Coralina.

Eu estava te olhando

Eu também te vi.

E somos muitos.

Talvez até demais.

&

Sílvio acabara de chegar da faculdade onde lecionava. Era professor do departamento de Economia. Abandonara há alguns anos os conteúdos mais técnicos e se dedicava a falar do Terceiro Mundo, do complicado caso que era a América Latina. Considerava-se, em pensamentos, um professor mais de ideias que de números.

Ainda de sapatos, brincava com a filha de oito anos no quintal da casa onde ele, Quitéria e Hilda moravam. Chutavam a bola em gols imaginários. A filha gritava, tentando tirar a bola dos pés dele, que fintava gesticulando com exagero para confundi-la. Na afobação, Hilda deu uma bicuda, fazendo a bola bater na janela que dava para o escritório do pai.

Com força e rispidez, Quitéria abriu os vidros, gritando.

Vocês estão loucos?! Querem quebrar essa porcaria?! Podiam ter me ferido!

Mas não quebrou, querida.

Querida o escambau. Vamos parar com essa zona. Hilda, entre e vá tomar um banho.

Triste, Hilda olhou para o pai que, impotente, disse para ela obedecer antes que a coisa azedasse mais para o lado dela.

E você aí, faça algo de útil e passa no mercado pra me trazer carne moída, gritava a mulher de dentro da casa.

Sim, senhora, disse Sílvio, carregando a bola de baixo do braço.

As discussões estavam cada vez mais frequentes. As explosões de Quitéria, mais imprevisíveis.

Fechando as esquadrias com força, continuou a tirar o pó do cômodo, na papelada rascunhada ela não colocava a mão, o único território de Sílvio que ela ainda respeitava. Mas os livros viviam mexidos, misturados.

Ai dele se falasse alguma coisa.

Antes, não dava muita atenção aos autores. Mas com o tempo, os que se repetiam em mais de um volume começavam a se fixar em sua memória: Celso Furtado, Caio Prado Jr., John Mayard Keynes, Engels, Marx. Então começou a ficar com medo. Ficou sabendo pelos jornais que este último tinha escrito aquele que seria o manual dos comunistas. Não encontrou nada parecido com um manifesto ou um manual de como cozinhar criancinhas, mas não teria paciência de procurar naqueles volumes enormes de O Capital o capítulo, ou os mandamentos, que os terroristas colocavam em prática. Então, o medo se transformou em oportunidade.

Denunciou o marido à Dops. Para ela, os livros comunistas aumentavam na biblioteca. Além de reuniões fora de hora. Tudo muito suspeito.

Ela acreditava que na mesma semana, se veria livre de Sílvio, mas ninguém apareceu. Foi à delegacia diversas vezes, já era figurinha carimbada. Mas na última vez, foi mais incisiva.

E se ele for um terrorista? O que vai ser de mim e da minha filha? Vão ficar parados enquanto ele nos põe em risco?

O veneno foi ingerido e, no outro dia, dois homens foram verificar o escritório de Sílvio. Ele tremia, aparentava culpa, além de não conseguir justificar a presença de alguns dos livros folheados pelos homens.

O que o Livro Vermelho, de Mao, está fazendo na biblioteca de um professor de economia?, questionavam.

Quitéria começava a sentir-se livre.

Mas, naquele momento, os homens apenas realizaram um inventário dos documentos, livros e números de telefones.

Sr. Sílvio, uma última coisa, não saia da cidade. Chamaremos o senhor em breve para ir lá na Delegacia de Ordem Pública e Social para mais esclarecimentos.

O chão foi amolecendo abaixo das solas dos sapatos. Sabia o que tinha de fazer. No outro dia, final de tarde, saía de casa. Ainda acreditava que veria a filha, mas antes ajudaria a derrubar o governo dos generais.

Acreditava que existia tempo de pensar e tempo de agir. Que tudo estava assim determinado. Destinado. E já havia pensado demais. Pegaria em armas se fosse preciso. Com Mao Tsé-Tung de guia acreditava que o poder político nasce do fuzil.

Por isso, a cada munição descarregada, fosse em treinos ou nos roubos, se perdia mais de Hilda. Sua memória se embotava e a dela se desfiava.

&

Olhos abertos. A luz da janela fazendo-os demorarem a fixar a visão da sala, de Ângela sentada sobre a mesa de centro. Apenas o som da televisão tampada pelo corpo da enfermeira.

(Foi só um sonho. Porque sempre sonho que estou correndo, correndo sem destino, apenas por ser essa mais uma das coisas que não posso fazer? O suor escorregava pelo meu corpo, a água gelada pingando pelo queixo. Não essa baba que não consigo evitar que vaze pelo canto dos lábios.)

Uma repórter tentava explicar os acontecimentos, mas os gritos eram altos do seu lado. Emílio começava a se interessar pelo que acontecia, mas Ângela estava na frente.

(Paciência. Vou ter que esperar.)

A sensação que tinha é que a memória do sonho também era uma projeção. Como numa tela de televisão. Impossível desejos invadindo suas noites e reverberando durante o dia como uma angústia silenciosa.

(Uma projeção distante e angustiante é essa porcaria de mundo.)

Ele se assustou com o pulo que Ângela deu, gritando pelo corredor até chegar à cozinha.

Meu Deus, meu chá! A água secou, que droga!, a enfermeira gritava do outro cômodo.

O cheiro de chá e metal aquecido chegava ao nariz de Emílio, mas ele estava distraído com as imagens.

Jovens da idade dele com os rostos pintados de verde e amarelo, com as roupas pretas, gritando palavras de ordem, andando pelas ruas de diversas cidades do país. Bandeiras do Brasil, do Partido dos Trabalhadores, de sindicatos, de uniões de estudantes e faixas de protesto balançavam sobre as cabeças da multidão. Indignação e sorrisos com esperança ainda. Desejo de que o que faziam faria diferença, que poderiam moralizar a política e expulsar o 32º presidente do poder.

Fora Collor!

Justiça, mostra a tua cara.

A musa das Diretas surgia novamente como ícone e, levantando o grito e as lágrimas da multidão, cantava o Hino Nacional da República que estertorava logo depois de renascer.

É a Fafá de Belém? Nossa, ela não mudou nada, admirava-se Ângela, retornando sem o chá.

Ela sentou-se no sofá, ao lado da cadeira de Emílio.

(Que porcaria tá acontecendo?)

Percebia que não se tratava de algum jogo da Seleção, pois ninguém usava a camiseta da CBF, mas roupas para simbolizar o luto. Queriam o impeachment, mas Emílio não se lembrava bem porquê.

(Mas ele acabou de assumir. Ou não?)

Ele não tinha mais controle sobre o que sabia, sobre os acontecimentos externos, às ações do mundo fora de sua pele. Perdera a noção do tempo.

(Não sei nem que dia é hoje. Como é que eu vou saber o que está rolando com as pessoas lá fora?)

Brasileiro é um povo lindo, balbuciava Ângela. Não faz nem dez anos e estamos novamente nas ruas lutando por este país. Essa não é apenas a prátria de chuteiras, não mesmo.

(O que será que ela está esperando? As Diretas não resolveram nada. Será que dessa vez será diferente? De que adianta eu questionar? Eu não posso estar nas ruas como os outros, nem aqui nesta sala eu estou.)

Depois de algumas imagens panorâmicas, alguns políticos influentes apareceram. Líderes da maioria dos partidos demonstravam apoio ao que chamavam de clamor das ruas. A revolta da classe política entrava em milagrosa consonância com os gritos do povo que marchava em luto festivo.

Bando de aproveitadores, dizia Ângela, ao ver cada um deles ser entrevistado pela repórter que, depois, virou-se sorridente para a câmera.

Diferente do que o Presidente da República Fernando Collor esperava ao convocar o povo para lhe dar apoio com as cores da bandeira, o que se vê é a indignação de toda a sociedade que se reuniu publicamente para exigir seu impedimento.

Representantes da oposição marcavam presença a essas manifestações reiterando que o processo de impeachment avançaria rapidamente.

(Caramba. Querem derrubar o presidente, mesmo! O que será que ele fez? Pra quem surgiu do nada e, com o apoio da Globo e dos empresários, se elegeu com tanta popularidade para sanear o país, deve ter sido algo bem grave.)

Olha, Emílio, eu não votei nele, sabe. Mas depois que ele assumiu eu até que fiquei feliz. Aliviada. O Lula queria transformar o país numa outra União Soviética, já pensou?

(Tudo besteira pra colocar medo nas pessoas, Ângela. Mas até que uma ditadura do proletariado seria uma boa pra colocar um freio nessa elite nojenta.)

Mas, como sempre, a gente fica entre o pior e o menos pior. Só que o menos pior é um ladrão sem vergonha. Se eu pudesse, também iria para a rua pra pedir o couro desse playboy.

(Antes, só a elite era golpista. Agora, todos somos. Interessante essa nossa democracia.)

&

Uma vez, precisou atravessar o país com uma mochila nas costas para que nunca mais pensasse em desistir de criar. Precisava registrar tudo o que via. Era preciso. Como se fosse a única coisa que coubesse a ele. Se nada mais restasse em sua vida. Se todos estivessem mortos diante de sua casa. Sobrariam quadros a serem pintados, não importando o tema, as tintas, a técnica. Era preciso. Atravessou o país pra que pudesse sentir falta dele mesmo. Criar fazia parte dele como um órgão, que atrofiado o levaria à falência do próprio organismo. O corpo pararia, nenhum movimento além do ar trazendo moscas. Era preciso. Não importava o que outros olhos dissessem a ele. Não queria nem pretendia julgamentos. Os louros e prêmios não estavam no cronograma que estimava para os anos de sua vida. Sua história de amor com a arte contava apenas com dois entes, ele e sua obra. Ninguém mais. Era preciso. O homem que colocou a mochila atrás das costas voltou com as mãos vazias e com os olhos sedentos de ver. Nada importava na estrada. As pedras do caminho serviriam para a ponta dos sapatos chutarem. Criar era preciso.

&

Por favor, mais um desses copos longos.

Whisky?

Sim.

Dois! Eu também vou continuar tomando. Só que agora eu quero um bourbon.

Flor começava a perder o controle do volume de sua voz, ria alto, se exaltava para exprimir suas opiniões e pedidos.

Juan havia conseguido entender a última frase e inferiu que ela não tinha a mínima noção do que estava pedindo à atendente da nave. Provavelmente, havia ganhado aquela passagem em algum concurso ou prêmio coorporativo. Pela fazenda e desenho de sua roupa, não possuía o berço que a educaria a se vestir de acordo com os contextos da sociedade.

Já trago a bebida pra vocês. Desejam comer alguma coisa?

Uma picanha ia bem.

Não, desculpe minha amiga de poltrona. Apenas uma tábua de frios, obrigado.

Que merda de frios é essa, Juan? Eu quero é quente!

Você está falando um pouquinho alto, não acha, lindinha? Eu não me incomodo, mas alguém pode reclamar. Você sabe.

Pois é, tá cheio de engravatado aqui, né? Tudo diretor.

Menos nós dois.

Verdade, querido.

Estou me divertindo muito. Esta viagem, com certeza, pode ser considerada a melhor da minha vida.

Da minha também.

Flor acarinhava as bochechas dele, olhando-o com os olhos frouxos e vermelhos.

Depois de alguns minutos, com os novos copos secos, perceberam que o avião iniciava os parâmetros para pouso. Para que chegassem ao destino em ordem, o comandante começava as comunicações com a torre, com a tripulação e com os passageiros.

A maioria dos passageiros estava adormecida.

Alguns roncavam, outros dormiam com os olhos semiabertos, com saliva escorrida no canto dos lábios, com a cabeça pendendo para frente. Outros apenas dominados pela sonolência.

A equipe de comissários já havia terminado o serviço de bordo, e se acomodavam em seus postos de origem.

O pouso estava liberado.

Assim, os dois sentiam confiança para bolinações mais explícitas.

Após um beijo confuso, entre mordidas, lambidas, sugamentos, as línguas, desprendidas das respectivas bocas, procuravam a carne quente, a pele nos dentes, encontrando orelhas, queixos, narizes, olhos.

Provavam saliva resfriada, ácida de álcool, grossa de vontade, salgada pelo desejo, procurando zíperes abertos para dedos e apertos intranquilos, afobados, atravessando o prazer para destruir a ânsia.

Embora os gemidos tenham sido ouvidos pelos comissários, estes estavam ainda ocupados na reorganização dos alimentos, bebidas e talheres.

Flor desceu sua cabeça com tanta angústia que o acabou ferindo. Ela queria fazer com que ele vazasse em sua boca, queria secar tudo o que fosse dele e viesse dele para preencher o próprio vazio.

Resolveram transar no banheiro do avião.

O perigo e a proibição apenas aumentavam a intensidade das percepções.

Correram pelo corredor, diante dos olhos curiosos dos poucos passageiros que ainda lutavam contra a sonolência. Chegaram ao reservado feminino, ainda agarrando um ao outro, tropeçando no piso acarpetado do corredor.

Ela achou divertida a aventura, mas precisavam ser rápidos para não levantar suspeitas. A comissária que os haviam servido poderia vir procurar por eles após concluir suas atividades. Teriam problemas se fossem pegos daquele jeito.

Flor apenas levantou a saia. Empinou as nádegas. Juan, atrás, se posicionava sem que houvesse posição possível para o casal no pequeno espaço disponível. Apoiada sobre a pequena pia com um dos cotovelos, ela ergueu mais o quadril e abriu as nádegas com uma das mãos para dar acesso a ele, que não abaixou as calças, apenas abriu seu zíper e abaixou um pouco o corpo. Com o indicador procurou a abertura úmida e não esperou.

O protocolo ali era outro.

Deu estocadas secas repetidas vezes.

Se debatiam no espaço que dispunham, entre a pia de fibra, as nádegas de Flor e a porta da cabine.

Antes de terminar, ele tentou quebrar o pescoço dela, mas ela apenas caiu encolhida no chão emborrachado, gemendo de dor, reclamando, perguntando o que ele estava fazendo, ou pensava que estava.

Bêbada, não conseguia levantar. Os braços não respondiam. As pernas não possuíam posição favorável.

Então, ele a sufocou com o antebraço até que expirasse definitivamente. Da boca, brotavam palavras de sofrimento em forma líquida. Era um gêiser de dor, com a cor rosada, borbulhante e quente.

Arrumou as roupas e os cabelos, guardou seu membro úmido dentro das calças e a carregou, como se ela estivesse desacordada, em consequência da bebida, até onde estavam suas poltronas.

Os olhos ainda estavam abertos.

Com um leve toque da ponta dos dedos, ele os cerrou definitivamente.

&

Pista molhada. O chiado dos pneus abafado pelas janelas fechadas. No volante, Paulo se viu e sabia que não havia nada que pudesse fazer. Não conseguirá ver o ciclista.

O carro seguiu reto. Sem marcas no chão.

Som de batida.

A fuselagem sanfonada, desfigurando o corpo no assento do carona. Saiu desesperado do volante, correu ao redor do carro. Foi salvar Coralina. Mesmo em sonho, ele esperava modificar a história.

Mas não era ela que teve a carne cortada pelo ferro. Os membros desfeitos. Os olhos ainda se movendo. O sangue dissolvido na chuva.

Imprimindo a culpa, o rosto de Sílvio na mente de Paulo.

&

Juan fingia estar dormindo quando a comissária chegou perto dele para avisar aos que ainda dormiam que acabavam de aterrissar em segurança no destino.

Levantando, pegou sua maleta, se encaminhou para a saída sem olhar para a colega de viagem, que precisou ser possuída antes que ele se perdesse definitivamente dentro dela. Naquela reentrância de si mesmo.

A comissária ainda teve tempo de perguntar se ele estava bem.

Sinto como se estivesse remoçado, obrigado por cuidar de mim. Aliás, deixe minha colega, se possível, descansar um pouco mais. Só alguns minutos, enquanto vocês verificam a nave.

Mas porquê, senhor?

Ela bebeu demais, chegou até a passar mal no banheiro. Literalmente desmaiou. Seria bom ela descansar mais alguns minutos. Seria possível?

A política da empresa não permite que passageiros permaneçam no interior da nave após a tripulação se retirar.

Fique você com ela, então.

Não posso deixar meus afazeres para cuidar de uma passageira.

Seria muito difícil convencer o comandante? É melhor não se incomodarem tão cedo. Arrumem suas coisas, depois lidem com ela.

Vou pensar, senhor. Obrigado por viajar conosco e até breve.

O corpo de Flor começava a esfriar. Deitado, parecia apenas o corpo desmaiado de uma bêbada.

&

Sempre dormira fundo. Nada atormentava seu descanso. Acordava todos os dias cinco minutos antes do despertador ecoar sua gritaria pela casa.

Teófilo não era casado. Hoje, vivia sozinho, mas há cinco anos dividia as contas da casa com sua mãe, que faleceu dormindo. O pai, dez anos antes, de infecção generalizada. Mas estava já bastante idoso.

Andar arrastado pela casa.

Ligou o Monza à álcool e deixou o motor esquentando enquanto terminava o misto quente que fizera.

No caminho para o trabalho, comprou algumas maçãs. Não gostava de sentir fome no meio do expediente.

Logo que chegou, Mirela lhe entregou o telegrama.

Chegou agora a pouco.

Obrigado, respondeu meio desconfortável. Não se sentia à vontade, utilizando os serviços da secretária de seu superior. Ocupando o lugar de Paulo.

Sentou em sua mesa. Miranda lia jornal. Dulce chegava com a cara inchada de sempre. Gordo e Japonês conversavam na copa. Suas risadas reverberavam pelos corredores.

Morte. Exterior. Evidências Artista da Morte. Viagem imediata. Interpol.

Há muitos anos, Teófilo não sentia seu rosto queimar daquele jeito. A última vez foi quando, sabendo que seria transferido da Dops, torturou até a morte um estudante secundarista como despedida.

Considerava-se um cidadão pacato. Os que pausavam os olhos sobre ele viam apenas um senhor de boina xadrez. Um quase aposentado de serviços burocráticos, talvez um sapateiro. Mas algo dentro dele se escondia. Algo que não saberia descrever. Um prazer quase sexual o tomava. Por isso, antes de conversar com os colegas, foi tomar água.

Interrompendo alguma piada que Gordo tentava elaborar, Teófilo se dirigiu ao Japonês.

Kimura, você estava certo com sua teoria das elipses. Nós temos uma vítima fora do país. E você vai comigo pra lá agora mesmo.

Helena

O vento que entrava pela janela não balançava a cortina. A densidade do que envolvia Juan impregnava os adereços da casa.

Como uma aura enegrecida, acumulada no tempo, magnética, aspirava do mundo o lixo, o que era renegado, o que deveria ficar recalcado entre as dobras da história, entre as fendas das almas. Resgatada do pó essa matéria rumava para o entorno criativo de Juan. E deveria ficar retida, mas impossível que ficasse.

A densidade da arte se propaga.

Tudo reverberava do que era emitido por meio dele em pulsos.

Ao abrir os olhos, sentia apenas uma ardência na pele, os nervos e as juntas sensíveis o impediam de se levantar. Depois de alguns minutos acordando e cochilando repetidas vezes, arrastou-se até a cozinha, de onde retirou uma lata de comida em conserva, único produto que ainda não mofara ou apodrecera na geladeira e nos armários de comida, embora já estivesse fora da validade.

Do líquido tomou vários goles, após fazer furos com uma faca.

Deixando a lata na cabeceira da cama, foi ao banheiro e se lavou.

A alma leve não necessitava de mais alimento além do trabalho que pretendia concluir em breve, nada o incomodava, preocupava ou tirava o foco daquilo que deveria ser feito.

Ao chegar à sala, olhou a carcaça e, dela, percebeu outras mudanças. Isso não o alarmou, não estava mais ali para copiar o que se apresentava. Do tempo decorrido desde o assassinato, tudo era significação. Tudo gritava ou entoava cânticos de louvor a algum deus.

Ele era o interceptador. Codificador e código. Suas mãos e olhos eram as ferramentas pelas quais enxertava a si mesmo na sua criação.

Sentia o odor espalhado pela sala, mas o cheiro havia diminuído e também os enxames de insetos que visitavam a sala e por ali passavam.

Achava agradável o aspecto.

Poucas carnes.

Alguns expostos por entre pelos é peles.

Poucos líquidos.

Os olhos murchos da carcaça. Inexistentes, quase sem representar nada além da cegueira da realidade que não será imitada.

Ela é olhada por sobre outros olhares, corrigia para si, os pensamentos se atropelam. Ela será lida. Percebida em seus fundamentos.

Precisava daquela noite para descansar. A cabeça pulsava, os olhos embaçavam.

A poeira da cama acinzentaria a pele. Às narinas, o pó se encaminhava lentamente para obstruir a respiração, dificultando o sono. Pesadelos obscuros, frutos da perturbação da noite.

&

Sr. Teófilo, este lugar é incrível.

Kimura olhava as ruínas com espanto e tocava as plantas espalhadas pelas paredes com veneração.

Verdade, pena que viemos a trabalho, senão daria para pegarmos uma prainha.

Quem sabe não nos liberamos rápido e damos uma fugida para tomarmos um Martini, como se fôssemos turistas.

Não há tempo para fugidas. Aqui vai ser bate e volta.

Bom, então vamos dar uma geral na cena.

Parece que ele estava com bastante pressa.

Mais do que nós?

Creio que sim.

As passadas. Veja.

Irregulares. Amontoadas.

Levantaram bastante poeira aqui.

Ela lutou, mas em vão.

Fio de cabelo aqui.

Colete, Kimura.

O corpo tombou próximo às pegadas. Ele segurou firme.

Sim. Há fibras de tecido aqui também.

Coletando.

Queria tirar uma foto, mas não é muito iluminado aqui.

Miranda faz falta nessas horas.

Meu amadorismo nesse caso deverá servir.

E a arma do crime não foi encontrada?

Ainda não.

E porque não quis ver o corpo antes de vir pra cá?

Às vezes, o ambiente da morte fala mais alto.

Assim, já vamos analisar o corpo com a imagem do que aconteceu.

Isso é uma forma de proceder. Dessa vez, quis começar de trás para frente.

Por falar nisso, há mais pegadas à frente, Sr. Teófilo.

Devem ser dos guardas do parque.

Verdade. Solados diferentes.

Bem, vamos ver os corpos agora.

A poucos metros dali, camuflada por sombras, Hilda lutava silenciosamente para permanecer respirando.

&

Após seu descanso, quis registrar em mais uma nota o sonho do qual se recordava.

A parede frente à carcaça, em fins do processo de putrefação, apresentava uma quantidade razoável dos pequenos papéis em que Juan anotava seus pensamentos.

Passeou os olhos sobre eles, tentando recordar dos momentos em que havia registrado aquelas ideias. Em alguns casos foi simples a lembrança, em outros com certa dificuldade extraía o contexto, mas em outros, parecia não se tratar de sua letra, como se outro houvesse invadido seu pequeno refúgio criativo e mental, como se um invasor pensasse por meio dele e, atravessando o seu próprio corpo, quisesse existir.

O ridículo desse último pensamento, por se tratar de algo transcendente demais para a sua mente objetiva, racional e funcional, o fez abanar o ar diante da testa, como se nuvens estivessem turvando os próprios pensamentos.

Juan pensava loucuras. Pensava sonho. Lembrava.

A cidade está vazia. Os veículos abandonados se movimentam lentamente como autômatos. Nuvens roxas passeiam entre as imensas construções. Nenhuma luz brilha. O breu cobre o meu corpo paralisado em uma encruzilhada de avenidas. Ouço o eco de uma voz.

Juan interrompe a escrita para fazer uso de outra folha.

Ouço o eco da voz de uma criança que chora. Tento procurar por ela, mas a voz parece se distanciar de mim. Então, retorno para o ponto de origem, esperando localizar a direção de onde o choro vem. O eco some. Então, choro eu.

Em outro papel, registra o fecho.

Estou completo, de mim preenchido.

Afixou as novas anotações nos espaços ainda vagos e aleatórios da parede e se preparou para trabalhar em sua tela. A porta de entrada estava aberta, mas ele não se recordava de ter mantido assim, além das janelas da casa. Então, caminhou até a varanda.

Sentiu cheiro de sangue.

Uma jovem estava caída de bruços no piso.

Nua, as pernas abandonadas nos degraus que davam para o portão principal. Um dos braços apoiando o rosto inexpressivo. O outro, com lacerações profundas.

Chegou mais perto, mas sem entender.

A jovem estava morta.

Fria.

Em toda a extensão das pernas eram visíveis mordidas e pedaços de pele e carne arrancados a dentadas. As nádegas foram poupadas, mas as costas possuíam marcas de escarificações irregulares.

Abaixo do corpo, percebeu que muito sangue havia escorrido. Uma profunda abertura na virilha havia dessangrado a jovem até ela morrer. Sem manchas sob o corpo, a pele estava pálida.

Ela se assemelhava a uma boneca de resina ou de outro material inorgânico, os músculos que estavam visíveis não possuíam a umidade normal quando embebidos em sangue. Ao mover o corpo, como se este não houvesse pertencido a um ser que ansiava por coisas e pensava de maneira independente, olhando para o peito da jovem, relembrou o que havia acontecido diante da casa na noite anterior, perante a tela que pintava.

Juan viu.

A jovem era Helena, garota de programa que ele havia chamado logo após chegar de viagem, mas conhecida muito antes. Esquecida durante o sono. Apagada na matéria dos sonhos.

&

Pela liberdade das empresas em ganhar mais dinheiro.

Coralina falava baixo depois de ouvir um dos chefes do trabalho puxando os funcionários para uma concentração que ocorreria na Boca Maldita.

Vamos lá gritar o nosso direito à liberdade.

O chefe falava empolgado com uma camiseta amarela onde estava estampado o motivo daquela campanha que tomou o país.

Eu quero votar pra presidente.

Alguns, menos animados, demonstravam receio pelo risco eminente de confronto com policiais menos preparados ou com batalhões previamente orientados para fazer a festa acabar mais cedo.

Isso daí pode dar merda, será que ninguém está preocupado? E daí que é o partido do governador que está organizando? Já esqueceram o que já passamos na década passada?, questionava um dos representantes comerciais mais antigos da empresa.

Ninguém havia esquecido, não se esquece de um visitante não convidado, do qual só se espera o incômodo.

Munidos de guarda-chuvas ou sombrinhas, para o caso de alguma chuva de verão, os funcionários foram saindo em pequenos grupos, organizando as caronas, discutindo os melhores lugares para estacionar os carros, pensando em evadir-se rapidamente se possível, quando tudo acabasse ou para o caso do caldo entornar.

Coralina tinha se apegado a três colegas no trabalho. Com elas marcava, além dos almoços diários, saídas rápidas para barzinhos da região. Duas eram solteiras e, pelo que ela já percebera, continuariam assim por convicção.

Adélia era alta e chamava a atenção rapidamente por causa de seu cabelo black e suas nádegas volumosas. Até mesmo o mais tímido se enchia de coragem para lhe dirigir a palavra. Não importava o grau alcoólico, o mais ébrio recobrava a razão e o vigor das pernas para que pudesse se aproximar dela.

Ana Cristina era a que menos chamava atenção quando o grupo feminino chegava aos locais, mas sua beleza singela e suave não permanecia despercebida pelos homens, que a assediavam constantemente, mas de maneiras diferentes, inseguras, como se tivessem diante de si uma boneca.

Flor, como Coralina, também era casada, mas tinha certeza de que aquele seu relacionamento era inútil e tentava convencer a colega a se divorciarem para dividirem um apartamento, onde poderiam aprontar tudo o que não puderam antes de se atarem a maridos insossos.

Será que você vai encontrar seu galã de novo?, Flor perguntava, com sua voz estragada de fumante.

Imagina. Essas coisas nunca acontecem, disse Ana Cristina, sentada no banco de trás do carro, junto de Flor.

Eu acredito em coincidências. Por que não?, reiterou Flor.

Olha, ele até pode estar lá, mas vai ter tanta gente que dificilmente vou conseguir localizar um rosto específico na multidão, disse Coralina. A gente tem que se preocupar em não nos separarmos, isso sim.

Iria ser incrível se você pudesse reencontrá-lo. Como era o nome dele mesmo?, perguntava Adélia, dando mais corda ao assunto.

Era Juan.

Isso, Juan! É nome de conquistador. Toma cuidado, concluiu Adélia.

Esse último comentário fez com que o Fiat 147, emprestado dos pais vitaliciamente, estourasse em risadas.

&

Um livro antigo, com folhas mal cheirosas e amareladas, estava aberto sobre o colo de Juan que tentava ler para espantar a ansiedade. Augusto dos Anjos sempre resultava em um desafio à sua própria visão, fazendo com que saísse da leitura daqueles poemas renovado, vivificado, com novos desafios mentais e estéticos para resolver.

Principalmente quando encontrava um mal poema desse poeta de sua predileção.

Ler em um volume tão antigo, manuseando folhas tão delicadas dava a ele a sensação de concretude. O tato retornava, dando consciência física de seus dedos. A leitura do Eu, de Augusto do Anjos, se transformava em um rito de retorno à antiguidade de sua própria arte.

Os versos daquele autor marginalizado, quase esquecido, não compreendido no ontem e no hoje, o fazia repensar os seres e as personagens que cada um deles representava na crosta do mundo.

Repensava o próprio eu a cada releitura. Reassumia seu compromisso com a arte apenas. Sabia da necessidade dele perante o mundo e sua criação, não importando consequências.

Era como uma criança diante de suas ferramentas de escavar a areia da praia.

&

Emílio já estava a minutos com um filete de saliva pendurado sem que Ângela percebesse. Entretida com a cobertura das manifestações, se agitava como se estivesse no meio da Copa do Mundo. Nada ainda estava provado, mas isso não tinha importância alguma para ela.

Para nenhum brasileiro.

Todo político é ladrão. É verdade. Mas se é descoberto não dá pra deixar quieto. Tem que servir de exemplo. Pode até ser outro golpe montado pela Globo, mas acho difícil. Não dá pra enganar tanta gente assim. Olha quantos estão nas ruas. Ou dá pra enganar, sim?, Ângela falava sem tirar os olhos da televisão.

(Eu não me importaria de ser enganado agora, se ao menos pudesse estar junto dessas pessoas, gritando, andando, jogando todas as minhas frustrações e derrotas sobre uma pessoa que resolveu meter a mão onde não devia, ou que não foi esperto o suficiente para se blindar dessa vergonha.)

A princípio as imagens selecionadas mostravam pessoas expressando a indignação de modo organizado, pacífico, não se via a polícia emparedando os estudantes e outras pessoas que haviam abandonado suas aulas e trabalho para formar uma massa coerente e com uma pauta bem específica.

Será que o presidente vai renunciar depois disso tudo, Emílio?

Retomando o contato com o paciente, Ângela percebeu a baba que percorria todo o pescoço e terminava sobre o peito. Limpou o rosto dele enquanto tentava puxar assunto. Para fazer com que ele se sentisse parte do que acontecia.

Já sei o que faremos. Eu já volto. Vou ver se temos algo para podermos usar no rosto.

(O que será que ela está inventando, hein? Espero que não queira brincar de salãozinho comigo.)

Ângela saiu da sala e começou a procurar pelos armários da despensa, depois no banheiro e, por fim, no quarto de Emílio.

Puxa vida, nenhuma tinta guache. Nem seca. Mas devo ter lápis de olho aqui.

Segurando levemente o rosto de Emílio, pintou duas linhas pretas uma em cada bochecha. Depois, pegando um espelho na bolsa, fez o mesmo em si mesma.

Pronto, agora também estamos fazendo a nossa parte. Acho que vou tentar fazer outro chá. Está na hora da sua vitamina também, vê se hoje você toma, tá? Nossa, por falar nisso, daqui a pouco começa a novela. Vou fazer pipoca.

&

Diante de um número previamente registrado, efetuou a ligação. Caminhava pela sala com os olhos distantes, segurando o aparelho com o cenho serrado, preparando para tratar de um assunto importante.

Uma voz rouca de mulher atendeu à chamada.

Então, pediu pela garota chamada Helena. Queria marcar um horário para aquela noite.

O senhor quer reservar a noite inteira?

Sim. Mas isso eu já havia deixado de sobreaviso, correto?

Claro. Acabo de encontrar a solicitação em aberto, Sr. Juan.

Ótimo. Gostaria que ela viesse imediatamente.

O pagamento ainda precisa ser feito. Ele consta como não efetuado.

Sim. Realizarei o pagamento em espécie quando ela chegar.

Podemos enviar Helena para o encontro agora. Ela está livre. Em que local o senhor prefere?

Em minha casa.

Temos quartos aqui se quiser.

Não. Prefiro utilizar minha casa, obrigado.

Como queira, senhor.

Ok. Muito obrigado.

Depois de colocar o fone no gancho, foi tomar um banho, pensando em se limpar das lembranças da viagem.

O tempo está intensificando minhas ações ao invés de diluí-las, dizia para si.

Minutos depois, Helena apertava a campainha do portão.

O táxi que a trouxera até ali ainda permanecia parado em frente à residência. Somente quando ele surgiu à porta de entrada e acenou, o motorista deu marcha ré e sumiu pela estrada de chão, levantando poeira, camuflando os primeiros cumprimentos entre a prestadora de serviços e o cliente que deveria ter suas fantasias saciadas.

Helena foi caminhando à frente.

Rebolava bonito, possuía um corpo arredondado. Os quadris eram largos, ficariam perfeitos rastejando de joelhos no chão, ele pensava.

Vai tirando a roupa enquanto anda.

Calma, querido, vamos entrar na sua casa primeiro.

Ele ainda não conseguia escutar, mas inferiu que ela estivesse fazendo charme. Então, insistiu.

Mesmo com a noite toda. Quero aproveitar você desde agora. Vamos, faça isso. Vai tirando a roupa enquanto anda.

Levantando lentamente a saia, Helena mostrava partes das roupas íntimas. Andando mais devagar solicitava mãos, que apertavam as carnes quentes. Caminhavam devagar. Ela era bonita, ele reconhecia. Sentia nos dedos e nas palmas das mãos que ela era voluptuosa, também, mas não a desejava. Não queria perder o tempo que necessitava para o descanso que era adiado.

Com a força dos dedos de quem estava treinado nas técnicas da surpresa e da violência, imobilizou Helena de pé para retirar as peças de roupas que ainda se prendiam ao corpo.

Depois, a jogou no chão da varanda.

Não se preocupou com vizinhos, pois estes se encontravam a muitos metros de distância, com outros tantos preenchidos de vegetação densa entre as residências. Não se preocupou com visitas inesperadas, que poderiam realmente ocorrer. Acreditava que nada o interromperia, pois morava em local afastado, estava acostumado com o silêncio, a monotonia e a solidão.

Poderia fazer o que pretendia sem perigos nem interrupções.

Helena começou a ser mordida, rasgada onde estava.

Olhando para trás não compreendia. Os serviços que prestava não eram de dominação nem masoquismo. O grito saía grave, dolorido, mas ela não conseguia se mexer. Imobilizada pelos braços dele e pelo pavor que sentia, era canibalizada, como se o algoz soubesse o sabor da carne e do sangue humanos.

Mas ele não conhecia esses gostos, queria experimentar algo novo, diferente de tudo o que fizera até aquele momento.

Porque arte é transmutação, nada permanece como está. Tudo é novo. Tudo se move e retorna esquartejado. O que era volta a ser, embora não exista no mundo em si nada além do outro refletido como duplo na matéria que se move. Arte é rede em que nada vem a ser isoladamente.

Refletia nessas coisas enquanto mastigava Helena.

Arte é transmutação!, gritou.

Deixou que o som de seu pensamento atravessasse a escuridão da noite.

Na varanda de sua casa, saciou seu apetite e sua curiosidade.

Ainda respirando, querendo chorar, mas muito fraca e com medo de exprimir o que sentia, Helena deitou sobre o próprio braço, permanecendo em silêncio. Encerrando seu olhar sobre ela mesma. Silenciando o corpo.

Só, possuía a consciência do tempo do corpo e ficou à espera do fim.

Olhando para ela, se lembrava de Júlia, a real motivação para as últimas atividades mandibulares, degustativas e digestivas.

&

Das primeiras viagens ao litoral, Juan não recordava. Nem mesmo do pavor que sentia das ondas espumando sobre a areia. Durante horas cavava, construía e destruía muralhas. Os pais acompanhavam atentos, mas apenas Estela participava, entrando na brincadeira sem o nojo da areia que João tinha.

Se pudesse, o maestro tiraria férias de sua família também.

Estavam ainda no início da primeira semana em que ficariam hospedados no Candeias, um clube de viagens que os Ribeiro costumavam utilizar para viajar, mas a mãe de Juan já fizera uma amizade que traria certo desconforto ao pequeno que mal saíra das fraudas.

Desconforto que ele sentiria durante anos e que refletiria em seu modo de enxergar os relacionamentos.

A amizade era de mãe para mãe e se tornou de comadre para comadre, bastando para isso a reação assustada de Juan ao abraço da filha de Raquel, uma menina pouco mais velha que ele.

Do momento constrangedor, Estela tiraria uma foto que seria sempre recordada como a da primeira namorada.

Olha que fofo os dois, Estela, sussurrava Raquel.

O abraço está tão forte que meu filho está até vermelho, ria.

Ou é de vergonha.

Abraça ela também, filho, Estela tentava intervir.

Ele está tentando é se livrar. Beija ele você, filha, e vão brincar.

Mas Júlia não conseguia acertar o selinho que pretendia. Desesperado, o menino de três anos não compreendia o que aquela menina grande de cinco anos estava tentando fazer. Estava com medo dela, mas não queria fazer escândalo na frente da mãe que, por alguma razão que ele não conhecia, estava achando aquele momento angustiante muito lindo.

Acho que Júlia quer namorar ele, arrematou Estela.

A mãe de Juan continuou sem intervir. Estava curiosa por saber do desfecho daquele abraço.

&

Acordou com os barulhos da esposa pela casa. Janelas e portas. Gavetas e torneiras. Era o método que ela aplicava para despertá-lo, pois sabia que ele não gostava do silêncio da manhã interrompido pelos sons artificiais dos despertadores. Preferia acordar com sua mulher fazendo a casa trabalhar, preparando o caminho para o período em que ele passaria no ateliê, executando seus estudos, revisando seus últimos exercícios, avaliando seus avanços.

Levantava com o cheiro fresco das frutas cortadas para os dois.

Após o bom-dia, uma tigela de salada de frutas com leite, iogurte e aveia. Todos os dias, sem falta, faziam da mesma maneira, sentavam da mesma forma nas cadeiras da cozinha espaçosa, conversavam sobre as novidades que talvez houvessem se esquecido de comentar no jantar da noite anterior. Mas não tocavam em intimidades.

Via sua esposa, mantenedora da família, sair pela porta da frente, deixando a porta aberta, como ele gostava, sentindo o ar da manhã, fresca e úmida. O som do veículo que ela utilizava, mas que ele não tinha coragem de usar, se distanciava, deixando o artista com a responsabilidade de ter coragem, de assumir suas responsabilidades, de abandonar obras menores, os ensaios e realizar a criação da obra que o faria memorável.

Deveria começar com a primeira de todas.

Procurando descobrir onde vivia Júlia, aquela que foi a primeira e que deveria ter sido a que começaria tudo, após todo o tempo que havia passado, descobriu que ela havia falecido há poucos anos, mesmo tão jovem, morrera em consequência de um acidente vascular encefálico. Com algumas pessoas que conversou, descobriu que os órgãos dela foram doados. Ela morreu levando consigo o sentimento entranhado no corpo, mantendo parte dele enxertado no corpo dividido posteriormente.

Ligou para o hospital em que ela estivera durante o procedimento e onde falecera. Confirmou a informação, mas a lista com o nome das pessoas que receberam os órgãos, a atendente não tinha autorização para informar.

Precisava saber. Foi pessoalmente ao hospital.

Essa lista é confidencial.

Mas significa muito pra mim.

Apenas familiares podem ter acesso às informações contidas na ficha.

Na verdade, sou mais do que família. Fui o primeiro namorado de Júlia.

Com o rosto compungido, tentava ludibriar a enfermeira atrás do balcão. Esperava que ela sentisse a proporção de amor que ele dizia terem sentido, que acreditasse nas mentiras sobre os encontros, os momentos lúdicos e os primeiros beijos singelos que os dois haviam trocado escondidos dos pais quando ainda eram crianças.

Aos poucos, foi transformando sua narrativa numa novela exagerada, em um drama infantil. Assim, conseguiu que naturalmente a enfermeira lhe desse o nome daquela que possuía o coração, desde a morte de Júlia.

Obrigado. Agora, reencontrarei o coração que tanto amei.

Recuperar uma parte deverá ser suficiente, imaginava.

Tendo a informação de que precisava para fechar aquele circuito, poderia começar a construção de sua obra de arte. Alguns meses de preparação e planejamento ainda ocupariam seu tempo, mas após esse período, nada o impediria de realizar o que pretendia.

Arte é premeditação, é reflexão antes de ser ação.

&

Junto da mãe, Juan selecionava fotografias para sua formatura de 1º grau. Precisava ser uma foto que causasse leve comoção aos que estariam presentes à cerimônica. Os símbolos e as aparências induzem apenas, manipulam, pelo olhar, sentimentos e emoções.

Tem que ser de mim tão pequeno? Pra quê, mãe?

Porque é lindo.

Bebê tem sempre a mesma cara. Que diferença vai fazer?

Bem, você foi um bebê lindo. Mas até que tem razão, vai ter muita foto parecida. Precisamos de algo que te diferencie.

Mas não quero que fiquem comentando depois.

Essa! Essa é perfeita.

Quem é esse aí? Eu mal apareço, tô é sendo enforcado, o que tem de perfeito nisso?

Ela foi sua primeira namorada.

Quê?

Sua primeira namoradinha.

Nada a ver. Eu nunca tive namorada. E não lembro disso aqui. Sou eu mesmo?

Claro que é. Foi numa de nossas férias na praia.

Eu tô com cara de medo, que namorada o quê.

Você não se lembra dela?

Como é que eu vou lembrar? Acho que a coisa mais antiga que eu lembro é do pai me dando canetadas nos dedos durante as aulas de piano.

Você tinha uns três anos e a Júlia te apertou como se fosse um ursinho de pelúcia. Ele era muito querida.

Pode até ser, mas ela nunca foi minha namorada.

Vocês sempre estavam juntinhos.

E com quem mais eu iria brincar no Candeias? Na época que a gente ía pra lá só tinha coroa.

Porque era em época mais barata.

E mais fria também.

Por isso que conhecemos a família da Júlia. Foi uma semana que não parava de chover. Vivíamos no salão de jogos.

Essa foto foi lá?

Foi.

E o que você tava fazendo que não separou? Olha meu olhos. Estava apavorado, pedindo socorro.

Eu estava tirando a foto, claro.

Os dois riam. Juan ainda incomodado, mas achando graça da cena bizarra. Não queria que esta fosse a foto escolhida, mas Estela bateu o martelo, dizendo que aquela fotografia é a que deveria aparecer no telão.

Vai todo mundo rir de mim, sacanagem.

Todas as meninas vão perceber que você já era um bom partido desde quando usava fraudas.

&

No peito de Helena, um coração ainda forte, que bombeava o sangue para as feridas que escorriam pelo piso. Com os lábios provando do líquido que jorrava, sentia Júlia o libertar em pulsos.

Nada seria um empecilho, agora.

Com mordidas profundas no interior da coxa esquerda, alcançou a artéria femoral, Helena foi dessangrada lentamente.

Os batimentos do coração de Júlia foram cessando, entregando ao artista o que era seu. Ele retomava o último e primeiro de seus amores. Agora, possuía a sua essência de forma completa. O coração silenciava para dar voz plena ao artista diante da decomposição diante dele.

Da realidade pútrida, abandonada no meio da sala.

Toda a energia acumulada durante os trinta e um dias em que passou criando caíam sobre os seus ombros. Caminhou prostrado pelo cansaço, consequência de seus sucessos, até o quarto e dormiu profundamente.

&

Sobre o posto de observação do Corpo de Bombeiros um urubu parecia aguardar. O sol estava livre de nuvens e cobria toda a extensão da praia. Um grupo de adolescentes começava a se reunir em roda numa parte elevada em que a areia era mais fofa. Ao fundo, uma pequena área de restinga sobrevivia. Quero-queros cobriam a gramínea procurando alimento.

Durante os primeiros minutos, sem saber o que fazer, o pequeno grupo permaneceu numa conversa sonolenta, relembrando algumas histórias da semana que terminava.

Quando Juan levantou e disse que iria perseguir alguns quero-queros, Júlia o acompanhou.

Você não tem medo que eles te ataquem?

Melhor do que ficar sentado sem fazer nada.

Isso é.

As aves começavam a cantar tentando espantar os dois que chegavam devagar e os cercava. Júlia e Juan dançavam, correndo da esquerda para a direita e batiam palmas.

Se a água tivesse mais quente, eu entrava, falava Júlia, olhando as ondas.

Tá um gelo.

Parece água de freezer.

Talvez de tarde dê.

Você tomou café da manhã? Tô morrendo de fome.

O pão que comi já evaporou. Tô com fome também.

A gente podia fazer um piquenique aqui.

Verdade. Vamos falar pro pessoal.

A ideia foi bem aceita. Todos pegariam o que desse em suas casas e se reuniriam no apartamento de Juan, que ficou demarcado como ponto de encontro.

Estela ajudou o filho a montar uns sanduíches extras, queria fazer mais e colocar em um cesto, mas o filho pediu que ela não o fizesse passar vergonha.

Os amigos foram chegando e, aos poucos, o grupo percebeu que provavelmente teriam comida para passar o dia na praia.

Quando Júlia entrou, Estela levou um susto.

Que foi, mãe? Teve uma visão?, Juan molestava.

Não provoque, disse, retornando à cozinha, seguida do filho.

É que sua cara ficou engraçada.

Não sei, mas acho que conheço aquela menina.

Impossível.

E por quê?

Conheci ela a poucos dias.

Mas é incrível como tenho essa impressão.

Às vezes, é só semelhança, mãe. Se bem que eu não consigo pensar em ninguém parecido... Júlia! Você já se hospedou no Candeias?

Júlia? Seu nome é Júlia?, perguntava Estela para a menina.

Antes que quaisquer das perguntas fosse respondida, Estela corria até a amiga de Juan, agora assustada, pegava seu nariz, puxava o cabelo, prendia as mãos nas bochechas, virava o rosto dela de uma lado para o outro, segurava o queixo, levantava, balançava-o, abria os olhos sem dizer uma palavra por completo, apenas sílabas desconexas.

Mãe, o que você está fazendo?, envergonhava-se Juan.

Só pode ser. Só pode ser.

Você tá assustando ela. Desculpe, Júlia, acho que minha mãe está com insolação, disparou Juan, puxando a mãe para o corredor dos quartos.

Não pode. Como pode?, confusa.

Estela caminhava olhando para a menina que começava a se avermelhar de vergonha. Do corredor era possível ouvir Juan falando para a mãe parar com aquilo porque o estava constrangendo.

Quanto mico.

Filho, desculpe. Já, já, você vai entender minha surpresa.

Estela correu para o quarto do casal. Revirou umas gavetas e, de uma delas, retirou um álbum.

Olha ela aqui, disse a mãe que passava uma fotografia para as mãos do filho.

Como assim? Não entendi.

Essa é Júlia.

A guria me enforcando?

Que enforcando? Foi o primeiro amor da sua vida.

Não pira, mãe. E nem pense em...

Mas antes que pudesse solicitar qualquer coisa, a mãe já corria novamente para a sala, balançando, faceira, a fotografia na mão.

Você não vai acreditar nisso, menina. Eu sabia que já tinha visto esse rostinho lindo em algum lugar.

Todos se debruçaram sobre a mesa para ver a fotografia que a mãe de Juan pousava com cuidado.

Pronto. Aqui está.

Esse aí é o Juan?, ria um dos garotos.

Sim. Era ele quando ainda tomava mamadeira. E essa menina aqui é a Júlia, falou apontando para a menina que arregalava os olhos.

O silêncio que se fez não durou muito tempo. Gargalhadas foram disparadas em ondas e reverberavam pelo corredor do prédio.

O único que não riu foi Juan.

&

Os potes com as refeições especiais de Emílio estavam na geladeira. Bastava esquentar. Testar a temperatura. Colocar em um copo comprido com um canudo flexível.

Recordava as madrugadas em que via Coralina esquentando as mamadeiras dos dois filhos. O sono e a paciência.

Entrou no quarto, mas Emílio dormia.

Como são os seus sonhos, agora, filho?, perguntava em pensamento. Você consegue andar? Voar? Ou tenta se matar a cada noite para depois acordar e perceber que o inferno não foi embora?

Sentou-se. Colocou o copo no criado mudo. Esperaria. A consciência de que apenas isso restara a ele se tornava mais concreta e clara.

Esperar.

Mas pelo quê? Talvez devo esperar pelo inferno pessoal, se é que já não estou chafurdado nele. Ainda acho que minha condenação está por vir. Resta aguardar. A carne na expectativa do fogo.

Paulo sentia um incômodo que nunca havia sentido antes.

Remorso.

Agora, sabia nomear sem fugas.

Mas não conseguia identificar bem do quê. Talvez de tudo. Culpava-se pela morte da esposa. De Emily. Da situação em que Emílio se encontrava. Entretanto, sentia mais. O arrependimento era ainda mais denso. Conseguia senti-lo pesado no peito. Lembrava do sonho que tivera. O acidente da mulher. O acontecimento que mudou tudo. O corpo que ressurgia do passado. Mas o que Sílvio estava fazendo ali, deformado, rasgado? Ele ainda não saberia dizer. Sabia apenas que a culpa se tornava cada vez mais apurada.

Culpa por tudo.

E era tarde demais para qualquer reparação. Antes de correr pálido pelo corredor e vomitar na pia da cozinha, murmurou para o filho.

Emílio, seu pai é uma aberração.

&

Durante o trajeto até a praia, mesmo com todas as sacolas e mochilas cheias de comida, todos lembravam de zoar Juan e aquela a quem chamavam de namoradinha. Após sentarem e começarem a comer os sanduíches, bolachas e frutas uns dos outros, ainda riam ao se lembrarem da fotografia em que os dois amigos apareciam com carinhas de bebê. Não eram necessários mais comentários, bastavam sorrisos e olhares.

Como era seus rostos antes de nascer?, perguntava Juan.

O grupo que ainda engolia sem vontade uma parte da comida que haviam trazido.

Que tipo de pergunta é essa?

É, bebezinho lindo da mamãe, que pergunta?

Juan tentou não dar bola, pois sabia que a ironia e o humor, às vezes, são fuga. Por isso, permaneceu em silêncio, esperando as gargalhadas diminuírem até serem apenas contrações abdominais.

Júlia parecia estar pensando na pergunta ou no que havia acontecido entre eles quando eram apenas crianças. Ele não saberia dizer apenas pelos olhos dela.

Mas o que ela sentia era preocupação pelo que a mãe de Juan faria depois que ela prometera dar o dia de passeio livre ao filho caso pudesse marcar um café com a amiga que não via há tanto tempo. Deu o endereço de onde estavam hospedados, mas agora estava um pouco arrependida, pois a mãe também tinha acessos de fofurice e era acometida de momentos de apaixonite e candura desmedidas.

Depois de abafar essas preocupações, começou a formular um pensamento a partir da pergunta disparada.

Eu acho que depende de como você pensa, disse Júlia.

Como?

Não fez uma pergunta? Estou respondendo.

Ah, tá, entendi. Quer dizer, como assim?

A gente existia antes de nascer?

Essa é a questão primordial. Um professor meu de história sempre vinha com essa frase. Tudo era primordial pra ele, falou um dos meninos, limpando um molar com o indicador.

Mas é primordial. Temos existência independente desse corpo? Se nossa alma é anterior e continua depois que morremos, eu acho que não tem cara de nada.

Só que é fácil pensar nessas coisas de barriga cheia, brincava um.

Olha, Júlia, tava pensando. E se a pessoa não acredita em alma?

Aí essa pergunta é fácil de responder. Se a gente não tem alma, a gente não existia antes e simplesmente desliga quando morre. Então, a gente tinha cara de nada antes de nascer. Peraí..., Júlia parecia confusa.

Justamente, Juan ria porque compreendia que havia chegado à mesma conclusão. Então, foram falando, um complementando a frase do outro, encontrando uma resposta digna para uma pergunta jogada ao ar.

Mesmo que se acredite em alma, espírito, mesmo que se consiga acreditar em algo além da pele, da carne, de tudo o que se vê e toca, mesmo que se pretenda que o mundo seja esse acúmulo de superfícies que recobre uma matéria desconhecida, milenar, cósmica, eterna, mesmo que não se tenha certeza de nada ou que se afirme absolutamente o número exato das gotas da chuva em uma nuvem, mesmo que não se acredite, ou mesmo com fé, não se pode discordar em um ponto, um ponto em comum, de encontro, de convergência, antes de nascer não se tinha rosto, ninguém era branco ou negro, ou com sardas nas bochechas do rosto, ninguém era rico ou miserável, marajá, remediado, assalariado, encostado pelo seguro social, ninguém tinha dúvidas ou certezas, ninguém se esquecia, mas também não se lembrava, ninguém era socialista, capitalista, anarquista, narcisista, ninguém era gordo ou magro, desajeitado ou de fechar o comércio, ninguém era bom e ninguém era mal, tudo isso porque a expressão nasce com o corpo no útero da mãe, não antes, pois a partir do ventre é que passamos a expressar desejos e repulsas.

Que isso, meu. Vocês são dois filósofos, surpreendia-se um.

E me deram sono, arrematava outro.

Você é que não entendeu nada.

Eu entendi, sim. Só achei uma viagem muito maluca.

Foi meio jaguara, mas achei massa.

É, mandaram bem.

Esse lance aí de corpo no útero da mãe... expressão... sei lá o quê. Isso eu não pesquei.

Alma não tem expressão, explicava Júlia.

O vazio também não, replicava Juan.

Ficaram mais alguns minutos sentados de preguiça até que alguns foram corajosos de entrar na água. Saíam com frio e só se aqueceram correndo em um futebol com traves adaptadas com chinelos. No horário do almoço, comeram o restante dos lanches e resolveram dar uma volta pela orla. Alguns mergulhavam novamente, pegavam jacaré, a água um pouco mais quente. Depois se enterraram na areia em covas rasas que foram alcançadas pela maré que subia.

Acho que eu tô com fome, mas de comida.

É, vou ficar sem comer pão por um bom tempo.

E salgadinho.

Vamos andar de bike amanhã?

Todos toparam. E, sem que ninguém houvesse dito nada, foram saindo da praia. Cada um foi tomando a rua que levaria aos locais onde passavam suas férias fora de época. Como o caminho de Juan era o mesmo de Júlia, eles ficaram conversando um pouco mais.

Comentavam sobre a sorte de não ter chovido o dia todo quando viram as mães juntas, conversando em cadeiras de praia em frente ao prédio.

Pareciam velhas amigas.

Os dois se olharam. O sentimento que brotava entre eles não era amoroso. Sentiam apenas constrangimento.

&

Juan, agora, lembrava tudo.

Sentia fome, mas precisava completar aquelas recordações, registrar com suas mãos as próprias lembranças. Com um godê e uma espátula, dissolveu o sangue de Helena em terebintina. Queria e faria um desenho mais próximo daquilo que a própria mecânica do sangue diluído ordenava. Com um pincel fino, iniciou os primeiros traços. Começando do meio do corpo até chegar aos membros.

Mas desistiu, não conseguia acertar a mecânica da aquarela com o sangue do próprio objeto representado.

Não conseguiria transferir a responsabilidade que era dele para o material, sendo que este não estava nele próprio, não fazia parte dele. Não era ele. Somente o outro não resolveria a equação da forma que era necessária. Então, misturou algumas gotas de seu próprio sangue no godê.

A tinta formada ficou com uma cor mais firme, não se quebrou, então conseguiu concluir a aquarela.

Começando a ter dificuldade em encontrar espaço entre as notas afixadas na parede diante do corpo, sentiu felicidade pelo que havia realizado.

Sabia do fim próximo e ficou leve.

A arte exige dedicação, pois é trabalho, não há transferência para o outro, o artista é seu próprio operário. Deve obediência e submissão a si mesmo.

&

Quando ficou sabendo que Júlia estava morta sentiu algo parecido com tristeza, mas não por lamentar a ausência de quem fora amigo, lamentava dele mesmo uma perda. Acreditava que com ela foi enterrada uma parte sua.

Confiscada sem permissão nem aviso.

Para quem nunca acreditara em espírito ou alma, era uma descoberta vital. Acalmou o ânimo, entretanto, quando soube que alguns órgãos dela foram doados pela família.

A foto era prova do sequestro, do confisco.

Tomaria de volta o que acreditava ser seu.

Surpreendia-se consigo mesmo. Pensava que até certo ponto tinha controle sobre o que pudessem sentir em relação a ele, mas vira ser impossível. Mesmo antes de poder nomear esse sentimento, mesmo antes de descobrir as diferenças entre meninos e meninas, as mulheres se apaixonavam por ele.

Júlia não era propriamente uma mulher, mas o que sentia era incontrolável, meditava. Desde bebê, sofro com aquelas que se apaixonam por mim, literalmente elas me sufocam. Só vivem esse amor porque sugam da minha essência o que precisam, repetia como a um mantra essa sentença.

Quando pensava ser alvo do amor de alguma mulher, sentia-se como uma gestante que alimenta com seu sangue não a um filho, mas um parasita. Um ser que precisa ser detido antes que mate o hospedeiro, morrendo depois, feliz e saciado.

Quantos cordões mantinha era a questão que precisou responder e na qual passou a pensar após sua lua de mel, quando começou a planejar a sua obra-prima.

&

As marcas são daqueles martelos de amassar carne. O legista explicava, mostrando todas as regiões lesionadas pela ferramenta. Muitos golpes apenas feriram a mulher, dois deles foram fatais. O desejo de matar era grande.

Dá pra dizer que ele estava desesperado, disse Kimura a Teófilo.

Sim. Confirmamos no corpo dela a pressa que o assassino já havia nos mostrado pelas pegadas lá nas ruínas, Teófilo concordou, virando-se para a porta. Obrigado pelos esclarecimentos, disse, por fim, ao legista.

Eu ainda não realizei a análise exploratória, devolveu o legista, surpreso e apressado. Mas, por enquanto, é possível afirmar que o óbito ocorreu em decorrência desses golpes. Depois que realizar a necropsia, envio meu relatório.

A necropsia será realizada no Brasil. Agora, olharemos as outras evidências.

Andaram silenciosamente pelo corredor frio. Um choque diante do Sol que era rebatido pelas ondas que espumavam a poucas quadras da delegacia.

Kimura queria quebrar o silêncio, falando do incômodo que sentia por acompanhar tantas mortes de perto. Mas não queria demonstrar fraqueza diante da constante serenidade e seriedade com que Teófilo lidava com esses acontecimentos.

Ao chegarem à sala anteriormente indicada por um dos policiais, foram saudados pelo delegado que ficara responsável por coletar as evidências nos locais em que Lygia talvez tivesse passado antes de ser morta. Um hotel.

Encontramos um bloco de anotações intrigante, Sr. Teófilo. Nele, o assassino planejou a morte de duas mulheres. Não de apenas uma.

Como assim duas mulheres? Onde está a outra?, interrompeu Kimura.

Uma delas está desaparecida, continuou o policial. Mas colocamos praticamente todo nosso efetivo nessa busca.

Teófilo começou a folhear o bloco. No início apenas algumas frases soltas, que para ele não tinham sentido nem importância.

Van Gogh?

Para obter algo que tenha calor, é preciso fazê-lo com calor.

Japonês, esse cara queria uma sopa ou o quê?

Deixa eu ver, pediu Kimura, com um sorrisinho no lábio. E essa aqui, veja:

A arte é violência contra a ordem hermética da moral e das leis, contra o poder evaporado das mãos do artista. É violência contra ela mesma.

Ele realmente pensa que está fazendo arte, Teófilo. E tem mais aqui. Não é só de pirações da cabeça dele. Tem todo o planejamento das mortes e do ataque à Lygia.

O local será público...

Usar martelo de amaciar carne...

Dopar Hilda e Lygia?...

Precisamos descobrir quem é essa Hilda, interpelou o delegado. Ainda não conseguimos entrar em contato com a família da vítima. Essa Lygia não tem muita história do passado pra contar. Mas sabemos que viaja o mundo fotografando.

Eu estou no emprego errado.

Está viajando agora, Japonês. Qual o problema?

Turismo criminal não é bem o que chamo de viagem.

Vai poder olhar a praia pela janela do taxi a caminho do aeroporto. Agora, temos que voltar e anexar mais essas informações à investigação, ver o que a equipe poderá encontrar. Chame nossa condução e pegue nossas bagagens enquanto eu cuido da papelada para o translado do corpo de Lygia.

Em pouco mais de meia hora, os dois aguardavam na área de embarque. Teófilo, sem conseguir vislumbrar uma solução ao caso. Kimura, decepcionado por ter olhado corpos bronzeados por um vidro.

&

As comissárias guardavam as bebidas não utilizadas, descartavam o lixo, contabilizavam todos os alimentos não consumidos e retiravam dos bolsos do uniforme as últimas tampas de garrafa e guardanapos. Enquanto uma registrava no sistema o que fora consumido, outras duas voltavam da vistoria dos itens de seguranças da aeronave.

Nisso, o comandante e o copiloto saiam da cabine de comando rindo de alguma piada.

Essa foi boa, mas a minha foi melhor.

Não tem pra ninguém, eu sei piadas de tudo que é tipo. De bêbado e mineirinho todo mundo sabe. Só que eu tenho a coleção das melhores bem aqui, disse o comandante apontando para a própria cabeça.

Bem... que bom que essa perna não era pra Sidney, mas pra Curitiba. Eu já estava ficando sem repertório.

Daí eu provaria pra você que consigo contar piadas por horas seguidas.

Os dois passaram pela galley e encontraram o restante da tripulação, que os cumprimentou, desejando uma boa estada em Curitiba, comentando que o clima estava instável, que o frio não tinha se instalado na capital ainda.

Ainda bem porque não estou preparado para as geadas que às vezes pegamos por estas bandas, disse o copiloto.

O inverno está demorando pra se instalar este ano. Junho até que foi um mês frio, veio com chuvas. Por enquanto, está bem confortável, disse uma das comissárias.

Ela estava ansiosa para inaugurar o terninho de lã que havia comprado numa viagem à Europa.

Eu, infelizmente, não farei o pernoite aqui, terei que ir pro DO, disse o chefe de cabine.

Eu também, meu caro. Mas quem sabe dou sorte. Na minha escala não tem nada, mas estou de reserva, lamentou o comandante.

Mas ainda não está regulamentado?

Ainda tem umas horas, podem inventar de me colocarem em mais duas pernas. Então, é melhor eu ir porque notícia ruim é melhor saber rápido. Vamos, então?, perguntou o comandante ao chefe de cabine. Ou vocês preferem continuar conversando aqui apoiados ao balcão da galley? A equipe da limpeza já deve estar impaciente, disse ao restante da tripulação.

Senhor, ainda há uma passageira.

Como assim?!

Está alcoolizada.

De gole? Pelo amor de Deus, despache essa pessoa! Não podemos sair enquanto houver passageiros.

E quanto antes chegarmos ao hotel melhor, estou precisando descansar, dizia outra das comissárias, esfregando os olhos.

Vou lá chamá-la, capitão. Pensei que ela mesma perceberia que havíamos pousado, por isso fui adiantando o meu serviço.

Ok. Sem problema.

Se precisar de ajuda pra carregá-la, chame a gente, disse o copiloto, rindo da situação.

A funcionária puxou a cortina que separava os ambientes. Com uns seis metros de distância, a mulher parecia dormir profundamente. Os lábios semiabertos, mas a posição desconfortável. Um dos braços, o direito, estava caído entre as pernas, o esquerdo estava fora do banco, para o lado do corredor da direita da aeronave. A cabeça pendia para a direita, a nuca quase encostava no ombro.

Os bancos vazios, em tons diversos de azul, pareciam menores ainda daquele jeito. E a aeronave, um tubo de alimento enlatado.

Deus, pai, quando é que essa viagem vai terminar?, murmurou.

Pouco antes de pisar no corredor, começou a lembrar das horas incômodas que havia passado com aquela passageira e o seu companheiro de poltrona.

Acho que hoje eu mereço um quarto com banheira de hidro, Senhor.

O que você falou, Bruna?, perguntava uma das colegas, rindo.

Nada, não, só quero terminar logo. Por hoje deu.

Quanto mais se aproximava de Flor, mais sentia a boca amargando e os pelos do corpo arrepiarem.

Os olhos estavam fechados, mas a mulher não parecia estar dormindo.

Sentiu medo de tocá-la.

O ímpeto de pedir auxílio a algum dos colegas foi grande, mas sabia como deveria se controlar, como se portar, ela era uma profissional treinada, experiente, sonhara com aquela vida desde a adolescência. Não desejara acidentes nem sonhara com situações de emergência, mas conhecia todos os procedimentos em caso de incidentes críticos se necessário.

Inclusive para o que tinha a sua frente.

Senhora, nós já pousamos.

Aproximou o ouvido do rosto da mulher, mas não ouviu sequer a respiração.

Senhora?

Tocou de leve o braço caído. A frieza da pele pareceu se transmutar para a própria. Percebia que a gravidade era maior do que estimava. Mesmo sabendo o que deveria fazer, paralisou diante do corpo torcido na poltrona.

Tudo bem aí, Bruna?, perguntava o chefe de cabine.

A resposta que deu foi colocar o indicador e o médio sobre o pescoço da mulher para constatar que estava sem pulso.

Os demais perceberam o movimento que ela fizera e foram ao encontro dela rapidamente.

Chamem os paramédicos, disse virando o rosto em direção aos que se aproximavam. Ela não está respirando.

A equipe chegou rápido e foram realizando os procedimentos enquanto perguntavam tudo o que ocorrera durante a viagem. Depois de alguns minutos, um dos paramédicos, que parecia ser o chefe da equipe, olhou o relógio e anotou em uma ficha.

Não há nada mais que dê pra fazer.

Flor estava morta diante de paramédicos do Aeroporto Afonso Pena.

Inutilmente eles haviam tentado de tudo, mas não obtiveram resposta alguma do corpo. Pareciam realmente frustrados, como se tivessem responsabilidade pela morte daquela mulher. Entristecidos, naquele momento, apenas guardavam seus equipamentos, esperando que a polícia chegasse e iniciasse a coleta de depoimentos.

&

Com uma lata de cerveja na mão, Juan procurou um filme para assistir, mas desistiu da ideia, pois não possuía muito tempo.

Queria rever *Perfume*, de Tom Tykwer, filme que também exprime preocupações semelhantes às suas. Mas, contrariamente àquele artista, estando diante das suas vítimas, não extrai essências, mas recupera a própria para entregá-la totalmente à sua arte. Mas os dois, Juan e Jean-Baptiste, acreditavam buscar a perfeição completa e indiscutível, o amor à própria criação artística e não a eles próprios.

Tudo o que realizaram era pelo amor que possuíam às suas artes, não importando as consequências de suas ações.

Então, sentou em uma poltrona para ouvir música. Desejou apenas relaxar um pouco antes de retomar a tela que o esperava. Ligou o rádio, enquanto desenhava a última lembrança que tinha de Flor, sentada no avião como se estivesse dormindo, bêbada.

Apenas agora fazia essa assinatura, como os jornalistas haviam se referido a essas pequenas criações.

Tocava *Evil Woman*, de Crow, banda de rhythm and blues, música que foi se espalhando pela casa, invadindo o quintal com o som dos metais.

Gargalhava satisfeito com a ironia da situação.

&

Coralina não deveria ficar preocupada por ter se perdido do grupo de colegas, pois sabia onde o carro estava, mas sentia um incômodo estranho por estar sozinha naquela aglomeração de pessoas.

Nas outras manifestações, não se importara porque era a curiosidade que a guiava. Agora, porém, sentia que estava querendo fazer parte daquela manifestação de esperança. Queria acreditar nas frases que estavam pintadas com guache e nas faixas com imensas letras formando o slogan de uma geração, ou do fim dela, mas ter ficado desacompanhada a deixou deslocada e ansiosa. Tinha certeza que se Flor, Adélia e Ana Cristina estivessem ali diriam que o frio no estômago era desejo de se encontrar com Juan novamente. Ela discordaria, mas sem convencê-las, embora fosse verdade.

A ansiedade e o nervoso que sentia não eram por ele, mas por algo que dentro dela se partia. Por uma perda irremediável, por que a coisa perdida não era mais necessária, mesmo que gerasse afeto e gratidão da parte dela. A coisa perdida precisava ser deixada para trás. A coisa era Paulo.

&

Dentro dos olhos opacos escorria um líquido espesso.

O líquido espesso continuava a escorrer e se espalhava pelo rosto de Flor.

Pairando sobre o corpo imóvel e em processo de acidificação estavam todas aquelas que também haviam morrido pela mesma mão.

Girando na expectativa.

Esperavam Flor se unir a elas, mas ainda havia mais para ser resolvido antes que todas estivessem juntas.

Enquanto policiais entrevistavam as comissárias de bordo e outros da tripulação, solicitando informações mais completas sobre o homem que estava viajando ao lado dela, os médicos colocavam Flor sobre uma maca. Ali, o corpo ficaria protegido de impurezas do local, mas também possibilitava uma investigação mais eficiente diante da urgência existente.

Todos, em pensamento, começavam a desconfiar do Artista da Morte como autor de mais esse assassinato.

Flor, então, se reuniu às obcecadas, mas em silêncio.

Elas explodiram ao se unirem para a viagem de volta à casa de Juan. Em uma única massa disforme e caótica se movimentavam interferindo nos equipamentos eletrônicos próximos.

Houve um black-out.

Flor vibrou e os pelos se eriçaram levemente. A musculatura começava a ficar rígida. O corpo envergava sobre a maca.

Quando a iluminação voltou, retornando logo depois o funcionamento normal de todos os equipamentos, eram localizadas digitais que poderiam bater com aquelas que possuíam, fechando a ligação do Artista da Morte a mais um crime.

As pálpebras da morta se fecharam, mas o corpo continuava na posição enrijecida, as palmas das mãos abertas em direção aos céus.

Súplica ou agradecimento.

Sem explicação.

As mulheres presentes começaram a chorar, os homens saíam para deixar o vento libertar os pensamentos pelos cabelos e secarem a umidade dos olhos.

Desespero.

As palmas dos pés tocavam o metal da maca. O corpo se curvava mais. A coluna como um arco, como se estivesse pronta para lançar aquela alma para longe.

&

Próximo ao corpo de Helena, Juan dava uma pausa no trabalho encostado ao batente da porta de entrada. O silêncio paralisava relógios e sombras, mas não os insetos que mantinham seu curso normal ao desmanchar matéria.

Estava sentado. O vento batia no mato, e ele olhava o capim alto que crescera durante aquele mês. O quintal da casa havia ganhado um balanço pelo vento no gramado abandonado. Movimento regular e fluido que trazia uma letargia quase patológica.

Cochilou.

Diante da escuridão que se formava acima do telhado da casa, o vento parou. Silêncio ainda.

Entrelaçadas, as ascetas pairavam sobre o telhado como uma vitória-régia despedaçada e pustulenta, como um pedaço de tecido em retalhos.

Quando gritos finos começaram a sair da massa informe, ele acordou encharcado por um suor gorduroso e fétido.

As obcecadas exigiam dele o término da obra. Nenhuma das mortes deveria ser tomada apenas como simples gesto de violência, pois eram carregadas de significado. Até mesmo o artista precisava ser lembrado disso.

Levantou.

Diante dele, balançando sobre o gramado tomado pelo mato, espíritos que ele desconhecia olhavam. Alguns caminhavam em sua direção, apontando para o interior da casa de modo imperativo. Obcecados de outros artistas também cobravam dele a conclusão de sua obra, exigindo responsabilidade e competência.

Tomado de pavor e angústia, correu para o interior da sala, fechando a porta atrás de si.

Vento e tormenta.

Escuridão em meio aos gritos dos espíritos.

&

A luz oscilava sobre o orvalho agarrado aos fios de cabelo de Hilda.

As gotículas evaporavam na relva antes que ela tentasse se levantar do chão úmido. O cheiro de terra impregnava as narinas e as roupas pesadas, encharcadas do ar da noite. Sua garganta estava inchada, arderam as amídalas quando tentou engolir a primeira saliva do dia.

Emily não estava mais ao seu lado.

Com a impressão de que acabaria cruzando com ela em algum momento do trajeto, levantou-se rápido, mas com sofrimento e caminhou em direção à estrada. Sua cabeça doía, fazendo com que seu estômago estufasse e tentasse expelir a ausência de desjejum de suas vísceras. A vista embaçada não indicava um futuro promissor, ela precisava ser rapidamente encontrada para que sequelas possíveis fossem remediadas antes que se tornassem definitivas.

Depois, conseguiu ouvir os alto-falantes da administração do parque e caminhou em direção às palavras incompreensíveis que eram ditas.

Aos poucos, as palavras foram ficando mais claras. Nomes eram ditos, turistas desinformados a respeito dos últimos acontecimentos, querendo conhecer as ruínas da cidade, eram aconselhados a retornarem do passeio, voltando para os hotéis ou escolhendo outro programa. O Artista da Morte talvez estivesse no país, uma mulher fora encontrada morta e outra estava desaparecida. As duas foram vistas pela última vez ali mesmo no parque, acompanhadas por um homem.

Hilda chegou ao posto da guarda do parque, de onde vinha o som das orientações e das últimas descobertas. Pessoas ficaram surpreendidas com a presença de uma mulher visivelmente ferida, com traços de sangue à mostra, minutos após os anúncios feitos.

Muitos correram em direções opostas à Hilda, como se o criminoso ainda estivesse por perto. Entretanto, uns poucos vieram ao seu encontro, procurando ajudar.

Guardas apareciam, ainda pasmos por presenciarem a realidade dos fatos que falavam ao microfone, fazendo uso de um texto previamente preparado. Mas não acreditavam ser possível. Então, interrogaram a mulher como se fosse uma intrusa, que roubava do dia a sua normalidade. Como se houvesse cometido o crime de sofrer.

Em pouco tempo, depois de ser encaminhada á delegacia estava vestida com roupas secas. Com um curativo na cabeça, se apoiava com os cotovelos em uma mesa. Teófilo fora chamado com urgência pela possibilidade de terem encontrado uma vítima sobrevivente do Artista da Morte. Com Japonês, já havia despachado as malas e esperava na área de embarque, mas retornou imediatamente do aeroporto à delegacia.

Antes que Teófilo iniciasse uma lista padrão de perguntas, para preparar vítimas em choque pós-trauma, visando o interrogatório, Hilda falou convicta.

O nome dele é Juan Ribeiro. Esse é o Artista da Morte que vocês procuram.

&

Visivelmente preocupada, Ângela balançava as pernas uma contra a outra.

Pelo canto do olho, Emílio percebia que ela não parava de olhar o relógio. Se ela não estivesse nesse estado, entretanto, não perceberia que já era tarde e que seu pai deveria ter chego horas atrás. Sequer avisara que teria compromisso ou que sairia após o trabalho.

Um tempo depois, o telefone tocou, sobressaltando os dois.

No meio do segundo toque, Ângela atendeu.

Meu Deus do céu, senhor Paulo, eu estava preocupada. Está tudo bem? Que bom. Nós estamos te esperando. O senhor demora ainda? Conseguiram pegar o assassino? Ainda não. Puxa. Sério? Vai aparecer no jornal? Está ficando importante, patrão. O Jornal Nacional acabou de começar, vou assistir com o Emílio. Não, imagina. Não tem problema, durmo na cama de campanha lá no quarto do Emílio. Sim, é só avisar meu pai que não tem problema. Boa noite, senhor Paulo. E que tudo dê certo.

Ângela não colocou o fone no gancho, apenas pousou o dedo para encerrar a ligação e logo começou a discar o número do pai. Foi puxando o telefone para o corredor. Queria privacidade para dar boa noite ao filho.

Como ela falara, o jornal iniciava, mas a notícia principal não era da força-tarefa simbolizada pela figura de Paulo que teria seu pronunciamento editado para dar mais espaço à manchete do dia, ao furo que a Globo acreditava ser apenas seu.

O presidente Collor, pelo que tudo indica, foi sequestrado na tarde de hoje, após manifestações ocorrerem em todo o país, durante o fim de semana. Testemunhas afirmam terem visto um motociclista ser obrigado a entrar em uma van. A moto que foi deixada no local é uma Kawasaki Ninja, de propriedade do presidente da república, Fernando Collor de Melo. Não há provas de que o piloto que foi levado por três homens encapuzados seja mesmo o presidente. Entretanto, não se sabe o paradeiro de Collor, que não retornou à Casa da Dinda nem deixou aviso de que estaria em outro lugar. Buscas estão sendo realizadas por toda Brasília e a região metropolitana também está sendo sobrevoada por helicópteros. Reportagem de Alexandre Garcia.

Imagens aleatórias mostravam dezenas de viaturas cortando esquinas com rapidez, enquanto o repórter complementava o texto inicialmente dado por um dos âncoras. Helicópteros, num enxame, cobriam a capital do Brasil. Sitiada e cercada por militares e materiais bélicos, esperava-se que os responsáveis fossem encontrados.

Emílio queria chamar Ângela, que parecia estar narrando algum conto de fadas ao filho.

(Ela, assim como eu, não vai acreditar no que acabo de ouvir.)

Ele tentava puxar pela memória todas as reviravoltas que o país passara nas últimas oito décadas.

(Como é que esse país ainda continua? Já era para termos virado picadinho ou poeira. Acho que essa pátria está nas últimas.)

&

Há muitos anos, Hilda não morava no Brasil, mas sempre que podia viajava para rever e fazer novos amigos. A única família que tinha, ou que considerava possuir.

Esse retorno ao país, entretanto, tinha por objetivo dar à Lygia o último adeus, como se convencionou dizer. O depoimento que teria que reproduzir era igualmente importante.

Ao lado dela, estavam Teófilo e Kimura, que ainda não haviam digerido a revolução que acabara de acontecer. Tentaram dormir durante o voo. Impossível quando detalhes a respeito de cada vítima aguilhoavam os olhos cansados.

Após algumas horas, o jato que fretaram chegava ao Aeroporto do Bacacheri. Na pista, Dulce e Miranda aguardavam com mais novidades.

Vocês não vão acreditar. O cara matou durante o voo de retorno, dizia Miranda, afobadamente. Pouco antes de desembarcarem, ele esganou uma mulher no banheiro da aeronave. Deixou digital por tudo. É ele. O mesmo cara, mas dessa vez, sem assinatura. Estamos perto, Teófilo, muito perto dele.

Muito mais do que você imagina, Miranda. Essa aqui é Hilda, sobrevivente do Artista da Morte. Ou melhor, Juan Ribeiro.

Como?!, gritaram Miranda e Dulce, ao mesmo tempo.

Pararam de andar, com os braços suspensos, olhando Hilda pensativa. Olhos no chão.

Quem é esse, Teófilo? Quem é Juan Ribeiro?, perguntou, Dulce, tentando parecer mais calma, mas sem sucesso.

Primeiro, quero todos os detalhes sobre essa nova vítima. Depois disso, explico como chegamos ao autor dos crimes.

Os cinco entraram no carro. Demorou algum tempo para que Miranda voltasse a encontrar palavras nos dentes. Logo estava reportando os detalhes, dizendo que toda a equipe estava em São José dos Pinhais, no Aeroporto Afonso Pena.

O Sr. Paulo também está conosco.

Então, seguimos direto para lá, disse Teófilo, finalmente.

&

Em comunicação preliminar à mídia, o diretor da Divisão de Criminalística, Paulo Soares, informou que a morte de Flor teria ocorrido pouco antes do pouso. Logo passou a palavra a Teófilo, lembrando a todos que ele, agora, liderava a equipe.

Segundo o pronunciamento de Teófilo, os legistas, acompanhados dos especialistas da Polícia da União, logo ao chegarem, constataram que, pelo histórico dos depoimentos e pela posição artificial do corpo, o óbito ocorrera provavelmente nos minutos anteriores ao pouso, pois ainda não havia hipóstase, apenas uma leve queda na temperatura do corpo e opacidade dos olhos. A morte, então, foi registrada como por esganadura e posterior óbito por hipóxia cerebral.

E isso quer dizer o quê?, perguntava um repórter.

O vulgo para essa expressão seria a diminuição da oxigenação no cérebro, respondeu Gordo.

Ele estava ao lado, e não estava com muito interesse de parecer simpático.

Falta de ar, então?

Não.

Gordo, sem muita paciência, mas com certo prazer sádico, explicou o que havia ocorrido, simulando no pescoço de uma das repórteres presentes os acontecimentos que levaram à morte de Flor.

Não foi uma simples falta de ar. Ela teve o pescoço apertado até que o sangue não pudesse mais levar oxigênio ao cérebro, sofrimento que foi aprimorado pela lesão de um osso que possuímos no pescoço. Tudo isso levou ao desmaio da vítima, que, posteriormente, faleceu sem emitir um grito sequer.

Soltando o pescoço da moça, perguntou ao repórter se, agora, ele havia entendido melhor.

Compreendi muito bem. Obrigado, respondia o repórter, enquanto a repórter massageava o pescoço vermelho pelo toque ríspido.

Bom e agora? Mais alguma pergunta?, inquiriu Paulo.

Sr. Soares, porque a certeza de que foi o Artista da Morte que matou esta mulher?

Na verdade, nós já sabemos quem ele é, afirmou Paulo.

Surpreendendo a todos, principalmente à equipe do INC, acabara dizendo mais do que deveria e sentia-se um adolescente afobado, que agira sem refletir.

Mas ainda precisamos localizá-lo. Por isso, não podemos responder mais nenhuma pergunta. Então, se nos derem licença.

&

A série de clássicos do rock n' roll fora interrompida. Isso chateou Juan, mas não tanto quanto ouvir sobre si mesmo no rádio. Desta vez, sentiu uma pressão em seu abdômen, a garganta levemente seca e o coração batendo desregulado.

Descobria as sensações do medo.

Antes que pudesse anotar seus pensamentos, para afixar na parede a percepção de que a arte também pode gerar medo, e não apenas vir por meio dele, o locutor inseriu uma música típica de filme de terror e suspense.

Para dar o clima, instrumentos de cordas tocavam freneticamente, os metais mantinham notas mais longas e, em momentos de ápice, a percussão aparecia.

No meio da narração dramatizada e irritante, conseguiu coletar algumas informações, assim podia se preparar para o que aconteceria.

Informavam que o Artista da Morte havia realizado outros ataques, e que alguns ocorreram no exterior. Ouvia comentários sobre a mecânica de sua movimentação elíptica ao ampliar seu território de ação. Entretanto, supunham que, talvez por ele não perceber limites para seus atos, estava cometendo mais erros, pois possibilitou que fossem coletadas mais amostras de materiais, além de digitais. Além disso, o padrão das assinaturas artísticas não estava sendo seguido. Investigadores acreditavam que isso ocorreu por que ele precisou sair às pressas, e não por mudança de um padrão de atividade.

Assassinos como ele gostam de seus rituais. Ficam seguros neles. Por enquanto, por uma questão de segurança, evitaremos dar mais detalhes a respeito do assassino.

A voz era de Paulo, reduzido a relações públicas da força-tarefa.

Ainda não sabiam se o Artista da Morte retornaria ao estrangeiro ou se permaneceria no país, o marco zero de seus atos de violência. Ainda, conforme o repórter, a identidade do assassino havia sido descoberta, mas a Polícia da União não daria detalhes, pois acreditava que em breve poderia solucionar o caso.

&

Paulo já ouvira aquele nome, já o lera dezenas de vezes. Já tivera pesadelos. Mas, antes, uma faixa preta escorria por cima de tudo. Uma névoa recobria a dor.

Não mais.

Arrancada à força, levando peles e pelos, couro e sangue, a membrana que recobria seus olhos passou a dar lugar à percepção dolorosa de que seu envolvimento com aquela história era muito maior. Estava conectado às vítimas de maneira mais íntima do que pensava.

Supunha-se à parte.

Mesmo com Emily entre elas, sua própria história não havia se conectado firme na trama orquestrada pelo maníaco. Mas, agora, se tornara pedaço da loucura que queimava os cílios do dia e penetrava sádico pelos pulmões.

Todos que o conheciam, que o viam ou ouviam, sequer imaginavam porque cambaleava após o depoimento de Hilda ter sido realizado. Após registrarem em vídeo e texto o nome daquele que a tentara matar.

Ela falara aquele nome. Não estava num sonho. Não estava tento uma alucinação. Sua mente cansada não estava lhe pregando peças.

O mesmo homem. Não é possível, pensava.

Tentava controlar o próprio desespero. Tentava filtrar o que escutara, negando aquele nome terrível de se ouvir novamente.

A morte o circundava.

Foi ele que dirigia o carro, sussurrava para si. O acidente de Coralina foi culpa dele.

Sua voz martelava na mente. As frases se repetiam, reverberavam, gritadas cada vez mais alto. A esposa morta ao lado. Na madrugada silenciosa, ouvia dentro dos seus pensamentos confusos o estrondo de uma batida que se repetia há anos.

Foi ele. Foi um assassino antes de se transformar em um sociopata por decisão própria. Juan Ribeiro matou Coralina. O sangue dela também impõe a ele essa culpa, segredava de si para si.

Pouco depois, o chamavam de volta para ir à Divisão. Solicitavam sua presença para que também estivesse junto à força-tarefa no momento em que colocariam as mãos no Artista da Morte.

&

Sem mais informações. Com licença, temos trabalho a fazer. Muito obrigado. Até logo, enxotava Paulo, diante do prédio do INC.

O diretor se uniu aos companheiros numa grande sala, após fechar a porta diante de jornalistas, câmeras, microfones e manifestantes. Diversos uniformes se misturavam aos que estavam de gravatas e àquelas que se alinhavam com blazeres em tons pastel.

O caos parecia reinar apenas fora dali.

Gráficos, listas, fotos, desenhos e mapas pendurados em murais. Os desenhos de Juan ganharam uma pequena exposição, num local de destaque no salão.

O primeiro vernissage.

Entretanto, os agentes, investigadores, policiais e cientistas forenses não estavam interessados nas criações do Artista da Morte, pois estavam vendo seu rosto projetado no fundo branco do telão.

Enquanto Paulo Soares suava e coçava a dolorida orelha esquerda, Teófilo se preparava para informar a identidade do assassino que procuravam, conforme a última testemunha, a única vítima sobrevivente.

Juan Ribeiro, esse é o nome...

Teófilo pronunciou com força e com um lenço secou o nariz.

Esse é o nome verdadeiro do anteriormente chamado Artista da Morte. Temos o rosto, temos o nome, temos a história. Agora, precisamos descobrir onde ele se encontra. Onde ele está escondido. De onde sairá para tentar espalhar mais sangue.

De Juan, já sabiam o local de nascimento, os locais de convívio e passagem, o histórico profissional, as atividades estudantis, as pessoas que conheceu, a mulher com quem se casou, as propriedades que a família da esposa possuía.

As informações seriam cruzadas, o paradeiro não era sabido, mas, agora, o artista assassino possuía tridimensionalidade.

&

O movimento dos agentes, investigadores, policiais e cientistas forenses era intensa na sala. Mas Paulo registrava como se estivessem imersos numa gelatina transparente. Não conseguia deixar de olhar para a foto em destaque. Queria tirar aquele sorriso do rosto. Arrancaria devagar cada um dos dentes, como Teófilo fizera tão bem com os terroristas bolcheviques encarcerados na Dops. Veria o sangue escorrer lentamente pelos lábios até o pescoço. O sorriso se transformaria em súplica coberta de pedaços de vidro. A pele rasgada. O zumbido. O motor desligado abruptamente. A chuva caindo e as faíscas de ferro em brasa. A serra zunindo. Abrindo o carro feito lata. Ao volante, Paulo ri alto, atordoado. Sequer houve a derrapagem. Não iria salvar aquele monstro que estava ao lado. O sangue diluído na chuva escorre sobre a maca de aço. Leve, flutua até bater no teto. Ri nervoso. Não haverá saída para Juan.

&

Vultos circundavam a casa.

Juan não via olhos, apenas uma lembrança de massa densa e escura. Todas as mulheres cercavam a casa, suas criações e as de outros começavam a entrar pelas janelas. O silêncio absoluto disputava apenas com sua respiração ofegante.

Apavorado, ficou preso ao chão da sala, estava com medo daquelas que o amaram e das que amaram outros como ele.

A carcaça, dos olhos aos tecidos que ainda restavam, foi rodeada pelas sombras.

Correu.

Abrindo a porta da frente da casa, ultrapassando em um passo a varanda e, com poucos mais, toda a extensão do quintal coberto de mato, chegou à rua de chão batido que parecia mais iluminada que sua própria casa, embora não houvesse luar nem iluminação artificial. A noite infiltrada em Curitiba com sua iluminação se estendendo até Juan como um farol a indicar um caminho de segurança, de fuga.

Pretendia fugir até o Centro.

Mas Emily não permitiu. Retendo-o pelos ombros, jogando-o contra si mesmo, contra os próprios medos e inseguranças, lembrava a ele que não havia muito tempo.

Talvez haja menos tempo do que você possa supor.

Mas a polícia não sabe onde estou, não sabem se criarei ou não novamente. Não sabem nada da minha arte.

A única coisa de que você precisa agora é encarar suas próprias criações e seu próprio ser.

Mas estou com medo.

Não importa o que sente ou sentiu, o que pensam os outros ou pensarão, o que fazem ou farão com você, ou deixam de fazer. A sua única ação, neste momento, deve ser a de concluir a obra a que se propôs.

Preciso de um tempo. Vou pro Centro. Preciso me desligar dessa obra antes que ela se apodere de mim.

Não há tempo. A carcaça no meio da sala está concluindo sua própria história, por isso o momento de se deixar apoderar é agora.

Sem resposta, olhava a casa possuída de espíritos. Ele sabia que Emily estava certa. Queria ouvir aquelas palavras, precisava de alguém que fosse sua outra ponta no meio do tempo que se esvaía, enquanto estava concentrado em cada detalhe da criação. Agora, precisava dar uma conclusão à sua jornada.

O ciclo de criação estava chegando ao fim.

&

Dentre as informações cruzadas pela força-tarefa, reunida na Divisão de Criminalística, uma casa apareceu como a de maior probabilidade para ocultar um foragido. Muitos dos imóveis da família da esposa de Juan eram compostos por galpões, lojas comerciais e prédios. Mas, dentre as residências não ocupadas por terceiros, surgiu uma casa na Estrada da Graciosa, em uma região ainda pouco explorada pela ganância da urbe. Local silencioso, pouco habitado.

Porém, os gafanhotos idolatram a pedra sob a mata, buscam o inorgânico. Por isso, destroem aquilo que os alimenta.

Uma equipe de reforço foi solicitada para auxiliar na busca. Um batalhão de homens treinados em resgate, estratégias de combate, munidos de armamentos pesados seria agrupado. Todos convocados para o momento em que chegariam para surpreender o Artista da Morte em seu esconderijo.

&

Diante da tela, conseguia visualizar os rostos de cada uma das mulheres das quais havia extraído a própria essência. Daquelas que tomaram o que pertencia a ele.

Pegou de volta o que considerava seu.

Uma a uma, exceto de Hilda.

Mas ele ainda não sabia. Não percebera.

Lygia estava lá, do seu corpo ainda pingava orvalho, mas as roupas encardidas pela terra não impediam de serem vistos o sangue escorrido pelo corpo e os pedaços de encéfalo depositados nas dobras dos tecidos.

Foi neste momento que soube.

Hilda não está entre as obcecadas. Não a vejo ali. Não a sinto. Onde ela está?

Um soco no estômago.

A percepção de ter falhado com uma delas veio forte como um feixe de luz claro diante dos olhos abertos à força. Tinha a consciência de que poderia não ter conseguido ferir aquela mulher como pretendia, de que sua asceta ainda estava respirando na floresta, mas ferida, talvez estivesse desacordada ainda, prestes a expirar por completo, encerrando o ciclo.

Talvez, pudesse esperar. Talvez ele devesse aguardar mais.

A arte é enigma.

Porém nada poderia desviar seus intentos.

Por isso, precisava concluir seu quadro. Essa consciência era mais forte do que a existência de falhas. Mas sentia calma. Embora muitos pontos ainda estivessem mal resolvidos em sua equação. Estava em paz.

Percebia que o fim estava chegando. Aquele era a última anotação que seria presa diante da carcaça. A arte é enigma. Papel no meio do quebra-cabeça que havia se formado na parede diante da podridão.

Criava quase sem controle.

Com a pressão e precisão dos dedos no pincel, aplicando os últimos centímetros de tinta com velocidade, alterava drasticamente o caminho da obra, modificava o volume anteriormente definido, aplicava tons ainda mais frios do que antes. Escurecia a figura da carcaça, pois era assim que ela se apresentava aos olhos do artista. Não em realidade, na espacialidade, mas em emanações.

Não havia mais cópia, representação, apenas visão.

Cuidava para que as cores não se quebrassem.

Diante dele, estava a carcaça e o quadro, cada um deles era um ser exigente, manhoso, habilidoso em suas solicitações, um amante do qual era impossível desviar ou bloquear a essência. Cada um deles exigia alimento abundante, transplante de força, vigor e violência, de amor e essência.

Estava prestes a terminar, estava enfraquecido, mas não esmorecia.

Então, à distância, começou a ouvir o som de sirenes. Ele era surpreendido pela quebra da monotonia de sua vizinhança, do silêncio, de saber apenas o vento entre as árvores durante as noites de trabalho.

Policiais estavam chegando para capturar o Artista da Morte, mas ele não sabia disso. Se aproximavam, levantando muita poeira pelo caminho, daquela casa entre os arvoredos cada vez mais raros naqueles dias cada vez mais quentes e lépidos, mas de uma tristeza morosa.

&

Teófilo chamou Paulo para que fossem em seu carro. Tinha uma coisa para comentar com ele. Que dizia respeito apenas aos dois, no seu modo de ver.

Antes de dar a partida, alcançou um documento dentro de uma pasta em amarelo icterine, passando para as mãos de Paulo.

O que é isso, Téo?

Leia aí. Meu queixo caiu.

É a certidão de nascimento de Hilda, o que tem de mais?, perguntou Paulo, antes de analisar todos os dados.

Colocando o carro em movimento, Teófilo apenas olhou para o amigo e, com os olhos, indicou a folha como se dissesse para continuar a leitura.

Ok. Terminei. Mas não compreendo o que é que você encontrou aqui que eu sequer desconfio.

O pai dela, Paulo. O pai de Hilda é Sílvio. Eu tinha ficado curioso logo que ela pronunciou o sobrenome incomum. Depois que verifiquei os documentos dela, levei um baque. É Sílvio Taveirós.

E você confirmou com ela, durante o depoimento, pra ver se esse Sílvio é o mesmo que ficou detido lá na Dops?

Não. Você sabe que depois da Anistia, o acordo entre nós era o silêncio. Os detidos não seriam ouvidos para contarem suas histórias e os mortos, bem, que continuem como estavam.

E você, que não quer acordar fantasmas, preferiu não arriscar.

Sim. Vai que ela não tem noção de quem foi o pai dela. Era eu abrir o bico pra morder a língua.

Ou acordar com ela cheia de formiga.

O cara deve estar por aí. Vai que virou sindicalista sonhando em ser presidente? No outro dia, sou expatriado.

Nós dois.

Mas parece que ela não tem noção do que aconteceu. Durante o depoimento, quando respondia sobre os dados pessoais e acontecimentos anteriores, não falou quase nada da família. Falou o nome da mãe, mas diz que não a vê há mais de 15 anos. Saiu de casa bem nova e que nunca mais retomou contato. Parece que essa Quitéria aí casou de novo depois de caguetar o marido. Vai ver a Hilda não suportava o padrasto.

Olha, Téo, não serei eu a cutucar fantasma, agora. Mas isso, com certeza, é perturbador. Se ela for filha daquele Sílvio Taveirós. Daquele que foi enganado pela esposa e que foi enganado de novo por Coralina. Bem, então, esse Sílvio é também o pai de Emily, disse Paulo, perturbado.

Hilda é irmã de Emily.

E quase foi morta pelo mesmo homem.

Muita coincidência.

Não é coincidência. Não existe isso. Você sabe que eu não acredito nisso.

Mas nesse caso não tem como. Como é que iríamos imaginar? Esse Juan Ribeiro também não tinha isso em mente, pelo que percebemos. Não planejava isso. Não tinha como.

Não. Mas não são acontecimentos ou informações coincidentes. Pode se tratar de ocorrências isoladas, mas uma é causa da outra.

Nessa maçaroca toda eu não consigo identificar o que é causa e o que é consequência.

A realidade é um angu, Téo. Um angu todo empelotado.

Desculpe te fazer lembrar de tudo. De te colocar em frente a mais essa angústia. Mas, talvez, seja importante você confrontar isso tudo, contando à Hilda sobre a meia-irmã que ela tinha. Não que você conte isso hoje, nem este ano. Mas algum dia o passado vai emergir.

Talvez seja melhor que ele venha de uma vez e nos afogue a todos.

Paulo fechou os olhos e encostou a cabeça no vidro, pensando que era melhor não levar a realidade tão a sério.

Quem faz isso fica louco, refletia.

Obra-prima

Juan olhava para o quadro, mas ainda não o via.

Segurava os pincéis, os tubos de tinta sobre as coxas. Permaneceu sem ação por alguns minutos. Ainda faltava algo para a conclusão da sua obra-prima.

Ele ainda pedia mais de seu criador. Mais.

Não era algo que dependesse de outra de suas criações, de suas ascetas. Nada que suas amantes, que seu passado e memória pudessem ter subtraído dele. Nenhuma possessão era necessária.

Mais. Entretanto, o quadro exigia mais dele.

Queria, como um bebê recém-nascido, sugar sofregamente a mama que estivesse diante de si, secar todo o leite disponível e mais, queria a carne do mamilo e o sono da mãe.

Ardorosamente pedia mais.

Ainda mais.

Para conseguir concluir o quadro, precisaria entregar além do que havia previsto. Além do que poderia ter imaginado. A história sobre a tela queria ainda mais dele. De seu corpo. Da arte trespassando sua pele.

Mais.

Há ainda algo da carcaça que talvez falte ao quadro, pensava. De algum esquecimento ou detalhe não observado, de uma memória do tempo não revelado, de apreensões e afrouxamentos, de ânsias e retesamentos. Talvez houvesse algo dela a ser apreendido entre os poucos tecidos que se apresentavam diante do olhar.

Havia poucas moscas voejando ao redor da carcaça. A pouca quantidade de partes moles dos tecidos impossibilitavam o desenvolvimento das larvas, com a diminuição dos ovos, poucas espécies de moscas apareciam agora. Os ovos das moscas dividiam o parco espaço entre a parca pele e ossos. Ainda vermes passeavam sobre as viscosidades, sobre o carpete, mas estes não conseguiam se desenvolver, pois serviam como alimento a outros animais.

Baratas e besouros, percevejos e lacraias, centopeias, vespas e formigas, eram os insetos que Juan localizava sobre a carcaça, agora.

Mas todos estavam no quadro, entre um e outro tom mais denso para emanar sombras, entre as cores mais vivas para dialogar com os ossos expostos. Mas a ferida profunda que deveria aparecer para contar a história, para registrar a memória da pintura não estava mais lá.

No pescoço apenas a escuridão do esquecimento.

Claridade e escuridão. Resumo de cores. Paroxismos de tonalidades e impressões.

Nada na carcaça poderia indicar o que havia de ser contemplado, apenas por meio da sua própria carne é que Juan poderia concluir o quadro.

O seu corpo também deveria cobrir a tela.

Do próprio sangue, de seus próprios tecidos é que dependia a conclusão da sua obra de arte. De seus fluidos dependia o fim do quadro que se constituía sobre a tela, que permanecia à espera do trabalho no meio da sala.

Então, cerrou as janelas da casa. Lentamente, trancou cada uma delas, esticando as cortinas antes retraídas. Fechava também, sabendo que não definitivamente, a porta da frente de sua casa.

Os sons dos veículos e sirenes cada vez mais fortes.

Apagou as luzes da casa e esperava que seus olhos se acostumassem à escuridão completa. Deixou apenas uma luz externa, como um resquício de costumes familiares.

Os espíritos das mulheres se abraçavam à carcaça sobre o carpete.

Uma noz. Uma semente.

Caminhando até seu quarto, revia as sombras das fotos no corredor. Olhava as coisas da esposa no quarto, recebendo a poeira dos dias sobre a penteadeira. Então se desligou da história das coisas.

De dentro do armário, retirou uma caixa de sapatos velha. De lá, o prateado não reluzia como seria de se esperar, mas com o toque sensível dos dedos era possível verificar cada uma das balas a espera do disparo no tambor da arma.

Voltou a ficar diante do quadro.

Permaneceu parado, vislumbrado, orgulhoso, sua criação mergulhada na escuridão da casa, sabendo qualidades.

A polícia estava se aproximando.

&

Quem acredita em reencarnação não tem fé na eternidade. Está preso ao mundo. Precisa confiar que essa existência não é órfã de outra concretude paralela e posterior. Mas eu preciso crer que terei outra chance. Que haverá uma nova edição para essa história ser reescrita de outra maneira. Não pode acabar assim. Eu, obrigado a conviver com meus pecados, ao lado do silêncio de um filho que foi se perdendo de mim. De conviver com lembranças que não sinto mais como minhas. Depois que morremos viramos memória. E se não há memória, não há eternidade.

O Monza de Teófilo seguia, agora, pelo trecho que saía da BR 116, alcançando a Estrada da Graciosa.

Paulo pensava na sua existência, mas sempre caía na mesma pessoa. Naquele que estava sempre ali ao lado, mesmo sem ser olhado, tocado, pensado.

Paulo teve uma epifania negra.

Juan era seu duplo. Sua sombra. Seu reflexo. Sua outra existência. A partir dele agiu tão sadicamente quanto ele havia feito anos antes, mesmo que apenas em palavras.

As palavras são gestos inaugurais. São potências.

Por isso, não haveria segunda chance. Não poderia iludir-se em recompor os trapos desta existência em outra. Estava destruído por dois.

Era Juan. Matara com o desejo dele. Antes dele. Introjetava suas paixões e imperfeições nessa alucinação. Acabou aniquilando duas vidas em uma. Extinguindo, em paralelo, memórias e amores.

Matei Coralina. Sufoquei Emily. O que mais tenho reservado a Emílio?

&

As viaturas se posicionavam diante da casa.

Paulo Soares fez questão de pessoalmente iniciar as negociações com Juan. Mas não conseguiu pronunciar palavra alguma. Então, entregou o megafone a Teófilo e saiu andando rua abaixo.

Exigiam que ele se entregasse. Até aquele momento, concentrado, não havia percebido que já estavam em frente à sua casa. Os veículos emitiam roncos altos. A movimentação começava a ficar intensa na rua em frente, entretanto, ele não se abalava.

Teófilo dizia que seria melhor ele se entregar sem alvoroço, com calma.

Mas ele estava sereno. Possuía a serenidade de alguém resignado ao último ato de sacrifício, pelo próprio desejo.

A rota de fuga traçada na mente seria apenas consequência natural. A porta dos fundos. A penumbra. O bosque logo atrás.

De costas para sua obra, caminhou até a bancada, conseguindo visualizar melhor na parca iluminação das sombras. Tomou uma caneta e sobre uma folha de papel, elaborou uma dedicatória.

Dedico Tempo do Corpo à Maria Paes Ribeiro,

àquela que se tornou o templo da minha criação, pois tenho a consciência de que através dela é que toda a obra se fez.

Juan Ribeiro.

Não teria tempo de escrever mais, apenas pensava em tudo o que a carcaça significava para a obra que tinha diante de si. Da obra que dela se iniciou, se ampliou, crescendo para além da materialidade, não limitado ao seu tempo, representando tudo e a todos, memória e matéria, realidade e imaginação. Porque a arte é sagrada a seu modo. Tudo o que é demasiado humano possui sua sacralidade.

Hoje sei, mais do que ontem, que Tempo do Corpo é a mais autêntica criação humana, saberei por mim imbricado na obra, pois a equação apenas se fechará quando meu próprio ser, o Ser de artista, também estiver cobrindo a criação.

Após dobrar e acondicionar a dedicatória dentro de um envelope, entregou a dedicatória aos espíritos das obcecadas que se enrodilhavam na carcaça de Maria Paes Ribeiro.

Retornando à sua banqueta de trabalho, posicionou o cano do revólver sobre a mão direita. A que mirava a tela. A que diariamente trabalhava. A que buscava criar o que a mente visualizava pelos filtros dos olhos.

Disparou sem hesitar.

A tela balançava sobre o tripé. Sobre ela, tecidos e sangue se misturavam à tinta ainda fresca. Localizado exatamente onde estava representada a sombra do pescoço há um mês cortado, um furo indicava por onde o projétil havia trespassado.

A obra-prima estava concluída.

&

Emílio abriu os olhos assustado. A vinheta interrompeu o filme que não era mais assistido pelos dois. Ele fora esquecido na cadeira ao lado de Ângela, que dormia no sofá, mas não se mexia, mesmo com o volume alto.

O repórter se posicionava diante de uma grande represa, com o rosto visivelmente abatido, não de quem perdera o sono, mas de quem não se sentia em paz com a informação que transmitiria.

Há exatos doze minutos, aqui no Parque Nacional de Brasília, foi encontrada a van que, de acordo com testemunhas, fora utilizada para sequestrar um motociclista que, ao que tudo indica, possivelmente era o presidente Fernando Collor de Melo. A região toda está cercada por militares e policiais federais. A mídia não foi autorizada a se aproximar da área.

O repórter foi caminhando, dando ao público a visão da movimentação policial e da van, cercada por fitas de contenção.

Mas, pelo que podemos constatar, há indícios importantes dentro do veículo. Agentes estão realizando análise neste exato momento, a movimentação dentro e ao redor da van é intenso. Em breve, voltaremos com mais informações.

Emílio ficou tão agitado com a música que o acordara e com a notícia que o sono havia abandonado seu corpo, mas não a dor. Tentou se distrair com o filme que passava. No início, não entendeu o tema, pois dois jornalistas pareciam fazer algo secreto, para depois publicar tudo, utilizando apenas uma fonte que repetia a mesma frase.

Sigam o dinheiro.

Quando começava a ficar mais interessado pelas ações dos jornalistas, pelo risco que estavam correndo, outro plantão de notícias interrompeu as interpretações de Dustin Hoffman e Robert Redford.

(Estou pegando raiva dessa musiquinha besta.)

Está confirmado. Fernando Collor de Melo, presidente do Brasil até a data de hoje, foi assassinado e teve seu corpo abandonado dentro da van encontrada durante esta madrugada aqui no Parque Nacional de Brasília.

Em pronunciamento, o delegado responsável pelas investigações disse ter encontrado evidências de que os assassinos tiveram que se evadir do local de maneira apressada sem ter concluído o que pretendiam, que era afundar o veículo dentro da Barragem Santa Maria com intenção de ocultar o corpo.

(Quem dorme com a boca cheia de doce, acorda com ela cheia de formiga.)

Emílio começava a sentir frio. Os cobertores ficavam no maleiro, mas não podia fazer nada sozinho, e infelizmente ninguém o mataria por causa disso.

&

Paulo sentiu um jato de fogo estapeá-lo na nuca antes da sensação de se perceber sugado por uma boca negra.

Foi se afastando dos colegas que começavam a se organizar para invadir a casa e capturar Juan. Tudo era murmúrio. Não silêncio. O burburinho dos grupos táticos ruminando.

Queria o silêncio absoluto ao redor, pois se sentia degradado. Degradado completamente. Muita perversão. Tudo o que fez, viveu, foi, soube e viu era perverso. Corrupto. Desviado. Imoral. Via-se sem máscaras e não gostava.

Som de cigarras. Cigarras ao longe. O silêncio absoluto não existia. Como não há vácuo, tudo é música. Ar. Respiração. Pulsar. Onda.

Sombra.

Diante dele um homem está parado. Não se move. Paulo tem a impressão de que está vendo apenas a sombra de alguma das árvores.

Continua a andar.

A sombra aumenta. Não se move. Vai ganhando cores, contornos, textura. Primeiro, uma luz fugidia. Ao final, todas as gradações de uma vida que lateja com violência.

A primeira visão que teve daquele ser foi da mão inútil. Despedaçada, sangrava sob um trapo rústico de tecido.

Juan saíra do bosque ao lado, após caminhar por entre a vegetação ainda inexplorada, e paralisara depois de ouvir passos atrás de si. O desvio que pretendera tomar daria tempo a ele para uma fuga. Sem estardalhaços. Mas não imaginara ser invadido assim por aquele ruído. Ritmo que agride o chão e a natureza das coisas.

Nada permanece inerte. Sem fim, tudo é recomeço. Onda. Pulsar. Respiração. Ar.

Sombra.

Diante dele um homem está andando. Permanece na expectativa. Em pausa, acompanha a aproximação da sombra de um homem abatido.

O homem está arqueado. Cansado sequer olha nos olhos do outro. Entretanto, fixa a atenção no curativo improvisado para a mão inútil, que, estilhaçada, continua a sangrar.

Lentamente, a vista embaçada de Paulo vai formando a consciência da visão. Do corpo diante de si. Do rosto que também percebe.

Como se estivesse em um pesadelo, sentiu medo.

Paulo reconheceu Juan.

Mas Juan continuou impassível. Os traços familiares do homem abatido diante de si não o desestruturaram, mas percebeu que algo dentro do homem se contorcia.

Então, Paulo se ajoelhou, colocando a cabeça entre as pernas de Juan, convulsionou com um choro agônico sem gritos nem lamentos. Sentia-se vencido. O corpo pesado. Sem fibra, estava diante daquele que destruíra tudo o que ele conhecera. E era.

Juan não sabia como reagir, mas o medo deu lugar à indiferença. Virou sobre os calcanhares, abraçou a mão dolorida e continuou andando na direção oposta a da casa.

Ainda prostrado, Paulo colocou o rosto sobre a terra e as pedras da estrada. Estava sem reação, mesmo sabendo o que deveria ter feito, o grito de alarme que deveria ecoar, a imobilização dos membros, a prisão do maníaco. Mas não conseguia fazer com que seu corpo respondesse.

Seus comandos estavam embotados de dor e angústia. Os seus sentidos, da certeza de que fora mais uma vítima dele. De si.

Como uma semente, sem ação, apenas vontade e espera. Curvado, era o feto de uma nova história. Bastava a ele esperar o vigor das fibras retornarem. Mas não precisaria esperar muito, pois nos caminhos seres habitam e palmilham. Neles há recomeços e fugas. Não fora deles.

Enquanto a espera não terminava. Sofria tal como semente de si mesmo.

&

Portas e janelas foram arrombadas.

O espaço de criação, antes lacrado, protegido da porosidade dos fatos, era invadido. Homens corriam e cobriam o espaço da sala com suas presenças.

Luzes revelavam os corpos da esposa e de Helena, que eram ainda desconhecidos. Ainda não listados entre as vítimas. A escuridão do ateliê do Artista da Morte era deflagrada pela força. Antes que as luzes da casa fossem acessas, lanternas apontavam para a arma usada para matar a esposa.

Juan não foi encontrado dentro da casa.

Nem fora dela.

Sobre Maria, um envelope era coletado antes que se impregnasse da umidade da morte. Antes que fosse roído pelas traças que voejavam pela sala.

Pequenas amostras de matéria eram retiradas da tela. Da última criação do Artista da Morte. Da primeira obra de Juan Ribeiro.

A tela ainda balançava. Movimentos que vinham da obra de arte que não se deixou abandonar por seu único amante e asceta ao tocar da noite. Sugado para dentro dela, o artista vivia outro momento de seu tempo. Na memória das cores, seu amor seria encontrado novamente, como sombra obcecada.

Naquela noite, apenas o testemunho do artista queimava sobre a tela, o processo de criação de outro corpo que começava a esfriar.

pólen soft 80 gr/m2
tipologia garamond
impresso na primavera de 2021